U0123867

青花瓷

张策——著

作家出版社

目录

青花瓷

·

一

一乘小轿把前五姨太冯婉如抬进刘家大院的时候，天色已是傍晚，四周慢慢地在黑下来。房子和院里的树、花，都一点一点地沉浸在洇开的墨色里，好像是不动声色地在预示着什么。冯婉如掀开轿帘的一角，悄悄地窥看，只见上房里已经亮了灯，有人影在晃动，似乎还有断续的低语声。她深吸了一口气，告诉自己："你的命，就变了。"

停了片刻，有脚步声。轿帘掀开了，媒婆张妈的脸笑得像一朵花："到啦，下轿吧！我的五太太。"冯婉如伸出的脚停了一下，看着鞋面上的那朵绣花，低声说："别这么叫了。五太太，没有了。"

上房的门开了，有人陆陆续续出来。为首的是个瘦瘦的中年男人。冯婉如知道，这就是刘大夫，她的第二任丈夫。刘大夫身后，是四个孩子，高高矮矮，在暮色中勉强可以辨认出有男有女。黑暗里看不清表情的，只有一种冷漠随着他们的走近而慢慢地漫了过来，像是雨后的森林里，那一股阴气。

"都进屋吧。"刘大夫说，语气很平静，不像是娶新人，而像是迎接一个普通病人来就诊。他的五官在上房的灯影里闪过，眉目清晰了一下，又暗下去了，让冯婉如来不及看清他的神色。其实他们不是陌生的，五姨太的确曾是刘大夫的病人。当初，武司令一家的大小毛病都是刘大夫给看的。武司令还赠送过刘大夫一面银盾，雕刻着"妙手仁心"的字样和精美的花纹。刘大夫确实医术高超，但武司令还是死了。

冯婉如还记得，刘大夫说过，治病治不了命。

司令武尊义的死很突然，也很尴尬。他没有死在战场上，也没有死于谁的黑枪或火并，更不是一般的病逝，他是死在了尼姑庵里，死在他的原配夫人尼姑净慈的床上。

武司令没死在战场上是可以理解的。他根本不可能死在战场上。武尊义出身书香门第，阴差阳错当了司令，从来都是躲着战场走，仗是能不打就不打的。即使非打不可，也是能小打就小打，打不赢的就跑。何况，他身边有一个连的护卫，都是棒小伙子，从一个村子出来的本家子弟，全是姓武，关键时刻肯用命保护他的。

再说，此时此刻天下基本上是共产党的了，武司令顺应天命，早把自己的草莽队伍遣散掉，缩在武府里，整天和六个姨太太饮酒吃茶谈诗作画，不问世事了。

挨黑枪就更不可能。武尊义平日吃斋念佛，待人和气，乐善好施，门前的叫花子都吃得肥头大耳，有谁会和他不共戴天呢。当年，武尊义的杀父仇人王麻子落到他的手上，谁都以为他会拿他开膛破肚祭祀父亲，王麻子自己也脸色灰白地说："武兄，什么也甭说了，我认栽，你动手吧。"他却只是冷冷地盯了他半晌，然后下令松绑。王麻子怀疑自己耳朵堵了，掏摸了半天，疑疑惑惑地问："你这是干什么，要杀你就痛快点，别耍滑头。"武尊义说："念你杀过日本鬼子的功，我不记你别的过，你走吧。"

武司令唯一的优点也是缺点，是喜好女人，而且品位很高。这从他那六个如花似玉的姨太太身上就可以看得出。这六位难得的是不仅漂亮、温柔，而且个个身怀绝技，琴棋书画都不在话下的。退隐在家的武司令，日子过得显然快活潇洒。如果说武司令在她们其中哪一个的床上做了花下鬼，那没有人会惊讶的，反而只会有羡慕而已。但说武司令是死在早已出家的原配床上，所有的人，包括他的姨太太们，都是半晌作声不得。那一刻，她们浮想联翩，关于命运和爱情的种种诡异，让她们毛骨悚然。

而向来言语不多的五姨太冯婉如，就在那一刻，清楚地知道自己在武府不宜久留，她必须开始盘算自己的下一步了。

曾经有一段时间，读过初级中学的她认为武尊义是爱自己的，至少在六位姨太太之间，他分配给她的爱好像是要多一些的。冯婉如喜欢读书看话剧一类的时髦东西，她读过《娜拉》，看过《雷雨》，也痴迷《卖油郎独占花魁》的浪漫。和五个女人分享一个男人，在她心里是非常不舒服的。可是，她没有办法。父亲是武尊义的私塾老师，老婆重病的时候只能求助于发达了的学生。而给学生的回报，只有自己的女儿。冯婉如擦干眼泪之后走进武府，像是走进地狱，一步一步都踏着绝望和哀痛。但她没想到的是，武尊义的温存，武尊义的细致，武尊义的温文尔雅，竟慢慢地把她俘虏了。时间的温润水滴，在她自认为的石头心上滴出了泉眼。

但命运就是这么残酷。在她进府之前的很久以前，净慈就已经出家。冯婉如当然没有见过这位原配夫人，她就更想不到，武尊义每天缱绻在六个美人之间，心里想着的，竟然却是那个俗名叫马玉兰的老村姑。就像一个梦，开始不想做的，睡了，也就不由自主地做了，还就渐渐沉了进去，再醒来，就是被伤害后的痛彻心扉了。

她当然是不会声张的。声张有什么用，只会坏事。武府里的钩心斗角是家常便饭，如花的笑靥背后都是磨得锋利的刀。她只能把这种痛藏在心底，不敢让它成为被宰杀的借口。十九岁的六姨太肖美凤却是不饶人的，她进府不过半年，新床还没焐热就守了寡，当然是一种世界崩溃的感觉。听着肖美凤的号啕，看着满院白色的幔帐在风中飘舞，冯婉如就想，该走了，真的该走了。

于是就嫁了刘大夫。刘大夫的夫人半年前病逝，要应付病人，要伺候四个孩子和一家子人，疲惫不堪的刘大夫早就放出话了，要续弦。条件只有一个，对孩子好。冯婉如没有挑剔，她也没资格挑剔。自己给人家当小妾，现在又成了寡妇，还要求别人什么。何况刘大夫是在武府出入惯的，武府上下都知道，他是个好人。

现在，好人就站在她面前了，搓着手，有点不知所措的样子。四个孩子站在灯影后面。在灯影的中央，是一桌早已准备好的饭菜，飘满屋的饭菜味道，说不出香，也说不出苦，有一种中规中矩的感觉。冯婉如坐下，用旗袍下襟挡着，悄悄脱了脚上的绣花鞋。鞋有些小，挤脚，疼。她仍然低头看着鞋面上的花，发愣，不知道应该做什么。忽然，四个孩子像是听到了什么命令，呼啦一下子扑到了饭桌上。他们肯定是事先商量好的，不看冯婉如，也不说话，只是各自盛了饭，坐下就吃。刘大夫愣了一下，说："哎，你们……"他的话只是加速了孩子们的咀嚼，满屋子是小兽般的吞咽声。

"没规矩……庆国，给……盛饭。"

叫庆国的是最大的男孩。他对父亲充满无奈的命令置若罔闻。冯婉如的心有些冷。她看着孩子们，不敢说什么。刘大夫也不动，就那么站着。二男孩站起来了，低着头，盛了一碗饭，放到冯婉如面前。没有人说话，也没有人关注他的动作。显然，这也是他们商量好的，他们不想给他们的父亲更大的难堪。

冯婉如听见刘大夫松了一口气。接着，听见他说："吃饭吧，你一定饿了。啊，这是庆国，庆生，庆林，还有庆英。慢慢你们就熟了。今后……麻烦你了。"

这最后的一句话里是有温柔的。冯婉如心里的冷被这点温柔给暖了一下。她抬头，看一眼刘大夫，刘大夫也在看她，目光一碰，是他先移开了，有些慌乱。于是，她的眼睛从他的肩头处滑过去，落到了墙边的条案上。那里是几个瓷罐。凭在武府的磨炼，她一眼就看出，那是青花，即使是在暗处，也散发着温润的光泽。

"家传的，据说是明青花。我也不懂这些，就装药材。"

原来刘大夫是一直在注意她的。她回头，笑笑，端起了饭碗。

饭，有些凉了。

二

十七岁男孩刘庆国对家庭的仇恨不是始于继母冯婉如的进门，却因为这个女人的登场而加剧。冯婉如是一根导火索，引燃了刘庆国心中积压已久的愤懑。

就在冯婉如被轿子抬进刘家大院的前一天晚上，在城市东郊的湖面上，一条渔船的船舱里，刘庆国成为新民主主义青年团的一名成员。湖面上有着微微的风，芦苇摇曳着，把一只只夜行的鸟弹射向湛蓝色的夜空。心潮澎湃的男孩站上船头，张开双臂，大呼："让暴风雨来得更猛烈些吧！"在他看来，黑暗已经是黎明前的挣扎，未来是一个他的父亲和他的继母都不配进入的崭新的世界。

刘庆国对父亲的恨很复杂，他很长时间都不清楚自己恨这个给了他生命，至今还在给他吃喝的人是为什么。刘家是个大家族，历史说起来源远流长。甚至，在刘庆国的奶奶口中，刘家祖辈上还出过一位神仙的。这位刘八爷的神功显现，是在一次全家族的逃难途中，卸下自己的大腿当柴烧，给几百口人做了一顿饭。这故事让年幼的刘庆国不寒而栗，追着奶奶问那烧过的大腿怎么样了，刘八爷是不是就此成了瘸子。在他的睡梦中，这条烧焦的大腿常常浮现，有时他甚至怀疑自己闻到了焦煳的味道。奶奶的语焉不详更让这故事像是沉在雾里，忽而清晰了，忽而又消失得一干二净。这让刘庆国对自己的家族有了敬畏和敬畏中的距离感。

对于不苟言笑的父亲，刘庆国也是敬畏的。而从某种意义上说，敬畏也许就是仇恨的基础。刘大夫上有老母，下有三个弟弟，所有的人都住在这座三进的大院里，而且所有的人都是靠着刘大夫的收入过活。因此，似乎所有的人都对刘大夫尊敬有加。只要刘大夫那消瘦的身影一出现在院子里，大家的呼吸都会立即屏住，脚步也会放得很轻很轻。上至八十岁的老母亲，下到几岁的孩子，都会在刘大夫的目光扫到自己的时候立刻绽开笑脸。那笑脸是真诚的，每一条纹路都舒缓并洋溢着幸福。刘大夫习惯这样的奉迎和尊重，他往往会面无表情地从他们身边走过去，即使对母亲也只是点点头而已，保持着当家者和施舍者的矜持与尊严。但他不知道，当施舍和懒惰相碰撞的时候，懒惰不会因施舍而变成感恩。懒惰只能是更懒惰，而且生出无赖。刘庆国的三位叔叔就是如此。他们因为自己在长兄面前不得不装出的恭敬而恼羞成怒，于是他们肆无忌惮地享受他们的生活。

刘家大院当然不是武府。武府的香艳始终伴随着制度，而制度的形成是与武司令的身份和枪支相匹配的，香艳也就成了制度的附属品。无形的地位感是姨太太们生存的法则，温存不过是寄生在一株大树上的苔藓，鲜艳而生命脆弱。而刘家大院，金钱虽然使刘大夫有着地位，但却没有真正的令人畏惧的威望，因此，这里有着更世俗的欢乐和嬉闹。

刘家最忙的人是厨师。他每天要按规矩做三顿饭，早饭和晚饭是压抑的，因为刘大夫在家，各房打回自己屋里的饭菜是悄然送进每个人的喉咙的，仿佛长兄的眼睛时刻在他们的后背上盯着，他们如鲠在喉。午饭则不然。午饭熟了的时候是刘家大院最热闹的时候，和刘庆国及其弟妹抢饭菜是三个叔父最快乐最痛快的事情，甚至是他们生活的重要内容。

这时候，二叔父已经吸足了大烟，三叔父也已经从小书馆回来了，而自认为是才子的穷酸文人四叔父，也放下了他一上午没离手的《金瓶梅》。他们要出发了，目的地是厨房。他们的老婆把盛饭菜的家什递给他们，悄声告诉他们今天吃什么，这是她们早就侦察好的，她们每天上午的主要活动就是找到各种借口去厨房偷窥。然后，她们嘱咐着他们多拿点什么东西，这东西或是她们爱吃的，或是她们的孩子爱吃的。这时候，整个大院的气氛凝重起来了，蓄势待发的三个男人屏着呼吸等待着奔跑。他们每天除去这一刻的奔跑是没有时间和兴趣再奔跑的，没有食物的诱惑他们认为奔跑，毫无意义。终于，他们听见了王大厨的咳嗽声。这令人兴奋的信号使他们立刻像脱缰的马似的向厨房飞奔而去，开始了对食物的争夺。

这时的厨房充满了喜气洋洋的味道。红烧肉、丸子、滑熘肉片，都在人们的欢笑中热情地喷吐着香气。三个大男人旁若无人地把长房的孩子们挤开，一边夸赞着王大厨的手艺，一边往自己的盆里或碗里舀着饭菜。他们知道生性怯懦的嫂子是不敢来厨房的，而几个孩子他们当然不放在眼里。

刘庆国在很长时间之后才明白王大厨是叔父们的帮凶，那时候他那阴郁而瘦弱的母亲刚刚告别了这个世界。他愤怒地向父亲揭发一切，而父亲只是习惯地搓着手，看着他，什么也没有说。刘庆国不明白父亲为什么不说话，他只是对父亲的不说话和搓手充满反感。仇恨就在这一刻萌生了，而且萌生之后迅速膨胀，转瞬间从幼苗长成大树。枝杈撑破心房的墙壁，心破碎了，血液就在大脑里燃烧起来。刘庆国盯着父亲，冷冷地说出一句他自己认为很有分量的话：

"我妈，就是被他们气死的，气死的！"

刘大夫的脸就在那一刻阴沉了下来。他也盯着儿子。时间在父子俩之间停滞了，空气黏稠得让人无法呼吸。刘大夫看向窗外，窗外是阴暗如心情的天气，也是黏稠的，无法搅动的一种沉闷。许久，刘大夫面无表情地命令儿子："你跪下。"

气盛的少年没有听清父亲的声音，他的耳鼓因愤怒而一直在怦怦地跳动。他看着父亲，反问了一句："什么？"父亲的目光从天空转向儿子，提高了声音说道："我说让你跪下。"

刘庆国惊愕地张大了嘴巴。那一瞬间他的思想轰然崩溃，他似乎不认识父亲了，父亲在他心中的形象如泥像似的坍塌了。他盯着他，双腿慢慢地弯曲下去，眼睛里却是血红的泪水。刘大夫重新把目光移向窗外，却不是看天，而是看向屋檐下挂着的那只八哥。八哥在笼子里蹦跳着，大叫："跪下！跪下！"

刘庆国的怒气一下子泄了。他毕竟还是个孩子，他的愤怒化作了仇恨，而仇恨叠压进心底，却变成了委屈。他想哭。他跪在父亲面前的身躯矮小而无助，而他的退却当然被父亲看在眼里。刘大夫缓缓地说："可以告诉你让你跪的原因，是因为你的二弟这次考试不及格。"

刘庆国惊疑，他没想到父亲会这样说。他不知道父亲是怎么想的。小弟弟庆林冥顽不灵，学习是最头疼的事情，而这，与自己有什么关系。膝盖隐隐地疼，地面的凉悄悄顺着他的腿往上钻，蛇一样地游走。他只好不吭声。

"刘家的规矩应该让你知道。兄弟的过错，都是长兄教导无方。当年你爷爷为了你叔父们的淘气，也没少让我跪。"

语气里有一种凄凉，但刘庆国没听出来。就是听出来了，想来那颗狂热而幼稚的心，也无法深刻地体会个中的滋味。他低着头，听着父亲的脚步在屋里踱着，沉重而且疲惫。当父亲的脚停在他眼前时，他看见父亲的鞋尖上有一个洞。

刘大夫在儿子面前站了一下，什么也没再说，转身走了出去。刘庆国在沉下来的夜雾里跪了很久，在那一刻将自己的心淬了火。他知道自己和这个家是没有关系了，他知道自己将走向另一个世界。当眼泪干涸之后，他用冰冷的目光盯着条案上的青花瓷罐，像是刻刀划过某个人温柔的肌肤。

三

当红布即将罩住青花瓷罐的一瞬，冯婉如仿佛看到瓷罐温润的光泽暗淡了一下。好像人的眼眸眨动，刺目的红色就如眼里的血丝，闪过一种怨恨和冷漠。冯婉如手抖了一抖，但她并没有犹豫。她知道，她的胜败在此一举。

嫁到刘家，冯婉如很快便洞悉了刘家大院的复杂形势。她是个聪明的女人，而且，在武府的磨炼使她学会了镇静。前天晚上，她在被窝里轻柔地要求丈夫，为她买几丈红布回来，刘大夫愣了一下，目光在她脸上停顿片刻，但却被她不变的笑容给征服了。

红布很快买回来了。今天，冯婉如要求丫鬟秀梅不准放任何人进她的房间，即便是先生提前回家了，也不行。秀梅是从五岁进刘家大院的，但却在半个月之内成了冯婉如的死党。冯婉如关紧了房门，用红布蒙罩住屋里的每一件家具和用品，她要做一次转运。

在冯婉如的记忆中，她的母亲每年都要在一个适当时机做这个在小冯婉如看来莫名其妙的举动。用红布罩住所有东西，然后紧闭房门，禁止任何人出入和喧哗。没有人知道她在屋里做什么。冯婉如只记得每当夜幕降临，母亲走出房间的时候，她脸上都是一种疲惫和满足后的安详。她问过母亲，母亲只是简短地回答说是转运，说他们一家的命运每一年都要转一转。冯婉如当然不信，她以为命运是要自己掌握的，就像冯家庄村头小河里船夫手中的那支桨。母亲听了她的言语，只是宽容地笑笑，但直到今天，冯婉如才知道母亲的笑是怎样地深邃和无奈。

现在，她也把自己关在房间里了。但她并不知道该做什么。母亲暴病猝死，没有给她留下只言片语，只有一片恋恋不舍的目光，在冯婉如的生命里永存。她茫然地看着满屋的红色，在八仙桌旁坐下，静听着自己的呼吸。窗外，有孩子的低语和轻笑，她听得出，是庆林和庆英。她不喜欢刘大夫的儿女们，不喜欢他们冷漠的眼神，不喜欢他们规矩的举止。他们在她的面前总是礼貌的，礼貌得等同于疏远。做好一个继母，于她来说，曾经是做梦也梦不到的课题。而现在，这课题横亘在她眼前，如同冰山。

还不止这些。刘大夫的三个弟弟和三个弟媳，向她投来的目光也都是冰冷的，是可以像锥子一样划破她的皮肤刺伤她的心的。更令她不寒而栗的是，那个满口之乎者也的四弟，目光里还有着一丝掩饰不住的色情。他看她的时候，分明是在用眼神剥她的衣服。她觉得自己就像一只可怜的羔羊，落在饥饿的狼群之中，周边都是白森森的獠牙。

冯婉如站了起来。她告诉自己应该做点什么，尽管她不知道应该怎么做，但她知道她必须要去做。命运是什么，命运是自己的抗争。转运是一种形式和一种安慰，转运的最终目的，是给自己一种力量和希望。

她从首饰盒中取出了一支手枪。这是她来到刘家大院之后唯一没有给刘大夫看过的东西。它是她最后的隐私，是她最后的保障。在武司令的培养下，她早就熟练地掌握了它的使用方法。她轻轻地抚摸着它。它在满屋的红色弥漫中显出一种不真实的形状，柔和，小巧，温顺。她回到桌旁，开始小心翼翼地拆卸、擦拭。机油的味道钻进她的鼻孔，好闻，而且平稳了她的心。

命运的前前后后就在这一刻从冯婉如的心情中滑过了。她审问自己，也鼓励自己。武府的软玉温香像过往的梦，冯家庄的小桥流水是记忆的陈酿。她听见屋外秀梅在和庆英低语，她听得出是庆英要进来而秀梅在竭力阻止。庆英的语调有一种故意的快感，而秀梅则坚决并且带着几分惧怕。声音从窗缝钻进来，断断续续，却如蚂蚁般啮咬着她的心。

"这是我妈的房间，我要进……"

"就是你妈不让任何人进去的，就是老爷回来也不成。"

"她不是我妈！"

冯婉如笑了出来，笑得有几分心酸。庆英那不驯的语气使她想起了武府的六姨太肖美凤。肖美凤就总是这样的，骄傲，而且充满反抗意识，像个长不大的孩子。她其实也确实是孩子，进武府时才十九岁。肖美凤现在在哪里呢？冯婉如不知道，也不想知道。因为她觉得她能照顾好自己，就已经很不错了。她在心里反复背诵着自己的计划，同时给自己不时软弱下来的心增加勇气。她要去战斗了，她知道，刘家的战争将是复杂而又凶险的。

窗外的人还在争执。她心情便有些烦躁起来。她站起来，手里握着枪，不知道该做什么。在这一瞬间，她突然想明白了一个事情，她是想演好继母这个角色的，她也必须演好这个角色。她不希望自己和丈夫的儿女们产生巨大的不可调和的矛盾。她未来的生活，很大程度上是寄希望于这些生瓜蛋子的态度的。这刹那间的明朗让冯婉如的大脑混乱起来，已经在心中形成的策略动摇不已。"我能行吗?"她问自己，并在满屋的红色中迷失方向。

门就在这一刻被撞开了。刘庆英雄赳赳地站在门口。两个人的眼神在一瞬间碰撞了。冯婉如第一个反应是把手中的枪塞到了桌布下面。然后绽开微笑。刘庆英看着她，有着淡淡雀斑的脸上全是敌意。她今年十二岁了。十二岁的女孩儿正是满心叛逆的时候，何况现在又有了她以为的对手。她几乎是不明白自己为什么要和对方较劲的，但她不能不较劲，因为她的情绪要求她要和这个来当她母亲的女人为敌。

"你在干什么?"她问，声音故意压低。

她的问话让冯婉如突然想起自己是在干什么，想起母亲说过的关于转运的禁忌。现在，她正在进行的隆重仪式已经被破坏。她的笑容没有了，满屋红色的空气在此时也一下子凝固了起来。她盯着刘庆英，眼睛里喷出火苗。

刘庆英的目光掠过整个房子，她的神情先是惊异，接着，渐渐转为惧怕。她毕竟是个孩子，她的稚嫩在沉重的血色面前暴露无遗。她最后把目光转向冯婉如时，眸子里已经是一种彻头彻尾的畏惧了。

"你……是巫婆呀! 你……"

冯婉如当然迅速捕捉到了继女眼中的变化。她压住心中的怒火，淡淡地说:"你出去吧。"

刘庆英愣愣地站着，似乎没听见冯婉如的话。冯婉如走到她面前，她便惊恐地向后退了一步。两个人的距离很近，也很远，远到仿佛隔着千山万水。冯婉如知道，她和她也许永远也迈不过这样的山水了，但是，她不能不善待这个孩子。

"我不是巫婆，我只是……你懂不懂？纪念什么事……你不应该进来的。"

刘庆英看来是想控制自己的情绪的，但她控制不了。她毕竟是个孩子，她完全处在了下风，她失败在这个不动声色的女人面前。她哭了，眼泪流出她的眼眶，在脸颊上印出两道痕迹。冯婉如的手伸出来，在女孩儿的肩膀上空停留了一下，终于还是放下了。女孩儿的肩膀因紧张而僵硬，她不想再在这僵硬上增加负担。

"你去吧，没事的。"

秀梅适时地进来了，把庆英领了出去。天色已经黯淡下来，对面老太太的房里已经点上了灯，一片昏黄的灯影印在院子的方砖地上，突出着地面的凹凸，就像人的心情。冯婉如缓缓坐下，浑身的紧张一下子松弛成了劳累。她在想，自己的这第一次转运是失败了还是胜利了？她想不清，也不想想清了，她知道，自己已经上路了，就没有回头。

她的手，在桌布下面摸住了那支枪。

四

王大厨从新太太的房里出来时面色灰白。他一声没出地回了自己的房间，收拾了东西，然后趁夜色悄然无声地离开了刘家大院。第二天中午，当三位叔父照例冲进厨房的时候，他们发现一位瘦削的新厨师正冷冷地盯着他们。

迎接他们的还有四个崭新的食盒，仿佛街上饭馆送餐用的那种。饭和菜都已经盛在食盒里了，叔父们并不傻，他们看得出那饭菜是按各房人口的数量分配的。同时分配给他们的，还有一种看不见但是强烈的居高临下的蔑视。他们愣住了，然后他们问这是怎么回事。厨师并不回答，只是简短地傲慢地命令道："赶快拿，别废话。我还得吃饭呢！"

叔父们的尊严被严重地挑衅了。他们暴跳如雷，他们歇斯底里，他们试图冲上去和厨师决一死战。可他们的张牙舞爪并没有吓住厨师，他手里的菜刀明确地告诉他们他是不可战胜的。悲愤的叔父们流下了眼泪和汗水。绝望的老四举起手中的瓷盆摔向了地面。碎瓷片飞溅起来，顿时引起了一声女孩儿的惊叫。大家回头，才发现冯婉如和长房的庆生与庆英站在身后，惊恐的庆英依偎在冯婉如的怀里。

"就是这个女人做的好事！"

三个疯狂的男人顿时明白了过来。他们转身准备向冯婉如扑去，但他们的虚张声势被菜刀剁在砧板上的巨大声响给震慑住了。厨师镇定自若地摘下围裙，脱了上身的小褂，露出一身只有练家子才有的腱子肉。他眼睛里的冷峻和菜刀的光芒相映生辉，把男人们的气焰给扑灭了。院子里一时没了声响。冯婉如平静地说："师傅，把老太太的菜拿出来。"

厨师掀开蒸锅的盖子，在水蒸气中取出一只小的笼屉。冯婉如打开它，男人们看见，那是一份远比他们的要精致得多的饭菜。"庆生，给奶奶送去。"冯婉如不看男人们，仿佛他们不存在，又仿佛他们是不值得一瞥的什么东西。"从这月开始，老太太的养老四房都要出钱。当然，你们大哥是长兄，我们这房出四，你们各出二。"

冯婉如款款地在三道仇恨的目光里走来走去。她的心在胸腔里怦怦地奔突，一点不像她外表的镇静和优雅，而是如惊慌的小兔般在乱蹦乱跳。她控制着自己，努力让高跟鞋在地面上叩出清脆而从容的音响，一双修长的腿在旗袍的开衩下忽隐忽现，把雍容华贵鲜明地写在她的举手投足之间。"今后你们的开支也要每月一算，你们的哥哥挣钱不是像下书馆、打麻将那么容易。今后呢，他挣得多，你们就多分；挣少了，就全家一起节省。当然，挣多挣少，我每月给你们报账。咱们都凭良心。"

"那要不够花呢？"老四壮起胆子，颤巍巍地问。冯婉如的眼睛循着他的声音射去，把老四下边的话给堵在了嘴里。"不够花自己想办法。老四你不是大学毕业吗？你的本事还换不出窝头吗？再说了，你们也都知道，天下就要是共产党的了，共产党最恨什么，你们恐怕也有耳闻。"

冯婉如感觉得到，自己已经初步把形势控制住了，她紧绷着的心弦松了下来。她掏出手帕擦擦嘴角，顺便擦去一点汗："回去告诉你们的老婆，别闹。她们虽然是我的弟妹，可年龄都比我大，我当她们是姐，她们别自己不把自己当姐。庆英，端饭！"

庆英胆怯地看一看叔父们，脸上的雀斑涨得通红，像一点一点的碎芝麻，只不过是浸了血的，分外地醒目。她在冯婉如的鼓励下挪动了脚步，两只脚怯懦地试探着走向厨房的门。所有人的目光都看向了她。她低着头，感觉得到那目光的尖锐。她提起食盒，那只大大的食盒使她显得更加瘦小，瘦小得仿佛是挂在食盒边上的一件饰物。她就那么沉重地走了出来，站下，用茫然的眼睛请示冯婉如怎么办。

冯婉如的笑容是平静的，但她知道，继女已经明白了她的意思。而且，她更知道，这个倔脾气的继女已经被她所征服。她们之间，不一定会是朋友，但现在一定不是敌人。庆英小心翼翼地笑了一下，她仿佛也从继母眼里看出些深奥，但她还太小，深奥对于她来说，确实太深奥。她只是感到了鼓励，感到了她和哥哥弟弟们的一种扬眉吐气。食盒在她手上好像轻了许多，她的脚步轻快起来，最后甚至是小跑着回到了自己家的房中。饭菜的香气始终缠绕着她，愉悦在香气里活泼地跳跃。庆英的眼眶在那一瞬间湿润了。

冯婉如胜利了。而且，她自认为这第一回合打得很漂亮。但是，她忽略了一直没出声的老二。这个阴沉的瘾君子是个容易让人忽略的人，但他的狠毒却是不该让人忽略的。他一声不吭地举起了手里的瓷盆，狠狠地从背后向冯婉如的头上砸去。冯婉如只感觉到了脑后的风声和伴随着的一种危险，接着，就听见了金属和瓦器碰撞的刺耳声音。回头，看见老二惨白的脸和厨师骄傲的神情，还有钉在柱子上微微颤抖的菜刀，她松一口气，心从喉咙口沉重地跌回到胸腔里。她知道，自己刚刚躲过一劫，而刘家兄弟们，已经彻底断绝了在厨房作威作福的梦想。他们其实是怯懦的，他们和武府的人大不相同，他们的勇敢只是他们自己沉溺把玩的假古董，而不是在砥石上打磨过的兵刃。

明白了这一点，当晚上刘大夫问到白天的纠纷时，冯婉如便冷冷地回答说："他们应该明白的事，就应该让他们明白。"刘大夫愣了一下，手里的茶杯抖了一抖，水面上便起了一丝金黄色的小波澜。一时间，一种快意从心底泛起，仿佛压抑很久的一种情绪开始流淌，像是冰封已久的水，被春天的暖意搅动。但是，与快意同时出现的，也有一点不悦，因为冯婉如的语气里分明有一种责怪的成分。刘大夫是从来没有被人责怪过的，他习惯了人们的笑脸和顺从，哪怕这种顺从只是表面的。他看着冯婉如铺被，看着她脱衣服。除去包装的胴体洁白而且柔弱，让男人的心消融。刘大夫就叹口气想："随她去吧，也许，我们这个家，今后要靠她呢。"

想着，话就说出来。冯婉如听了，看着丈夫，把自己送进他的怀抱，在他的耳边喃喃地喷吐着热而芳香的气息。她说："我要为你生个孩子，咱们自己的孩子。"

五

刘家大院的几棵大树，一夜之间生了虫子，从来没有见过的虫子。这虫浑身雪白，眨眼间啃光了树叶，把枝杈植满白色的茸毛。整棵树就像蠕动着的白蛇一样触目惊心。刘大夫的眉头锁紧了，他对冯婉如说，这怕是什么凶兆吧，你去庙上烧烧香也好。冯婉如忍着妊娠的恶心，镇静地说："没事的，你是治病救人的大夫，阎王爷记得你的阴德呢。"刘大夫听了，也就不说什么，他现在什么事都是这样的，冯婉如说了，他就不再说。

刘家大少爷刘庆国不知道家里树木的劫难。他也不知道前不久继母和叔父们的激烈交锋。他忙着他的事情。先是加入保校队，串联同学们留校迎接共产党，后来又是组织队伍上街欢迎解放军进城。再后来，他勉强让自己火热的心冷静下来，复习功课准备考大学。他是激进的，又是传统的，他欢迎新时代，又觉得自己还是要去读书。他的有些同志参加工作了，他们有人在区政府当了干部，有人去公安局做了警察，还有人随着队伍去了更南边的什么地方，而刘庆国，却自然而然地退回了书斋里，像一只茧子，把躁动的自己给束缚起来。

他的心当然还是躁动的，向往着崭新的生活。他只是认为新时代最终一定还是需要有文化的人的，多读些书总归是有用的，他应该是新时代中一个有理想有知识的革命者。何况，年轻的他心里一直有一个梦，他想去学开飞机，他发疯般地想要在祖国的蓝天上翱翔。

这样一个热血澎湃的青年当然对自己阴郁如死水一潭的家庭不屑一顾。如果他有空回家的话，也应该是高昂着头，用眼角乜斜着旁人，惜字如金地和人们说话的。但是，谁也没想到的是，当这天傍晚的时候，当夜幕如水般逐渐把整个院子浸泡起来的这一刻，刘庆国却像个被抽去灵魂的僵尸，和浓黑的夜色一起飘进了家门。

是冯婉如最先看见了他，也最先发现了他的失魂落魄。冯婉如是在大树下观察白色害虫的嚣张的，她的冷眼在夜幕下变得怪异的雪色里瞥见了垂头丧气的身影。聪明的继母飞快地判断了事情的利害，果断地让秀梅在其他人看见男孩的沮丧之前把大少爷拉到了自己的房里。她为他倒了热茶，吩咐秀梅为他拿了手巾，又让秀梅通知厨房为大少爷做他爱吃的东西。然后，在男孩有些缓和的脸色里，她捕捉到了一点渴望依靠的软弱。

后来的惊天决定是在一瞬间就做出的，冯婉如自己都觉得不可思议。那天晚上，刘大夫回家的时候已经是深夜。一位解放军军官的太太难产，有人推荐了他。刘大夫是被军官的汽车和警卫员送回来的。他疲倦而又有几分骄傲地踏进家门，刚想对冯婉如讲述今天的经历，不料冯婉如却面色凝重地说道："庆国出了点事……他留给你一封信。"

刘大夫完全猝不及防。他认识儿子那龙飞凤舞的字迹，现在，那字迹像一颗颗子弹，直接命中了他的心脏。儿子告诉他，国家有规定，像他这样家庭出身的人不可以考重点大学，他的飞行梦就此破灭。他是青年团员，他不能反抗国家的规定，他只剩下了放逐自己的权利。他告诉父亲，不要找他。当他有了成就，他才会回家。信纸从刘大夫的手里飘落，他失魂落魄地坐了下来。冯婉如坐在他对面，他们在黑暗中对视着，眼神彼此碰撞，像两个剑客手里的家什。"为什么不开灯？"他低声问，好像这是件大事，又好像没什么可问又不得不问。冯婉如没动地方。刘大夫便提高声音："我说，为什么不开灯？"他的声音嘶哑，嘶哑的声音里有了绝望。刘大夫好像刚刚明白自己是爱儿子的，而这种爱刚刚出现就失去了目标。

"你不要难过，庆国应该没事。"冯婉如说，仍然没有起身去开灯。在泻进来的月光里，条案上的青花瓷罐温顺地沉默着。"他是个懂事的孩子，他不会不顾自己的前途。"

刘大夫梦游似的点点头。他不得不承认自己在妻子面前总是英雄气短。他艰难地站起身，想去母亲屋里请安。冯婉如看着他走出去，就知道刘庆国的离家出走将很快成为这个家的轰动新闻，成为那三个叔父欣喜若狂的谈资。刘大夫是个好人，好人必然是软弱的人，他自己承担不了痛苦的，他一定会向别人倾诉。果然，很快，哭声从老太太房里响起了，接着，是诅咒："都是那个狐狸精……你娶她进门就没有好事……树！连树都生病，天灭我刘家啊!"

冯婉如嘴角浮起了冷笑。

有人往老太太房里去了。听得出,脚步是很欢快的。好像刘庆国这个长房长孙的出走真的是一件喜事。肚子有些痛,孩子在动。冯婉如从孩子的蠕动中也感到了喜悦,真正的喜悦。秀梅悄悄地进来,朝她点点头。她当然明白这点头的含义,便舒了一口气出来。气息是酸酸的,像她刚吃下去的梅子。"酸儿辣女",她想起这句民谚,压不住的笑就从心底涌了出来。现在,一切都已经开始,像射出的箭,即使射不到靶子,也没有回头。

她捧着她那其实还并不明显的肚子,走出屋子,踏着满地的月光,镇静地向老太太的房门走去。月光温柔地抚摸着她,也包裹着她,如水银般地在她的衣裙边流动着,竟好像有叮叮咚咚的声音在细碎地响,就像冯婉如此刻的心境,温婉却活泼,激动而沉稳,如一种女人的自恋,羞怯怯的,但骄傲地昂扬着心情的旗帜。

她拉开房门,掀起老太太永远不允许摘掉的棉布帘子,满屋子的声音就断电似的安静下来。所有的目光都射向她,狠毒的,恐惧的,陌生的。刘大夫的眼睛里有一种哀怨,一闪,就消失了。

"庆国死了。"冯婉如的声音平静极了,但这平静的声音却如同一颗炸弹在屋子里炸响。老太太眼睛一翻,就倒下了。刘大夫则触电似的跳起来,大叫:"你刚才不是说……"他的话哽在了喉咙里,咕咕地响。他像只鸡似的伸伸脖子,咽下了痛苦,却挤出了眼泪。

"刚刚得到的消息。"冯婉如说,稳稳地站定,捧着肚子。

刘大夫扑到她面前,颤抖的手指着她的鼻子,唾沫星子喷到她脸上,有一股腥味:"这、这刚多一会儿时间啊?哪儿来的消息……哪儿?"

看上去刚刚吸过大烟的二叔父也精神抖擞地凑上来:"这个事你可要说清楚。庆国死了?怎么死的?死在哪儿了?"

冯婉如回身叫:"秀梅!把人带进来吧。"

秀梅应了一声，先走进来，把一双湿漉漉的皮鞋放在地上。那一看就是刘庆国的鞋。刘大夫腿一软，一屁股就坐在了地上，眼睛死盯住那双鞋，连随后走进来的几个人都没去看。那几个人其实大家都认识的，在刘家门口要饭的乞丐，常拉刘大夫上诊所的车夫，还有街边修鞋的林二。他们七嘴八舌地说着，笨拙而又积极地证明他们看到有个年轻人跑出了刘家大门，后来又是秀梅追出去，说是大少爷跑了，让大家帮助去追。"我们追到河边，就看见这双鞋。"林二吸吸鼻涕，最后总结道，眼睛偷偷地瞟了冯婉如一眼，又补充说："看来大少爷是……跳河了。"

刘大夫的眼睛和冯婉如的眼睛就在这一刻相遇了。心如刀绞的父亲突然从妻子的眼神里捕捉到一个奇怪的信号。

沉默了，所有的人。好像大家都知道这故事里有着一丝奇怪，但没有人再往下问。几个证人灰溜溜地被秀梅领走了，他们的灰溜溜是因为他们没得到他们想得到的。刘大夫开始照顾自己的母亲，他的弟弟们则有些失望，磨蹭了一会儿就找借口走了。只有冯婉如，仍然挺立着，一动不动，脸上是胸有成竹的平静。

事后有人说，就是在那一刻，院子里大树上的虫子们纷纷化成了虫蛾。它们像得到了命令，一起轰然起飞，像一朵月光下的白云，诡异地飘走。刘家大院立刻暗淡下来，被啃光树叶的枯枝在天幕下像书法家随意挥洒的笔画，浓黑，而且倔强，充满了不羁的骄傲。

不知道什么时候，冯婉如转身回自己屋了。

又不知道什么时候，刘大夫也回来了。夫妻俩再一次面对面地坐下，刘大夫搓着手，不说话，眼睛也低着，不敢和冯婉如对视。冯婉如看着丈夫，继续织着手里的毛线活。她知道刘大夫在偷看那件小巧的婴儿毛衣，也知道他的心溃败在毛衣精巧的花式里了。

"庆国太想上大学了。"许久，冯婉如说，"你要是想他，你就相信他死了。"

刘大夫颤了一下，还是没说话。

六

终于分了家。

分家的主持人当然是冯婉如。现在,刘家已经没有人能和她抗衡了,她已经在这个大院里有了不可动摇的地位。她没有想到的是,是新社会加速了她获得这样地位的进程,但是,也让她感受到前所未有的压力。刘家所有人在新的一切事物迅猛到来的时候茫然无措,而冯婉如却从中体会并且接触到了一种无形的力量。这力量于她来说是力量,也是艰难。刘大夫的诊所被合并到人民医院了,刘大夫现在成了个拿工资的劳动者。刘大夫的二弟进了戒毒所。酷爱大鼓书的三弟索性放弃了票友身份,去新成立的曲艺社当了评书演员。四弟,那个色眯眯的家伙,现在是一家铁工厂的会计。冯婉如让秀梅把椅子搬到了院子里,她端坐在春天和煦的阳光中。她的小儿子庆东在秀梅怀里喃喃地自语,她则充满怜悯地看着眼前沮丧的人们。

"不用紧张,人到了死胡同里,总也找得到拐弯的路。"冯婉如轻轻地说,是说给对面的人们听,也是说给自己。刘大夫现在的工资几乎是过去的四分之一,而刘家的孩子们正像树一样地成长起来,正需要金钱的浇灌。这对于冯婉如来说,是始料未及的窘状。就在分家的这一刻,她突然感觉和面前的人们亲近了许多。他们的消沉,他们的慌乱,他们低眉顺眼的绝望,都在她的心境中增添着阴郁的分量。

"把家分了吧,"她侧过身,抓住小儿子的一只小手,把它紧握在掌心里,那种娇嫩和柔软让她心里暖了一下,"分了,大家都经心着点过。共产党不是讲了,新社会,人人有饭吃的。"

没有人说话,大家都似乎习惯了在冯婉如面前沉默。冯婉如有些失望,她觉得自己有时候是渴望战斗的。她近来常常喜欢回忆在武府的那些时候，在酒席上每一个阴冷的眼神，在画案边每一句暗藏机锋的话语，轻描淡写，举重若轻，笑里藏刀，杀人于无形。她经历了，她磨炼了，她的手枪今天还藏在她的梳妆台抽屉里，静静地等待着一次拼杀。然而，一切都变了，也许今后，平庸而琐碎的生活将是她最大的敌人。

她突然觉得索然无味了。她让秀梅把她拟好的分家条款发给大家。她知道，没有人会有意见。不是她霸道，而是她确实公平地分配了家里的一切，哪怕是一只钉子。昨天晚上，她把分家方案给丈夫过目，在人民医院工作得疲惫不堪的刘大夫只瞥一眼，就说："你看着办吧。"她就有些不高兴，不说话，只去哄小儿子睡觉。丈夫觉出她的不快，说："我知道，你不会在这事上有私心。"冯婉如就冷笑一声道："有私心也是为了刘家，和我没关的。"刘大夫仰脸看着天花板，长叹："刘家几代，传到我，到底还是分了。"

现在，人们只需按照她的分配去搬东西了。其实也没什么可搬，各屋的东西还是各屋的，公用的家什无非就那么几件。那几只青花瓷罐被搬了出来，冯婉如马上喝道："这就不要动了吧？你们大哥一直用它装药材的，还是留给他吧。"人们彼此看一眼，没有人说话。那些瓷罐第一次出现在阳光下，蓝色的花纹顿时鲜活了起来，瓷釉的温润如水般流动，花纹便在水中荡漾着，让冯婉如的眼睛里溢出了一种感动，仿佛生活的乐趣又在这一瞬间活跃了起来。"人到了死胡同里，总是找得到拐弯的路。"她对自己喃喃地重复了这句话，然后，转身回屋。秀梅知道她要做什么，旋即关了房门，忠诚地守候在了门边上。屋里，冯婉如找出了红布，开始蒙罩屋子里的家具，她又要转运了。

冯婉如现在越来越依赖于这种奇异而且不知道有没有效果的仪式了。她觉得在那一屋灿烂的红色中，她的心会有一种安宁。闭上眼睛，红色在眼睑上涂抹出一片晚霞，淡淡的斑点在霞光中游动，人就仿佛回到母腹之中。冯婉如觉得很奇怪，自己为什么会有胎儿的记忆呢？她从小就常做一个梦，梦里什么也没有，只有飘拂的斑斑点点。她想那就是母亲子宫里的湖泊。现在，这湖泊被染成绯红了，平静中就增添了喜庆的纹理，那一种胎儿般不舍离去的情绪，就在红色中沉沉浮浮了。

她仍然端坐着，什么也不做。两只手放在膝盖上，手指在红色里更显纤细和修长。用指甲花染过的指甲，呈现出一种温和的黑色。她依次动动那一点点的黑，十个活泼的黑点便在她的旗袍上舞蹈。她笑了一下，笑里有点无奈。二继子刘庆生要考大学了，继女刘庆英要添置新衣服了，三继子刘庆林淘气打碎了学校的玻璃，要赔。钱。这个字跳进冯婉如的脑海，溅起的水花把思维打湿，也把梦打碎。

傍晚的时候，冯婉如走出房门，一如既往地平静。她穿过院子，径直走进二弟的房门，把一沓钞票放在有点惊慌的二弟妹面前。

"老二进了戒毒所，不知道什么时候才能出来。先花吧。"说完，不等回答，转身走了。

刘大夫在饭桌旁坐着，面对着摆好的碗筷。他显然知道她去做什么了，见她回来，忍了忍，终于忍不住说："那是留给庆生上学的钱，他要去北京的。"

冯婉如掀开扣在菜盘上的饭碗，轻轻地说："你们刘家不是从来兄弟要靠哥哥的吗？"

刘大夫吸了一口气，没说出话。冯婉如把饭盛好，推到丈夫面前。夫妻二人默默地吃饭。偶尔地，妻子给丈夫碗里夹一点菜，丈夫就一声不响地吃。秀梅站在一旁，也不作声。冯婉如把最后一口饭吃完，才说："明天，我要出去一趟。"语气平淡，像是说别人的事。

刘大夫嘴张了一下，终于没有发出声音。他很累，他是医院里最知名的大夫，几乎所有的病人都点名要他诊治。过去他在自己的诊所里可以将一些病人拒之门外的，现在不行。现在他是人民的医生，他要为所有人民群众服务。他认可这个道理，但解决不了身体上的劳累。当冯婉如从厨房收拾完碗筷回到房里时，他已经睡着了。

冯婉如看看丈夫，又看看站在墙角里的秀梅。秀梅立刻走过来，从怀里掏出两张火车票。车票是到哈尔滨的。冯婉如把车票在手里揉搓着，又看看秀梅，什么也没说。她不知道应该说什么，也不知道明天的旅程会有什么结果。本能地，她预感到在她面前的道路，不会是顺利的。

七

在哈尔滨那所著名的大学门口出出入入的年轻人个个气宇轩昂面带矜持。冯婉如向门卫说自己要找动力系的冯建国。门卫问她是冯建国的什么人，她说是姐姐。二十分钟后，当那个叫冯建国的学生走出来的时候，远远地，她就从他的脸上看到了愠色，心不由得一紧。

当他们走在江边的时候，太阳正向江水里沉浸下去，波涛上晃着一片一片的金，仿佛从淬火的太阳上飞溅出的热情。冯建国却是冷冷的，第一句话就说："我和刘家没关系了。"冯婉如淡然一笑，立刻把话堵了回去："可你现在和冯家有关系，你姓冯。"

冯建国愣了。他看着面前的女人。这个女人变了，衣着不再华丽，只穿着普通的棉布制服，头发也没有烫过，直直地垂在耳边，像个在机关工作的女干部。而眉宇间的一点冷峻，却令他不敢正视。他知道，他亏欠这个女人的。而这种亏欠，想多了就是一种烦恼，烦恼得开始恨这个女人。就像面对为自己治疗过癫疮的医生，一想到她曾目睹过自己的溃烂，就恨不得掐死她。待在朝气蓬勃的校园里，冯建国只想远远地躲开这个女人和她身边的一切。甚至，也想躲开他的可能会伴随一生的新名字。

"你说，找我做什么。"年轻学生无可奈何地问。

"要钱。"冯婉如的回答简明扼要。

"我没有……我哪有钱。"冯建国要哭了，他蹲下来，闻着江水的腥味，觉得浑身无力。

冯婉如慢条斯理地开始述说。说你父亲现在只靠工资了，说你二叔进了戒毒所，说家已经分开过了。还说，你二弟庆生该考大学了，他一心想考到北京去……"家都这样了，还去什么北京。"冯建国脱口而出，愤愤地。冯婉如愣了一下，她想不到面前的孩子竟是这样说，怒气从心底涌起来，又被她压住了。

"我可不能这么说。"许久，她冷冷地说道。

他看着她，听出她话里的气愤。他知道她作为继母无可挑剔；相反，如果没有她，他也没有今天。可是，他就是和她亲热不起来，也没有什么感激的欲望。他也奇怪自己的冷酷，他觉得来自刘家大院的人似乎都有一股阴气，这股阴气和他生活着的美丽校园格格不入，但似乎已经深入他的骨髓。他回避相信这一点，但事实永远让他悲愤。

他们就这样一站一蹲，愣愣地看着慢慢暗淡的江水。

在西坠的晚霞里，冯婉如看出男孩的体格似乎比上大学之前强壮了许多。下巴上的胡须也粗了起来，在胡须与胡须的缝隙里，还隐约有着红红的"壮疙瘩"。他像个男人了。他大概刚刚打过篮球，身上的汗味在江风里一阵阵地荡漾，让她好像有些眩晕。她想，他要真是自己的弟弟，多好啊。

"庆国……"她低声地叫道。

他抖了一下："我不叫……我是建国。"

"一样的。"她说，"咱们这个家，将来要靠你了。"

年轻的大学生好像叹了一口气，但在大起来的江风中，她没有听清。波浪拍着岸边的堤石，远处的小船摇摇晃晃地划过，像青年的心一样时隐时现沉浮不定。夜来了，黑暗中有人向着江水乱喊乱叫，在情绪低落的大学生听来，是狼似的苍凉，而在冯婉如耳里，却只是小猫狗的嬉戏。

"大城市真好，人都活得这么自在……"她说，"你放心，你读书的这几年，我只会来这一次的。现在，用乡下的话说，碾盘压手，我实在没办法。"

"你就没有积蓄吗？你原来……"大学生说。

像是锥子扎了心，冯婉如的眼睛一下子瞪大了。年轻人的身影在她的眼前越来越模糊了。在夜色里，她仿佛没有办法捕捉到他的人，更不要说他的心。她却又看到武府的敞亮大门了，但是那门却好像漂浮在夜幕之上，像那江上的小船一样忽忽悠悠。武司令从来不是这样的，武司令只会给女人们钱。而从不问女人们钱是怎么花了。武司令每次从怀里掏出钞票的时候，脸上都笑嘻嘻的，像是很陶醉，很欣赏自己。而现在……冯婉如觉得心痛，心脏像被一只大手抓紧了，每一下跳动都是一次痛苦的挣扎。

"建国……"她喃喃地叫，声音颤抖着。

大学生似乎也知道自己的话有多莽撞，他不再作声，蹲着，像块石头似的一动不动。

冯婉如缓缓地转身，走了。没有目的，也没有方向。就沿着江水，那么磕磕绊绊地走下去。脚下的鹅卵石硌着她的脚心，一阵阵的痛沿着双腿游走上来，直钻到心里，像小蛇噬咬着她的心。当年的故事浮现在眼前了，像断了的电影，出现了，又消失，融化在黑夜里。当年，是她让厨师带刘庆国走的，厨师根本不是厨师，是她的亲哥。哥说："你这样帮这个小子，将来会落下他的好吗？"哥是练武的，从小不爱读书，但心疼自己的妹妹。她说："哥，将来的事我顾不上了，我只能顾现在。"哥长叹了一声，不再说什么，带孩子连夜回了冯家庄。从那时起，冯家多了个远房亲戚。冯建国考上大学时曾经在冯家长跪不起，他知道，冯家为他是担了风险的。

现在，他应该是忘记了。

冯婉如的眼泪在江风里被吹干了，脸上的泪痕只留下一种火辣辣的感觉，仿佛有盐粒在脸颊上腌渍着，又仿佛是命运的利爪在撕扯着她的皮肤。远处有黑黢黢的一团，似乎是树丛，在夜色里横亘，显露着一种阴郁。有人在远远地唱歌，不是中国语言，而冯婉如当然不知道那是俄语。歌声在江面上徘徊，断断续续，像冯婉如的心情一样茫然。她顺着歌声的方向走，仿佛在梦魇中。梦是易碎的，像家里的青花瓷，又像整个的家，需要小心翼翼地呵护。而歌声就是打碎梦的那只手，突然地高亢起来，让江面上的夜雾飘散了。

冯建国始终没有追上来。

当晚，冯婉如和秀梅就乘上了归程的火车。

在车站的站台上，冯婉如最后看了一眼这座城市。当然，车站的天棚已经使她不能窥见城市的完整风貌了，她只看到在天际边上暗淡的灯火和隐约的建筑剪影。这是一座冷漠的城市，这是一座伤心的城市。来到这里，她没有惊喜；离开这里，她也没有留恋。她把目光从城市低垂到自己风尘仆仆的脚上，看着陈旧的绣花布鞋上已经没有了鲜艳的花朵。她又想到她第一次进刘家大院时的场景了，仿佛昨日，又仿佛是很久很久以前的事情。

冯婉如在火车上没有睡觉，也没有说一句话。她阴沉着脸，死盯着窗外漆黑的原野。坐在她身后的秀梅担心地看着她，从车窗的反光里捕捉着她眼中的每一点火星。那火星和窗外闪过的灯火一样，一瞬即逝，却在亮起来的那一瞬间有一种仇恨的凛冽。

八

刘庆生当然还是上了大学的，但他没有考上北京的大学，而是到一个很陌生的城市去读了师范。把哭丧着脸的二儿子送上了火车，刘大夫才说出了早就想说的话："要是不把钱给了老二家，孩子也许……"冯婉如锋利如刀的目光一闪，说："人如果只为了自己，就不是人。"刘大夫摇摇头："你说得对，可是……"

没有可是。冯婉如在心里呐喊。她很清楚，庆生其实不是仅仅因为钱没能上北大的，和他哥哥庆国当年的困惑一样，他是被他的出身问题绊倒。刘家大院曾经远近闻名，出入这个大院和刘大夫诊所的人多是被今天这个社会所不齿的人物。但她更知道，丈夫是个迂腐的人，他不会明白这些，在他的心里，只有病人和药材。冯婉如觉得，不如就让他这样糊涂下去吧，生活里的很多苦恼，在迂腐的人看来，只能是无法逾越的关隘。

接下来，她还要对付继女刘庆英。

刘庆英随着年龄的增长并没有变得漂亮起来，俗话说的"女大十八变"在她身上很遗憾地向着另一个方向发展。于是，她开始阴郁，开始叛逆，开始和所有她认识或不认识的人作对。就在送走二哥的当晚，她和父亲又就她的未来发生了争吵。

"我不要学医，我不想当医生。"庆英的脸藏在阴影里，她已经习惯了这样逃避明亮，她特别不能接受自己那只硕大而且微微发红的鼻子在光明下的傲然挺立。她曾经在自己的房间里多次试图战胜这个令人厌恶的肉团，但总是无可奈何地失败，她由此而心生愤怒。

刘大夫当然知道女儿的心思，他小心翼翼地回避和女儿正面交锋。他只是委婉地劝说："学医好啊，人人都离不开医生的。"

"当医生有什么好？伺候所有的人，又脏又累。"

"可是……"刘大夫没有再说下去。不知从什么时候起，他学会了说半句话。仿佛语言的力气已经不够，在滑出他的嘴时总有一半滞留在他的喉咙里。他的喉结一动一动的，是语言在那里的挣扎，让人看了心有不忍。

冯婉如在炕上为小儿子庆东缝棉衣，听着父女不愉快的对话，不动声色，也不抬头。她知道，她的身份决定了她的话必须谨慎地说在点上。应该说的，不能不说；不该说的，绝不能说。她其实是同意庆英不去学医的，她不是那块料。尤其她知道，如果让这丫头做了她不想做的事，她最要折磨的，就是她这个继母。可她现在不能说，她不能在继女面前违背丈夫。

"我要去学美术。"庆英突然高声宣布。

"美术？"刘大夫瞪大了眼睛，"不就是画画？"

冯婉如知道自己应该说话了："是啊，庆英平时可爱画画了，人啊，树啊，画得可像了。她有这个天赋。"

刘大夫把眼睛转向妻子，话突然利索了："张大千是大画家，可人家那是几十年的磨炼。一个小姑娘，学画画，能有出息？学医，出来就进医院，就挣钱的。"

"我不想学！"刘庆英厉声喝道。由于愤怒，她从灯影中站了出来。鼻头上点点的汗珠闪烁在灯光下，红得似血。她用怨恨的目光盯着父亲，挑战似的抓起炕上的剪子，咔嚓一下就把冯婉如手边的蓝布铰了。

"你……浪费布票啊……"刘大夫软弱地叫了一声。

冯婉如没吭声。她分析着继女的行动。她知道这不是无意识的，继女是在警告她，继女明白她的话言不由衷，继女要求她在这件事上保持鲜明的立场。

继女还是对她不信任的。

冯婉如没有生气。她笑了笑，把剪坏的布卷起来，轻轻地放到了一边。她早已经不祈求别人的感谢或者亲近了，她知道这个世界上有许多事情是不能强求的。她要做的，只是保护自己，保护丈夫和孩子。对继子继女们的忍让，也是以此为前提的。她没有别的路可走。条案上的青花瓷罐少了一个，其他的仍然默立，似乎有些哀伤了。那个罐子已经变成了庆生的学杂费，消失在人生的道路上。她预料得到，早晚，这几个罐子都要牺牲的，它们和这个家，已经是生死与共。

当晚，谁也没再说这个话题。临睡的时候，冯婉如告诉丈夫，明天一上班，给秀梅打个电话让她回来一趟。秀梅结婚了，是冯婉如做的媒，嫁的是当年武司令府上的一个小花匠。冯婉如告诉秀梅，新社会了，嫁人就要找个干干净净没有毛病的主儿。现在，秀梅两口子都是园林公司的工人。刘大夫想问要秀梅回来干吗，想想，没有问，就睡了。

第二天，当秀梅请了假赶回刘家大院时，看到的是前女主人的房门紧闭。她立刻明白了这是怎么回事，一声没出，搬了椅子就守在了门前。她知道，冯婉如又在转运了。

屋里，冯婉如知道秀梅来了，也没出声。仍然是满屋子的红色，仍然是庄重而且诡异的气氛，仍然是心里的波涛翻翻滚滚。那把手枪早就想悄悄扔掉的，在冯婉如的设想中，现在它应该是一块石头，沉在小河的水底。冯婉如知道，共产党不是怜花惜玉的武司令，也不是软弱可欺的刘大夫，共产党的天下已经强大了，她不能不面对这个社会。冯婉如还知道，这个世界，已经是不容回头地向着新的方向前进了。

但，冯婉如始终坚信，自己总应该会转运的。于是，她终于藏起了那把枪，像是藏起一份盼望。

刘家老二三进三出戒毒所，终于被送去劳改。老四则因为在"三反""五反"中查出贪污，也被送到兴凯湖农场去了。倒是痴迷大鼓的老三，唱红了，成了人民艺术家。翻云覆雨的变化，人在浪涛中沉浮，不知有多少的叹息和感慨，在每一家的饭桌上回味，也如连绵的雨，在房檐下滴出点点的水泡。冯婉如呆坐着，什么也不想。只听见遥远的，有大炼钢铁人们的报喜锣鼓，以及街道食堂开饭的吆喝。这些生机勃勃的声音，热烈，杂乱，撩拨着人们的心，却让她没有来由地又想到了武府。武府的花团锦簇，武府的歌舞升平，武府的每一个不眠夜晚和武府里的龌龊与卑鄙。武府和今天这个时代是不相宜的。她那天路过武府，那里已经是一所小学校了，校门上"天天向上"的标语掩盖了旧宅第的腐败，但孩子们的读书声里却似乎隐约有些丝弦之声。这让她愣怔了半天。

"我是谁？"那一刻，她突然地问自己。这问题仿佛是从什么地方冒出来的一股泉水，冰冷，而又带着一种清冽的苦涩。她打了个冷战，匆匆离开了武府的大门口，像逃跑的一只兔子，把柔软皮毛包裹的心收藏在奔突的过程里。

现在，在漫天的绯红中，她又一次这样问自己。然后，她回答。红色似乎给了她勇气，她敢回答了。她对自己说："我就是一个人，一个女人，而已。"这回答很苍凉，带着几分自嘲的意味，也带着面对不得不面对的一切时的那种无奈。有了这回答，冯婉如好像做出了一种决定，她环视着她的屋子，让满屋的红色缓缓流进她的心灵，然后，长长地呼出一口气。

当晚，她告诉丈夫："明年一定要让庆英学医，不能她愿意学什么，就学什么，那会害了她。"

刘大夫皱紧了眉头，又松开了，什么也没说。

冯婉如又说："要尽快帮她找个对象。不然，心定不下来。"

刘大夫的眉头松开了，又皱紧。

九

刘庆英在上大学一年级的时候认识了这个男人。她开始不同意，就因为他是继母介绍给她的。为了上医学院的事，她和继母是翻了脸的。但当男人替她给学院的解剖实验室当了一回清洁工之后，她点头了。

医学院有个不成文的规矩，哪个学生违背了校规，就要罚他去打扫解剖实验室。其实这里一般来说是并不脏乱的，只是池子里的尸体，沉沉浮浮，让人毛骨悚然。

刘庆英常常被指责违反校规。

有着一只硕大鼻子的女孩儿自己也想不明白，自己真的错了吗？似乎有错，也似乎没有错。其实错误往往是在人的嘴巴里形成的，最终的错误和错误的起源每每有着差距。刘庆英穿了一双新皮鞋在雨地里踩，就有人说她是资产阶级小姐。她争辩，但对方又拿出了半个她扔在垃圾桶里的馒头，批评她对劳动人民缺乏感情。她说不过，哭着骂人家欺负她，有人又会警告她说，对方可是共产党员，小心因为攻击党而成了"右派"。

她是刘家大院长大的孩子，她还是这个大院里唯一的女孩。所以，她从小的生活状态只能用无忧无虑来形容，她从没有想过什么东西是她可能得不到的。继母冯婉如的进门，让她在精神上多了一分压力，却在生活上更多了十分享受。冯婉如从不回绝继女的任何物质要求，甚至，她为她想得更细微也更主动。天还没有凉下来，新的棉衣就已经做好了。放学还没有进家门，温水就已经摆在了小姐的书桌上。刘庆英之所以穿新皮鞋去雨地里乱跑，是因为冯婉如讲了："不要买胶鞋了，太捂脚的，下雨你就穿皮鞋好了，坏了再买。"

刘庆英活得无拘无束，活得恣意放纵，活得像一只没有脑子而四处乱飞的小鸟。

她根本不知道她踏在水洼里的皮鞋也同时踏在同学们的神经上，她也根本不明白那些她扔掉的馒头包子让同学们有多切齿。她更不知道，经济水平的悬殊是人与人之间最硬碰硬的仇恨，何况她还表现得那么没心没肺，那么居高临下。

她不懂，她违背的不是校规，而是人际的准则。

所以，她的哭泣，她的争辩，都只能是更讨人厌，更让人觉得她不懂人事。她委屈地告诉同学们："你们以为我愿意学医啊？我根本不想来。谁愿意当个破大夫伺候人呢？"于是，连她最要好的室友都马上和她拉开了距离。

有了男人，刘庆英的日子才似乎好过了一些。

男人叫乔安明，是另一所大学的学生，学理科的，比她高一级。乔安明很快成了刘家的常客，他那略带嘶哑的嗓音像只鸭子似的经常在院子里聒噪。刘大夫对未来的女婿说不出印象好坏，冯婉如的态度也总是淡淡的。乔安明却如鱼得水，甚至和院子里的房客也聊得很欢。刘家的大家庭是早就散伙了的，两个倒霉的叔父早搬走了，名演员老三的搬走却不能叫搬走，而叫乔迁。冯婉如不顾丈夫反对招了几家房客，为的是补贴家用。房客之一是汽车公司开公共汽车的，回民，喜欢在自家门前支上火锅，慢条斯理用把牛耳尖刀片羊肉。乔安明就会坐在回民的案前，看人家片肉，眼睛放着光，和人家聊着天南海北的无聊事。刘大夫见他聊得多了，就问自己的妻子："这小子是不是不大着调？"冯婉如只斜一眼，轻轻地说："对庆英好，就行了。"刘大夫想说，这么不可靠的人，能对庆英好吗？但话没有说出口。他知道妻子的安排没有错过，他也知道女儿的性格、相貌都没什么资本。乔安明虽然不理想，可理想的男人又在哪儿呢？

何况，乔安明说起来有个和刘家还算般配的家庭。

其实乔安明的爷爷只是个乡下土财主。但他人很开明，卖地供乔安明的父亲学了医，在城里做了大夫，也有自己的诊所。事情往往就像大多数的水果，表面和内里的颜色是不一致的，鲜艳之下，也许是一种苍白。乔安明的父亲虽然穿了雪白的大褂，但骨子里仍是土壤的黝黑。尤其是吝啬，到了令人发指的地步。他诊所的女护士没有一个做满三个月的，她们辞职的原因其实很简单，但她们个个摇头叹息不肯明说。原来，乔大夫把她们上厕所小解用过的手纸都回收起来，晒干了再用。面对那纸张上的斑驳，他很坦然，而她们当然感觉到侮辱。

把乔安明推荐给冯婉如的，就是一位乔大夫诊所的前护士。她是冯婉如的故交，武尊义司令的前六姨太肖美凤。她们在大街上惊喜地邂逅，搂抱着哭了一通，然后在茶馆里坐到天黑，互通了分别后的情况。肖美凤离开武府后一直靠当护士生活，她这个护校的学生总还是能吃饱饭的。冯婉如向她倾诉了生活的艰难，肖美凤立刻毫不犹豫地把乔大夫的儿子推荐给了冯婉如。她也告诉了冯婉如乔家的悭吝故事，冯婉如思忖后认为这是一个优点，因为刘庆英是太不会过日子的了。

乔安明第一次到刘家就一气吃了一大锅饺子。说是一锅，当然没有谁认真地数过，只是这个瘦高的小伙子一坐下就没有起来，从第一锅饺子出锅起，吃到最后一锅。他只是认真地吃着，低着头，一口一个，不时地咬一口蒜，或是蘸一点醋。他很自然，很镇静，使周围的人都不觉得他是个饕餮之徒，反而觉得他挺可爱。刘庆英当然反对过这门婚事的，但冯婉如知道，她的反抗没有意义。她早就看透了继女，她是个看似强硬蛮横其实懦弱的女孩。

刘庆英和乔安明的关系就这么不咸不淡地维持着。他们的学校离得不远。乔安明来看刘庆英的次数渐渐从每周一次增加到两次、三次，最后，每天他都会出现在医学院的操场上。刘庆英的同学们对资产阶级小姐的恋爱倒没有妒恨，他们只是议论说，想不到她也会有人要的。

于乔安明来说，他似乎更喜欢去的是刘家大院。他喜欢那种家庭的气氛，喜欢刘家的饭菜。他也曾经爱抚过刘家条案上的青花瓷罐。他不懂它们，他只知道这东西于一个家庭来说似乎也必不可少。他天生是个爱家的男人。他其实不大知道爱情是什么，女人对他来说，也许也只是家庭的一部分。

终于有一天，在刘庆英的宿舍，当室友都不在的时候，乔安明侵入了刘庆英的个人世界，完全占有了家的这个部分。没什么波澜，没什么激情。乔安明穿上衣服就走了，仿佛被自己吓到，匆匆逃离现场。刘庆英躺在床上，一动不动，感受着身体微微的疼痛，仰望着上层铺板上被按死的蚊子尸体。那蚊子是叮过人的，所以尸体浸泡在干涸的血渍中。那血，和毛巾上的一样，并不怎么红，仿佛劣质。而就是这劣质的失去，让一个女孩成长为女人。

再回家的时候，刘庆英的变化逃不过冯婉如的眼睛。这丫头变得安静了，还破天荒地给继母买了一包点心。不知道为什么，冯婉如的心往下一沉，好像自己的什么让人窥见，又好像自己也丢失了些东西。她笑着品尝了继女的孝心，又安排出一桌还算丰盛的饭菜。要知道，这时饥荒已经危及每一个人了，做饭已经是家庭主妇们开始头疼的事情。

十

庆东从小学校回来的时候，总是喊饿。他是住校的，冯婉如坚持让他从一年级开始就住进了学校的宿舍，为的是让他坚强。但学校食堂的伙食越来越差了，小学生刘庆东怎么也坚强不起来。他那张因饥饿的小脸蜡黄着，让冯婉如的心一阵阵紧缩。

刘家的日子陷入了一种困境。这时，这个国家也陷入了同样的困境。

刘庆英已经很少回家，她知道回家对于继母来说就是一次抢劫，她不忍心去做这样的抢劫。但不知为什么，她又常常会生出一种抢劫的冲动，会想杀回家去洗劫一番。这也许是因为饥饿，但她有时会想是因为继母。她仍然在因为上医学院的事怨恨冯婉如，仇视如同深埋在心底的种子，时常吐露出一点嫩芽。但这点嫩芽却总是长不出茎叶，冯婉如总是能及时地不动声色地把它掐死，用一点零花钱，或是一点好吃的。刘庆英很多时候并不明白这些，但有的时候想明白了，知道继母的疼爱其实是把软刀子，知道继母精心包的饺子里不仅有猪肉还有心机，心虽恨恨，却也无奈，因为嫩芽是没有力气反抗的。刘庆英天生没有力气，没力气吵架，没力气争抢，也没力气谈恋爱。大饭量的乔安明更瘦了，到刘庆英这里来的次数也更多了，他是来吃刘庆英的。一顿饭可以吃掉刘庆英一周的菜票。她也没生气，甚至会看着他的空碗笑起来，全不想剩下的几天自己怎么活。

她就是这样一个人，好像永远停滞在一个静止状态里。

这次回家时她在大门口看到几个人，几个明显是来自农村的乡下人。他们衣衫褴褛，面黄肌瘦，见她敲门，便齐刷刷地把目光投向了她。那目光里有渴望，也有某种仇恨，尖利得仿佛开过刃的刀，凛然而寒冷。刘庆英莫名地就战栗了一下，匆匆迈过门槛，把那追上来的目光关在门外。

冯婉如在屋檐下奶孩子。她那过去曾精心保护过的乳房现在毫不羞耻地袒露着，被小女儿庆红吮吸着的乳头周围，深褐的乳晕大得像一张烙煳的饼。她看见庆英了，勉强地笑了起来，眼睛里却分明在说你又回来抢饭了。

"门口是谁?"刘庆英问。

"亲戚。"冯婉如简短地回答，脸上的笑容生硬而凄凉。

"那为什么不让他们进来?"

冯婉如长叹一声,没有回答继女的问话,却把脸埋在小女儿胸上。小女孩咯咯地笑起来,乳头便从张开的小嘴里滑出。刘庆英看得清楚,那乳头已经没有奶水溢出了,只是一颗干枯了的黑葡萄。

刘大夫晃晃悠悠地从房里出来了。他因为越发地瘦,而显得更高了些。他不满的目光从溃烂的眼皮里流出,蓬松的胡子里挤出一句声音很低的话:"太狠了……会饿死人的!"

冯婉如猛然抬头,声音尖厉:"那是我们冯家庄的人!是我的亲侄子!"

泪水汹涌而出了。冯婉如开始肆无忌惮地哭。刘庆英吓了一跳,她从没看见过继母这样失态。在她的印象中,冯婉如总是温文尔雅的,总是气质雍容的,总是不动声色地居高临下地看着这个世界。而现在,她似乎崩溃了。她哭得那么痛彻,哭得那么放肆,仿佛所有一切压在她心底许久的东西都在一瞬间释放了出来。她连她的衣襟都顾不上遮掩,她雪白的胸就在她的号啕中起伏。她怀里的庆红也哭起来,小孩子的哭声在她的哭声里只是一种微弱的和弦,断断续续地挣扎着。刘庆英看得出来,她的继母这回是真的伤心了,这个女人的心正在痛哭中碎裂开来。她害怕了,把求助的目光投向父亲。刘大夫也满脸是泪的,他告诉女儿,那的确是冯婉如的娘家侄子。冯家庄的人早在饥饿的压迫下纷纷走向死亡,侄子一家算是死里逃生。可是,冯婉如就是不让他们进门。他们已经在门外站了整整一天。

"为什么?这是为什么?"刘庆英听着自己的声音,嘶哑得不像是自己。

冯婉如的目光透过泪水向她看来,怨恨在泪水中闪闪烁烁。刘庆英明白了,她知道自己问得是多么地多余,多么地愚蠢。三个上大学的,一个上中学的,一个上小学的,还有一个在怀中嗷嗷待哺。冯婉如就是台生产粮食的机器,也供不上这些无底洞似的嘴。刘庆英开始有点感激继母了,因为她自己现在也正饥肠辘辘,她希望能尽快坐到饭桌旁，哪怕那里只有一个玉米面窝头。她明白继母是在捍卫这个窝头。而这种捍卫，对于继母冯婉如来说，却是撕心裂肺的痛苦。

大学生不再说话，她也无话可说。她悄悄走到大门边，从门缝里看着外面的人。那是一家四口，母亲，年轻夫妻，还有孩子。三个人坐着，而那个年轻男子却站立着。静静地，似乎没有不满，没有怨言，就那么一动不动地站着，像一棵树。刘庆英发现那是个英俊的男人，尽管饥饿，却仍然比她的乔安明要漂亮得多。他身上竟然有一种气质，坦然，平静，没有绝望，只有面对困境的一种坚忍和无奈。刘庆英的心被震撼了，她甚至产生了扑向这个男人的冲动。她不再多想，转身直奔厨房。但当她拿着两个窝头跑出来的时候，却被冯婉如的一声厉喝给钉在了当地：

"你要是给他们吃的，你今后就不要回家！"

刘庆英不相信自己的耳朵。她缓缓地回头，把惊异投向继母。冯婉如也看着她。她们用凛冽的眼神做彼此的交锋。刘庆英的抗议渐渐失败在继母的强硬之下了，但她不甘心，又抖擞精神，让自己的目光再次挺拔起来。冯婉如当然了解继女，她先把眼睛湿润了，然后低声说："现在这个年月，不狠心不行了……我比你心疼他们，可是，我不能那么做……"

她的眼泪滴落在小女儿脸上。她慢慢地为她擦去，又慢慢地扣好自己的衣襟。她的动作显出一种劳累，缓慢，而且绝望。她不看刘庆英，仍然低着声音："你给不了他们一辈子的，他们总要自己奔……你现在给了他们，其实是害了他们。"

"那他们今天要是死了呢？"

刘庆英尽力把尖刻摆在脸上，也突出在话语中。她常为自己在继母面前落于下风感觉羞耻和愤怒，进而鼓起再战的勇气，却又同时萌生面对再次失败的惧怕。她总这么矛盾着，挑衅，挫败，再挑衅，再挫败，像一只恼羞成怒的小公鸡。她知道自己手里的两个窝头是送不出去的了，但她不甘心，她要反抗。

冯婉如的目光如利刃在继女脸上划过，让刘庆英心头一凛。但是，不容继女捕捉到那利刃的寒光，冯婉如的眼睛已经变成温和而深不可测的水潭了。她起身走到了继女面前，把一股带着酸味的饥饿的气息喷到她脸上："生死有命，那是他们的命，也是我们的命。"

刘庆英被那股酸腐气息熏得作呕，话也哽在喉咙里说不出口。她看着冯婉如转身走回自己的屋子，看着父亲像奴仆似的跟着也悄然走掉。她手里的窝头已经冷了，像心一样地硬起来。她觉得自己要死了，眼泪冷冰冰地流出眼眶。

当她快走到大门口时，她突然有了一种预感，门外的人应该已经不在了。她很奇怪自己这种强烈的预感，因为她知道，自己是个愚钝的人。她慌忙地打开大门，用目光寻找目标。果然，不知什么时候，那几个人已经消失得无影无踪，好像从来就没有来过的样子。刘庆英看着空旷的场地，好像心也一样地空了。

十一

刘庆英和乔安明结婚的前一天下午，新娘子收到了一张神秘的汇款单。没有寄款人的姓名，附言栏里只有寥寥的四个字：新婚快乐。看着有些熟悉的字迹，刘庆英的心狂跳起来，仿佛当年闯进继母房间的那一回，满屋的红色让她窥见的那一种久远的震撼。

她把汇款单拿给继母看。冯婉如只笑笑："好啊。"不再说任何话。但刘庆英知道，继母是秘密的制造者和维护者，她是清楚汇款来自何方的，甚至，汇款就是她的策划。刘庆英为继母的深不可测而战栗，她知道，自己是永远不能把继母打败的了。

年轻的妇科实习医生过了三天婚假就和丈夫开始了分居生涯。领袖号召把医疗卫生的重点放到农村，刘庆英理所当然地被分配到了一家乡村卫生院。她用汇款单里的二百元钱为自己在村子里安了一个家。睡在烧热的土炕上，听着风雪在窗外肆虐，她把眼泪涂抹在继母为她准备的绣花枕头上，让因湿透而更显鲜艳的花朵冰冷着自己的脸颊。不知道为什么，她并不怎么想乔安明，丈夫对于她来说，似乎并不是亲人，而只是生命里的过客。她睡梦中的乔安明，总是在咔咔地咀嚼着一棵带着冰碴的大白菜。那是饥荒时期的印象。有一回乔安明半夜跑到她的宿舍，就是这样啃着一棵白菜，在路上偷的，他饿疯了。他咀嚼白菜的样子从此留在了刘庆英的脑海里，她不明白是因为这幅图画让她萌生了嫁给他的念头，还是从那时起她不再爱他。

爱与不爱，生活总要继续。

弟弟刘庆林在上高中以后幡然悔悟，从一个浪荡公子变成了优秀学生。二哥刘庆生大学毕业留在了他上学的那个城市，安家立业，似乎主动地从刘家的家谱上消除了自己的痕迹。还有一个人是刘家上下的忌讳，没有人提起，更没有人谈论，每一个刘家的人都装模作样地假装着失忆。冯婉如的两个亲生儿女已经长大，刘庆东已是翩翩少年，而刘庆红的如花笑靥更让刘庆英心生妒恨。她很少回家了。

因为很少回家，她成了卫生院的骨干医生。

她也成了护士长肖美凤的宠儿。

一直独身的肖美凤现在已经是个臃肿的大妈了，有着一双浑浊的眼睛和一对总是浮肿的脚。她的身世在卫生院是个谜。没有人知道她的过去，也没有人知道她为什么不结婚。甚至，她为什么会出现在这样一个偏僻地方，当了这样一个不明不白的护士长，都没有人说得清。当然有风言风语，譬如说她作风不好，说她和镇上的书记睡过觉。但任何风言风语都没有实证，没有人把她和书记从床上揪出来过，所以传言只能是人们茶余饭后的谈资。

肖美凤为刘庆英端来了她煮的饺子。肖美凤为刘庆英带来了她为她织的毛衣。刘庆英在肖美凤身上体会到的，是不同于继母的热情。没有暗示，只是明确的亲热。没有索取，只是义无反顾的付出。单纯的刘庆英很陶醉，她认为肖美凤就是她艰难而单调的农村生活里一盏暗淡而温暖的油灯。她也不知道肖美凤和继母的关系，甚至不知道这个胖女人是她和乔安明的介绍人。她这一辈子，有多少被冯婉如蒙在鼓里的事呢？

又下雪了。一开始就是那种目空一切的倾泻，不像是雪，而像是泼洒的冰球，每一团雪花都沉重得仿佛落地有声。村子顷刻被掩埋在了雪里，只有一根根顽强的烟囱，从雪堆里探出头来，吐出的炊烟却被雪打压得支离破碎。

刘庆英缩在她的小屋里哭泣。没有柴了，也没有粮了，雪堵住了门，把弱小的她封闭在狭小的空间里。窗纸却早就破了，雪可以肆无忌惮地涌进来，在她冰凉的炕上滚动。她感到绝望。绝望的心情似乎是有重量的，沉重地压住她的五脏六腑，让她窒息。她觉得自己要死了，她不甘心，但也无奈，她知道死亡从来不以人的意志为转移。作为医生，她早已经习惯了面对死亡。昨天还有一名产妇，在她还没来得及跑上手术台时就停止了呼吸。可是，别人的死毕竟是别人的事，自己迈向死亡的幻想却是真切的痛楚。刘庆英医生想象着自己躺在棺材里的僵直，生命中的一切便都是怨和恨，让她痛彻心扉了。

就在这时，她听见有人在门外铲雪，伴随着铁锹声音的，是粗重的呼吸。

她一下子精神了起来。她知道，是肖美凤来了。

于是，当门终于被拉开的时候，她一下子就扑进了对方那肥厚而温暖的怀抱。

事后许多年，她都为她一时的冲动后悔。那充满激情的一扑，在她来说，成了永远的噩梦。多少年后，她仍然会从梦中惊醒，感觉着身体上肉腻腻的折磨。

因为肖美凤顺势就把她搂抱住了，而且她那火热油腻的厚嘴唇立刻就往刘庆英的嘴上压了下来。

新鲜空气的凝滞和污浊口臭的侵袭让刘庆英的思维混乱，她一时没明白发生了什么。她只是被突然的变化惊呆了，僵硬得成了胖女人怀里的一根棍子。直到当一只大手向她的胸前摸来的时候，她才猛然惊醒，一身的冷汗和鸡皮疙瘩让羞辱强烈地刺痛了神经。

"你干什么！"

她的声音一下子尖厉起来，自己都感觉耳膜被震得嗡嗡作响。肖美凤吓了一跳，手和嘴都停止了动作。刘庆英挣扎出那肉欲的捆绑，转身飞跑进屋，死死地把门顶住。控制不住的颤抖使得门板也吱吱地呻吟起来，而肖美凤的呼吸声在门外响得像一头棕熊。

"你走！走！我再也不要看见你！"刘庆英大喊。喊的同时流下了眼泪。

"不！不要！"肖美凤说。刘庆英听见扑通一声，是肖美凤沉重的膝盖和地面接触发出的声音，她跪下了，给年轻的医生跪下了。这一跪里有着多少悲痛或是失望，刘庆英不知道，也不想知道。她只是哭，哭自己的命运，哭自己的羞耻。她不知道下一步应该怎么办，她从来不是个有主意的人。她只能死死地顶着门板，仿佛那是她唯一的屏障。

门外的肖美凤就那么跪着，开始了她语无伦次的述说。大雪仍然在下，雪让她的声音显得空洞而遥远。她说她是个苦命人，从来没人真正爱过她。她永远地付出着真情，而她得到的回报只是羞辱和玩弄。"没有好人，没有好男人……"她反反复复地说，像说别人的故事，"他们让我给他们当鸡，他们几个人一起玩我……我是什么？我不是人……庆英你不要觉得我恶心，只有女人是纯洁的。我爱你，真的，真的……"

她说累了，就沉默下来，跪着，一动不动。村子很静，只有雪花的沙沙声和偶尔的一声狗吠。她们在门板的两侧对峙着，隔开的是情意，交织的是痛苦。

"我真的命不好，十八岁给人当小老婆，十九岁就守寡……那男人倒是疼人的，可……我的武司令啊！"

肖美凤的感叹让刘庆英浑身冰冷。她紧紧抓住门框，她的指甲因为用力而显出苍白。无数条线索快速地织成混乱的网，推测就在网眼里穿梭。好久，她才勉强镇静了自己，颤抖着问："你认识冯婉如？"

"认识……我们曾经是好姐妹，可也好几年没见了。你怎么知道她？"

刘庆英狠狠咬住了自己的嘴唇。

半晌，她用尽丹田的力气，叫喊出一个愤怒而绝望的字："滚——"

当夜，肖美凤上吊自杀。

十二

大学生刘庆林当了红卫兵之后，借串联的机会到那个偏僻的小城去看望二哥。当他从拥挤不堪的车厢里突围下来的时候，他在站台上没有发现二哥的身影。

他并不奇怪。这时的火车是没有时间概念的，它像头被人驱使着的无奈的驴，走走停停地消磨着生命。当然，电报也一样。也许他发给二哥的那封通报到达时间的电报，至今还在路上颠簸着。他仔细整理一下他的红色袖标，骄傲地走出车站，沿着糊满大字报的肮脏的街去寻找二哥。

二哥刘庆生现在是市图书馆的管理员。当年酷爱文学的他，被继母冯婉如强迫读了师范，分配到学校做了物理老师，他却终于在图书馆里找到了自己的位置和安宁。刘庆林找到市图书馆时，这里也正在革命，一群和他一样佩戴着红色袖标的半大孩子在兴高采烈地忙碌着，在熊熊的火焰中焚烧着人类文明的结晶。黑色的纸灰仿佛是书籍的眼泪，在空中飘浮。在二楼的房间里，红卫兵找到了看上去很疲惫的二哥，还意外地见到了另外一个人。

一个军人。凝重的面色在血红的帽徽和领章映衬下，更显出威严的气势。两道目光向刘庆林逼射过来，竟使得红卫兵的气焰小了不少，心里起了些恐慌和恼怒。

"想不到，竟在这里聚齐了。"

军人的鼻音很重，带着一种天然的居高临下的藐视。刘庆林突然在军人的脸上看出了熟悉的线条，嘴巴一下子张大了："你是——"

三弟的惊异使解放军军官冯建国有些满意，但随之而来的就是纠结。应该不应该来看二弟，他一直犹豫。他随部队来小城实行军事管制，他现在是这座陷入混乱的城的太上皇了。从进城的那个时刻起，他就在心里反复着这个问题。终于，他还是来了。是想念，也是炫耀，是施舍般的一种关心。他当然知道这意味着秘密的揭开，但志得意满最终战胜了胆怯，他来了。可他没想到的是，命运安排他一下子见到了两个弟弟。

但是，没有拥抱，也没有欢笑。三兄弟的聚会充满的是一种沉重和漠然。冯建国拿出了《毛主席语录》，先读了"我们都是来自五湖四海，为了一个共同的革命目标走到一起来了"，让气氛顿时肃穆得像是进了灵堂。窗外是烈焰的蒸腾和呐喊，屋子里的六只眼睛彼此观望，交流的是一种特殊时代的无奈和庄严。冯建国告诉弟弟们，要正确对待运动，要认真改造自己，要知道，刘家是有历史问题的，我们要自觉革命。不然，人家就会来革我们的命。严肃的军官说到这里时，自己的后背也有丝丝凉意。走在钢丝上的恐惧浮现在心头，让他战栗不已。冯家庄的小河流水，大学校园的幢幢楼房，还有军营的浓重绿色，交织着在他眼前闪过，把多年来的沉重凸显在思想的墙壁上，像是涂抹不去的罪证，醒目地提醒着他的灵魂。

冯建国同志近来常常会做这样一个奇怪的梦，梦见自己是一个蹩脚的教师，写在黑板上的字迹让学生们嘲笑不已。他羞愧地用板擦去擦，却总也擦不干净。他急出了一头汗，改用毛巾，用衣角，甚至用唾沫……嘲笑声越来越响，那字迹却依然夺目……现在，在弟弟面前，梦的片段清晰得如同现实，毫不留情地插在他们之间，给冯建国的严肃中增加着坐立不安的情绪。

而且，在冯建国的梦境中，坐在他的学生们中间，总有一个面孔模糊不清的女人。冯建国知道她是谁，知道是她带领着学生们在嘲弄自己。他发疯似的恨她，可是却永远捕捉不到她的一片衣角。

冯婉如。

这个名字如一块巨石，同样压在三兄弟的心头。

"当初，他们为什么说……你死了？"刘庆林小心翼翼地问，唯恐哥哥发作。在他的印象中，大哥是高大的，和自己是有距离的。当年的事件虽然他隐约地有猜测，但始终没有问过任何人。

"不提这件事了。"冯建国突然决定不向弟弟们说清当年的阴谋了。冯婉如向他说的一句话闪电般地出现在他脑海里："记住，永远没有刘庆国了，打死你你也是冯建国。"他惊异自己为什么还记得这句话，而且，这句话仍然有着影响他行动的魔力。他无奈地知道，他永远摆脱不了命运。

"我们为什么有这样一个家？有这样一个继母？"一直沉默的刘庆生突然开口。他从小就是个寡言的人，也是个软弱的人。他半侧着脸，探寻地看着他的兄弟。他侧脸是因为他有一只耳朵不好。当年他要读文学，继母不同意，他只会在睡梦中哭泣。泪水流进耳朵，终于封闭了声音。他最终还是读了工科，因为他知道继母为他在变卖家产，甚至，她还卖了血。继母的血让一切都复杂了，刘庆生的反抗只能是在大学毕业后远离了故土，偷偷选择自己喜爱的工作。

其实这工作他也并不喜欢。因为他只是个图书管理员，他成不了作家，这辈子也成不了。书架上的大部头永远是对他的一种刺激，提醒着他失败的人生，而现在门外的焚烧反让他有了一种快感。

"不要胡想了！"军人到底是军人，他喝住了二弟的感叹，把他拉回到现实中来，"人生道路要靠我们自己走的，出身没有办法选择，道路却在你脚下。""道路？"老三刘庆林却嬉笑起来，"大哥你知道道路在哪儿？听说大学都不分配了，我毕业了就得在家等着，或是到农村去。别看我戴着这袖标，我知道，没用的。人家都说，我们是被利用……"

冯建国的眉毛竖立了起来，他恶狠狠地盯着小弟弟，用目光把他的话拦腰斩断。"除了毛主席的话，谁的话也不要听！"

沉默。兄弟之间突然在老大的怒喝中有了陌生。

飞进窗子的纸灰落在桌面上，颤抖着，仿佛仍然在为暴行而恐惧。三双眼睛盯着这似乎还有生命的残骸，心在现实与梦想中挣扎。思想如同经过了一张筛网，被切割得细碎，而且没有彼此的关联。

"善良，不过是幸福的辐射……我的心，就奉献给所有人……"刘庆生依然那样侧着脸，光线在他的半边脸上闪烁，他的眼睛仍然在那张纸灰上。他读出那仍然依稀可辨的字迹，然后低声说："纪德的，诺贝尔文学奖获得者……"

军人冯建国转身就走。他无法忍耐弟弟们的无聊。他坚定的步伐没有丝毫的停顿，踏着纷纷扬扬的灰烬，像一个勇士似的昂然离去。

十三

冯婉如连夜在后院挖了坑，用以埋藏她的青花瓷罐。她仍然不真正了解这些瓷罐的价值，但她和它们却早就有了一种难以割舍的情感。它们就是她的宝贝，就是她的某种依靠。当年她第一次走进这个院子，是它们给了她第一眼的温暖。所以，她不能让它们罹受灾难。白天，有红卫兵砸开大门，绷着脸在门板上贴上一张勒令不许饲养小动物的通告。隔壁的回族公共汽车司机骂骂咧咧地把一缸金鱼倒进了下水道。金鱼尚且难逃噩运，冯婉如不能不为瓷罐担忧。

青花瓷在夜色的掩护下，静静地躺进了坟墓似的坑。它们仍然沉静，仍然具备着年代带给它们的高深莫测。冯婉如轻轻地抚摸它们，温润的瓷釉从手指下滑过，清凉，而且光洁，像婴儿的皮肤般细腻。冯婉如的心安静下来。每逢她抚摸它们的时候，她的心都会归于安宁，它们像是一剂良药，治愈了她许多的痛楚，使她心灵上的沟沟坎坎，在不知不觉中平复。但是今天，她痛心地知道，在历史的狂风巨浪面前，它们只不过是易碎品。

一想到这里，她的心就会紧缩。

刘大夫的目光在后窗处闪闪烁烁。不知道为什么，这个著名的中医大夫这几年越来越浑噩起来。他不再过问除了治病之外的任何事情，甚至连穿衣吃饭也成了一种机械的程序，从不询问，也不评价。窝头和炖肉嚼在嘴里似乎毫无区别，酷暑时分穿棉袄也泰然自若。只有面对病人，他的眼睛里才有一点光泽，光泽里有着活人的气息。他没有阻止妻子的坚壁清野，也没有发表一句感言。他只是站在后窗处，注视着冯婉如的动作。当妻子偶然回头，他会迅速躲开去，像隔壁好奇的孩子，在窥视树枝上的果实。

挖了两个坑。四个瓷罐分开掩埋，然后填土。土粒沙沙地落在瓷罐上，滑落到坑底，然后慢慢堆上来，埋住了青花祥和的色彩，也埋住冯婉如的希望。

她觉得她可以去面对一切了。

但她绝没有想到的是，第二天的清晨，带队冲进刘家大院的，竟是她的亲侄子，那个当年被她拒之门外的人。

她闭上了双眼。她知道自己完了。账，总是要算的。

侄子现在显然是工厂的工人，而他胳膊上的红色袖标说明着他的狂热与仇恨。他一眼不看自己的姑姑，只阴沉着脸指挥手下冲进每一间房子，把所有能搬出来的东西都搬了出来。冯婉如看着，像看别人家的事情，却猛然想起当年的分家。也是这样把能搬的都搬出来了，人们也是这样匆忙着，脸上有一种莫名其妙的兴奋。巨大的穿衣镜从屋里抬出来了，冯婉如记得，那还是她从武府带来的东西。镜子在阳光下反射着光芒，光影就在院子里活跃地蹦跳。突然有人用一块石头砸向了那镜子，镜子响亮地破碎了，光影像一群小鸟纷纷飞走，把散碎的绝望撒了一地。

"把值钱的东西都带走！"侄子命令着，语气里是一种镇静，有大将临阵的淡定和庄严。

"没什么值钱的啊。"有人报告。侄子的眉梢挑动，厉喝："不可能！姓刘的是'地富反坏右'的孝子贤孙，怎么可能没值钱的。"他的眼角向姑姑扫来一丝锐利的目光，"当年，他们可是连周济一下穷人都不肯呢。我们就是要把他们打翻在地，再踏上亿万只脚，让他们永世不得翻身！"

冯婉如没有睁眼。她的眼皮在微微抖动。她心里最恐惧的，是从侄子嘴里说出冯建国的名字。那是欺天之罪。她在心里念叨着这四个字，每一个字都冰凉的，像针刺穿她的心房，留下一个个流着血的窟窿。她听见丈夫被人们从屋子里拉出来了。从"运动"开始，刘大夫就没怎么上班，窝在家里反省。现在，冯婉如听得见人们的吆喝和推搡，却听不见丈夫一点声音。最近，她一直在猜，他的心是不是死了。

"到后院看看。这娘儿们心眼多得很，说不定她会把值钱的埋起来了！"是侄子在说。冯婉如痛心地想，亲人啊，杀人的刀才是最锋利的。她感到绝望了，于是瘫倒在地上。人们纷纷的脚步往后院走去。她睁开眼，正碰到丈夫的目光。夫妻的对视是痛苦的，有些彼此的关切。但那柔情只是一瞬，刘大夫的眸子就冷下来了，像往日一样冷漠了。冯婉如一下子明白了，这个家里，早就没有活的刘大夫了。

还有什么可害怕的呢？她问自己，然后让自己平静下来。当两只青花瓷罐蹾到她面前时，她已经没什么痛苦的了。

"臭娘儿们，敢对抗运动！"有人从身后踢了她一脚。

她顺势趴在了地上，不敢和那瓷的温润对视。又有拳脚打下来了，她抱住头，咬紧了嘴唇。

"不关她的事，东西是我的，也是我埋的。"

刘大夫的声音把疯狂的人们引向了自己。侄子在混乱中高喊："算了算了，别跟他们纠缠，把东西砸了，走！"

瓷的破碎声音是可以撕裂人的心灵的。它没有钢铁的那种金属铿锵，也没有木器那种哭泣般的断裂声响，它是绝望的，绝望到没有挣扎，没有抗拒，甚至没有呻吟。它似乎还有几分清脆悦耳，是那种死而后生般的歌唱。在清脆悦耳中瓷的碎片就轻盈地飞扬了起来，花瓣似的在冯婉如周围舞蹈着。冯婉如伸手抓住了一片，锋利的碴口立即割破了她的手心。血流下来，却没有痛，一种清澈的凉贯穿了她的身体，催下了她的眼泪。

人们旋风似的离开了。院子里一片狼藉。幽灵似的刘大夫在狼藉中游荡片刻，什么东西也不动，就一声不吭地回屋了。冯婉如坐起来，愣了一会儿，让身上的酸痛稍稍平复，就踉踉跄跄地往后院走。她的心里此刻特别清醒，她不明白的是，为什么人们只挖出了两只瓷罐。

后院，一个坑被掘开了，像是被盗墓者光临过的坟茔。而另一个坑的位置上，却摆放着一口金鱼缸。

冯婉如记得的，那口空缸本来是在墙角的。

有人在匆忙中把它挪到了现在的位置，掩护了她的宝贝。

她愣愣地看着，恍然想起吆五喝六的侄子一句也没有提起过那个可以致命的姓名。

她突然扑到了地上，两只手拼命地抓挠着泥土，撕心裂肺地哭叫出来："哥呀！我的亲哥哥……"

她的哭喊惊动了树上一群宿鸟，它们在渐沉下来的夜幕中扑棱棱地飞去，把女人的哀痛带到很远很远的地方。

十四

乔安明和刘庆英的日子也越来越不好过。

两家的历史都浸染着涂抹不去的污浊。乔安明那个耷嗇的父亲还曾经在解放前加入过国民党。尽管老头子根本说不清当年的事情，却平息不了人们对他的愤怒。他那耸人听闻的手纸故事，更让他声名狼藉。

国家号召支援三线，工厂要在西南建立分厂。地点是个谁也说不清的大山深处。有污点的乔技术员当然在第一批去西南的名单上。

刘庆英哭着跑回家来，正碰上大院里上演着一出闹剧。刘大夫的三弟阴差阳错地演上了移植样板戏《红灯记》，现在已经是当地的红人。他的老婆耀武扬威地打上门来，讨要当年分家时没敢张嘴要的青花瓷罐。"那东西是祖上传下来的，本就应该是一家一只。"

刘大夫捧着一本《本草》，眼睛却在不知道的什么地方茫然着，只是淡然地一口咬定："被红卫兵砸了。"

来人当然被他的态度激怒。刘庆英进院的时候，正看到让她肝胆俱裂的一幕。面无表情的刘大夫，扑通一声，给他的弟媳，给捶打在他身上的拳脚，跪下了。

刘庆英的血液一下子灌到了头顶，把流了一路的眼泪给烧干了。她嗷地大叫一声，扑向自己的父亲。刚一扶住老人瘦削的肩膀，又掉转头猛然冲向了自己的三婶。她揪住了那女人的衣襟，却哆嗦得说不出话。她不是个能战斗的人，她的能力只限于瞪圆了眼睛，把脸上的雀斑气得血红。那女人当然也不怕她，在她手里挣扎着大叫："没有你们这么欺负人的！让那个姓冯的娘儿们出来！一个军阀的小老婆，还要翻天吗？"

刘庆英突然意识到，继母冯婉如竟然不在。

她看向继母的房门。她一下子就明白了冯婉如在做什么。因为房门紧闭，因为秀梅以一种视死如归的姿态站在门口。

园林工人秀梅也已经有些老了，她的鬓角已经有了几根白发，而她的忠诚却依然如故。

不知道为什么，刘庆英突然有了勇气。她把女人的衣襟抓得更紧，低声说："我饶你这一次，你要再来，我和你一起跳河。不信，你就试试！"

女人从侄女的眼睛看到了少有的决绝。她的眼神暗淡了。她挣脱开侄女的手，悻悻地，想走。刘庆英再一次抓住她："把我爸，扶起来！"话音未落，刘大夫竟然已经自己起来了。他谁也不看，仿佛什么也没发生过,又仿佛周围的人不存在,拍拍身上的土,瘦高的身形晃啊晃的,走了。

刘庆英一下子泄了气。一阵恶心涌上来,喉咙里满是酸酸的气味,抓着对方的手就松了。女人趁势溜走。刘庆英追了两步,身后传来秀梅的声音:"小姐请留步,太太叫您。"

久违了的称呼让刘庆英一下子想起许多杂七杂八的往事。她愣了一下,突然就火了起来,恶狠狠地回答:"乱叫什么?还怕人家找不到毛病呀?"

秀梅的表情没有丝毫变化。她身旁的房门却悄悄地开了,从门里,像是从一个深不见底的洞穴里,有一个沉稳的声音响起:"庆英,你回来了?"

一种魔力顿时魇住了刘庆英,像催眠一样让她的心静了下来。她走向那扇门,但她没有看到她准备要看到的满屋红色。屋子里一如既往地干净整洁,只是青花瓷罐没有了,少了一点雍容的气氛。冯婉如在迎门的椅子上端坐,头发仍然梳得一丝不苟,脸上也仍然化了淡妆,只是没有穿旗袍,普通的的确良衬衫上还有着折叠的印迹。

刚刚因愤怒而停止的眼泪又喷薄而出了。冯婉如看着继女哭泣,脸上是处变不惊的从容。到了这个年纪,她认为自己学会了坚忍,她觉得自己早已经可以面对一切了。她看向继女的眼睛是空洞的,没有任何内容,又好像因内容太多而失去了活力。听着哭声,她慢慢地说:"人走进死胡同了,总找得到拐弯的路。"

刘庆英愣了一下,她依稀记得好像听到过这句话,是在她小的时候。那时候,继母是她高山仰止的偶像。而现在,继母是什么?她说不清。她好像恨她,可又离不开她,在关键的时刻,她只能跑回来找她。她抬起泪眼,从继母脸上看出了询问,就把乔安明要去西南的事情说了:"怎么办?我还带着身孕。而安明,你知道,他不是个能扛事的人。"

冯婉如的眼睛里却闪出一点火星了。那点火星在继女的肚皮上掠过，又停留在继女的脸上，然后，突然燃烧起来："要去！你要申请和他一起去！"

"什么？"刘庆英惊愕地叫起来，"我怎么可能去那样的地方？什么都没有，听说冬天冷得掉耳朵。而现在，那儿连住房都没盖起来……"

"那你就在这儿任凭人家整治乔安明？那你就这么和他两地分居过下去？你想没想过，不去，乔安明会有什么下场？而且，孩子生下来你怎么带？"

刘庆英想说，到西南去我的孩子也没办法带啊，那里是那样的恶劣条件。她张了张嘴，话却没有说出来。隐约中，她觉得继母的话也有道理，而且，她知道，冯婉如说出的话，是不可能收回的。

冯婉如站起身，缓缓地，仿佛很疲惫的样子。近来，她常常感觉到自己老了，腰腿在隐隐疼痛，记忆在不断衰退，她已经不再是那个镇定自若的当家女人了，她不过就是个普通的老妇人，武府的过往云烟更是早在她的心中消失殆尽了。她剩下的，似乎只是活着，似乎只是让剩下的岁月划过她的生命，一点点地消耗着她的骄傲和她的自尊。现在，她自己知道，她给继女出的主意里已经没有了和继女斗智斗勇的意味，有的只是真正的利害权衡。她告诉刘庆英，两害相较取其轻，去西南当然有诸多不利，但是，远离了残酷斗争的旋涡，在那个偏僻的大山深处，反而会有一种安宁和平静在等待他们。更不要说，在这个城市里，她和乔安明恐怕永远也不会在一起生活："乡下的苦日子，你一个人还没过够吗？何况，还要有孩子。"

"可是，他们会同意吗？"

冯婉如笑笑，她蔑视继女的傻。一点昔日的自豪又浮现了，她不屑和继女多讲，把目光挪向窗外。她在想今天的转运难道这样地灵验吗？难道刘家真的要开始新的生活了吗？她没有喜悦，因为她在一瞬间决定的事情，其实与她的生活状态无关。她知道，从那一乘小轿把她抬进这个院子开始，她的命运就注定不属于自己了。就像一盆净水，不断掺进各样的颜色，早已经是分辨不出的混沌了。现在，她其实只要是能减轻一下自己的负担，就心满意足。她想得到，如果她的安排实现，其实她自己面临的，是更残酷的现实。

可她不能不这样做。

刘庆英在继母面前沉默。天空和房间就在两个女人的各自盘算中都暗淡下去。终于，继女站起身，说了句"我走了"，冯婉如就知道，她不用多说什么了。

可是，她还要说。她低声在继女身后说了一句："还有一件事，你要替我做到。我让你们把你父亲带走。"

十五

许多年之后，刘庆英终于在某个场合承认了继母的决定是正确的。但是，她和继母在把父亲带到西南的初衷上，却莫衷一是。她把那时父亲的恍惚归结于对继母的惧怕和消极反抗，而冯婉如却坚定地认为是刘家儿子们的冷漠让中医大夫伤透了心。其实，她们也明白的，就像一具天平的两端，哪一边的重量都是摇摆的原因，而在任何一边添加的砝码都是伤痛。

生活就是这样。有一回，冯婉如和秀梅聊天，就悲哀地说："我在刘家，是永远的罪人了。"秀梅说："哪里，没有您，就没有刘家的。"冯婉如抚着秀梅那因劳作而粗糙的手，低声说："没有对错的。"

刘家儿子确实让老人黯然神伤。就在刘大夫和女儿夫妇登上西去列车的最后一分钟，他们仍然没有出现在站台上。给他们发了电报的。在农村插队的刘庆林大概是没有收到，杳无音信。图书管理员刘庆生回了电报，只有一个字：忙。而老大冯建国，冯婉如根本就没有指望他会有回音。

刘大夫在登上火车时没有拥抱他的两个小儿女，这让冯婉如愤恨不已。隔着车窗，她看着丈夫那模糊的脸，第一次觉得他是那样地陌生，陌生得像是第一次见面的路人。她依稀记得的，当年在武府，刘大夫第一次上门给武司令看病，那却是怎样的一种儒雅和从容。她不能说是一下子就爱上了他，却也是被他的亲切所深深吸引，感觉他就是身边的一个亲人。而现在，亲人已经远去，冷漠却在挥之不去之中蔓延。她为这个家付出的一切，都如沉入深潭的石头，永远没有回应，却在暗中留下了礁盘和漩涡。她把儿子和女儿搂紧在怀里，告诉自己：当人走进死胡同，总会找到拐弯的路。

冯婉如没有再为空出的房子招揽房客。没有人敢在那种形势下出租房屋，她也不愿让丈夫的房间里有别人的气味。那间屋子里，在她的思想中，是应该永远保持一种淡淡的中药香气的。尽管丈夫的冷淡已经是冷淡，但她不想为此改变什么。在她的心底，她无奈地承认自己永远是刘家的人。

她没有再质问继子们对老父亲疏远的原因。没什么可问的。刘大夫的离去，让他们之间没什么好说的了。继母与继子之间的隔膜，父亲与儿子之间的隔膜，孩子们与这个深宅大院的隔膜，虽然都在时代的变迁中如同一把被磨钝了的刀，但刀毕竟是刀，它的冷峻留下的疤痕，平复了，却仍会在阴天下雨时用隐隐的疼痛折磨着每一个人的情感。

应该说，是乔安明的被放逐给她创造了机会。冯婉如是聪明的，她早就感觉丈夫应该换一个环境生活了，她只是苦于找不到一个新环境，也不愿意用更惨烈的牺牲来换取这种生活的彻底变化。她不放心把丈夫交给继子们，她宁愿把他交给那个不大着调的乔安明。乔安明是她亲自选择的女婿。他符合她的标准，有文化，家世说得过去，热爱家庭，朴实但又有些粗俗和不安分。更难得的是，同样出身医生家庭的乔安明对名满全城的岳父有着一种近乎迷信的崇拜。把走投无路的刘大夫交给他，是可以放心的。

刘大夫对于去一个陌生的地方不置可否。他完全摆出了一种听天由命的姿态。而且，他的姿态里似乎还有着一点挑衅。医院本来已经准备把他下放农村了，他的态度暗示冯婉如，到农村去和随女儿去西南是没什么区别的。他对忙乱的出发前的准备工作完全置若罔闻，也根本不插手。直到上了火车，他仍然是那么平静。只有当他在行李中发现了一只仔细包扎着的青花瓷罐，他的眼睛才暗淡了一下。手里的茶杯在颤抖中洒出了水，洇湿了他的《黄帝内经》。

冯婉如是把丈夫的情形都看在眼里的。她什么也不说，只是冷静地完成了她的计划。有一个医生主动要求随丈夫去三线，还搭上一个更知名的老中医，工厂求之不得。在人命和政治之间选择，厂方还是明智的。一切手续都办得很顺利。冯婉如带着一双儿女从火车站走回家时，心一下子就坠落了，她知道，今后，她的一切应该是属于刘庆东和刘庆红的了。他们是她最后的依靠，是她继续活下去的希望，是她这一生中最可宝贵的东西。

许多年之后，当她得知继女刘庆英对于举家迁往三线的正面评价后，只是笑笑，什么也没说。她不用说，因为她从萌生这一念头起就坚信自己是对的。这是一着在那种恶劣形势下对任何人来说都有好处的棋，是老天赐给了她这着棋。她走对了。她付出了这之后的劳苦和孤独，却为亲生儿女们赢得了未来，也让丈夫有了相对安稳的归宿。至于其他人，她知道，自己是顾不了那么多了。

冯婉如冷静地面对了新的生活。她小心翼翼地过着每一天。她把儿女都送到农村去了。临行前，她告诉他们，不要怕吃苦，吃苦是他们将来的福分。她还告诉他们，要在吃苦的同时，多读书。她说，早晚有一天，书还是用得着的。那时候，书就会在你们的福分上加了分量。把儿女送走后，她到街道上申请参加工作，于是前武府的五姨太成了街道工厂里糊纸盒的工人。人家本不想要她，但她沉静的态度竟镇住了街道主任。

她悄悄地回了一趟冯家庄。是夜里去的。正是满月，田野浸泡在一片银白色的月光里，静谧得如同大戏开幕前的舞台布景，有一种不真实的美丽。她的脚步踏过家乡的土地，每一步都有疼痛从脚底涌上来，直痛到心里。泪水就婆娑了，眼前的景物模糊起来，又在擦去眼泪后的一瞬间变得清晰，像个生疏的放映员在放电影，焦距总是调不准，让人心急，却又平添了一种恍惚的凄美。她就这样跟跄着来到父母的墓地，把自己扑倒在草丛中，让哽咽埋在坟前的泥土里。

父母在寂静中沉默。不知他们知道不知道女儿的到来。也许他们的灵魂曾一直在旷野上飘荡着，盼望着，而此时此刻，他们已经疲倦得没有力气说话了。在他们身后，是哥哥的坟了，略矮一些，也丛生着杂草。冯婉如爬到坟前，低声唤一声："哥……"千言万语就哽在心里，说不出来了。她抱住坟头，像抱住哥哥宽厚的胸膛，一切的一切，就在哭泣中融化，又在哭泣中凝结起来了。

哥哥的影子就在夜色下出现了，仍然那么冷冷的，抱着肩，嘴角有一丝冷笑。"哥呀……"冯婉如叫。哥哥却不回答。夜风吹来，哥哥的影子和草丛一起晃动，消失去，仿佛从来没有出现过似的。"哥！"妹妹的声音里有着多少的痛楚，他却已经不理会了。

冯婉如没有进村。那里已经没有亲人了。亲人都躺在泥土下面，他们和这个世界一起生过，现在在和这个世界一起消亡。他们没有痛苦了，他们融化在泥土里，滋润着花花草草的快乐。冯婉如恋恋不舍地离开他们的时候，他们依然沉默，什么也不说。

冯婉如知道，自己不会再来了。她和冯家庄，已经没有联系了。

十六

刘大夫在深山里着实风光了起来。他在原来城市的声誉，足以让他成为这条蜿蜒的大山沟里最受欢迎的人。

曾经的荒山野岭，迅速被几家工厂给填充成了喧嚣的闹市。一切都是仓促的，匆忙的，仿佛承担着什么又宣泄着什么。劳累，混乱，物质匮乏。总有人病倒，医生就成了救星。在疾病面前，什么样的问题也不是问题。刘庆英没想到的是她比在农村时还要忙碌。而当有病人半夜到她家里求医时认出了刘大夫，她的家就成了门庭若市的诊所。其实那家还称不上是家，只是两间临时搭建的土坯房。就在这样四面漏风的环境里，刘大夫的指头搭上了病人的脉搏。

厂里索性腾出了一间土坯房，算是刘大夫的正式诊所。刘大夫的脸上仍然没有笑容，但他的手指和他冷静的面容成了人们的定心丸和镇静剂。刘庆英顺理成章地做了父亲的帮手。但她似乎是不情愿的。她一生也没有改掉她的脾气，她总沉浸在自我当中，无奈而且无趣地做着自己不愿做的事，心却在遥远的什么地方了。她从来没有喜欢过医生这个职业，更不喜欢中医。她心不在焉地帮着父亲抄写药方和医嘱，回答病人的各种问题。很多时候，作为一名在农村卫生院摔打过的医生，她也会为头破血流的淘气孩子包包纱布，或者深夜为临盆的妇女接生。她自己生了个女儿。当她在县医院里接过孩子柔弱的身体时，突然有了一种奇妙的感觉，她知道，自己现在有了一个真正的完整的家了。在那一刻，她的心仿佛从远方回来了，但是，却没有停下脚步。

那时，继母冯婉如的脸也在眼前闪过了，但只是一瞬。仿佛很遥远了，记忆的迷雾已经遮掩了一切，却又在云卷云舒间不时地露出一丝霞光。

乔安明则很忙。在这个乱糟糟的分厂里，他是唯一的技术员了。纯朴的工人们忘记了他档案里的那些污点，只把他当成尽快开工生产的主心骨。乔技术员惊异地发现了自己的价值，并从中感受到了前所未有的尊重。他是个头脑简单的人，他立刻就迸发出了同样前所未有的热情。他仍然热爱家，但他现在意识里的家已经不是他和妻子以及孩子的那两间土坯房了，那里只是他睡觉吃饭的地方，像个客店，而他的家已是整个工厂，是整条山沟。他废寝忘食地投入了工作，像头兴奋的驴，整天奔波在没有尽头的磨道里。

这当然引起了刘庆英的不满。

工厂对于曾经的刘家小姐来说是陌生的。随乔安明来到西南之后，她才第一次近距离地感受到了工厂的气氛，闻到了她以后一辈子都反感的机油味道。在农村时，她时常认为自己是落魄的公主，而到了工厂里，她觉得自己的命运仍然没有改变。虽然和乔安明每天睡在一个屋檐下了，虽然身边有了一个哇哇哭着的孩子，但她仍然找不到亲切的感觉。她自己有时候也很奇怪，为什么会有这种和生活的疏离感。工厂和农村的区别，在她来看，只不过是从一个火坑跳入另一个火坑。丈夫对工作的狂热更使她不能理解。乔安明对此颇有微词，他认为妻子矫情，认为她是自己跟自己过不去。"有吃有穿，你还想要什么呢？"他愤愤地说，然后自顾自带着幸福的劳累进入梦乡。

刘庆英也不知道自己想要什么。其实她从来没有为需要什么而烦恼过，她只为这种不知道想要什么的感觉而困惑。如果说她习惯了衣来伸手饭来张口，不如说她的性格注定了她的任性，而冯婉如精心为她安排的舒适助长了她的不谙世事。现在，她强烈地意识到她游离在丈夫的圈子和父亲的圈子之外，却没有去想自己是否应该去做点什么。这就是她的悲剧了。

就在这样的生活中，出事了，乔安明被人揍了。

他和一个漂亮女工在厂外的山坡上散步，被追来的丈夫和儿子给打得鼻青脸肿。那丈夫是厂里的保全工，有点傻。那儿子才十岁，却因为父亲的傻而格外凶狠。他们把乔安明按在地上，用拳脚、用木棍、用手边可以捡到的一切揍他。也许由于心虚，倒霉的技术员没有反抗。当刘庆英得知消息赶到时，他已经是一个面目全非的家伙了，目光闪烁着，不敢和妻子对视。

刘庆英当场对打人者提出了强烈抗议。然后，她抱着孩子直接上厂部找了厂长。她说她相信乔安明不是偷鸡摸狗的人，她说那女工早就是破鞋，是她妄图勾引自己的丈夫。她的义正词严让干部们无话可说，因为他们知道毕竟没有人抓到乔安明和那女人光着身子的情节。散步，是正常的，尽管谁也体会到其中的暧昧，可毕竟不能就此说乔技术员就是流氓。何况，他们盼望着开工，好向总厂报喜，这个时候的乔安明是他们的希望。

从官方层面，这事情就此草草收场。打人者道了歉，乔安明休了三天病假。但是，这三天，那两间土坯房里发生了激烈的战争，杜绝了外患的刘庆英在家中向丈夫发动了猛烈的攻击。她号啕着，咒骂着，在孩子惊恐的哭喊中满地翻滚，把能砸碎的东西砸得粉碎。她不能容忍丈夫可能的出轨，她认为那是对她尊严最大的侮辱。她其实不是个聪明的人，但她的尊严感极其强烈。在这样一件突如其来的打击面前，她内心的暴烈立刻粉碎了以往的矜持，她迅速成了泼妇。在外人面前，她本能地装出镇静，但在家里，她的一切就都崩溃了。而她根本不知道，她的疯狂迅速在厂子里形成了满城风雨，土坯房的薄壁挡不住任何声音，乔技术员的风流和她的癫狂已经成了寂寞的山沟里最香艳的故事。

刘大夫没有对女儿进行哪怕只有一句的规劝。他仍然那么平静，即使女儿滚到了他的脚下，他也只是动动他的脚而已，继续着他的吃喝或者阅读。他也没有对乔安明说一句话。风波对于他来说仿佛充耳不闻。他也没有抱一下他的外孙女，任凭那孩子哭得死去活来。他每天按时去他的诊所，一如既往地为人们看病，面对任何察言观色都安然自若。

三天后，乔安明上班。技术员的脸上有着伤痕和羞怯。他畏畏缩缩地走进车间，手脚都有一点没处安放的感觉。工人们也有些不知道应该怎么办。他们和他对视着，一时竟无话可说了。就在这时，车间门口响起了刘庆英的声音，是镇静而且带着欢愉的："安明，你忘带你的午饭了。"

听见妻子的呼唤，乔安明是打了个冷战的。这噩梦似的三天，他已经怕了她的彪悍和歇斯底里。他心狂跳着回头，却不相信自己的眼睛。因为面前已经是一个完全平静而且笑容满面的女人了。她的衣着仍然严整，她的头发梳理得一丝不乱，她的眼睛也是明亮的，没有血丝和眼泪。她好像脱胎换骨了，以一种胜利者的姿态出现在人们面前。她递给他的饭盒里，是新蒸的米饭和炒菜，还有一只荷包蛋。乔安明颤巍巍地接过那温暖，却从内心涌起一种恐怖。

他隐约地感觉到，妻子是满怀仇恨的，她会和他战斗到底。这种战斗将以疯狂和冷静的两种方式交替进行，就像锉刀和砂纸折磨他的身体，他的棱角终将被它们打磨得毫无踪影。

十七

冯婉如接到丈夫病危的电报时正在为女儿刘庆红洗衣服。女儿还在农村劳动，但是洗衣从来都是冯婉如包揽。她心甘情愿地为女儿服务。电报在她湿漉漉的手里颤抖了一下，就落在洗衣盆里，字迹迅速被洇湿了，模糊成了一团泪痕。

要到西南去，立刻就去。这是她立即生成的第一个念头。那毕竟是自己的丈夫，那毕竟是给了自己新的生活和一双儿女的男人。在冯婉如的记忆中，刘大夫是一个重要的符号，他象征的是生命的改变和命运的无常。前者，是她的幸运；后者，也许是幸运后的诡异。刘大夫给了冯婉如的，没有武尊义司令的温存，只有平凡生活的苦乐。但这种苦乐，却有滋有味。

冯婉如马上开始收拾行李了。之后，她去找了秀梅。秀梅因为得了乳癌而提前退了休，却仍然毫不犹豫地命令丈夫去车站为冯婉如搞到车票。冯婉如握着秀梅的手，悲痛一次次涌上心头，为丈夫，为秀梅，也为自己。秀梅强颜欢笑说："快走吧，替我问老爷好。"她却抓住秀梅不放，暗自诅咒老天爷的不公平，既然要收走她的丈夫，为什么还要收去她一生唯一的挚友。想着，泪水就流下来。终于坐不下去，起身走了。

其实，生活远比人们能预料到的还要不可思议，命运的车轮常常会突然出轨的，然后，在冥冥中便会传来戏耍般的冷笑，让你不寒而栗。每一个如冯婉如这样的普通人，都是无法抗拒的。就像今天，当她一心准备尽快赶赴丈夫身边时，一个她想不到的人突然出现在了故事之中。

是冯建国。

当冯婉如从秀梅家匆匆赶回来的时候，他就坐在院子里的大树下面。没穿军装，脸上的苍白让冯婉如一下子就捕捉到了和当年一样的失魂落魄。冯婉如立刻就意识到了命运的无常。她想得到，和以前的许多次一样，她去探望丈夫的计划也许不会实现了。

她看向冯建国的眼神里便有了冷淡。

冯建国却没有看出继母的心情，他沉醉在自己的落寞和悲痛之中。因为和一个突然成了众矢之的的高层人物走得过近，已经是师级领导的冯建国被免职了，被下放到一所偏远的指挥学校任教。

"不知道为什么，突然就想……回家看看。"坐在冯婉如的屋子里，眼睛落在案头的青花瓷罐上，冯建国的笑容露出了一种凄惨的绝望，"那么多年了……"

"是啊，那么多年了……"冯婉如喃喃地重复，仿佛是自语。她心里想，那么多年了，可你想过回来吗？你惦记过你的父亲吗？她觉得很悲愤。缓缓地，她把那封电报放到他的面前。

冯建国认真地读了电报，许久没有出声。他低着头，冯婉如看不到他的表情，只发现他的头顶上已经有了白发了。

"你要去看他吗？"他开始说话时，也抬起了头，却不看她，把目光投向窗棂。窗外，树影婆娑，在风中摇曳，像人破碎的心情。

"这话，应该是我问你。" 冯婉如淡淡地回答。

"我不去。"他的回答很干脆，甚至像是有点恐惧，"我不能去，这个时候……"

冯婉如竟忍不住笑了出来："你还是这么自私。"

冯建国的脸红了，他争辩道："这不是自私！是……我现在的处境很难。还有，人家让我后天必须去报到的，我不能……没有时间。"

冯婉如没有生气，她好像已经不会生气了。生活里的坎坷太多，气愤早已经麻木成了奢侈品。她平静地说："我总不明白，你们兄弟为什么都和他不亲近，而他是你们的父亲。"

轮到冯建国愤怒了，他冷笑一声说："这要问他！"

冯婉如没有再说什么。其实她明白的，刘家大院的悲剧是铸成了的，也许谁都没有错，也许谁都错了。她的脑海里突然浮出一个新的念头，我，在这个悲剧里是什么角色呢？

她看着比她小不了多少岁的继子，心情突然有了某种变化。她说："我本应该是个局外人的，我为什么要陷到这个没有对错、没有黑白的迷局之中呢？而且，陷得这么深，深到了没有办法自拔。"

"这一生，我付出了多少啊。"冯婉如的眼前又出现那乘小轿了，摇摆着，被抬进了夜色中的刘家大院……现在，这个院落已经是肮脏破烂的大杂院了，而面前的继子已经白发苍苍。她仿佛又闻到当年在松花江边闻到的气息了，继子身上的汗味，江水的腥味，让她陶醉……一切都没有办法挽回了，现在，继子的目光是暗淡的，暗淡中已有了一种老人的衰败和失意者的颓废。她又想起她当年的感叹了，"如果他是我的弟弟，该多好……"可是，这是梦。醒了的时候，梦就只是痛。

他们就那么坐着，再也没有说话。

冯建国告辞的时候，告诉冯婉如，不用告诉两个弟弟父亲病危的事了，他们都有自己的事业和家庭了，父亲对于他们来说，只是幼年的一种记忆，和他们的现在无关了。"我知道我们应该孝敬，可是……父慈子孝，父亲……"他没再往下说。

冯婉如把他送出家门，忍不住问了一句："你们和他的隔膜，有多少是因为我？"

冯建国站住了，却没有回头。在冯婉如眼里，继子的背影写满了劳累和哀伤。

"我知道，你今后恐怕也不会再回这个家了，因为，我们毕竟不是……所以，在今天，我想知道。"

继子还是没有回头，只是肩膀动了一下，好像是不以为然，也好像是一种反驳。

"我给你们当了继母，从来没有后悔过的。"冯婉如说，"这是我的命。我认命，所以，我努力了。为了你们兄弟，我做了我应该做的。我只要你记住这个。"

她听见冯建国深深地叹了一口气。这口气从他的胸腔深处提起，仿佛带着多年积压着的郁闷，缓缓地呼出他的口腔。他的整个人好像随着这口气而坍塌了，脚步也凝滞着，几乎迈不出门槛。当然，他最终还是鼓起了勇气，走了，没有回答冯婉如的问题。

其实，不用回答的。冯婉如看着继子的背影，突然大声说："我和你说，我不去了!"

冯建国的脚步快了，像是逃跑。

冯婉如愣在当地，纳闷："我为什么这么说? 我为什么这么说?"想着，眼泪就流下来了，止也止不住，把自己对自己的责问给淹没了。

十八

刘庆英把父亲安葬在了山坡上，俯看着一天天成了规模的工厂。

从发现癌症到去世，刘大夫挣扎了三个多月。

他其实一直很平静的，并没有惊慌，也没有沮丧，一如既往地安详。他只是在从医院确诊回来的第一个晚上，把刚刚擦干净眼泪的女儿叫到身边，让她为他准备笔和纸，"把我这些年积攒的方子，记一记。"他说得很轻描淡写，眼皮都没有抬一抬。

刘庆英也就没当什么事。父亲的病让她沉浸在混乱之中，她根本想不到老人的安排有什么深意。何况，她的生活本就过得焦头烂额。她和丈夫乔安明陷入了一种无休止的战争状态，他们的性格弱点在乏味的生活中暴露无遗，而且彼此丝毫不会迁让。那次偶然的散步已经让刘庆英想象出了数不清的肮脏情节，而这让乔安明在暴怒之后反成了理直气壮的放纵，曾经有过的惧怕也变成了愤慨，好像理亏的不是他了。他开始故意和妻子对着干，你说东我偏说西，你要吃烙饼我就非吃面条。刘庆英刚刚洗净的床单，他非要穿着满是机油的工作服在上面滚。刘庆英痛心地发现，丈夫竟然是个混蛋。如果不是乔安明对岳父是真心的善待，他们的婚姻真就走到了尽头。

乔安明确实是个好女婿的。刘大夫爱吃涮羊肉，他就自己一刀一刀地片了，在火炉上的小铝锅里涮好给岳父吃。羊肉少，他自己就一口不动。刘大夫想喝豆浆，山沟里没有，他就利用出差的机会从北京背回来成箱的豆浆粉存着，直放到那粉凝成了硬块，开水都泡不开。在照顾老人上，他好像有着使不完的力气，就像在和妻子的争斗上，有着没完没了的愤怒。刘庆英常常在一场夫妻恶战之后筋疲力尽地想：人为什么这么复杂，复杂得就像女儿手里的万花筒，转来转去的红红绿绿，总是那几块碎玻璃，却说不清花样。

因此，当她拿起钢笔，听着父亲的口述，在白纸上写下一个个药材名称时，心里是无尽头的迷茫。刘大夫当然看得出女儿的心不在焉，却不动声色，仿佛他的心情在说，而不在对方的听与不听。他那因忍受着病痛而苍白的脸上，只有对药方背后一个个成功病例的回顾，而那回顾就是他的人生了，药方铺就了他走过的路，他的骄傲和痛苦，就是这路上的一块块砖。

那三个月里的每一个夜晚，刘庆英都坐在父亲的床前，在昏黄的灯光下，一笔一画地记录着。偶尔的停顿，多是因为刘大夫的疼痛。而疼痛对于他来说，好像是动力，他会在疼痛稍减之后更努力地说下去。他不查任何书籍，也似乎没有思索，就那么一个药名一个药名地往下说，包括剂量。药方就像是水，从他的心里流淌出来，经过刘庆英的笔，停留在纸张上，成为凝固的财富。乔安明就在翻阅这些药方时这样说过："这可是老爷子一辈子的心血呀。"

他说这话的时候，刘庆英就狠狠瞪了他一眼。他们现在已经成了不假思索的仇敌，只要一个人说出的意见，另一个人肯定立刻坚决反对。刘庆英看着丈夫，挑战似的把手里刚抄好的一张药方撕碎。乔安明就冷笑说："你有本事就把它们都撕了。"刘庆英的眼里喷出了怒火。而乔安明知道妻子是敢做出这样没有理智的事情的，忙支吾了一声就躲出去。本能地，乔安明不愿意伤害岳父。

刘庆英却由此对没完没了的抄写充满了愤怒，仿佛她干的是一件丝毫没有意义还会招来嘲笑的事情。她甚至在抄写时会把丈夫赶出去，她不能当着他的面从容书写。

乔安明就嬉皮笑脸地说："你不怕我又和谁散步去？"

刘庆英被他气笑了，她把一只铝盆向丈夫扔去。而就在这天晚上，一贯不动声色的刘大夫，对女儿说出了好像他有生以来说的最长的一段话：

"庆英，我肯定是不行了，而且，我一定是会死在这山沟里的。我不放心的，就是你。你的哥哥弟弟们，不理睬我，我不往心里去，因为我也对不起他们。而你，在你这个没人要的老父亲最没有办法的时候，陪了我最后的日子。我谢谢你了。所以，你要听我最后告诉你的话，安明有毛病，可他是唯一能陪你到底的人。人啊，这一辈子，是要有人陪的。再刚强、再豪横的人，也一样……"

话说到这里的时候，面临着死亡的中医大夫闭上了眼睛，他很累，这一段话仿佛耗尽了他的力气，他要歇歇了。他那骨瘦如柴的手放在棉被上，仿佛抓着生命最后的尾巴。刘庆英望着父亲，心里酸酸地灌满了苦痛。过往的生活在她眼前开始重现，好像是厂子每周末放的劣质影片，一幅幅的满是划痕和斑点。泪水便滴下来，落在面前的白纸上，洇出一点点的痕迹。在泪水中，她好像看见了许多人的脸，出现了，又隐去，每一张脸都是一段沉痛，她觉得自己这一生就是痛苦与痛苦的重复。在这一刻，她当然想起了她的继母。继母就是她痛苦链条上的死结，是回避不了的伤痕。她咬牙切齿地咒骂这个女人，因为她和她的兄弟们一样，并没有来看望病人，她只是寄来了许多吃食和用品。刘大夫在看着这些山沟里找不到的珍贵东西时，仍然一脸平静，刘庆英却因为父亲的平静而怒火万丈。

她问父亲："您爱那个女人吗？"

父亲的笑容淡到似乎没有："我们这个年龄，谈什么爱……"

"我觉得她不爱您，从来不爱。"刘庆英愤愤地说。

"可她为了你们付出了很多。"刘大夫郑重起来，"这个家如果没有她，我一个人带不大你们的。你要记住这点，永远记住。"

病人的脸上有了红晕，仿佛是激动，也可能是一种回光返照。刘庆英看着父亲，心里是一种说不出的滋味。她何尝不知道冯婉如的劳苦，但她也隐隐约约地感觉冯婉如和这个家始终是有一种隔阂的。这个家于冯婉如来说，是庇护所，也是战场，也终将成为她最后的归宿。刘庆英突然觉得好像没必要再恨这个女人了，没用，好也罢坏也罢，她已经是刘家的族谱上一个磨灭不了的符号了。

"爸，我记着您的话。"她说。

父亲的脸上有了真正的微笑。当天夜里，他走了。

刘大夫的墓地不是真正的墓地，他是迁移来的工厂里第一个埋葬在这里的人，是这面后来成为安息地的荒坡上的第一位居民。乔安明在岳父的坟前放声大哭，那一刻他软弱得像个没长大的孩子。刘庆英坐在山坡上，望着坡下的工厂，听着丈夫的哭声，突然想到，一个一生治病救人的医生，却成了一片新墓地的开创者，这故事真是滑稽。

十九

刘庆东和刘庆红双双在恢复高考之后考上了大学。接着，又双双公派出国留学。冯婉如把自己关在屋子里，哭了两天两夜，好像积攒多年的苦与痛都随着眼泪流出来，洗刷着她的生命。

哭过，擦干眼泪，找出存了多年的红布，开始蒙盖屋里的每一件家具。红色一点一点地弥漫开来，把屋子里的气氛变得渐渐凝重起来了，而泪水又夺眶而出，止也止不住地湿润了红色，像人呕出的心血。

真的转运了。

这样的转运这一生做过多少次呢？冯婉如想着，回忆着，却找不到头绪。时间太久了，记忆模糊了，现在的脑子里，存储太多的是病痛的折磨。腿不利索了，心脏也不好，夜里失眠，眼睛模糊。当年的冯婉如哪儿去了？恍惚之间，鞋面上的绣花，飘摇的小轿，还有武府的丝竹与那青花瓷罐的温润，都破碎成梦，在思想里闪烁，却拼凑不成画面了。

没有门外的秀梅了。有的是儿子和女儿，端坐在屋里，看着母亲的奇怪动作。这是唯一一次有人参观的转运。冯婉如其实早已经不再在意形式的郑重了，现在她需要的是安慰，是寄托，是命运的总结。稳重的儿子，漂亮的女儿，已经是她生命的延续，她不再需求其他了。

"妈!"儿子叫。

"妈!"女儿也叫，随后又补充一句，"您今天真漂亮。"

冯婉如回头，向儿女笑笑。她今天特意穿上了她许久未穿过的旗袍。那旗袍散发着樟脑气味，勉强包裹着她早已经不再苗条了的腰身。色彩已经有些暗淡了，曾经的柔软也已经僵硬粗糙了许多。只是那丝质的清凉还在，让她的身心有一种舒适。"我进你们刘家的时候，穿的就是这一身。"

笑容收了起来，思想沉了下去。冯婉如坐下来，回忆的潮汐涌起，刘大夫的面容就在潮水中浮现了，"你们好好学习，不要不放心我。等你们去了国外，我就到你们庆英姐那里去，将来，就和你们的爸爸在一起了。"

"妈!"

"你们赶上好时候了。好好的，要好好的……"

说完这话，冯婉如安静地闭上了眼睛。她累了，想要休息了。儿子和女儿互相看一眼，悄悄地退了出去。冯婉如听见他们悄然的脚步，却不吭声，就那么坐在红色里，听着他们离去，让自己沉入冥想。

她其实心里很明白，自己绝对不会去刘庆英那里。那样的说法，不过是给儿女的安慰而已。她只想一个人在这个院子里等着，等死神来领她走完生命最后的路程。不管怎么说，冯婉如认为，自己的生命在武府时，是不属于自己的，只有进了刘家大院，她开始过的是自己的生活了。这个院子给了她的，最重要的不是丈夫，而是可以直起腰的自尊。也正是这种自尊告诉她，不必回到丈夫身边了，她命中注定是一只孤独的青鸟。

她没有给儿女准备更多的东西。她知道，儿女在她的培养下都是能够应对一切的孩子，她放心。她只是在他们出国前为他们一次次地做他们爱吃的饭菜，让故乡的味道一次次加深了在他们心中的痕迹。她什么也不说，不嘱咐什么，也不询问什么，她只是看着他们兴高采烈地吃。然后，在他们高高兴兴地出去办事或是游玩的时候，掉下几颗眼泪。

当她从送行的机场回到家中的那一天，她默默地在屋里坐了一天。

没有眼泪了。因为一切都已经安排好了。

她到银行取出了她全部的存款。然后，到珠宝店卖掉了她仅有的两枚金戒指。在把它们交给那个戴眼镜的老店员时，她犹豫了一下，因为她想起了武司令和刘大夫分别把它们给她戴到手指上的情景。那两个情景重叠了，分不清两个男人的样子，却分明记得两次都没有兴奋的。有什么可高兴的呢，前一次，是卖身的，不情愿的苦涩和着眼泪咽在肚子里；后一次，也是卖身的，只不过赌上的是自己后半生的幸福。想到这儿，就没有什么不舍了，黄澄澄的色彩闪一闪，就收在店家的抽屉里，再不属于她了。

再然后，她背上家里仅剩的那只青花瓷罐，去了市里的文物商店。

接待她的老店员相貌竟和珠宝店的老店员惊人地相似，她几乎要问他们是不是孪生兄弟。老店员很熟练地把罐子翻来翻去，仔细地审视着每一个细节。是个好天气，阳光从窗外洒进来，在高深的房间里留下一束束的光柱，使这间堆满了瓶瓶罐罐的店堂有了油画的质感和高深莫测的气息。她看着老头儿摆弄着她的宝贝，却没有任何心疼的感觉。她其实还记得的，当年她来过这里，用另一只罐为全家解了燃眉之急，为那个只会哭泣的刘庆生筹措了去上学的路费。那只罐现在还在这里吗？还是被什么人买走了呢？它会知道它的另一个兄弟今天也到这儿来了吗？

"你想要多少钱？"老店员的问话打断了冯婉如的回忆。她愣怔一下，反问："它值多少钱？"

"不值多少。"老店员咂着嘴说，好像挺惋惜的样子，"年代不太久，也就是清朝的。"

"不会吧，老人们说，它很值钱的。"其实冯婉如也并不知道瓷罐的价值，她只是本能地讨价。青花瓷罐于她来说不是什么宝物，而是她的一种希望和依靠。她再一次抚摸它。那光滑而又有些凹凸的表面，那温和而又绚丽的花纹，那纯净而又深沉的颜色，都和她的一生密切相关，都印证了她的劳苦和隐忍。她的眼睛就在这一瞬间湿润了，她突然有了把它背回家的冲动。

偏偏这时候，老店员催了："卖不卖？想好了没有？"

她从恍惚中醒来了。

"你给多少钱？"

"三十吧，多不了了。"

"卖。"她咬了咬牙，做出了决定。

是的，必须卖的，背回去做什么呢？那个家，也即将是没有了的。

傍晚的时候，邮局的工作人员在下班前接待了最后一笔业务。冯婉如在这里给遥远的美国寄了一笔钱，一笔在她这样的老妇人来说的巨款。这让工作人员很好奇地认真地看了看她，他看到老妇人的脸上有着一种满意的微笑。

夜已经很深的时候，疲惫而又满足的冯婉如回家了。她在月光中穿过大杂院里曲曲折折的小道，把自己的身影最后一次印在熟识的土地上。她回到自己屋里，愣愣地坐了许久，然后，打开箱子，从最深处掏出一个布包。

一层层地揭开绒布，灯光下，是那支枪，武尊义司令留给她唯一的纪念。

她笑了，想象着当这支枪瞄准了自己的太阳穴时，会是一种什么感觉……

二十

三十年过去了。

身患癌症的刘家长子冯建国把弟妹们召集到北京，商量为父亲迁坟的事情。"不能让老头儿在异乡做孤魂野鬼。"在电话里，他斩钉截铁地说。

弟妹们来了，却仿佛是商量好的，没有人说话。

刘庆生是不敢说话。退休的图书馆馆长在来之前受到了妻子严厉的警告，不许多说话，别人怎么说你就怎么说，不能让别人欺负咱们。

刘庆林是不想说话。他受大哥的影响，从农村参军入伍，现在也是军队退休干部了。也许是因为在部队一直做情报工作，他竟成了个少言寡语的小老头儿，和他小时候的淘气判若两人。

刘庆东在美国因车祸去世，永远没有办法说话了。刘家最小的妹妹、大学教授刘庆红，冷静地看着她同父异母的兄长们，显示着一种超然事外的态度。

乔安明算是这里唯一的外姓人，但他自认为他是最有资格出席本次家庭会议的人。在火车上，他还在骄傲地质问妻子："是我给老人送的终！那时候，你那些哥哥弟弟，在哪儿？在哪儿？"尽管对他话里着重强调"哥哥弟弟"有所不满，但刘庆英不能不同意丈夫的话。她只能无奈地叮嘱他不要多说话，一切由她出头。她不能让头脑简单的丈夫在兄弟们面前丢脸，更不想让他们了解她和乔安明之间的不和睦。现在，他们夫妻端坐着，都摆出一种胸有成竹的高傲和沉静。

沉默就弥漫了冯建国家的客厅。

冯建国的老伴和女儿在厨房里忙着张罗饭菜，不时地向这边偷看一眼。

干休所的环境很好。三楼的窗外都是高大树木的枝叶，在微风中哗啦啦地响着，很悦耳。阳光从枝叶间透进来，是细碎的光影，使人感觉到些温暖。偶尔，有一只喜鹊飞落在树枝上，呀呀地叫上一阵，抖抖翅膀，然后飞走，它的身影就在房间地板上夸张地跳跃一阵子。刘庆英低头看着，不知道为什么想笑出来。

"说话！"冯建国不耐烦地说。

仍然没有人吭声。冯建国不由得想起昨晚儿子来探望他时说的话："您真是没事闲的。都这个时代了，做这些事还有什么意义？先说好，我是没有时间的，公司要上市，我忙得很。"

也许这就是轮回？儿子的相貌酷似自己，说话的语气也像。而态度里表现出的那种不屑，昨晚一直在老人的梦里搅扰着，留下了挥之不去的烦躁。为什么要做这件事情？他问自己，却没有回答，也没法回答。就是想做了，就是在几十年后回想起了那些事了，就是……老了。

"我没意见。"刘庆林先开口了，但短短四个字里的消极显而易见。他掏出烟来，点上。长期的伏案工作显然使他染上了极大的烟瘾，他焦黄的手指把他的孤独暴露无遗。

烟雾飘满房间了。冯建国开始咳嗽。刘庆英说："别抽了，你不知道大哥……"

刘庆林根本不看姐姐，他接着说："给老头儿迁坟，那母亲呢？老太太的坟还在老家。"

"你是说把他们迁到一起吗？"冯建国严肃地问弟弟。

刘庆林不说话。刘庆红却冷峻地开口了："别忘了，还有我母亲。"

大家都似乎打了个冷战。仿佛小妹妹的话是一柄剑，毫不留情地直戳进他们的心底，在他们的血液里穿出冰冷的一线，嗞嗞地给七情六欲淬了火。情感的潮汐退了，就露出坎坷，醒目得让人难堪。一朵乌云，就在瞬间压到大家头顶了。

"二哥别忘了，你考上大学的时候，我母亲为你卖过血的。三哥别忘了，你在农村插队时我母亲为你送过多少次东西。大哥，你我就不用说了，你不会忘了，你曾经姓冯……"

大学教授的语气并不多么沉重，很平静，但字眼咬得很清晰，有点像在讲台上给学生布置重点。她清澈的目光在每一个人的脸上晃来晃去，仿佛忽略着所有人的尴尬，却捕捉着尴尬背后的一丝丝羞愧或是什么。应该说她的神情是宽容的，但宽容此刻就是一种尖刻了。她和她的兄长们本就隔着血缘的河的，此时这河正在无声地涨水，淹没着他们的一切。

"吃饭吧。"冯建国的妻子从厨房出来了，满脸的笑容显出一种真诚，不知情的她适时地化解了当前的僵局，"家常饭，没什么好的。全家难得一聚啊……"

人们解脱似的呼出一口气，纷纷起身往饭厅走去。刘庆红跟在最后，仿佛不经意地转换了话题："姐，父亲行医那么多年，去世的时候没留下点儿秘方什么的？现在人们讲养生的，那可是无价之宝。"

乔安明从鼻子里重重地哼了一声。刘庆英忙拉他一把，含混地回答妹妹："没有……他走得太……"

冯建国向她投来尖锐的目光，什么也没说。刘庆英一阵慌乱，把说了半截的话咽了回去。那些药方早就在无休止的家庭战争中遗失了。不知道是怎么没了的，也似乎从没有人心疼过，它们就无声无息地消失了。那只带到山里的青花瓷罐，也已经不知所踪。那个深山里的家，在退休医生刘庆英来说，早就已经没有宝贵的东西了。

想着各自的心事，沉闷的饭桌上，连饭菜的香气都是沉甸甸的。多少年了，他们再没有这样一起吃过饭了。端起饭碗的时候，冯建国突然想起那年的那一顿饭……继母要进门了，他们等在渐渐浓重的夜色里。看着桌上渐冷的饭菜，他告诉弟妹，谁也不准主动给那个女人盛饭。后来，那个女人来了。紧身的旗袍，鞋面上的绣花，淡淡的笑容……一切都想起来了，一切都如昨天般地清晰。退休将军的心颤抖了，他放下碗，想弟妹们是不是和他一样地在想她呢？他知道，迁坟的事情是议论不下去了，三十年了，冯婉如的幽灵仍然在暗处冷笑，而他们，仍然是她的孩子，即使是不给她盛饭的孩子。

百无聊赖的刘庆生顺手从茶几上抄起一张晚报，无意地看见一则消息：在他们家乡的那个城市，新建博物馆的镇馆之宝是一对元代青花瓷罐。目前，这对瓷罐为世界上仅存的同类瓷罐，价值上亿元。据悉，这对瓷罐是一个神秘女人在不同年代卖到文物商店的，据说当时一共卖了五十多元……

"真他妈的！"一生贫寒俭朴的图书馆长，不知道为什么突然愤愤地骂了一句，自己也不知道骂谁。

（原载《十月》）

和田玉

·

一

　　我在小城电视台担任相亲交友栏目的编导已经十年，我是方圆数百里尽人皆知的男媒婆，并因此而厌倦至极。当然，我也熬到了机器有人扛文案有人写茶杯有人端的地步。这不，我刚走到楼梯的一半，助手已经抢上前去敲门了。

　　门立刻就开了。亮光从门里边泻出来，把一个老太太的臃肿身形镶嵌在门框里。同时涌出来的，是一股淡淡的消毒水味。这很正常，所有迎接栏目组家访的孤寡老人，都会在我们登门之前收拾一下房间，努力做到窗明几净，给将坐在电视机前相看他或她的人，留下一个好印象。我低头看看手里的材料，上面注明面前的这位老太太是两次丧偶，今年七十一岁。我不禁想，老太太够倒霉的。

　　您问我这个医疗床？是我老伴儿活着时候用的。他不是植物人嘛。对，第二个老伴。我伺候了他五年，床上尿床上拉。有这个床可以升降，翻身方便点。他上个月刚走，这床说卖，可没人要。

　　您几位往里走。

　　房是厂子分的，够住了。是旧了点儿。我和我第一个老伴儿有了儿子就住在这里了。当初能分配到城里的房可不容易，我们厂子不是在山沟里嘛。什么？您也是三线工厂的后代？哪个厂？曙光？我是光明的。哎呀，太好了，咱们厂子都挨着啊，说不定我还认识您的爸爸妈妈呢。

您坐，喝点茶。不着急拍呢，这大热天的。你们大家都坐啊。

我是1946年生人，今年整整七十一岁。我是浙江人，我们厂都是浙江人。对，你们曙光厂是东北搬迁来的，我记得你们都是沈阳人。1968年我刚进厂做学徒，厂子就搬迁了。不敢说不跟着来啊，那是政治任务啊。我妈妈哭得要死了，可我还是来了。好在来的路上我第一个老伴儿就跟我表白了，到了这里我们就结了婚。背井离乡的，两个人总比一个人好。

他比我大八岁，那时候就是车间主任了。他第一个老婆说什么不到西北来，他们就离婚了。他那时正积极争取入党，他必须跟着厂子走。我们是坐火车来的，就那种绿铁皮车。路上晃晃荡荡地走了三天三夜，把人都摇晃得筋疲力尽。有一天半夜，火车停在一个小车站上，我都忘了那是哪里了，他站在站台上抽烟，我从他身边走过，他突然说："小郭，咱俩好吧。我喜欢你。"

当时把我吓坏了。哪想得到啊。我撒腿就跑。上了车心口这里还怦怦地跳，脸烧得自己都觉得烫得慌。真的，我们那个年代跟你们这时候不一样，封建着呢。即使心里乐意，嘴上也不敢说。何况我那时候根本就不认识他。

可到了这里，我们就结婚了。我们是全厂搬迁后的第一对新婚夫妻。谈恋爱？没谈，没时间谈。你们别笑，那时真的是没时间。我们到了之后马上动手盖房，盖车间，盖仓库，连厕所也要盖。你们不知道，那时山沟里什么也没有，野猪狐狸四处跑。已经是深秋了，我们都住在临时挖出来的地窝棚里，早晨醒了被子上都是霜，眼眉上也是。

当然要先盖车间，要早日投产啊。那时都讲先生产后生活的。

我老伴很疼我。那么潮湿阴冷的山里，他总怕我冻着，每天晚上都是他先钻被窝，把被子焐热再让我进去。不怕你们笑话，甚至他要加夜班，也先把被子焐热，看着我躺下了再走。唉，那时是真苦，说到焐被子，连个热水袋都没有，全厂都没有，只能靠体温啦。我们浙江人按说不怕冬天的潮湿阴冷，可不知道为什么，这里的阴冷和我们家乡的还不一样，说不出的不一样。那年冬天啊，全厂病倒了多一半。

可是在春节前我们还是按时投产了。大家敲锣打鼓地把第一车成品送出山沟，很多人都哭了。我也哭了。太不容易了。新盖的车间墙还是湿的，也没有暖气什么的，手摸到钢铁件上剌啦就是一层皮。站一会儿脚就冻麻木了，再过一会儿就会疼起来，扎心地疼。那也得咬着牙干。

您去哈尔滨看冰灯的时候脚也这么疼过？不怕您不乐意，您那就是一会儿，我们可是天天如此。我这老寒腿，大概就是那时候落下的。

那时社会乱，也没有人关心山沟里的工厂。我们又是保密单位，也不愿意让人关心。厂子里就商量，咱们得自己管自己，开工了，生产了，就得马上把后勤搞上去。活儿是人干的，不能亏待人。于是，就开始正式盖宿舍了，还派我老伴儿进城找地，说争取在城里也盖点房子。您知道，山沟里哪有那么多的地啊。开山造地，那都是后来的事了。

其实那时大多数人并不愿意上城里住。唯一的那条土路，纯粹是人踩车轧出来的，车子三天两头在路上颠得抛锚。到了雨季，路就是大泥潭，踩上去鞋都拔不出来，根本没法通行。上班不方便，生活也不方便。你们不知道，那时城里连个澡堂子都没有，人们都半年半年地不洗澡。你们别乐，真事。你们不信问你们导演，他知道，他的父母也是这么过来的。

厂子里好歹有大淋浴室，用锅炉烧水。水其实也不够用，常常洗着洗着，外边喊：热水没了，等等啊。大家就赶紧用毛巾把自己裹起来，干坐着，等热水。

我那第一个老伴儿当时已经算是火线入党了。所以派他去城里找地也算是给他的考验。他去找市委，人家告诉他市里的旧领导都下台了，新的革委会也没人知道应该怎么办。他没辙了，就在城里转，饿了就买个馒头啃几口。转了三天，就转到这儿了，当时这是一片空地，有个老头看着。他就跟老头儿扯闲话。老头儿也闷得慌，一来二去就告诉他，本来市里想建家果品加工厂的，运动一来就没有人过问了，老头儿都几个月没地方领工资了。那会儿人也真是胆子大，我老伴儿自己就决定了要抢占这块地。他写了个条子，把情况简单说了说，给老头儿的小孙子五角钱，让小孩儿进山沟报信儿，自己在空地上守着。结果，第三天就开始挖地基了。

后来有人醒过神儿来了，来质问是怎么回事。我老伴儿说：国家机密，你们有本事上中央问去。有人不服，老伴儿就抄起锹把子，说：老子三辈子贫农，还是共产党员，你们敢踏进这块地一步，老子就跟你们拼了。愣就这么把楼建起来了。

别不信，我说的都是真的。

为盖这两栋楼，老伴儿脱了三层皮。要我说，他后来突然犯了心脏病，也与盖这楼有关。累不算，真是提心吊胆啊。施工期间他就没敢离开过工地。打砸抢不说，就是小偷小摸也受不了。周围的农民偷，施工的工人偷，淘气孩子也偷。就连那个看工地的老头儿，都偷着卖过工地上的杉篙。我老伴儿说他，他说，这么乱的世道，不偷没法活啊。

质量？当然好不了。这儿早就是危房了，从前年就动员让搬家，说是按拆迁政策给我一套两居室。

可我两任老伴儿都死在这屋床上，我舍不得搬。我总觉得他们俩的魂儿都还在，有时候，我听着他们还聊天呢，聊得挺热闹。

二

我昏昏沉沉地从那栋阴暗潮湿的旧楼房里出来，晴朗的天空和火热的太阳让我有了一种不真实的感觉，好像我是一只刚刚钻出地面的耗子，有强烈的恐惧感包围着我。老太太说的一切不知为什么引起了我强烈的不适。

正好我接到汲古阁赵老板的电话，说他新到了一批和田玉原石，让我去看看。我玩玉已经十几年了，在小城也算个知名玩家，我们电视台搞玉石鉴赏节目，我还装模作样地去充当了一回评委。赵胖子的汲古阁是我常出常进的地方，他骗我我骗他的交情已经维持了十几年。此时此刻，我急需换一下心情，就命令手下回台里交差，自己直接开车去了汲古阁。

于是，我看到了那块晶莹圆润的和田玉籽料。我立刻喜欢上了这小东西。在手中摩挲良久，我却突然记起，在那个老太太的胸前，也佩戴着一小粒玉料的。

我老伴儿犯心脏病的时候我儿子刚刚四岁。

厂里传出消息，准备提拔他当副厂长。那时候运动已经结束了，大家开始说时间就是金钱的话，厂子里的生产加速，大家都忙得四脚朝天。我老伴儿是技术骨干，就更忙了。哪个车间出了点事儿，断电了，机器故障了，出了废品了，都得找他。有时还到外厂支援去。就你们曙光厂，就去了好几次。所以要提拔他，大家都没意见。消息一出来，就有人来贺喜了。我那会儿刚怀了老二，吐得厉害，到医务室开药，都有人叫我厂长夫人了，真不好意思。

他当然也很高兴。

他去世之后我常常坐在窗前发愣，想他的一生，想他过的每一天。我问我自己，你了解他吗？这问题还真没法回答，至今也没有答案。我们和那个年代所有的夫妻一样，平平淡淡地生活、工作。十来个小时在岗位上干活儿，然后去食堂吃饭，在浴室洗澡。开会，学习，参加集体活动。每周看一场电影，年终时厂里开一次联欢会。我们每天、每月、每年在家里待的时间有多少？我们聊过多少次家常？我只知道，他是个憨厚而简单的人，直来直去的性格，高兴在脸上，不高兴也在脸上，好在他高兴的时候是多的。

这种性格也有不好吧，我总觉得如果提拔的消息没有让他那么高兴，他也许不会玩儿命地工作，也就不会猝死。用你们文化人的话说，叫乐极生悲。

那年厂子进口了一套设备。导演你知道，咱们那会儿的三线工厂，要想弄到一套进口先进设备有多难。偏偏那套设备的说明书是外文的，全厂没有人看得懂。刚分配来的李技术员是厂里唯一的大学毕业生，他看了半天说，这不是英语，我也不懂。到省里请人翻译吧，来不及，厂里着急用设备，要上马新产品啊。怎么办呢，我老伴儿带着攻关小组，一个零件一个零件地琢磨，像小孩子拼积木似的，搭上去，不合适，拆了从头再来。反反复复地，终于有一天，轰隆一声，那设备转起来了。

当时，全厂像过节一样热闹，敲锣打鼓，还放了鞭炮。

可我老伴儿，七天七夜没睡一个整觉。困得不行了，他就在设备旁边裹着棉大衣眯一会儿，爬起来再干。他让徒弟进城去买方便面，一买就是五箱。那会儿小城市面上还没有卖茶鸡蛋火腿肠的，厂长让食堂自己煮自己做，还给攻关小组炖了鸡汤提神。

那七天七夜我也睡不好，怀孕难受，又惦记着在车间里的他。七天之后，他推开家门，我就感觉到他已经累到了极限，他推门的动作好像是在推开一座山。他身上的臭味，是七天没洗澡的味儿和机油味混合在一起的味道，让我立刻就冲进厕所大吐特吐。他给我拍后背，我埋怨他说："你还记得我啊？"他说："不是为了你和孩子，我这么拼命？"

我说，那你快去哄哄你儿子吧，我做饭去。他说：我就想吃你蒸的米饭配炒白菜，这几天方便面都吃恶心了。我说好，就到厨房去了。

你们问我怎么记得这么清楚？这怎么能忘得了啊。这就是一把刀切开你的心脏的感觉，那种疼，那种苦，从那天起就刻在你心里了，别再想能把它忘记。

不用劝我，让我说。平常没有人听我说，心里可憋闷了。说说我也舒服点儿。

我把饭做好了端出来，看见他仰脸躺在床上，两条腿垂在床下边。我儿子站在旁边，说爸爸睡着了。我过去叫他，他不应，拉他，才发现他手都开始凉了。

那床当时就在这个位置。床后来当然换了新的，但我家的床永远都放在这个位置。和第二个老伴儿结婚的时候，他曾经想把床挪到靠窗那儿，我说我嫌阳光太晃眼。他也没说什么。我当然也不会告诉他是为什么。

我那第二个老伴儿是领导干部，有涵养，什么事都让着我。

给我那死老头子换衣服的时候，在他衣兜里摸出这么个小东西，人家告诉我是玉，和田玉。我当然知道这是给我的，再过两天就是我生日了。可我不知道他是从哪儿弄来的这玩意儿。打了个眼儿，拴了根红绳，我把它戴到了今天。

我流产了，第二胎没保住。当时太伤心了，说起来其实肚子一直疼，可我人根本是麻木的，没感觉，没在意，直到大出血。厂里只有卡车，颠到城里的医院，我都死过去好几回了。那会儿的医疗水平，最后能保住我的命，已经是奇迹了。大夫告诉我，今后不可能再生孩子了。我想，反正我丈夫也没了，我能生不能生还有什么用。

那会儿我一坐到窗前就会想，如果没有说要提拔他当什么副厂长，他会不会这么玩儿命？想来想去我知道，他仍然会。他就是这么个人，他就是这样活着的。所以我就安慰自己，别难过了，这家伙早晚会这么死的，他能倒在自己家的床上，没有一头栽在车间里，就已经是幸运了。

慢慢地，我不再哭了。我还有儿子，我得把儿子带大。而且，我儿子是那么可人疼。他爸爸死后那几天，他不哭不闹，总一声不吭地依偎在我身边，用小手儿拉住我的手，死死地攥着。你们说，我的心能不软吗？我知道儿子是在告诉我，有我在，有他在，这还是一个家，也必须是一个家。

我也只有这个家了。我在浙江老家的爹妈，都去世了，唯一的姐姐嫁人之后就和我断了联系。我给她写信，她从来不回。后来我才知道，她是为了还清爹妈病重时借的钱，把自己嫁给一个残疾人了。姐姐是个要强人，从小衣服掉个扣子都不出门的。她肯定是恨我的，她会觉得我在外边挣国家工资，过好日子，却不顾爹妈。而她嫁了一个有钱的瘸子全是因为我。

可我也难啊。父亲也是心脏病突发，去世时，厂里在大会战，抢着时间生产一批国防急需的零件。别说请假了，吃饭上厕所都是一溜小跑。我边干活儿边哭。母亲是和我那死老头子前后脚去世的，她死得特别惨，是出门让车撞了。后来我才想明白，姐姐给我打电话，是我哭得死去活来，根本就没让姐姐开了口。我后来回忆起，姐姐当时也哭了，说了一句"你保重吧"，就把电话挂了。我还有点生气，嫌姐姐太冷淡。

人隔了千山万水，越是亲人越会有隔膜。

三

赵胖子嘀嘀咕咕地告诉我，这颗籽料，要价十万元。我说，你他妈的疯了吧。

他委屈地叫道："这可是喀什河里出来的真正籽料啊。你是行家，你也知道现在还能有多少这种真货。现在俄国料好的都是天价了，何况是这样的好东西。"

我知道这个狡猾的胖子并没有骗我。我尽管比不了京城那些鉴定大师，但山料籽料我还是能分辨得出来的。至于那些俄国料青海料，更别想骗过我的眼睛。眼前的这粒小东西，确确实实是好货。它静静地躺在我的手心里，像一只乳白色的小鸟，酣睡着，是全无戒备的那种安详。微微的一小块褐色皮子，既证明了它的真实，也平添了几分灵气。我喜欢它，可不知为什么，在我的眼睛里，却总还晃动着另一粒籽料。

这两粒籽料重叠在一起的时候，我的心就乱了。

在我老伴儿的追悼会上，我儿子第一次犯了病。哀乐刚刚响起，他突然就倒下了，好像是哀乐刺激了他的神经。四岁的孩子，倒地的声音却那么响，像一块石头砸在地板上，也砸在我心上。我当时就愣住了，大脑一片空白。我不知道应该做什么，哀乐继续响，我就那么愣愣地看着躺在地上的儿子开始抽搐，开始吐白沫。白白的一道顺着他的嘴角往下流。

后来有人把他抱起来了，还冲我嚷："你发什么呆呀，快救救孩子啊！"

于是我老伴儿被推进火化炉时我并没有送他最后一程。我抱着昏迷不醒的儿子，在去医院的路上。还是那条路，还是那样地颠簸。我想，我不知道死老头子会不会埋怨我，应该不会吧，因为我在救儿子啊。

到了小城的医院，孩子就醒了。醒了的第一句话，问我：爸爸呢？我说爸爸死了，永远不回来了。他好像要哭，但没哭出来，就不说话了。后来我猜，他是没有力气哭了。从那之后，他每一次犯病，都是一次出生入死。

癫痫。我和他爸爸家族里都没有这样的病，不知道为什么偏偏他会得了，而且偏偏他在那么个时候犯病了。这种事情找谁说理呢？

老伴儿死得突然，让我不能接受，让我的心都碎了，但是他并没让我受罪啊，没让我给他端屎端尿地伺候啊。可这孩子，他活到十七岁，我苦熬了十三年。

陪着我把孩子送到城里医院的，是我老伴儿的师弟，在火葬场冲我大喊大叫的，也是他。他们俩当年一起进厂，跟着一个师傅学徒，后来又一起来三线。最后他把我和孩子送回家，临走的时候说："嫂子，有什么事你就招呼我，师哥不在了，在这儿我就算你唯一的亲人了。"

他姓赵，当时还没结婚。平时他的缺点是不大爱说话，大伙儿都叫他赵闷子。

当时我完全是昏昏沉沉的状态，他说的话我好像听见了，又好像没听见。事后想想，他好像还说了什么，我却一点儿也记不得了。

可日子还得往下过啊。痛过，苦过，哭过，但想想，不过也不行啊。人来到这个世界上，牵牵扯扯，都是放不下的人和事。在当时的我来说，最重要的，就是儿子了。

我说了这么多，你们都听烦了吧？

唉，你们还年轻，年轻多好啊。年轻什么都不用多想的。导演你结婚了吧？什么？还没有。抱歉抱歉，我问得唐突了。可导演您真是该结婚了，你爸妈不着急吗？

我其实是想说，人只要一结婚，一有孩子，生活就有了牵挂，有了捆绑，但是也有了希望。希望不一定是你们理解的那种好词儿，希望其实很多时候就是绝望，是绝望里的挣扎。就像我，明知道我儿子的病好不了，可我能不希望有奇迹出现吗？人活着，其实就是这样的，希望，绝望；这样，那样，日子就这样一天天地挨过去了。

我儿子的病开始还好，一年也就犯一两次，都是突然晕倒，然后很快就会苏醒过来。但是，慢慢地，就严重了。他七岁那年上了厂里的子弟小学，那一年，他犯了五次病。最厉害的一次，他在课堂上突然站了起来，没头没脑地说：这是我的铅笔。然后就倒下了。老师同学都吓蒙了，有的女孩子吓得哭了起来。我在车间里正忙着，老师跑来叫我。子弟小学的老师其实也都是厂里的工友，学历高一点儿，就调去当老师了。跑来叫我的就是赵闷子，他在学校教体育，天天都看见他领着孩子们在厂院里跑圈儿，喊着一二三四。

其实儿子犯病我已经习惯了。摔倒，昏迷，然后慢慢醒来，躺在床上休息一阵，就好了。好的时候也许就和正常孩子一样，能跑能跳的。可是我慢慢发现，他发病的间隔越来越短了，发病的时间却越来越长了，发病的样子也越来越可怕了。他不发病时候的样子，也渐渐变了，眼睛开始发直，说话也有点口齿不清，动作也越来越迟缓。就在课堂上犯病这次之后，我发现他的性格也开始变了。

他不爱说话了。原本他是个爱说话的孩子，他爸爸死了之后，他总依偎在我身边，东一句西一句地乱说。走得离我稍微远一点儿，就会喊着妈妈往回跑。别看他还小，但我知道他开始懂得哄我了。

可后来，他总发呆。眼睛不知道是在看什么地方，又好像什么也没看，就那么傻傻地愣着。有时候好像有点笑容，有时候却完全没有表情。那时候，我好像突然意识到，我儿子，完了。

然后，有一天，他突然说：妈，我不上学了。我吓了一跳，问他：为什么不上学了？他说：他们骂我，他们说我是傻子。我跑到学校去找，老师说：我们也为难啊。批评过，可那么多孩子，哪管得过来。再说，有的家长也不理解，说你儿子吓坏他们孩子了。我说：那我儿子总不能不上学吧？一直在旁边听着不吭声的赵闷子突然说：嫂子，你放心，孩子交给我了。我每天接送，没人敢欺负他。

接待我的班主任老师在一旁突然笑了一声。真奇怪，我直到今天仍然清楚地记得她那声怪笑。可我当时真不知道她为什么笑，我只是有点儿奇怪。我的心情一直糟到极点，我忽略了许多事情，也没心思去多想什么。

坦白说，我一直不是个好工人，我学技术总是比别人要慢，而且说心里话我对车钳铣焊这些活儿没什么兴趣。我从小就喜欢读小说，甚至还想过写小说。你们别笑，真的，用现在的话说，我曾经是个文艺女青年。那你们会说，你为什么还来当工人呢？你们年轻，你们不懂，我年轻那时候，命运不在自己手里掌握着。我能进工厂，已经是幸运的了。

儿子的病逐渐严重起来的时候，我也正在厂里走着背字儿。我在做电焊的时候出了重大的事故，我焊的活儿被退货，甚至传说军队因为这批质量不过关的产品推迟了一次演习。我几乎成了厂子的罪人。要不是厂领导念在我老伴儿活着的时候给厂里做过贡献，也看着我儿子可怜，我也许会被开除。

所以你们说，我那会儿还能想什么做什么？我什么也不会想了，什么也不会做了，我就整天呆坐在家里，望着窗外发愣。我觉得我就像沉在湖底的一只小船，漩涡过后，就没有人知道我的存在了，我就会一点一点地烂在湖底，最后被淤泥掩埋掉。

医务室的医生怕我疯掉，天天来看我。可他们最后的判断是我没病。

四

我从赵胖子的汲古阁出来，站在街头发了一会儿愣，然后决定去看看父母。我的车很快就拐上了老太太说过的那条颠簸得像摇煤球似的破路，摇摇晃晃地进山了。太阳在我背后迅速地滑进山峦，当最后一丝阳光消失之后，我打开了远光灯。一只野兔从车前蹿过，立刻消失在草丛里。

由于说不清道不明的理由，我很少回家看望老爷子和老太太。忙当然是忙，但似乎也并没有忙到挤不出时间的地步。他们和那位要上电视相亲交友的老太太一样，是沉浸在那个年代氛围里的人，甚至，他们更固执。他们至今守在那个已经破产清算的厂子里，每天在大院里跳跳广场舞，就是他们最大的娱乐了。他们几乎不看电视，更不看我的栏目。他们用沉默的行动在和我这个男媒婆划清界限。

这曾经让我愤怒不已，却在今天成为我回去的理由。

真是抱歉，只顾了说这些陈芝麻烂谷子的事，让你们心烦了。这样吧，我现在去做饭，你们就在我这里吃饭吧。我的手艺还可以，而且到西北这么多年，我擅长做抻面条。

不麻烦，我都准备好了。

不用不用，你们喝水，抽烟，休息会儿，我马上就好的。

导演您父母身体还好吧？他们是东北人，这里的气候应该能适应。我们浙江人就差了，特别是吃食，刚来的时候简直咽不下去啊。那么酸，还放那么多的辣子。现在？现在当然不在话下了。人真的是能改变的。

您父母有您这样有出息的孩子，真是幸福。我儿子要能活着，和你差不多的年纪，不知道在干什么。也许会当个小干部，也许还在厂里当工人，也没准儿和您一样，在电视台工作。都是瞎想啊，人和人，要是总比较，会气死的。

您问赵闷子？您为什么要问他呢？

他当然挺关心我们母子的。他说到做到，每天接送我儿子上学放学。其实这也不是什么难事，因为子弟小学也就在工厂院里，在医务室的后边盖了几间房，就算学校了。当然不那么正规，可咱们工厂在深山沟里，不上这样的小学还能怎么办？你们厂也一样？你也是在子弟小学读的书？

我知道您想问什么。

我今年已经七十多岁了，我还有什么难为情的。是，赵闷子是有那意思，慢慢我也看出来了。

说不喜欢他，说不想男人，都是假话。可是，我想来想去，还是不能拖累他。他没结过婚，要是跟了我，就等于是上门女婿，而且进门就当爸，还是一个像孩子的爸。我不能坑了他，不能把他扯进一个没底儿的陷阱。谁知道我的苦难得拖多久，谁知道我这辈子还配不配有男人。一切都是命啊。

常常在夜深人静的时候，我摩挲着这块小石头，想来想去的。可到最后总是一个结论。也可以说，没结论。

导演，您没结过婚，更没有孩子，您不知道做父母的对孩子是一种什么牵挂，要付出多少心血，要想到多少可能的结果。所以啊，抽时间多回山里，看看你父母去。

我理解他们还窝在山里。出来能怎么样？像我一样住在这小城里？举目无亲的，说话口音都和别人不一个味儿。回老家？老家还有什么让你惦记？什么都没有了。我那个从不来往的姐姐，半年前也去世了。是我那外甥，好不容易找到我的电话，通知了我。其实这小子我也从来没见过面的。你说，我要是回老家，他们凭空多出个姨妈，会和我亲吗？我知道，不可能。

现在的年轻人，很实际的。我一个穷老太太，有什么可让他们欢迎的。啊，导演，我可没说你呀，抱歉。

你是成功人士。这里谁不认识你啊。

接着说我的故事。赵闷子被我拒绝了，什么也没说。只是突然地，他不管我儿子了。在大院里碰到，也不再说话，好像从来不认识我。有一回我在没人的时候拦住他，问：难道我们不能做夫妻就不能做朋友吗？您别乐，我说过，我是个文艺女青年，我说话有时候是有点文艺腔。

您猜他怎么说？他说他不知道我在说什么，他说他是个干净人，说你一个寡妇别老缠着我。我当时真惊呆了，我看见他眼睛里全是特别冷的光，好像他已经不是原来的那个赵闷子了，他在一瞬间完全变了一个人。

人啊，有时候就是这么恶，就是这么丑陋。

我转身就走。从此再也没有搭理过他。

几个月后，他就结婚了，听说娶的是城里的当地姑娘，还是什么区委书记的女儿，老姑娘。你一听就明白，这个赵闷子绝对是在纠缠我的同时也在和那个姑娘牵扯着。我说纠缠也许不对，他也并没有对我怎么样，我至今也还感谢他那一段时间帮了我。可是，不管怎么说，他成了我心口的一道伤疤，阴天下雨，总会有点隐隐的痛。

后来他就调走了。

我不想认为他是为了躲着我。他没必要。我一个弱女人能把他怎么样。我想他是为了要有一个更好的前程。你知道的，咱们这几家厂子，当时谁也不愿意和当地人通婚。不是说人家怎么怎么不好，人家怎么落后，而是咱们这些人，总有一种背井离乡的情绪堵在心里，说不清道不明的。和自己人通婚，亲上加亲的，总是个温暖吧。赵闷子当时找个当地人，在厂里也算是个新闻呢。

现在当然不那样了。现在像我这岁数的，都是当时迁厂时年龄最小的，我们都老了，别人还能怎么样？好多人都去世了，也算客死他乡吧。下一代，都应该算是本地人了。看导演您的年龄，您父母应该和我年纪相仿。您说，您算是东北人还是本地人？

您在电视台工作，您肯定知道，现在的市委书记就是我们厂的子弟，他爸爸原来是我们厂的一个车间主任，他妈是财务科的会计。

什么也挡不住岁月，什么也管不了时间。

说起来也挺有意思，我和赵闷子也算有渊源。城市太小，逛个街都磕头碰脑的总会遇到个熟人呢，何况私底下千丝万缕的关系。我和我第二个老伴儿是在公园认识的，挺谈得来。到最后说到婚姻的时候，我才知道他竟是赵闷子的老丈人。当然，那小子早和他闺女离婚了，后来跑到海南发财去了。

有意思吧？

人生就是这样，有说不清的必然，也有说不出的偶然。必然和偶然搅和在一起，苦辣酸甜都有了，就是你的一辈子。人活着，都逃不开这一切。趁着自己年轻，多干点儿好事儿吧。

还有，我又说啰唆话了，多去看看父母。

咱们三线工厂的人，都不容易。为了国家，我们牺牲了多少？这不是官话套话，对于我们来说，就是实话。

就说赵闷子，其实也不容易。我知道他是个穷孩子，兄弟一大堆，进厂之前饭都没吃饱过。当了工人每月工资多一半要寄回家。每天在食堂他都吃最便宜的菜，一双劳保鞋能穿三年。他打光棍儿是必然的，没有姑娘愿意跟他。他想和我好，他娶那个残疾老姑娘，都是因为自轻自贱，他知道自己不配娶一个好姑娘，他养不起。

我第二个老伴儿和我结婚之后告诉我，他不恨赵闷子，因为他闺女是小儿麻痹后遗症，瘸得很厉害，没有人要。他能和他闺女结婚，已经很难为他了。何况，赵闷子还给他扔下个外孙子。

那孩子不小了，在北京呢。

五

我没在家里过夜，我在家只待了两个小时。

我已经不习惯家里的一切了，从时明时暗的灯泡，到厨房里的油腻味儿，还有老头儿老太太身上那一种不可说清的衰老气息。我甚至不认为这还是我的家。这里只是我父母的家，是他们这一生也没离开过的巢穴。他们就像是一对儿老鸟儿，依偎着，互相舔舐着羽毛。

整个工厂也和他们一样，衰老得奄奄一息。

但我今天的态度很好，很和蔼。我的嘘寒问暖让我妈都感到奇怪了，她问我是不是有什么事儿，我说没有，我只是想他们了。我爸爸在一旁哼了一声，显然不相信我的话。但我知道，他仍然很高兴我回家。为此，他很少见地没拉着我下棋，更没和我畅谈他最近的生活感悟。

我坐在我从小就坐过的椅子上，突然有了一个决定。我要把那块价值十万元的和田玉买下来。下月就是老爷子的生日了，我想给他个惊喜。当然，我也预料得到，他会骂我。

昨天我尽顾了说我这点儿破事儿了，耽误你们大家时间了，对不起啊。今天咱们赶紧拍摄吧。我还从来没上过镜头呢，紧张。有做得不对的地方，你们多包涵。

您说我这身衣服好看？谢谢。多少年没穿过好衣服了，唉。不过这身红色倒是挺衬我这块玉的。好多人都说我这块玉别看小，但是挺值钱的。我说我不管那些，它是我第一个老伴儿留给我的，这个最值钱。我总觉得，好像他的魂就在这里边。有人告诉过我，说玉是通人性的。

我儿子死的时候十七岁了。

看看我这个人，说是不说那些破事儿了，可还是说。人老了，真是不顶用了。你们多包涵吧。

那孩子的病后来越来越严重了，一个星期总要犯好几回，而且每次症状都非常可怕。就是不犯病的时候，他也完全是个傻子了，嘴角总挂着唾沫，眼睛是直勾勾的，走路也歪歪斜斜。他变得暴躁，一不高兴就动拳头。不怕你们笑话，他常常一拳把我打得半天爬不起来，我的眼睛常常是乌黑一片。开始我骗大家说是碰的，是摔的，可后来有一次他当着全厂人的面把我揍倒在地上，大家就都明白了。

那次是全厂大会，散会晚了，他饿了，就冲到会场找我。当时他才十五岁。

厂里放了我长假，让我专门照顾孩子。党委书记老林，是我第一个老伴儿的入党介绍人，他还专门到家里来，动员我不如把孩子送到孤儿院或是什么机构去，别再受这份罪了。可是，我哪里舍得啊，他毕竟是我的儿子。而且，他长得那么像他的爸爸，浓眉大眼，厚嘴唇，说话声音很重。特别是脸上那两个酒窝，和他爸爸一模一样。我不作声，只把儿子拉到老林面前让他看。他看了一会儿，叹口气，走了，从此不再说把孩子送走的话。

其实，挨孩子的打还不是最难受的。因为他在清醒的时候，会痛哭流涕地给我道歉。他会说："妈，我是不知道啊，我犯了病就什么也不知道了，妈。"他会跪在我面前，抽自己的耳光。这时候我就赶紧抱住他，和他一起哭。这样的孩子，你还能怎么样呢？其实我最难受的，是他犯病越来越严重，越来越危险。每一次犯病对他来说都是在鬼门关上走了一回。因为他那时会紧咬牙关，会失去吞咽唾沫的能力，所以他时刻都有把自己呛死或者噎死的可能。而这个时候，我就得拼尽全身力气，掰开他的嘴，用我自己的嘴把他的唾沫或者黏痰吸出来。

那会儿咱们这儿哪有现在这些先进医疗设备啊，那会儿的小城是那么落后，唯一的医院能治治感冒发烧就不错了。医生建议我送省里大医院，可他这种说发作就发作的病，哪里来得及。你们看看我手上这块疤，一看就是咬的。没错，那回我手一松，他就死死地咬上了。

痛得钻心啊。

清醒了，看着我鲜血淋漓的手，孩子就哭。他说：妈，让我死了算了。

我说，不行，在你爸爸家你是长子长孙，你得替你们这个家族撑起门庭呢。

其实，我那死老头子家早就和我断了联系了。他确实是他们家的长子，可人死了，还有什么用呢。他两个弟弟在送葬的时候来了，和我连话都没说上三句，就走了。从此我再写信也不回了。我知道，他们家在浙江其实干得不错，有家族企业，他们当然不愿意我的儿子认祖归宗，去和他们分家产。

对了，他还有个前妻，送葬时也来了。我不能不通知她，他们毕竟做过几天夫妻的。这个女人也已经改嫁，她能来一趟我很感激她。

现在想想，我们这些人，背井离乡来到这山沟里，牺牲的不仅仅是我们自己的青春，还失去了许许多多的东西，包括亲情。人远了，情就淡了。我们厂有些人退休之后是想回原籍的，但是有的想想就算了，终归没那个勇气；有的回去了，过不了多久又回来了，有人要问为什么回来，多半是摇头苦笑，什么也不说。

用现在的话说，我们只有自己抱团取暖。

不过话又说回来，人的适应能力是很强的。有这么一片土，人就能扎下根来，就能活，就能活得好。那年厂里组织我们退休工人去北戴河旅游，住在湿地公园里边。原以为北戴河只有海，没想到还有湿地。当地人告诉我们，那儿原来是一片盐碱地，寸草不生，后来是人工造的林。就是现在，也只有几十厘米的土层供树木生长。我就想，我们就像那里的树，多薄的土层，我们也活下来了，也成了林了。

就是这种信念吧，撑着我，也撑着所有三线工厂的人。

可我儿子，终于还是没撑下来。十七岁那年，他死了。他就死在咱们这儿的医院里。其实，那次已经把他抢救过来了，医生说他犯病一次比一次凶险，在医院住一晚上，稳定稳定吧。可是，半夜，他用自己的裤腰带，把自己吊死在床头的铁栏杆上了。

那天晚上他特别平静，显得什么事儿也没有，脸上还总挂着点儿微笑。所以开始我都有点犹豫，说不用住院了吧。结果是他自己说：妈，我住一晚上吧，我有点累，不想动了。我就答应了。事后想想，他当时已经下了决心了。

我离开医院的时候是晚上七点。出病房的时候，孩子叫了我一声，说：妈，谢谢您。

他死了，我没哭。我已经麻木了，甚至我感觉到一种解脱，浑身一下子就放松了下来。现在回想，我当时就像个机器人，不，像是个木偶，随着人们的安排，为他处理了后事。在火葬场领到他的骨灰，我还是没哭，我只是紧紧地把骨灰盒抱在了怀里。走出火葬场大门，抬头，竟看到了在马路对面站着一个人，是赵闷子。我心里也没有什么惊讶。我只是看了他一眼，就走了，好像他是陌生人。

直到第三天的早晨，我想我不能就这么在家躺着，我应该去上班。而当我昏沉沉地走进厂子的大门，听到高音喇叭里奏响的《东方红》，我才突然哭出来了。而这一哭，就止不住了，真止不住了。

六

我和总编说，我想为这个老太太做个专辑。

总编看着我，像是不认识我的样子。半晌，他说："你这个节目是挺火，但正因为火，因为收视率高，我们才要慎重。这个老太太有什么与众不同的？有什么值得拿出一期节目时间说她一个人？我不说吸引眼球之类的屁话，我只从正能量宣传的角度说，她是劳模吗？她立过什么功吗？她有什么拿得出手的故事或者是经历呢？哪怕她拾金不昧捡到过钱包呢，有吗？"

我说："您不能这么说，她只是个普通的老太太，但她的一辈子闪烁着人性的光辉，她……"总编拦住我的话，冷笑说："没想到，你还这么煽情哪。我以为你成天伺候老人，早烦得想跳槽了。"

我想骂娘，可我没敢。

我一个人过了多少年？想想，想不清楚了。

反正我到五十五岁才嫁给了我第二个老伴儿。那时他六十八岁。我只记得那些年，咱们这小城越来越热闹了，生活也是越来越好了，但我的心情却总是寂寞得像一间空房子，四白落地，没有任何色彩。

厂里很照顾我，把我调到库房工作。还给我评了一回先进工作者。我知道，我过去虽然不是好工人，可这回我是合格的，问心无愧的，因为我把库房里的所有零部件都收拾得整整齐齐，擦得干干净净，出入库房的账目也清清楚楚，哪怕是一颗螺丝钉，也找得到去处和用途。可我心里也明白，我不是因为我对工作有多么地负责任，我是因为寂寞，因为回家没有人和我说话。我不愿回到这个冷冷清清的房子。

是啊，有人才是家，没人就是房子。

不得已回来，我就把老伴儿和儿子的遗像都摆在桌子上，吃饭的时候就和他们说话。我问他们我做的饭香不香，问他们想吃什么。我告诉他们我是先进工作者了，我说我每天干到半夜有多辛苦有多累。我多希望他们能搭一句腔啊，哪怕是点点头也好。可他们只是沉默。我赌气把他们都倒扣在桌子上，他们也不吭声。

后来，我就懒得做饭了。反正街上卖小吃的越来越多，我就买着吃，凉皮儿，锅盔，酸辣粉。再后来，索性不吃，一天一天地不吃饭，也不饿。

当然也有人关心我。甚至有人给我介绍过老林。老林退休之后没两年，老伴儿也去世了。儿女都去大城市安家了，他就一个人在厂子里生活。老林是个倔人，有他坚持的原则，所以他最终就在厂党委书记的位置上待到了退休。我们厂你知道，后来脱离了军工系统，但仍然是省里的骨干企业，我们厂的领导最后大多会调到省里去，在省工业局什么的地方谋个职务。老林之前的那个书记，最后干到了省委常委呢。老林是唯一一个在厂里原地退休的领导。大家都传说他是因为不愿意给上面送礼，不愿意去拍马屁。老林倒是过得自得其乐的样子，养了一条狗和三只猫。厂里开始跳广场舞也是他提倡的，说是他在上海的闺女给他发来的视频，他先一点一点地学会了，再教给我们这些人。

我后来有一段时间索性不回家，在厂里的宿舍挤了个床位，所以也就和他们退了休的人每天一起跳舞。有一天老林笑哈哈地问我：听说他们找你了，想让你和我凑成两口子？我说：别听他们瞎说，我不想再结婚了。老林说：跟我这老头子是委屈你了，但是不必再结婚，有合适的，还是走一步吧。我说：我怕了，万一再不好，我就彻底崩溃了。

唉，后来想想，我不应该这么说，好像是给自己下了咒似的。

老林的狗把人咬了，咬的是厂里一个工人的小孙子。偏偏那个工人当年偷偷倒卖零件，被老林处理过，这回可抓着碴儿了，两口子站在院里破口大骂。这两口子都是滚刀肉，厂里没人敢惹的。有人路过劝了几句，他们就冲人家瞪眼，说又不是你孙子被咬，你废什么话。直到太阳落山，大家不见老林露面儿，才感觉不大对，砸开他家门一看，他身子都僵了，怀里紧紧抱着他的狗。

老林就这么被气死了。

人啊，就这么一个一个地走了。没过多长时间，那个骂老林的家伙也死了。他倒死得很光荣，他们车间管道泄漏，突然着了把火，他冲进去了。结果没出来。

　　你们说，人的一生是不是很无奈，也很蹊跷？老林为那么点儿不值当的小事死了，背着那么臭名声的人倒成了烈士，给他开追悼会时市里都来领导了。

　　导演您知道咱们几个厂共同建的那片墓地吧？你肯定知道。对，就从咱们那条山沟翻过一道岭就是。开始是随随便便地埋，东一个西一个的。因为大家开始还想着总有一天会回归故里，人埋在这山沟里总是暂时的。前几年这里的人越来越多，才整治了，成了正规墓地了，入口处还建了支援三线纪念碑，是咱们几个厂共同筹资建的。当时老林和那个家伙也都埋在那儿。他们俩的坟头就隔着一条路，一左一右，就那么相互望着对方。我那第一个老伴儿和儿子也在那儿，有一次清明节我去给他们上坟，看见那家伙的媳妇儿擦干净自己爷们儿的墓碑，又在给老林磕头。老林死后，她心里肯定一直不是滋味吧。我猜那个混蛋家伙心里肯定也不好受，也许他在救火的那一刹那，想的也是干脆我也死了算了。

　　人呀，恩恩怨怨的，太多了，说不清。

　　哎呀，说得太多了，也扯得太远了。咱们赶紧拍片子吧。

　　我？没有人动员我来上你们这个节目，我一个孤老婆子，当然是我自己做的决定。我从第一个老伴儿去世到和第二个老伴儿结婚，熬了几十年，而现在我不想熬了。第二个老伴儿刚刚入土，我就给你们电视台打电话报了名。到这个年纪也没有什么条件不条件了，也不用谈什么爱情了，现在找老伴儿，就是个彼此搀扶吧。万一哪天我动不了了，身边有个人能给我喂口水喝。反过来也是，他动不了了，我给他倒水。

要说条件，我只有一个条件，就是最好还找一个咱们三线工厂的人。有共同语言，说得来。当年咱们这几个厂，前后脚搬来，艰苦创业是都经历过的事情。老家在哪儿，倒不在乎了，有那样的共同经历，浙江也好，东北也好，上海也好，其实还不都是三线人。

七

我觉得三线人就像和田玉，就像喀什河里摔打出来的籽料。从山石母体里迸落的那一瞬间，就是它磨难的开始。从山坡上跌跌撞撞地滚落下来，在汹涌的河水里不停地被折磨被践踏。最后，不经折腾的粉碎了，耐不住痛苦的剥去了，剩下的油润和洁白，就是骄傲的一滴泪，是坚韧和刚硬的结晶。被磨圆了，没有棱角了，没有杂质了，在它的生命里就只剩下尊严了。

我到赵胖子那儿买下了那粒籽料，让他用最细的钻打出了个小孔，然后系上根金黄色的丝绳。精明的赵胖子看出我的郑重，什么也不问，找出个精致的锦盒把它装起。我用微信付了款之后，他又从柜台下面掏出件古玉给了我："正经红山文化的玩意儿，算我送你的。"

那是件小巧的玉猪龙，有土沁，是真货。

我其实是认识老太太说的那位老林的，当年我们这几家工厂常常互相搞搞联谊，老林和我父亲就成了好朋友，我叫他林伯伯。我们老爷子和老林一样倔，所以他也一辈子待在了这山沟里，他退休前是我们厂的副厂长。

五十五岁那年，我认识了我第二个老伴儿。跳舞的时候认识的。那会儿咱们这儿的人民公园刚刚建成，如果你记得，那原来是片乱坟岗子。

他六十八了。每天他都到公园来看我们这群老头儿老太太跳舞，他不跳。他是那种一看就是经历过大事儿的人，站哪儿都腰板笔直，有军人的气势。当然，后来我才知道，他是有病，他的腰坏了，弯不下来，而且常常走着走着，就动不了了，半天才能缓过来，继续走。

他告诉我，他是在一次抗洪抢险的时候把腰累坏的，那会儿他刚刚从部队转业回来，在民政局当干部。后来，他还在市政府工作过，最后到临退休前，他是区委书记。

他老伴儿是病死的，癌症。给他留下个闺女，因为腿残疾了，后来经人介绍嫁给了赵闷子。说起来，这老头儿命也挺苦的。但他很乐观，整天乐呵呵的。他说他经历过几次生死了，那次抗洪抢险算一回，之前在部队有过两回。一次是新兵训练，一颗手榴弹在他们中间炸了，有两个同志牺牲，一个同志瞎了一只眼睛，而他侥幸只伤了腿。还有一回，他在野外训练中迷了路，一个人在深山里转悠了三天，吃野果子充饥中了毒，险些就把命丢在山里了。

有一天，他突然对我说：这里边就你跳得好。我当然不信他的话，还有点儿反感，因为领舞的文化馆老师刚还批评过我，说我的动作不够协调，他的赞美在我听来完全是虚假的，甚至是别有用心。公园里这种别有用心的老头儿不少。我看他一眼，不说话。他就说：我说的不是姿势，是用不用心，我看你是最用心的。跳广场舞也是一种艺术，艺术这东西，就得用心。

我被他唠叨烦了，就回他一句：你搞过艺术？

没搞过。他说，半天又加了一句：管过几天文化的事儿。

我们结婚之后，我才搞清楚他的丰富经历，他在刚当区委书记的时候，确实分管过区文化局。他说：那个破单位，除了下辖的文化馆还有点儿文化气儿，其他的部门真没文化。

我听不懂他的话。后来我想，大概他也是无奈吧，军转干部，地方上的事儿不大明白，也不适应。这话是他亲口对我说过的。

他不是本地人。他是在部队认识了他的老婆，然后和老婆一起转业到了老婆的家乡。这有点儿像倒插门儿，但我觉得他这也是支援三线了。他也是南方人，是江苏什么地方的，这让我觉得亲切，想想大概也是我答应嫁给他的主要原因。

他把他的房子留给了他的闺女，搬到我这儿来了。我没意见。那姑娘人挺好的，但命不好，离婚之后就守着儿子过。让她住得舒服点儿，是应该的。反正我这儿也够住。

他来了，我就把我第一个老伴儿和儿子的照片收起来了。他发现了，就说：不必了，摆着吧，没事儿。我问他：那你老伴的照片呢？也摆着吧。他沉默了半天才说：她死的时候，我都烧了。

时间长了我发现，他和我那第一个老伴儿是完全不同的两种人，他表面上嘻嘻哈哈的，但是什么事儿都放在心里。每次我们聊天，说到他的过去他都是只言片语，从不多说，更没有什么情绪上的变化。只是慢慢过得久了，把他的只言片语一点点地联系到一起，我才多少了解了一点儿他的心思。我慢慢知道了他来到这大西北是完全不适应的，他怀念他家乡的太湖，怀念太湖里的银鱼和大闸蟹。他和他亡妻的关系也不是太好。也许当年他们谈恋爱的时候是好的，但后来就渐渐淡了，来到这个他陌生的城市就更淡了。他融不进她的生活。她热爱的酸辣口味，她习惯的风沙天气，都是他不喜欢的。但他忍了，他为了这个家忍了。为了这一点，我佩服他，也心疼他，我觉得我们是一样的命运。

我问他为什么不回老家去，老伴儿去世后，没牵挂了，你也可以走啊。他苦笑着说：带闺女走？你说我能让老家的人嘲笑我那个瘸丫头吗？把她扔这儿？我也不放心啊。我听了，说不出话。

自从我们结婚以后，我就不去跳舞了。每天，我扶着他在公园里散步，围着那个湖，一圈一圈地，慢慢地走。他说：这也叫湖？也就是个水洼子罢了。什么时候我陪你回我老家去看太湖，那才叫湖呢。

说完这话，他总要感慨一句：好男儿志在四方啊。

据他说，这句话是他们部队首长用来教育新兵的。

走着走着，他突然站住了。我问怎么了，他就摆手不说话，脸上是痛苦的表情。第一次这样，把我吓坏了。后来知道了这是他腰上的毛病，我就扶着他，等他慢慢地缓。缓过来了，他艰难地抬腿，对我说：麻烦你了。我就说：两口子，说什么麻烦不麻烦。

真的，两口子，说什么麻烦不麻烦。这话，也许你们年轻人不理解了，我常听说有的年轻人不愿意结婚，说麻烦，我真的想不通，结婚有什么麻烦的？就是有麻烦，两个人在一起也是有依靠啊。难道你一个人过日子就没有麻烦？

你们别笑，真的。

当然，说到我的婚姻，也许是真的麻烦多了一些。这是我的命，我认。可你们不一样，你们年轻，又赶上好时候了，你们一定会是幸福的。

我们的前十年也算是幸福的，尽管他的身体越来越不方便。而在我六十五岁那年，他彻底躺倒了。那时候，我每天都要早起，给他烧一盆热水，然后扶他起身，让他先烫烫脚，让他的血脉舒通一下，他才能慢慢地活动起来，才能下地，才能拄着拐杖走几步。终于有一天，我把热水端到他床前，扶他起来，他却不动，苦笑着对我说：我今天，就不起来了。我说你说什么？干吗不起来？快点儿起来我们去公园，今天天气好。他说：不，我不起来了。我还是不明白，说：每天你都耍赖，这可不行啊。他把目光转向墙壁，说：我的腿，彻底没有知觉了。

从那天起，他就瘫痪在床了。再后来，他失去记忆，他变成了一个傻子。

他在变成傻子之前每天都对我说：对不起，我把你害了。我不应该和你结婚。

后来他说不出话了，他就看着我，流着口水，也流着眼泪。

我从此开始了伺候病人的生活。不对，不是从这个时候开始的，从我们结婚开始，我就在伺候他了，因为他的病情是在漫长的时间里不断地恶化下去的。我常想，他太像当年我儿子的状态了，犯病一次比一次厉害，在走路时的突然停顿一次比一次时间长，而且痛苦程度不断增强。看着他额头的汗珠一滴一滴地往下落，我早就担心哪一天他躺倒就起不来了。而这一天，终于还是来了。

我知道他对此也是心知肚明的。每一次的犯病之后，他看向我的目光都是歉意的，都是愧疚的。他不说话，但他不说话后面的话却是说得更痛苦。他在说，他拖累了我，他对不起我。我知道，他真的是个好人。

八

台领导在审查完这期节目之后，还是批评了我。我有心理准备，因为我虽然没做成专辑，但也还是让这位老太太的故事占了三分之二的节目时间。其他的两个老太太和一个老头儿，可怜地成为了她的陪衬。总编说："你小子跟我耍心眼儿，是不？"我嬉皮笑脸地说："难以取舍，就这样吧。"

总编哼了一声，走了。我知道他不会深究，因为他也是三线工厂的子弟，他的上海父母在退休之后毅然决然地回了上海，他也曾悄悄地私下运作过，想调到上海东方卫视去，但没有成功。上海人是故土观念最重的，他们在心理上始终离不开他们的黄浦江。

离节目播出还有三十分钟，我离开电视台，开车往山沟驶去。那只锦盒就在副驾驶座上放着。我们的小城市此刻灯火辉煌，车水马龙，呈现着繁荣景象。我在打开收音机的同时想：若当年没有支援三线的故事，这里今天会是什么样子呢？

我这第二个老伴儿，在床上躺了整整五年。

后来的两年多，他就是个傻子。床上尿，床上拉，你给他收拾慢了，他也不急，就在屎尿窝里哼哼唧唧地唱，甚至抓一把大便往脸上抹。

我常想，我就是这伺候人的命吧。

人啊，想想也真是的。一辈子到头来，剩下什么呢？我两个老伴儿，都是要强的人。头一个，为了台机器就那么拼命；第二个，从一个战士干到了区委书记。咱们这儿尽管是个小地方，可区委书记也不是随便什么人都能干的啊。

那年有一天，忽然有人敲门。我打开门一看，竟然是赵闷子。这小子从海南回来看他儿子，听说前岳父病重，还算有点儿良心，就跑来探望。门开了看见是我，他脸都白了。他知道他的前岳父再婚，但不知道嫁给老头儿的是我。

老头子已经不认识他了。他也坐不住，放下礼物就要走。我说：你把东西拿走，我们不需要。他不敢抬头，说：你留着吧。我不说话，他愣了愣，就拿东西走了。

临出门，他没回头，说了一句：你这辈子，太苦了。

我的火一下子就上来了。我冲着他的后背大喊：你管不着！

他赶紧跑了。

我回过头来，看见老头子在床上看着我，眼睛里竟然有泪水。那会儿，我知道他其实什么都明白。

我就坐在他旁边，一边给他按摩，一边告诉了他关于赵闷子的故事。其实我以前也很少说我过去的事儿，因为老头子不爱说，我也就不想多说了。可是那天，我原原本本地把我和我第一个老伴儿的事都讲了，把赵闷子的事儿也讲了，当然也讲了我的儿子，还讲了老林。

他就那么听着。我相信他是听得懂。也许，他是怕我伤心，而装着听得懂。可他真的一动不动地听，听到睡着了，听到屋子里慢慢黑下来。

我记得那是那年的春节前，日头很短。

老头子睡着了，我就一个人坐在黑影里，半天也不动一动。我也想我这一辈子，真的像赵闷子说的那么苦吗？真的，我真是够苦的，第一个老伴儿就那么走了，连句疼人的话都没留下。儿子也那么走了，走之前把我折腾得筋疲力尽。好不容易再嫁个老头子，才几年，又病成了这样。我来到这个世界上，是欠了他们的吗？是来还账的吗？可是，我又想，我毕竟得到过快乐啊。第一个老伴儿疼我，第二个老伴儿也疼我，儿子活着的时候，当然是在他清醒的时候，也总是那么贴心地滚在我怀里，和我说这说那，安慰我。人呀，一辈子其实是公平的，老天爷给你多少苦，就会给你多少甜。你得知足。

可为什么，苦难吃，而甜易忘啊？

我这第二个老伴儿，咽气前特别清醒，好像就是人常说的回光返照吧。他看着我，说：我真不应该和你结婚，拖累了你。你要是嫁给别人，也许真的就享福了。现在，我让你受罪，我死了，还留个残疾闺女给你，让你继续受罪。

我说：你是心疼我，还是心疼你闺女？

他不说话，半天，眼泪下来了：都心疼。我这一辈子，对不起你们俩。

我说：你走了，我把你送回你老家吧。老说看看太湖，到最后也没去成。最后让我陪你去一趟吧。

他想想，说：不回去了。这就是我最后的地方。古人说青山处处埋忠骨，我就埋在这儿吧。

说完这句话的当天晚上，他就在这张床上咽了气。他最后很平静，脸上甚至还有点笑模样。说实话，我也没哭，好像没劲儿再哭了。我就坐着，拉着他的一只手，感觉到他一点一点地冷下去。

这就是我的故事。你们听烦了吧？

谢谢你们听我唠叨，已经很久没有人和我这么长时间聊天了。我这两天很高兴。真的，很高兴。我和你们说实话，找不找第三个老伴儿都不重要，我都七十多了，婚姻对于我来说已经是可有可无的事情了。我让你们来拍片子，就是想有人听我说说话，说说过去的那些事儿。我现在每天就在这屋子里转来转去，那点儿家务事忙完了就坐着发呆。我感觉到了寂寞。真的很寂寞。

你让我说说婚姻条件？还说吗？我说了那不重要。还是要说？那，就说我虽然已经七十多了，但身体很好，上个月体检发现我没有任何毛病，血压血糖都正常。所以，我还能干活儿，还能伺候人。如果哪个老头子需要人伺候，我还能干。

真的，我还能干。不说瞎话。我只希望我的生活里不要只是我一个人。

九

出乎我的预料，老爷子并没骂我。他把那块和田玉戴在胸前，摩挲着，满意地往厨房走去了，边走边故作镇静说："我让你妈给你留了点儿泡菜，走的时候想着拿。"

我刚要答应，手机响了，是赵胖子。他兴高采烈地说："你节目里那老太太，介绍给我爷爷怎么样？"

我知道，赵胖子的爷爷患有阿尔茨海默病，光我在电视台帮他发寻人启事就发过好几回了。我问他："你家不是雇了保姆吗？"赵胖子说："雇保姆不得花钱啊，再说哪个保姆愿意伺候个下不了床的傻老头儿啊？"

怒火慢慢从我心底升了起来，我问："那么就是说，你想给你爷爷找个不用花钱还跑不了的保姆？"

"那老太太不是自己说的吗？她愿意伺候老头子。"

我在放下电话之前骂了他一句：滚。

（原载《小说月报》）

黄花梨

一

桂芝在火车站前等了很久，二姐夫，那个她只见过两面的，而且让她怀有强烈敌意的男人，却仍然没有踪影。

和她一起下车的几个人早已走光。寂寥而破旧的车站在暗金色的夕阳里颓废如一座断了香火的破庙。远处的旧宣传画牌子，被风撕去了上半部，恰好失去了工农兵的头顶，只剩下一张张咧着的大红嘴唇，显得怪异而夸张。站前广场上的地砖破碎了，像河滩上的卵石，大大小小，在迅速退去的天光下凌乱如桂芝的心情。

桂芝在自己的行李上缓缓坐下，低头看着自己的花布鞋。鞋是临行前母亲和大姐为她赶着做的，母亲纳的鞋底，大姐裁的鞋帮。三姐曾努着嘴说："做什么鞋呢，那边不是发劳保鞋？"母亲却平静地说："总不如家里的好。"其实，全家谁也没有见到过传说中的劳保鞋，劳保鞋在他们家只是由二姐勾勒出的美丽幻象。三姐哼道："毁了我的被面。"大姐就赔礼似的笑笑。三姐把脸沉下，转身就走了出去，引得村上的狗吠成了一片。

现在，脚上的鞋经历了长途跋涉，蒙上了厚厚的灰土，花色已模糊不清。桂芝努力镇定着自己。她知道自己是不可能回头的，哪怕那个二姐夫永远不出现，适应这座陌生的城市也是她唯一的选择了。就像上了岸的蛙，再想变回自由自在的蝌蚪，去水草间梭巡，已经是枉然。

父亲是木匠。在决定了桂芝命运之后的那个清晨，他阴沉着脸，从偏厦角落里那张三条腿的黄花梨八仙桌上又拆下了一条腿，不声不响地旋成了一根擀面杖。桂芝叫了一声爸，他并不回答，也不抬头。黄花梨在他的手下慢慢呈现出了美丽的花纹，好像在渐渐地苏醒，重新有了生命，有了生命的香气。桂芝看着，记起当年二姐走的时候，家里也有这一幕的。也是拆了桌子腿，也是旋了擀面杖。黄花梨八仙桌据说是解放前赵财主家的，是用了多年的破旧货，只有谭木匠识得，分浮财的时候悄悄扛回家。二姐带了那根擀面杖走了。而现在，二姐死了。

当时的桂芝看着忙碌的父亲，泪流满面。

不由自主地就把手伸进行李里，握住了那根圆润的棍子。仿佛是握住刀把或斧柄。一路上，桂芝已经很多次这样死死地把这东西握在手里了，她想杀人，想杀了那个二姐夫。她就是为要杀了这个人而答应嫁给这个人的。

没有人知道桂芝的想法。这个想法如一株毒蘑菇，在心的隐秘处悄悄滋长。哪一颗人心也有见不得人的死角，那里潮湿，阴暗，甚至散发着恶臭，却仿佛是自己闻不见的。

唯一猜到桂芝心底秘密的却是小妹五儿。五儿比桂芝小了八岁。在生了四个女儿之后，绝望的父母本不想再要孩子，但五儿却在八年后悄然来临，如同一篇沮丧文章最后的那个句号，潦草而绝望。五儿是个骨瘦如柴的丫头，却会常常说出些莫名其妙的话，让人毛骨悚然。她那双深不见底的大眼睛盯住桂芝，慢吞吞地说："你不会成功的。"当时正在收拾行李的桂芝停下手，问："你说什么？"五儿就把眼睛移向窗外，仍然平淡无味地说："你会和这个人过一辈子，尽管你可能会恨他一辈子。"桂芝的心咯噔一下，仿佛坠落在地，碎虽未碎，但裂痕是有了，而且深入骨髓。她盯着妹妹，许久才说："你胡说八道。"五儿就疲倦地合起眼皮，低低地说："走着瞧。"

现在，在行李里握着擀面杖的手已经汗湿，那黄花梨却依然圆润温暖。太阳已经失去了最后的耐心，扑的一声就跌到山的后面去了，把最后的光芒一并收起，任凭黑暗在人间开始肆虐。桂芝又出了一身的热汗，感觉里边的小衣服已贴在了后背上。她知道自己应该做出决定了，无论如何，她得自己找到那间工厂去。

二姐夫是那间工厂的工人。二姐嫁给他之后也进了厂子，成为谭木匠家唯一吃公家饭的人。可是，二姐命苦，结婚没两年，就死在了山沟里。

桂芝固执地认为，是二姐夫杀了二姐。桂芝一向和二姐关系最好，她不能接受二姐悲惨的命运。

其实在桂芝的印象里，二姐夫只是个模糊的影子。当年媒婆来为二姐说媒时，只说他是大工厂的工人，吃公家饭，而且那工厂是保密的，生产啥从来没有人知道。桂芝挽着二姐的胳膊，躲在窗外偷听，只感觉二姐的身子在颤抖，一种热辣辣的气息，在二姐的呼吸里蒸腾。这种蒸腾对二姐来说是从来没有过的。二姐是姐妹中最柔弱的一个，她没有大姐的庄重，也没有三姐的尖刻，她有的只是单薄的身子和少言寡语的性格，因此她的婚姻是父母最操心的事情。而就在那一刻，桂芝知道，二姐是动心了。

其实，全家人都动了心。虽然要远嫁，但是会端上公家的饭碗，这让山村里的每一个人都艳羡不已。桂芝和二姐依偎在月光下的谷垛上，二姐低低地笑，说："听说那边发鞋呢，叫劳保鞋。"桂芝问："啥叫劳保鞋？""劳保，就是都有的意思吧？在厂里干活儿的，都发。"劳保鞋就是在那一时刻，在洁白明亮的月光下，在姐妹的美丽憧憬中，扰乱了她们的芳心。而那个二姐夫，倒像是鞋的附属品，可有可无了。

二姐当年是半夜匆匆出门的。母亲不高兴，说："黄花大闺女，哪有半夜出门子的？"媒婆说："人家工厂就和部队一样，严着呢，就请了一天假，厂子安排车来接。坐屁股冒烟的车走，谁家的丫头有这么风光?"

桂芝就在那天第一次见到了二姐夫。月影绰约,灯影迷离,躲在门缝处的桂芝只看到那人个子不矮,有些瘦,叫爹妈的声音低沉沙哑。村里的人们都闻讯赶来,院里院外人影幢幢,那人就淹没在人群中了。偶尔,走到灯亮处,桂芝就看见一张长脸,有尴尬的笑,还没有看清,就又隐匿了。等到桂芝想起去追汽车,那辆喘着粗气的解放卡车已经开出村口。她大声地叫:"姐!"也只听到二姐远远地回应:"桂芝,等我回来看你。"

二姐走了,再也没回来。听说怀了孩子,再后来,死了,孩子却活了下来。

来给家送信的当然是二姐夫。可桂芝没在家,在山上放羊。五儿跌跌撞撞地跑上山送信,如晴天霹雳般地打蒙了桂芝。等到她满脸是泪地冲下山来,二姐夫已经出了村口。远远地,桂芝冲着那瘦高的背影大喊:"你等着,我饶不了你!"

男人好像是停了一下脚,却没回头,走了。

全家人只有桂芝认定二姐的死和二姐夫有关。母亲哭着说:"可怜的孩子,才两年,就死了媳妇,光棍爹可咋带娃儿呢?"倒好像那男人是亲儿子,死了的是儿媳妇。父亲蹲在墙角,只抽烟不说话,阴沉的脸色和烟雾融成一片,分不清的一团灰暗。尖刻的三姐在院子里跳着脚喊:"她这辈子就是个笨蛋!好日子都不会过!"话说完,已经泣不成声。

桂芝却不再哭。当媒婆小心翼翼地再次推开院门的时候,父母还没有表态,她就坚决地说:"我去。我嫁给他。"

母亲拉着她的手说:"好丫头,只是委屈你了。就当是冲那娃儿吧,咋说,也是你亲外甥。"

父亲只重重地叹了一口气,就起身到偏厦去扛桌子了。

桂芝在那一刻就清楚地知道自己的命运改变了。这世界上的事真的说不清,仿佛冥冥中有一只手,把所有人的命运都玩弄着,像猫玩弄将死的老鼠。如果二姐没死,至今没出过村子的桂芝对自己的未来完全是模糊的，像是做梦，有时会清晰地感觉到一点什么，苦的，或甜的，伸手去抓，却是什么也没有。醒来了，也如打碎的玻璃，怎么回想也拼凑不成故事。而现在不同了。二姐不明不白地死了，一切突然地明确起来。一夜之间，桂芝将为人妇，而接下来，她要杀人。桂芝面前的人生突然变得短暂而残酷了，所有的细节都在桂芝心里反复演练，血淋淋的触目惊心。也许还是梦，却已不再混沌，只是极其尖锐的仇恨，在心头划下伤痕。

现在，在陌生车站前的广场上，伤痕仍然在刺痛着。

但桂芝已经不再犹豫。她扛起自己的行李，走向广场边修鞋的小贩。那小贩是个半大老头子，他睃在桂芝身上的目光已经停留许久，很有几分猥琐和下流："修鞋吗闺女？"

桂芝勇敢地迎着那目光，问道："谁能送我去324工厂？"

二

在沉沉的夜幕中，从远处看324工厂，只是黑黢黢的一团。它和周围的山融为一体，似乎只是山的延伸或是扩展。西南的夜阴冷而潮湿，本该在黎明降临的湿气提早到来，在树丛和草地上凝结成不怀好意的露水，把工厂浸泡得和山一样地沉默而阴森。324工厂就这样顽固地标志在山与山之间的洼地里，像一块不管不顾从天而降的陨石，努力地在自然的压迫下显示出一种粗暴而骄傲的抗争。

桂芝下了拖拉机，在黑暗中跌跌撞撞地走向这个庞然大物。烟囱，厂房，宿舍楼，都镶嵌在夜色的幕布上，要仔细看，才能看出比夜色还要黑一些的轮廓。走近了，看见大门虚掩着，传达室里没有人，只有一张打开的报纸，在昏黄的烛光下摊在桌子上，仿佛告诉桂芝主人马上就会回来。桂芝是读过几天书的，她认识报纸上的最高指示："世界是你们的，也是我们的……"她放下行李，探头在窗台上，很奇怪为什么不开电灯却要点蜡烛。蜡烛使她的心情继

117

续灰暗而忐忑不安。

而且，桂芝不明白，不是说这里是保密工厂吗，不是说这里比军队管得还要严吗，咋大门口连个人影都没有呢？

桂芝壮起胆子，推开了324工厂的大铁门。铁门吱呀响着，沉重得像一个老人的叹息。她惊奇地发现，宽敞的大院里居然有许多人在忙碌着。沉重的铁门似乎是道闸，封闭住了门里的所有声音，而门一旦打开，人声就如水流般地淌了出来，嘈杂着，顿时淹没了桂芝的耳朵。院子里也没有灯，几道手电光晃来晃去，人们就在光影中忽而浮现忽而隐退，像是一群木偶在笨拙地扭动身躯，使桂芝产生了些怪异的感觉。夜色则在宽阔的大院里呈现出一种不太正常的淡薄，像一团稀释了的墨汁，手电就仿佛是一支支沾了白颜料的笔，挥洒着和黑夜在游戏。夜色里的人们在搬运着什么，可以隐约看得出，大家很忙碌，也似乎都很快乐。

一辆三轮车飞快地向桂芝冲撞过来。桂芝吓了一跳，急忙闪开身子。蹬车的男人个子好像很高，脸却在夜色里模糊不清。他嘟哝了一句什么，仿佛是让桂芝让开路。车子从桂芝身边擦过，一股清凌凌的菜腥味钻进桂芝的鼻孔，这让桂芝一下子就明白了，三轮车上装的是白菜。

院子里的人正在忙着分配和搬运大白菜。

已经是初冬了，偏僻山沟里的人们好像一群松鼠，忙忙碌碌地在为自己的冬天储备菜蔬。

这场景和桂芝脑海里的印象大相径庭。二姐去世之前，给桂芝写过信。二姐不怎么识字，信就写得简短而不知所云，需要桂芝叫上五儿，找个没人的地方去仔细揣测。三姐是家里唯一上过初中的，却不屑给桂芝解释，并因信总是署名写给桂芝而愤怒不已。二姐在信上所说的，和媒婆当初的介绍大同小异，总说是工厂管得严，出门都要请假，上街要三人以上同行。二姐还说，但是福利好，人人都发衣服，发手套，还发劳保鞋。二姐枯燥乏味的信给了桂芝一种丰盈的幻想空间，这幻想极少部分是二姐的描述，像是一块土地，而更多的是桂芝的想象，如这块土地上滋长的荒草。而现在，桂芝看到的场景，却如一把锋利的镰刀，无情地割断了这些荒草。这里不像严格管理下的工厂，却和村里收割季节的忙碌差不多。桂芝不喜欢那种忙碌，丰收的乡村虽多少会给人一点儿幸福感，但累得要死。可是这里，却只让桂芝感到陌生，仿佛出门前所有的设想，好的坏的，都和现实无法对接，都败在了那些刚刚从地里砍下来的鲜嫩白菜手里。

行李从桂芝的肩上滑落下来，如心情坠地。就在这一刻，桂芝好像突然窥见了自己心底的另一个角落，原来自己除了杀人的欲望，也还隐约有着另外的希冀。工厂，对于她来说，除了是二姐的伤心之地，竟然还是一个梦幻般的地方。而此时此刻，梦境变成了现实，却突显了巨大的差异。她没有看到庄严，却看到了白菜。

她茫然了。她愣愣地看着忙碌的人们，听凭一只手电直接把刺眼的光芒打到了她的脸上。

"哎，你是谁呀？你怎么进来的？"

手电后面的声音是个男人。男人在向桂芝走来，问话也在继续着："找谁啊你？门口登记了吗？"

桂芝慌忙说没有登记，因为门口传达室没人。燥热又袭击了她的后背，干了的内衣又湿透了。

"这个老白头儿，又脱岗了，准是他妈的回家搬白菜去了。"手电筒低了下来，在桂芝的行李上掠过。面前的男人从黑暗中走出，年轻，敦实，有双突出的大眼睛。脸上没有恶意，只有好奇："你是谁家的亲戚？"

"我……"桂芝突然想起自己并不知道二姐夫的名字。不，不是不知道，而是那个名字在家里从没有人提起，二姐的信上也从没有说到过。桂芝只模糊记得，那人姓余。

她急忙弯腰往行李里去摸寻，找二姐给她的信。手电光随着她的动作，照着她的手。桂芝突然有点儿害羞了，手电光里的手肯定有点粗糙，起码她自己觉着，常年的劳作，使她的手不大像是大姑娘的手。这样一想，手就抖了，那行李的扣子，就解不开了。

"哎哎，你抬头，我看看。"男人突然说。

桂芝很不高兴。她不满意那人命令的口气，也不满意那突然回到她脸上的手电光。感觉到又有人聚拢来了，周围有低声的议论："找谁的？""谁家来客了？"桂芝赌气抬起头来，提高声音说："我不是坏人！我是——"

男人猛然爆发了一阵大笑，像是陡然响起的一声雷，把桂芝的耳朵震得嗡嗡响，也把她的话给堵了回去："我知道了，你是余大傻子的小姨子吧？你和你姐真像啊！"

人们也笑起来，七嘴八舌地附和："是啊，真的像。""像极了！""大傻子艳福不浅啊……"

仿佛有一桶冰水，从桂芝的头顶直浇下来。五姐妹中她和二姐最像，也最漂亮，这丝毫没有异议，也曾是桂芝的骄傲。但把她和一个余大傻子联系到一起，她感到一种耻辱。隐隐约约地，她还意识到了一种危机，有一种孤立无援的感觉从心底慢慢升起。她觉得自己如同一只可怜的麻雀，冒冒失失地落到了鹰的巢穴里，突然就面对了一双双虎视眈眈的眼睛。

她低头拾起了自己的行李。她的手又伸进包袱，握住那根圆润的木棍了。她听见那个男人在高声招呼着："傻子！傻子呢？喊他去，他家来客了，他小姨子来了。"

有人答应说："他忙着给人往家送菜呢。"就又有人吩咐："谁去叫他一下？"黑暗中，好像有人跑开了，边跑边喊："傻子呢，谁见着傻子让他赶紧过来，他家来人了……"

桂芝觉得有人抓住了她的胳膊。她抬头，在手电光里看到一个女人。女人不年轻了，花白的头发在夜风里微微飘动。和桂芝的眼睛相碰，女人的笑容便绽开了，满脸就都是生动的皱纹。

"别听他们乱叫，开玩笑的。老余是好人，不傻，人实在，肯干。今天晚上，十户的菜有九户是他送的，还给我老婆子搬到楼上，三楼呢。"女人的声音温和，缓缓地，有点儿有气无力的感觉，在桂芝听来却亲切无比。她听凭女人拉着自己的胳膊，往人群外走。女人说："劳驾，大家让让，让姑娘坐坐，人家赶了好久的路呢。"

一个矮胖的老头儿出现了："姑娘，先登记吧……"

那个有一双大眼睛的男人叫道："登个屁记。你这个老家伙，又脱岗了……好吧好吧，我来替她登……"

有人嬉笑起来："你算哪根葱。"那男人就在哄笑中说："助人为乐嘛。"

桂芝的心情略略放松了些。她随着女人走，听女人絮絮叨叨地问她是不是从老家来，路上好不好走，吃晚饭了吗。而就在这时，桂芝才突然意识到自己的到来其实大家都是事先知道的，他们已经在拿自己当余大傻子的续弦老婆看待了。她的心轰然坍塌，像是被烈火烧了许久的房子，终于挺不住倒下了。她意识到自己其实很笨，她一路上设计的一个个杀人方案其实完全行不通的。她原想在二姐夫来接自己的时候，在半路上用她的擀面杖砸他的脑袋，那根黄花梨木棍有足够的分量。为此，她专门买了傍晚到达这里的车票。可这个傻子没来接她，他在帮人家运白菜。也许，在冥冥中她也有预料，她也想过如果路上没有机会怎么办，那她就要在到家后动手，然后悄悄离去，神不知鬼不觉。她甚至还想过要抱上二姐的孩子，那是二姐的骨血，她不能把他丢下。杀人在桂芝的脑海里被构思成了一部活剧，逼真而且刺激，一路上反反复复地重映着。可是现在，一切都成了泡影，一脚踏进厂门，她就在众目睽睽之下成了傻子的老婆，而且，是将要从小姨子升格的老婆。

桂芝的脑子完全乱了。女人让她坐，说了几遍她才听见，然后机械地在白菜堆上坐了下来。白菜是冰凉的，像桂芝的心情。眼泪不争气地涌上来，就要涌出眼眶了。桂芝拼命地忍着，不想让人看到自己的崩溃。而就在这时，有人大喊起来："老余！快快，在这儿呢！"

桂芝的心略噔一下。她抬头，一个瘦高的身影就在眼前了。她一下子就认出，这就是刚刚蹬着三轮车险些撞到自己的男人。男人的脸隐在黑暗中，似乎不敢让桂芝看清他的容貌。桂芝使劲瞪大眼睛，心中升腾的怒火顿时把眼泪烧干。而就在这一时刻，"啪"的一声，整个院子亮了。

"终于来电啦!"有人喊了一句。

三

而当技术员马满意在骤然亮起的灯光下第一次看清桂芝的俏丽时，他就确认自己爱上这个多少有点儿土气的农村姑娘了。

爱情就这么奇妙。它袭击人的方式往往是突如其来的，如夏天突然而至的暴雨，更像暴雨前那一道撕裂天际的闪电。马满意就在这一刻被闪电击中了，他的心扉仿佛被一把斧头劈开，原本锈死了的锁头坠落地上，从门缝里溢出的，满是簌簌发抖的甜蜜。

当晚马技术员回家时已经是深夜。他坐在外屋的椅子上脱掉沾满菜汁的胶鞋时，妻子在里屋睡意蒙眬地问道："咱家的菜全搬回来了?"马满意半天没回答，他突然很烦妻子的问话，啥叫咱家的，难道我会去搬别人家的菜吗?啥叫全搬回来了，难道我会只搬一半回家?他把鞋扔到桌子下边，看着湿漉辘的鞋发了一会儿愣，才回答道："嗯。"

妻子没再说话，显然是睡着了。马满意环视早已经熟悉得没有任何悬念的家，心却似乎跟着那个姑娘去了。他此刻还不知道她的名字，只知道她将是余大傻子的第二个老婆。他在心里恨恨地为她叫屈，那句鲜花插在牛粪上的俗语，此刻锋利如刀，在脆弱的男人心上割来割去。血流出来了，是热的，也是冷的，浇灌着刚刚拱出土的欲望。

324工厂从东北那个工业城市往西南山区搬迁的消息证实之后，马满意才和妻子匆匆结了婚。恋爱谈了很长时间，已经被残酷的现实折磨得遍体鳞伤，如一线香火，似灭非灭地延续着。两个人都出身不好，马满意的爷爷曾经在日本人的手下干过什么差事，而妻子的父亲曾在解放前夕稀里糊涂地加入了国民党。也该算门当户对了，他们却奇怪地互相挑剔着。也许都原本希望对方能为自己带来些好运，但发现和对方其实是鱼找鱼虾找虾，完全势均力敌，并且同归于尽，绝望就产生了，曾经的好感也就破灭了。在没有外人的时候，妻子对马满意的称呼是汉奸崽子，马技术员则叫妻子为国民党走狗。即便是他们的名字，也成了他们相互攻击的理由。妻子常说："你爷爷真没文化，给你起名叫满意，满意什么？满意你是个合格的混蛋吧？"妻子则有个男性化的名字，叫徐小兵，马满意就反击说："你他妈是谁的小兵？国民党的吧？"恶毒渐渐在他们之间成为习惯，他们竟然在没有休止的龃龉中忘记了分手。而当"马满意"三个字出现在第一批去西南的名单上，技术员才恍然想到，如果不和已经上过床的女朋友徐小兵有个结果，他将死无葬身之地。

摊牌的结果当然是可怕的争吵。当两个人都吵得筋疲力尽，而且几次三番地动过手之后，徐小兵先冷静下来，提出结婚，然后和马满意一起到西南来。

徐小兵大学学的是金融，没毕业赶上运动，被哄到农村当了公社会计。后来因为家庭问题，会计也被免职，贫下中农们不放心自己那本就少得可怜的钱让国民党子女管着。她被下放到队里种田，累得和马满意亲热的时候也能睡着。她想，到工厂去，总比农村强。

回忆这段往事，马满意模糊记得自己曾经拒绝了徐小兵，但当徐小兵哭泣着去摸电门的时候，他才屈服了，或者用他自己的话说，饶恕她了。饶恕什么，他说不清楚，甚至这段记忆是否属实，是不是属于他的自恋式的虚构，他也不清楚。他的恋爱过程，在记忆中就是吵架与打架叠加的过程，这让马技术员头疼不已，思维也就出现了严重混乱。

徐小兵是怀着孕到西南来的。尽管他们之间的战斗依然激烈，丝毫没有因结婚而减弱，但也没妨碍他们在床上的运动，甚至他们把干那事也当成了对对方的折磨，咬着牙地在对方身上发狠。于是，终于有一天，徐小兵推开身上的男人，冲进厕所干呕，气喘吁吁的马满意才意识到，将会有另外一个人和他们一起去西南了。

搬迁的时间一拖再拖，真正到出发时，徐小兵的肚子已经显形。她一路上呕吐不止，人到了大山深处已经被折磨得不成人形。她疲惫不堪地站在山坡上，俯视山洼里当时还是建筑工地的厂区，泪流满面，破口大骂："马满意，你个汉奸崽子，你把老娘骗到这穷山沟里，你缺了八辈子德。你生孩子没有屁股眼儿！"

她的咒骂引发了周围人的哄笑。马满意被骂得满脸通红，扑上去就要动手，被人们拉住。他就在人们的阻拦中跳着脚回骂："生孩子没屁股眼儿也是你生！你生！"

在恶劣的生存环境中，他们已经完全失去了他们家族原本留给他们的文雅，暴露出的是人类本性中的粗鄙。他们的语言已经完全堕落成最下流的彼此咒骂。革委会主任绷起脸说："你们俩还都是知识分子呢，怎么骂起人来这么难听？还得改造！"

主任说到做到，马满意夫妻都被分配去干最重的活儿了。马技术员在工地上和泥推车，徐小兵挺着肚子去搬砖。那时天已入秋，大家都知道，第一场霜下来之前不把房盖起来，所有人都要受罪了。而厂革委会始终坚持要先把厂房盖好，开工生产，然后再说宿舍。宣传科的人在第一幢完工的厂房墙上刷了大标语："下定决心，不怕牺牲，排除万难，去争取胜利。"鲜艳的红字在日益冷淡下来的阳光中触目惊心，不像是鼓励，倒像是警告了。

人们暂时都住在用帆布和树枝架起来的帐篷里。帐篷四面漏风，人们用以取暖的，只有自己的体温。深夜，马满意从睡梦中醒来，听见身边有簌簌的声音，奇怪地翻身起来，就看见了妻子在月光下的满脸泪水，也看到了她紧裹在棉被里笨拙的身体。就在那一刻，男人的心软了，他拉开妻子的被子，把自己放了进去。因为他的身体带来了温暖吧，徐小兵没反抗，默默地把发抖的身子贴了过来："抱着我，我冷。"她说，语气里第一次有了乞求。

现在，在寂静如同坟茔的深夜里，在越来越浓重的山雾中，这令人感动的回忆像一支箭，突然不合时宜地插到了对年轻姑娘的思恋之间，让心猿意马的技术员打个寒战。四顾，仍然是这个家，仍然是里屋高一声低一声的鼾声。还是建厂时候匆忙盖起的家属宿舍，几年的时间，墙皮脱落，门窗歪斜，小厨房里的漏水声滴答不断。马满意的目光落在墙角里，四岁女儿的涂鸦比任何时候都要清晰。马满意记得，当那次他要把痰盂砸向徐小兵的时候，他瞥见了缩在墙角的女儿在哭泣着涂画。孩子画的也是个孩子，哇哇大哭的孩子，比脸庞还大的眼泪四处飞溅着。他当时就泄了气，痰盂落在自己的脚面上。而现在，那种哭泣更加醒目了，在暗淡的灯光下增加了惊心动魄的效果，让马满意不敢再看，也不敢再想。搅乱一池春水的风停了，水面上的倒影完整起来，全是马满意和徐小兵的恩怨情仇，没有色彩，也是色彩，剪不断理还乱的烦闷。

索性进到里屋，摸着黑脱衣服。妻子徐小兵翻一个身，含混不清地说："脏衣服扔外边。一身的臭白菜味儿。"马满意的手停了一下，想说白菜怎么会臭，难道你不吃白菜？话到嘴边停住，咽了几咽，终于没有说。只穿着内裤起身，把所有的衣物都抱到外屋，扔到椅子上。凉气袭人，皮肤上就起了一层密密麻麻的鸡皮疙瘩，吸了几口凉气，快步跑回里屋，钻进热腾腾的被窝里。心想：马满意啊马满意，别胡思乱想了，你的命，从生在汉奸家里的那一天起，就注定了。

朦朦胧胧之间，好像听见有鸡叫，远远的，带着大山的一种空灵。

四

第二天清晨，当太阳彻底照亮了这个院子的时候，电线杆上的高音喇叭开始高唱《东方红》。桂芝恍然觉得昨晚的一切实在像是一场说不清真假的梦。

她从床上爬起来，第一个念头是责备自己为什么睡着了。她本来下定决心整夜不闭眼睛的，她怕那个二姐夫余大傻子突然闯进里屋来。可疲劳终于还是打倒了她，不知道在什么时候，她便一下子沉入了死一般的睡眠。现在，站在陌生的窗前，因为隔了那一段熟睡，昨晚和此刻就像两个世界了。昨晚是梦境，虽然杂乱，然而犀利，犀利得哪一句话也扎心似的疼痛，真实而且刻骨铭心。而此刻面对的，一切都是真真切切的存在，却总觉得虚假得像梦一样飘浮。

宽敞的大院，看来是家属区的中心，一幢幢六层红砖楼房围绕着院子而建，粗糙得像一垛垛秋收后的红穗高粱。山墙上的伟人像倒是画得很精致，工人们就在一双双慈爱而威严的眼睛注视下出出进进。桂芝的眼睛随着工人们的走向看过去，就看到了家属区和厂区间的大门。和厂门不一样，这道门没有传达室，只有个看门的老头儿，背着手在门口溜溜达达，悠闲着，不时和熟悉的人打打招呼。厂区里的车间厂房倒是威严高大，但半掩在郁郁葱葱的杨树后面，也就看不出什么神奇。

和桂芝在想象中编织的不一样，和二姐在信中描述的也不一样。编织的总归是向往，有添油加醋的美化。信里描述的则是一种遮掩，有羞羞答答的忸怩。何况写信的二姐又实在没有什么文化。现在，在桂芝眼前的，就是一间普通的然而陌生的工厂。昨晚分配和抢运白菜的痕迹还在，散落的白菜帮和叶被扫成一堆，几个女人正在用铁锹往手推车上装。她们边干边大声地说笑，笑声像是粗野的鼓点，在《东方红》的高亢乐曲中不协调地敲打着。

外屋开始有了声音。声音先是低沉的，仿佛刻意压抑着。慢慢就大了起来，桂芝就听出是男人在哄孩子，而孩子在呢喃，在咯咯地笑。孩子是女孩儿，已经一岁多了，昨晚桂芝已经抱过她，尽管那时孩子已熟睡。男人当然就是二姐夫。一想到他，桂芝的心头就泛起一阵厌恶。昨天晚上，她第一次近距离地看清了这个人的脸。长脸，眼睛，鼻子，嘴，都不大不小，说不出端正，也挑不出毛病，就是一张普通男人的脸。左边的眉毛里有一颗痣，不怎么显眼，却带出一种木讷和愚蠢，仿佛那样的一颗小痣，竟然标志出人的全部。

余大傻子。这个绰号又一次在桂芝心里戳了一下，疼了一下。疼痛沿着心的裂痕延伸下去，仿佛连脚趾都被针扎着。人们都叫他余大傻子，他一定是真的傻。故事好像在这一刻才揭开些谜底。这家伙为什么到家乡的偏僻山沟里找媳妇，他为什么每次都来去匆匆，不敢久留。父母为什么总是有意无意地回避着这个女婿的存在。一切的一切，都被他的绰号暴露无遗，他是个傻子，傻子！

昨天晚上，桂芝被一群人簇拥着送回家。那个老女人一直挽着她的胳膊，絮絮叨叨地给桂芝介绍这介绍那。现在想起来，她是在转移桂芝的注意了，她担心桂芝当场就爆发了，就甩手离开，扔下那个大傻子。想到这，桂芝有些恨那个女人了。

现在怎么办？桂芝想不清楚。她从来不是一个善于思考的人。偏僻的山村如同牢笼，禁锢着她的脚步，也禁锢了她的思想。三姐强势，曾摆脱父母去镇上读了中学，但怎么样呢，也还是回到村里，成了看不上任何人的老姑娘。桂芝看在眼里，对读书的心思更淡。而现在，她的茫然，如面前的这座陌生工厂，一切都不真实，却又触手可及，像似醒非醒时的梦境，是虚幻的，却又已经和窗外的鸡鸣狗叫有了关联。

有个男人出现在桂芝的视线里了。桂芝认出这就是昨晚那个有着一双突出的大眼睛的男人，那个用手电始终照着她的男人。男人向着厂区走，走得很慢，仿佛在想着什么事。桂芝看着他，那男人却像是知道桂芝在看他，突然地转过身来。桂芝吓了一跳，本能地缩了一下身子。而就在这一瞬，她相信那男人已经看到了自己。他们之间好像有了一种默契，她相信那男人是有意要看到她的。

桂芝的心咚咚跳了起来。她其实是有些烦那个男人的。烦那双眼睛的睃巡，烦他手电的放肆。她转身离开窗口，而这时，外屋的声音就更大起来。桂芝愣了一愣，她开始想自己要不要出去。不出去，难道就永远待在这间屋子里吗？出去，她应该如何面对那个被叫作傻子的二姐夫？她环视这间明显没有女人痕迹的屋子，凌乱，肮脏，一股脚臭味弥漫着。她皱紧了眉头，伸手从被褥下面抽出了那根擀面杖。黄花梨沉重的滑润里还留着姑娘的体温，因为她昨晚是抱着它入睡的。它是她的安慰，也是她的守护。桂芝把它背在身后，想了又想，咬住自己的嘴唇，轻轻拉开了房门。

二姐夫像只蛤蟆似的蹲在地上，正在喂孩子。他的脸沉浸在早晨的柔和阳光里，表情专注而呆滞，但却带着一种幸福。他喂孩子的办法很笨拙，而且很肮脏。他先把馒头自己嚼碎了，然后再吐给孩子，连带着自己的唾液。他做得很认真，像是在做一件很重要的工作。但他越是认真，他所在做的事让桂芝看起来就越恶心。当他把沾在孩子脸蛋上的碎馒头再抹回到自己嘴里时，桂芝要吐了。

"你这是喂孩子还是喂狗？"

桂芝愤怒地问。她对这个男人的仇恨在一瞬间迅速升温，觉得自己的血液都已经在沸腾。她想说你虐待死我的二姐，难道现在还要虐待这个孩子吗？她可也是你的亲生女儿。桂芝的手在背后攥紧了凶器，她的目光恶狠狠地落到男人的头顶上，她甚至想象到了当血把那稀疏的头发黏成一撮时的画面。那种血腥已经让她兴奋了起来，一时间她只担心手心的汗让棍子在关键时刻滑脱。

被叫作余大傻子的男人抬起头来，脸上先是惊愕，随后是讨好的笑容。他的嘴咧开了，门牙和舌头上满是馒头和唾沫搅成的烂泥。他好像没听见桂芝的质问，也不知道应该说什么，便只是讪笑。桂芝厌恶地扭过头去。那男人却突然地跳了起来，声音里居然有一种惊喜："你……你咋找到它的？"

当桂芝明白过来他是看到了她手里的擀面杖时，男人已经跑进里屋，打开箱子翻起来。片刻，他又跑出来，手里有了一根和桂芝手里一模一样的木棍。

"你姐可喜欢用了。她做的面条好吃。"

两根曾经一体的黄花梨木，就突然地在千里之外相聚了。它们像是一对姐妹，酷肖的相貌，酷肖的身材，酷肖的斑斓花纹。男人低头抚摸着，粗大的手掌却很温柔。但当他抬起头来，他却愣住了："咋，你也有一根？怎么会有两根？"

桂芝暗叹了一口气。不知为什么，心头的怒火竟也随着这口气扑的一声熄灭了。不，也许不是熄灭了，而只是暂时地低沉。两根黄花梨，让她想到了自己和二姐，沉默的木头，竟然有了某种暗示，温馨然而酸涩。余大傻子显然是珍视这根普通的擀面杖的。他不会认识黄花梨，在他心中这只是媳妇用来做出他喜欢吃的面条的工具。可他把它珍藏在箱子里，这是对亡妻的怀念，还是对美味的追忆？桂芝不懂，桂芝只是看着这一对沉甸甸的棍子，心里五味杂陈。

许久，她抬起头，严肃地问道："你说清楚，我二姐到底是怎么死的？"

五

一段时间过去，当桂芝终于在那张她看不大明白字的纸上歪歪斜斜地签下了自己的名字，成了工厂的一名家属工之后，她才知道，在工厂从北方搬迁到这里至今，死于疟疾的不止二姐一个人。

在四季分明冷热悬殊的北方长大的男人和女人，显然不适应这里混乱而持久的潮湿阴冷。即便这里的夏天，也不像夏天的，在人们印象中，夏天就应该阳光暴晒，热汗如雨，绝不应该像大山里这样的热风习习闷雨绵绵，也是热，但是是把衣服粘贴在后背上的那种湿热，让人极其地不舒服，却也摆脱不开，疾病就在这种湿热中侵入人们的肌体。这里的天气就像是这里的女子，看着美丽，却心机无限，每一个细微的动作都有多少暗示，层层叠叠的，让人捉不到她的真实，却感到阴险。即使有一天你捉到了她，她也会如蛇般地滑脱，把真实演变成虚假，又生发出下一个真真假假。

余大傻子结结巴巴地述说二姐的死因时，桂芝是不相信的，傻子越争辩，她越不信。直到医务室的韩大夫和她说了，她才将信将疑地停止了对傻子的拷问。韩大夫领她到厂子后面的土山上，找到了二姐的坟。这里有许多的坟，这一面山坡就像是一个巨人患病的皮肤，疙疙瘩瘩得触目惊心。韩大夫说，这里大多数的人，都是死于疟疾。

韩大夫就是桂芝到达的那天晚上照顾她的老女人。据说也是由于她的出面，让桂芝成为家属工的过程很顺利。在这间工厂，家属工的位置也是你争我夺的，隔绝了和外界的联系，人们生存的一切内容都局限在这个大院里，家属们的安置自然也是如此了。那些随着丈夫迁到大山里的女人，断了其他的念想，就都梦想着穿上劳动布工作服，堂而皇之地到工厂食堂打饭。韩大夫是在传染病成为这个工厂的噩梦之后，才被紧急调来的，尽管据说她的历史档案里也有不清不楚的内容，但她的医术和她的微笑，最终使她在工厂里产生了无形的权威。

桂芝终于领到了她梦寐以求的劳保鞋。

那不过是一双粗笨的胶皮鞋，和拉练经过桂芝家村子的解放军士兵脚上的鞋没什么区别。晦暗的绿色，僵硬的胶底，散发着一股说不清楚的臭味。桂芝把它捧在手里，反复地看，仿佛看到二姐的笑脸，是勉强的笑，好像蕴含了愁苦，眼泪就掉下来，滚过鞋面，落在地上。鞋的美好，就破灭了，像是院子里孩子吹的肥皂泡泡。

她抱着孩子，带着那双鞋，再到二姐的坟上去。孩子咿呀着，伸出小胖手抓坟上的草。南方山野的草是疯狂的，虽是冬天了，几天不见，也长了好高。桂芝把鞋放到坟前，低声说："二姐，我带小馒头来看你了。你放心，我一定替你把孩子带大。"她抱紧孩子，闻着孩子身上那股酸酸的奶味，想哭，却哭不出，仿佛许出的诺言，已经压抑了泪腺。她把孩子从左手换到右手上，腾出的视线望向山下的工厂。正是生产时间，家属区院子空空荡荡的，只有一个清洁工在扫院子，远远看上去只是一个移动的黑点。桂芝知道，那是即将成为她的丈夫的余大傻子，他的真名叫余建国。

桂芝恨恨地咬住嘴唇。她盯着那个黑点，盯得眼睛冒火。她仍然存着杀人的心，只不过现在为了孩子，她知道需要谨慎。虽然知道了二姐死于疾病，但她仍然恨着傻子男人。也许，过去的恨是为了二姐，而现在更多是为了自己，为了自己即将葬送的青春。她没有自怨自艾，她不会想是自己主动来到这里要嫁给这个男人的。即使想，她也是想，要不是这个男人没照顾好二姐，自己怎么会走这一步绝路。桂芝是简单的，简单而且有些鲁莽。她只是想，我一定要杀了他。

桂芝现在的计划是要在他们结婚的那天下手。她要把傻子灌醉，她已经知道傻子爱喝酒，傻子是厂里那些淘气青工常常在酒桌上戏耍的对象。她不想使用那根沉重的擀面杖了，韩大夫那天送来的老鼠药，已经是她杀人的首选。趁傻子喝醉，然后让他喝下掺了药的水，让他神不知鬼不觉地丢了性命。桂芝想好了，必须这样做，她不能让这个傻男人碰到自己的身子。

她冷冷地望着远处移动着的那个黑点，耻辱在心头翻滚。傻子的父亲曾是这个厂建厂时的老职工、老劳模，是建厂的功臣。老人病逝的时候，没有人敢不同意让他的独生儿子进厂接班。可谁也没想到他们接来了个傻子。余建国先是被分配到保全车间，带他的师傅在他上班第四天被他用铁锤砸碎了手指。这师傅曾是傻子父亲的大徒弟，对傻子的傻早有耳闻但心存侥幸，并且满怀对自己师傅的报恩之情。傻子余建国也许并不真傻，他只是笨，笨到干不了任何有技术性的工种。他在厂里做遍了所有的岗位，每一个岗位都是一次新的挫败和全厂人一个新的笑柄。

桂芝是做了家属工之后了解了这些事情的。给她讲故事讲得最多的是技术员马满意。

桂芝上班后的第一个工作是绕线圈，马技术员恰巧是被派来教她们这些新工人的老师。桂芝不知道的是，马满意对此简直欣喜若狂。有着一双突出的大眼睛的马技术员认为，这是上苍给他的赏赐。

而且，他们也算是熟人了。那双大大的黑白分明的眼睛总流露着亲切，让桂芝不知为什么对这个男人很快没有了生疏感。当他帮她第一次打来食堂的米饭和肉炒白菜，她就埋怨说："当着那么多人，用那么亮的手电照人家。"马满意当时连头发根都仿佛热了，浑身的血液从心脏喷薄而出，直射向四肢末梢，然后又从四面八方向心房狂奔而回，人就被撞击得昏沉了，眼睛里有了血丝，却散了神情，是一种收也收不住的失魂落魄了。

桂芝当然看得出男人的痴迷，却是暗暗得意的，也有些失落后的安慰在。在家乡，桂芝也是熟悉这种痴迷的。田地里，集市上，山沟中，总会有男人向桂芝投来异样的目光。隔壁的春娃子，还曾把桂芝按倒在草丛里，那时春娃子的痴迷已经不是痴迷了，而是疯狂。桂芝当然没有让他得逞，桂芝是决心把自己留给一个好男人的。只是没想到，二姐的死带来了悲痛欲绝的冲动，仓促中，她把自己就这样卖给未来了。

痴迷中的马满意还是有分寸的，他尽量用平稳和客观的口气给桂芝讲述了余建国的过去。在他的描述中，余大傻子也还是有优点的。他诚实，"当然，让他骗人他也不会"。他肯干，"就是总也干不好而已"。马满意自己也不知道自己竟如此卑鄙，在不动声色中褒贬自如，用表扬巧妙覆盖着鄙视，仿佛将毒药装在绚丽的胶囊里，看到的是美丽，吃下去的却是鬼魂了。

当桂芝知道厂里领导终于绝望地派余建国去清洁班扫地时，她再一次坚定了置其于死地的决心。这样的废物，活着也没什么用。

起风了。天阴沉沉的，似乎窥见了桂芝的秘密，不怀好意地绷着脸。桂芝抱紧孩子，孩子则已经熟睡。桂芝活动一下坐麻了的双腿，站起身，看着二姐的坟茔，低声说："二姐，还有一件事，得和你说，孩子不能再叫什么小馒头，难听，而且跟她爹一样傻。给她改个名儿吧，得和那个傻子没关系……我看，叫她红儿吧，随你的名儿，你叫桂红，她就是小红了。"

又是一阵风吹来。桂芝说："你听见了？那好，我就抱红儿回去了。姐呀，你歇着吧。"

六

324工厂其实早就不生产与军队有关的物品了，它现在生产的都是些民用电器产品。仿佛它被从总厂的肢体上切割下来，扔到深山里的那一刻，也同时丧失了它的尊严和它的地位。虽然324还叫324，虽然它仍是总厂的一个分支，也仍列在哪个级别的保密单位名单上，但令厂革委会主任气愤万分的是，324工厂现在是一个谁也想不起来的弃儿，消息闭塞得像一个聋子。

中央的那四个人早在十月初就被抓起来了，大山里也断断续续地有了些小道消息，有人还在山下的小城里看见过欢呼的标语，但始终没有人正式下发什么文件，或是打来一个电话。革委会主任是个谨慎的家伙，当然不敢主动去问什么，还严肃地命令全厂上下不得议论，否则以违纪论处。终于，就在桂芝要正式嫁给余大傻子这一天，市委的交换员骑着摩托车送来一份文件，要求迅速传达。主任气得骂："这他妈的又着急啦？"交换员说："废话，中央已经有新的主席了。"

此时，山里已经下了两次霜。交换员的摩托车在湿滑的路面上曾经翻了车，交换员摔得鼻青脸肿。

厂里临时召开紧急大会，余建国和桂芝都得参加。新房里就剩下了红儿，被捆绑在床上睡觉。

桂芝当然是坐不住的。不放心孩子，会议内容又听不大懂，更因为老鼠药刚倒在杯子里就被喊出来，那杯子此刻就仿佛一颗定时

133

炸弹，在家里嘀嗒乱响。坐在会场，她身上又出汗了，像她来到这里的那天一样，热汗一阵阵地如潮汐涌来，淹没了神经，也淹没了心。她中途悄悄溜出来，避开保卫科干部的眼睛，小鼠一般地贴着墙根，往家里跑。

转过楼角，却冷不丁被人抱住。

桂芝大惊，想挣扎，耳边却热乎乎地有了一个急切的声音："别喊，是我！"

桂芝当然听得出这是谁。她的身子一软，思想如暮春的落花，突然有了香气，却也突然散乱了，纷纷地飘落。就在痴愣间，人已被拖进了家门，门板上大红的喜字，却是鲜血淋漓的触目。

"我不能等了！"技术员马满意狰狞的脸涨得通红，大眼睛里更满是癫狂，"我不能让那个傻子在我前边……我爱你！你应该是我的……"

桂芝的身子再次软了，她被男人按倒在床上。

他们沉在道德和理性的深渊里了，两具躯体和两颗心开始了殊死的搏斗。桂芝的心在搏斗中瞬间冷了，又热了。冷时如冰，想自己这如花似玉的身子，难道就这样轻易地让人占领了吗？热时似火，想莫非我就真的要嫁给那傻子或者因为那傻子而成了杀人犯吗？难道我就不该有个心爱的男人吗？可是，眼前死搂住自己，在自己脸上乱啃的这个家伙，是属于我的吗？

冷与热在女人心底快速地交替着，湿漉漉的欲望在交替中润滑了痛楚，结果就是她一点点地滑向投降。理智此刻就是防守阵地上最后那支没有子弹的枪了，最终是高举着，挑起了一面羞涩而淫荡的白旗。

红儿在他们的抗争与缱绻中始终沉睡，仿佛羞于目睹。

男人的疯狂一泻千里，之后就是不敢直视女人的怯懦了。马满意气喘着翻身坐起，飞快地往身上穿衣服。袜子在汗湿的脚上粘着，竟怎么也穿不进去，他便光着脚蹬上皮鞋就往外走。桂芝筋疲力尽地躺着，心也在一点点地冷下来。她看着穿戴整齐了的男人，只说了一个字："滚。"

男人在门边站了一下，头也没回，走了。

桂芝拾起了男人丢弃在床头的袜子，一股臭味扑鼻而来，熏得她五脏六腑都仿佛翻转了，是一种绝望的痛苦。她死死地攥着那袜子，像攥着男人的心，要让他窒息，让他哀鸣，让他在她面前乞求饶恕。她手心的汗湿透了那袜子了，竟像是血，在她的眼前鲜红刺目。

而真正的血，在床单上，却是暗红色的，有一种失败的沮丧。

桂芝慢慢地起身，赤裸着，忍着微微的疼痛，把床单和所有的衣服都浸泡在大盆里。水马上变成了粉色，是一种稀释，也是一种凝聚。稀释的是苦楚，凝聚的也是苦楚。门上的红喜字成了讽刺，催促着桂芝的眼泪奔涌而出。

外面有嘈杂声了。好像是会议已经散了，人们在议论，在说笑，在忙忙碌碌地做着什么。桂芝听见了汽车启动的声音，也听见了偶尔一声的锣鼓。她不知道，革委会主任正张罗着组织工人们上街游行庆祝。尽管已经时过境迁，但主任并不愿意让自己在政治上落后。

突然有人敲门了。桂芝一惊，才意识到自己还光着身子。急急忙忙去穿衣服，门外却响起了余建国的声音："桂芝，你在家吗？是我。"

桂芝的心狂跳起来。在惶恐中，她反而迅速镇定下来，顺手扯过一条毛巾被，裹住身体就去开门了。

门开了，余大傻子的目光落在桂芝白嫩的肩膀上，顿时凝固住了。

"我……在洗澡，今天……"桂芝的娇羞既是装出来的，却也是真实的。

"哦，哦……厂里让游行去，我得去……你……"

"那你去吧。"桂芝暗暗松了一口气，急忙说。

"那——"余建国好像还想说什么，但说不出。那皮肤的细滑

135

粉嫩已经让他心慌意乱，他忘记了自己是回来做什么的，也忘记了自己还要干什么去。他那有限的思维能力完全不足以应付此时的局面，他只好转身向外走了。仿佛意识到不该走，但又想不明白不走做什么。他听见身后的门砰的一声关上了，他感觉那好像也不大对劲，好像那门不应该关得这么快，这么大声。但是他也来不及细想了，因为革委会主任已经吩咐了，他余建国同志是要负责在解放牌卡车上敲大鼓的。这是他的荣誉，是他的骄傲。

桂芝则在关门的一刹那瘫倒在门边。毛巾被从肩上滑落，她重新裸露出了她那已经不纯洁了的身体。她就那么在冰冷潮湿的地面上坐着，听着外面人们在集合，排队，点名。她听见有人在喊余大傻子，也听见她已经熟悉了的声音忙不迭地回答着。她没有听见另一个男人的声音，那个刚刚侵入了她的男人，仿佛在空气里消失了。

大鼓响起来了，接着是锣，是镲，是号。这些东西的声音一开始是乱七八糟的，好像是桂芝此刻的心情，没有节奏了，没有共鸣了，只是一团乱麻般的自说自话。卡车开动，汽油味钻进窗缝，床上的红儿开始躁动。桂芝的眼睛落到桌子上的茶杯上，那只已经放了老鼠药的杯子，还要掺上水吗？而那有毒的水，还会有人喝吗？

不知从什么时候开始，外面下雪了。南方的雪虽然悄然如梦幻，但也掩盖了些什么。

七

技术员马满意让人揍了，揍得很重。

这个春天很浮躁，浮躁得仿佛每一个人都摩拳擦掌，都幻想揪住自己碰到的第一个人，狠狠地揍他一顿。于大多数人来说，这当然是想象，可马满意不幸的是他碰到了一个把梦想变成现实的家伙。

　　当然，在这个春天里马满意自己也是浮躁的。他本就不是个心思缜密的人，他冲动，简单，快乐和忧伤对于他来说都来去匆匆。这一段时间他很得意，因为厂里进口了一台精密机械，他是唯一能把它鼓捣转了的人。马满意天生热爱机械技术，也热爱别人对他的吹捧和鼓励，这一段他就很高兴。而且，他和老婆徐小兵的家庭历史问题都有了松动的迹象，似乎开始有了新的说法，这当然也是令他们欣喜若狂的事情。马满意已经多次躺在床上，畅想摘掉历史帽子之后的幸福了，也多次设想着自己应该怎样去努力，去争取更大的荣耀。在这一点上，徐小兵倒是更冷静些，她只希望做好自己的会计工作，甚至，连会计也不要做了，最好那时候她可以在家当全职主妇，不再上班。这样的梦想其实来自徐小兵的母亲，那个国民党员的二姨太就是一辈子游手好闲的。马满意对此嗤之以鼻，他说："你他妈的就是没改造好。"要在以前，徐小兵会为这句话和马满意拼命，而现在，毕竟生活的曙光在前面，徐小兵只是瞪了丈夫一眼，什么也没说。

　　就这样，浮躁的马技术员以前所未有的热情工作和生活着。于是，他在和一个邻厂的漂亮女工在山上散步时，被跟踪而来的女工丈夫给揍了。那个翻砂工出身的车间主任有着强壮的臂膀和阴鸷的性格，揍起人来是专门往死里整治的。

　　第一拳，马满意的左眼就什么也看不到了。他刚要喊，第二拳又沉重地击打在他的右眼上。车间主任大概是练过拳脚的，他的动作漂亮得如同在擂台上的表演，连那漂亮女工都沉迷了，忘了喊叫，痴迷地看着自己的丈夫。马满意急中生智，明白自己的处境堪忧，挣扎着拼命逃离魔爪，跌跌撞撞地下了山。所以，回到324工厂的马满意虽然满身伤痕，但更多的是在下山路上的跌伤撞伤。冷静下来的他向惊异的人们宣称，自己是喝醉了走山路摔的。只有徐小兵，敏锐地抓住了丈夫的破绽：第一，喝醉了，为什么身上没有酒气？第二，那乌黑的熊猫眼，难道也是摔的？

马满意扛不住妻子的审问，在半夜十二点的时候，招了实情。但他坚称，自己和那漂亮女工是清白的。他去邻厂是做技术交流的，饭后那女工奉命陪他在山上走了走，是那个当丈夫的无来由扳倒了醋坛子。

这条原本荒芜的山沟现在已经被三家工厂填得满满的了，日夜开工的声响早已使野猪和兔子都逃之夭夭不见踪影。三个厂子来自三个城市，同病相怜地挤在一起，彼此之间来往就很密切。徐小兵早就耳闻那漂亮女工的恶名，那是个轻浮女子，有染的男人可以排出一串，其中也有本厂的浪子。徐小兵痛心疾首，意识到自己的丈夫不是省油的灯，更明白按照丈夫的个性，政治上的翻身解放注定会让他翘尾巴，甚至忘乎所以。这个苗头不能放过，不能容忍马满意这家伙过得太满意。徐小兵的眼睛盯死了丈夫，眼中的光芒是冷的，而且越来越冷，竟仿佛有了冰凌般的犀利和冷酷。心虚的技术员回避着妻子的目光，意识到自己确实是在玩火。

徐小兵表现出了异常的冷静。她没再说什么，更没有像以往那样大吵大闹。她只是一声不响地关上门，把用木板铺成的床给拆了，又分别铺成了两架单人床。里屋，是宽的，她摆上了自己和女儿的被褥。外屋，是窄的，自然是留给马满意的了。马技术员看着，小声埋怨道："太窄了，翻身都……"就立即被徐小兵恶狠狠的目光给逼住了嘴。马满意好像有生以来第一次怕了妻子。这时，有人轻轻敲门。马满意第一反应是看了一下表，惊异这个时间怎么还有人来。徐小兵却很镇静，她走出里屋，关上里屋门，随即堆出满脸的笑容去开门了，并且自然地用身子堵住门口。医务室的韩大夫显然是听说了马满意负伤的消息，尽职尽责的她是背着药箱来出诊的。但她却显然没意识到她会先看到了徐会计的笑容。马家常年战火纷飞，是厂里的一段"佳话"，徐会计在人们心中，就是凶神恶煞的代名词。韩大夫因此愣住了，一时竟不知说什么好。

会计先发制人地说："哎呀，这么晚怎么还麻烦您呢，老马他没事儿的。"

韩大夫疑惑地探头看进来，马满意急忙迎出门，也挤出笑，点头："没事儿，没事儿。"

韩大夫是善良的，她只好说："那，你也注意，外伤容易好，但是别有内伤。"

技术员痛苦地想，我他妈的全是内伤啊，脸上却仍然努力灿烂着："知道知道，您放心好了。"

也许善良的医生是有些异样感觉的，但善良使她的感觉迟钝了。她没有嗅出在马家夫妻之间阴险地弥漫着的仇恨味道，她忽略了他们笑容里的僵硬。她告辞，马满意急忙送她出来，并回手把门关上。技术员是借机逃跑了，他不敢再在妻子面前待着，他怕徐小兵的冷静会突然爆发成灾难。

天已经开始热了。尽管已经是后半夜，院子里也有了微微的暖意，不再冻人了。南方的植物虽然四季常青，但春夏秋冬的状态却也不同的。此刻，它们也似乎从冬天的晦暗中苏醒来，又经了春天的滋润，鲜嫩了，活泼了，正是一种生机盎然的蓬勃，连夜晚也不消停，把潮湿的鲜腥味灌进人的鼻孔。马满意沿着墙脚走，尽量避开可能存在的眼睛。自己做的事情自己清楚，嘴虽然是硬的，心却在簌簌发抖。初夏的躁动仿佛被浇了一盆凉水，蒸腾起热气，却冷了身心，特别地不舒服。他茫然地走着，不知道要去哪里，也不知道要做什么，只是不想回家。他那其实很简单的大脑里此刻只有一个问题，却是个极严重的问题，他好像刚刚明白，他和徐小兵的婚姻虽然糟糕透顶，却恐怕是扯不断的孽缘。他们可以在家庭里殊死搏斗，徐小兵却不会允许丈夫红杏出墙。

正就这样胡思乱想着，一个秀丽的身影就撞进了马满意的眼帘了。他急刹车似的站住，眼睛骤然聚焦在那个人身上。心也凝固了，思想却散成了一片空白。

家属楼的底层，每户的窗外都有一个小院。桂芝家的小院围了篱笆，刚刚攀爬上架的扁豆秧还不足尺高，根本遮挡不了院里的情景。明亮的月光下，只有桂芝一个人坐在那里。

她抱着她的擀面杖。她的那根用黄花梨木旋成的漂亮的擀面杖，在月光下温润如水，斜倚在女子的怀里，竟像个睡熟的孩子。桂芝微微低着头，仿佛在和这孩子说话。语气也是亲切的，在宁静的夜晚，如甜梦里的呓语。

马满意突然流泪了。他好像是一个虔诚的信徒走进了教堂，他好像感受到了圣像周围的那片洁白的光环。他悄悄地往后退了一步，让自己的身子隐藏在树影背后。他此刻希望自己也成为一片影子，融化在黑夜里，再也不会苏醒。

他那简单的思维里，只有一个绝望的意识，他知道自己是只爱这一个人的，但却永远不可能说出口了。

八

日子过得一天比一天快了，却也一天比一天慢了。

桂芝牵着红儿的小手送她去子弟小学的那天，她看见原厂革委会主任灰白着脸色坐上吉普车，一溜烟地驶出了厂门。没有几个人送行。送行的人都绷着脸，等车走后才松下劲儿，有说有笑地散了。桂芝听余大傻子说过，新厂长已经上任，过去的主任是造反派出身，这几年不吃香了。

桂芝并不关心这些。一个家属工，也轮不到她关心。她关心的是自己的钱包里每月有几张钞票。工厂脱去了保密单位的光环，产品彻底由军用转为民用，家属工们却仍然是在绕线圈。桂芝的危机感最先来自丈夫余大傻子，作为工厂的辅助岗位，清洁班成了新厂长推行绩效工资的试点，傻子的工资减少了近三分之一。

妹妹五儿暑假来工厂看望桂芝。五儿已经是大姑娘，在县上高中里是成绩最好的学生。她仍然瘦，也仍然不动声色。在到来的第一个晚上，她瞟着桂芝鼓起的肚子，平静地说："我说过的话，不会错。"桂芝愣了一愣，明白过来，涨红了脸，不知该说什么。五儿就说："好好过吧，别胡思乱想了。"桂芝说："是想好好过，不好好过又怎么样呢？可是，怎么好好过呢？"

五儿的话让她回忆起了当年的杀机，也回忆起了那年那个月光迷离的夜晚。那天她是看见了篱笆外边的男人的，她也听到了那人的隐泣。就是在那一刻，桂芝真正决定放弃杀人的企图了。本来，她坐在小院里是在筹划再一次的阴谋的，可就在初夏的热风里，在男人的偷窥中，她突然地动摇了。那个复杂而痛彻心扉的夜晚，既是那个技术员的破灭，也是桂芝永远的绝望。

桂芝不会忘记，那晚，也是她和丈夫余建国的第一次。开始，当傻子试探着走进里屋时，她冷起脸，举起了她的擀面杖。傻子知难而退，讪笑着缩了回去。桂芝不愿再在屋里待下去，冲到院子里坐着。就在她和月光一起迷离的时候，她便看到了他。

她马上就明白，男人是不会再往前走一步的了。他没有那个胆量，更没有那个担当。他是怯懦的，他只能是个偷嘴吃的孩子，如果被抓住手腕了，他只会哇哇大哭，只会埋怨那块糕点太甜太诱惑。

桂芝愣愣地坐了一阵。擀面杖在她怀里沉默着，黄花梨的纹路在月光的抚慰下静如溪水，虽美丽，但有一种痛彻心扉的凌乱。泪水湿润它了，它便暗淡了，仿佛一层薄薄的冰，封住了心情。

那天后半夜，桂芝带着一身露水回到屋里，在鼾声如雷的傻子床前站了半天，然后推醒了他，很平静地说："你到里屋睡吧。"

她没有把这一切告诉妹妹，没有什么可说的。她只是把一双崭新的劳保鞋，塞到了妹妹的背包里。五儿看着，没说什么，只是轻轻地笑了一笑。

五儿走的那天，在车站上，对她说："姐，你真的听我一句劝，好好和他过吧。我看了，他是有点傻，但人不坏。再说，工厂到底是工厂，总比农村强。三姐咋样呢，学习那么好，到底是嫁了个二婚的，进门就当妈，还挨打。"

桂芝苦笑："你也学习好……"

五儿的大眼睛眨啊眨的："我？我不会像你们，我要飞。"

桂芝想说，你往哪儿飞呢？飞是那么容易的吗？五儿走了，火车好像也载走了桂芝的心。车站前的广场上地砖仍然破碎，似乎从来没有人想起要去修理，又仿佛时间还停留在桂芝来的那天傍晚。桂芝站在广场上，抬头看着天。天是湛蓝的，却没有妹妹五儿飞翔的身影，只仿佛五儿的那句话，还在耳边久久萦绕。

"好好和他过吧。"

不好好过又能怎么样呢？桂芝最近常常这样问自己，却没有答案。红儿在子弟小学的操场上和小朋友们玩得很欢，丝毫没有刚上学的胆怯。都是从小玩大的小伙伴，哪里又会生疏。到处都是看熟了的人，到处都是做熟了的事，324工厂就是一个被抛弃在深山里的小王国，封闭，独立，一切按部就班。桂芝常常在工作台边昏昏欲睡，觉得自己只不过是机器上的一颗螺丝钉。

她到医务室去做孕期检查。一推门，韩大夫慌忙地把一本厚书塞进抽屉里，抬头见是桂芝，舒一口气，又拿了出来。那是一本《圣经》。韩大夫是基督徒，她曾经悄悄地劝过桂芝，跟随主吧，你会得到永生。

桂芝似懂非懂，她不明白什么是上帝，也不知道人是否会永生。她只知道韩大夫是个好人，这个本已应该退休了的老太太在工厂里有着极高的声望。她躺在韩大夫的诊床上，本能地想和她聊聊心里话。她告诉了韩大夫五儿是怎么说的，也告诉了韩大夫她心里的苦闷，她甚至含含糊糊地告诉了韩大夫，她在和余大傻子之前，跟过别人。

韩大夫抚在她肚皮上的手停了下来，低声说："这就是罪。"桂芝抖动了一下，仿佛感到冷。韩大夫感觉到了，又说："主会饶恕你。"

桂芝看着韩大夫的眼睛。韩大夫注意到了，向桂芝微微地笑，眼睛周围的皱纹随着她的笑舒展了，她整个的脸就像是一朵盛开的菊花。桂芝感觉到了一种安宁，仿佛心里的潮汐也在慢慢退去。她问道："孩子好吗？"韩大夫帮她把衣服拉好，说："应该没问题，小家伙心脏很强。"她把听诊器放到桂芝耳边，于是桂芝听到了一个咚咚的声音，其实是微弱的，但在桂芝听来却是如雷鸣般地强势，又如歌唱般地悦耳。这是一个新生命的呐喊，是桂芝生命的延续了。桂芝笑了，然后，又哭了。她抑制不住自己的眼泪，她把她的喜悦和不甘都哭了出来。

"盼着他是个男孩儿吧，"她哭着说，"就是别像他爹那么傻。"

韩大夫看着她没有说话，然后，老人闭上眼睛，开始低头祷告。桂芝听不出她在说什么，便抓住了老人的手。那只手柔若无骨，而且洁净温暖。桂芝觉得这一刻这间简陋的医务室充满了光辉，时间也已经为了她的孩子而停顿了。她也闭上了眼睛，让阳光在她的眼皮上慢慢行走，留下了淡淡的温暖痕迹。医务室里的这一刻，就此成为桂芝永远的回忆。

九

324工厂在和总厂脱钩成为地方企业之后，生产形势急转直下，仿佛昨天还巍峨耸立的高山，转瞬崩坍成了泥石流，呼啦啦地粉碎了，挡也挡不住地一泻千里。

新厂长柳强整天焦头烂额地应付着各种噩耗。合同被撕毁，产品被退货，欠账收不回来，工人们消极怠工……他甚至已经因此患上了精神方面的什么毛病，听见电话铃响就想撒尿，有时控制不住，就会淋漓到裤裆里，因此人们闻到厂长的身上总有一股尿臊气弥漫。

柳强其实原本是个意志坚强的人，他从一个翻砂工成长为企业领导是靠实力拼杀出来的，包括用他强壮的臂膀和冷酷的性格。可是现在，他像被困在流沙上的狮子，伸腿是塌陷，不伸腿也是塌陷，眼睁睁看着流动的沙子吞噬自己，这种残酷让他不寒而栗。他只能拼着命挣扎，以便随时抓住身边的每一根稻草。而他认为现在最能挽救自己和工厂的，只有马满意。

马满意已经被破格提拔为总工程师了，柳强拍着他的肩膀鼓励他要为工厂的生死存亡而战。

厂长的手粗大而且有力，马满意被拍得肩膀麻酥酥的。他从心里惧怕这位厂长，因为柳强就是当年在山坡上把他揍成乌眼青的那位车间主任。他知道柳强已经和轻浮老婆离婚，但柳强依然会对他恨之入骨。在柳厂长的破格重用后面他隐约看出了某个险恶的阴谋。

马满意也知道，自己的命运发生改变，在于自己唯一的优点，那就是他疯狂地热爱自己的工作。他苦心钻研数载设计出的几种产品，是目前工厂还能勉强发出工资的唯一保障，也是他成了全厂技术统领的原因。但也正因如此，他成了柳强不得不依靠的人，成了柳强憎恨却又无法不对他施恩的家伙，成了一根吃不进吐不出的骨头。他们的办公室现在门对着门，柳强每天上班第一件事就是推开他马满意的门，绽开笑容问声好。柳强的皮笑肉不笑在马满意看来就是屠户在杀猪前的那种端详，是在琢磨从哪里下刀合适。马满意为此心惊肉跳夜不能寐，常常缩在自己那张小床上瞪眼到天光大亮。

他和徐小兵的关系也没有好转。他很惊讶妻子竟然有着这样的执拗和冷酷。这几年他们一直分居着。为了不让外人察觉，马满意的床是由徐小兵每天起床后拆除的，然后晚上由马满意自己再架起来。这成了他们家生活里一道固定的不带感情色彩的程序，他们的女儿每天也习惯了冷漠地注视着这种烦琐。他们倒是很少争吵了，似乎已经吵累了，疲倦了，没意思了，仿佛再用争吵破坏了现在的冰冷，更没兴趣。

马满意心里的烦恼没处诉说，终于有一天，在饭桌上，他说："厂里计划在大城市设经销部，我想去。"说话的时候，他的眼睛盯着眼前的清炒菜花，仿佛那是一盘海参。他在前一天晚上刚刚和柳强一起在市里刚开业的饭店里陪客户吃了海参，他认为那是他这辈子吃过的最难吃的东西。

徐小兵面色平静，也并不看丈夫，问道："有什么好处?"

"可以……多挣点儿吧。"马满意说，口气有些犹豫。确实，经销部的方案提了几次了，但谁也不知道这是一剂良药，还是饮鸩止渴。党委会上柳强拍着桌子骂："他妈的你们谁就不能第一个吃螃蟹?"当时全场面面相觑，谁也不作声。

徐小兵冷冷的目光扫过丈夫的脸，然后说："你永远别想离开我的视线。要去，我就和你一起去。"徐小兵的头脑其实也是简单的，她认准了的事情谁也别想扭转。她就像一头红了眼的西班牙斗牛，只想冲撞不顾其他。她不知道自己是否还爱眼前这个男人，却不管爱不爱，她发誓要和这个男人纠缠到底两败俱伤。徐小兵已经在多年的冷战中将自己重新塑造，她学会了折磨人。有时她给女儿烙了肉饼，她会盯着女儿吃，然后问她好不好吃。女儿早学会了小心翼翼地顺从，忙说好吃。而徐小兵就冷冷地说："你肯定不爱吃。"然后夺过女儿嘴边的饼扔掉。这样的事成了这个家的一种游戏，丈夫和女儿都苦不堪言。

于是，马总工程师无语。在吞下一口咀嚼不烂的菜花后，他安慰自己说，他妈的，不去就不去，反正柳强也不会让我这个总工程师走。再说，如果看不到桂芝，我也难受。

在马满意的心底，桂芝已经是他的女神。虽触碰不得，却也不能不见。他仍然在每天走向厂区的时候回一下头，希望在那个窗口找寻到那双眼睛。在每个寂寞的夜晚，睡不着觉的时候，他会默念她名字，在黑夜里捕捉她的身影。他曾念着她自慰，但后来他认为这是亵渎，便坚决彻底地戒了这毛病，以致从那天起再没有坚硬。

家庭历史的洗刷对于这对夫妻来说曾经是生活的唯一希望，现在却也成了可有可无的事情。当然，这也许只是对马满意而言，徐小兵还是亢奋了一阵子的。她在厂里逢人便讲，她的父亲从监狱出来了，她的父亲恢复工作了，她的父亲当了当地的县政协委员了。一时间，徐小兵的父亲成了全厂的一个笑柄，人们其实记住的不是这位谁也没见过的县政协委员，而是徐会计疯了。终于有一天徐小兵偶然听到了人们的窃笑，从此绷起脸不再说，却在眼神里多了一种让人战栗的冷峻和敌意。

马满意总工程师再次垂头丧气地离开那个冰冷的家。这时的324工厂虽然处在低谷，气氛却是热烈的。邓丽君甜腻的歌声在家属区上空回荡，而且不是一首歌。谁家的阳台上，半大小子用砖头似的录音机在放《小城故事》，厂俱乐部的舞会近来很红火，现在播的却是《何日君再来》了。两个邓丽君的重唱就显得很怪异，像是梦游者的各说各话，多了让人昏昏欲睡的迷茫，却少了些不清不白的挑逗与撩拨。夜色也就浑浊了，虚幻的温柔弥漫起来，和西南山区的潮湿配合着，把工厂淹浸了。

马满意向着俱乐部走去。

按照他的性格，他早就应该是舞会上的常客了。但他现在没心情。在俱乐部的窗外，他站住，窗里的灯光泻到他的身上，暗黄的，和他的情绪很相配，有一种无所适从的迷惘。他看着窗内扭动着的人体，突然有了陌生的感觉。他们是谁呢？他们在干什么？他们为什么在笑？就在这一刻，总工程师悲哀地想到，自己摆弄得了任何机械，却是始终搞不懂人生的，自己的这一辈子，也许真的就是白过了。深深的沮丧就在这一刻涌上心头，仿佛生命也在这里静止了，是说也说不出的感觉。

十

桂芝从柳强厂长的办公桌上缓缓起身的时候，俱乐部的舞会正是高潮。狂乱的迪斯科音乐远远传来，夜风里也有舞蹈那种暧昧的味道。她伸手去拿自己的衣服，把电话机碰落了，却由于电话线的牵连，没有落到地面，只是发出了嗡嗡的声响，在半空中摇晃着，像是桂芝的心情，杂乱无章，而且没有下落。

这只是她第二次到柳强的办公室来。第一次来是壮着胆子的，是为了丈夫余建国。厂里终于开始裁人了，傻子首当其冲，在第一批失业的名单中。看着失魂落魄的丈夫，桂芝咬咬牙，来求柳厂长开恩。柳强看向她的眼神一开始是不耐烦的，是厌恶的，但随即慢慢亮了起来，甚至渐渐有了某种兴趣。他摇摇手里的文件，和气地说："今天我马上要开会，你明天晚上找我好不好？"柳强这个人其实还是很英俊的，尤其笑起来的时候，满脸灿烂的阳光，是成熟男人的魄力。桂芝的心就跳了一下，隐约觉得晚上似有不妥，但那念头如同夏夜的蚊子，嘤的一声，也就消失得无影无踪。

第二次来就是这天晚上了。敲开办公室的门，桂芝就被男人抱住，猛地按倒在办公桌上了。桂芝的脑子一片空白，好像是早就做好了准备，又好像是隐隐地有些什么盼望，但也有些委屈和愤懑掺杂着。她没挣扎，任凭男人气喘着剥她的衣服。眼睛望着天花板，却仿佛看到了当年的另一个男人。耳边听到的俱乐部音乐，也慢慢像了当年游行的锣鼓。

完事之后，柳厂长起身，瘫倒在他的转椅上。桂芝则久久地就那么躺着，让夜晚的凉风冷却着身体。她已经没有了当年的慌乱，也没有了当年的羞涩。她已经成熟了，她不再是生活的跟随者，而已经是生活的驾驭者了。桂芝已经不是当年的桂芝，她不仅有着黄花梨般的美丽，也有了黄花梨的坚硬。几乎在一瞬间，她已经在纷杂的思绪中扼住了自己的命运咽喉。

她从容不迫地穿好衣服。她一直看着柳强。她发现这个男人是镇静的，镇静中是大权在握的强势。她需要的就是这种强势。她开口了，声音平静得如同刚才的事情没有发生。

"我丈夫余建国，不能下岗。"

柳强被桂芝的平静镇住了，他突然明白自己是给自己戴上了一副枷锁，他将被这个漂亮女人所控制。一时间他后悔了，但后悔的情绪转瞬即逝，因为桂芝的手抚摸上了他的脸颊。

　　"你得帮我，只有你能帮我。我相信你能帮我。"

　　柳强抓住了女人的手："我帮你，你给我什么?"桂芝淡淡地笑了："你说呢?"

　　这是默许了，也是挑逗。柳强的全身都热了起来。他猛地把女人搂在了怀里："你嫁给我吧，我爱你!那天你一进我的门，我就爱上你了。以前我竟然不知道，这个厂里还有你这么漂亮的女人。"

　　桂芝记起，当年的男人也说过类似的话，心就突然往下坠了。下坠的过程是疼痛的，身子听任男人搂抱着，眼泪却疼得喷涌而出了。

　　远远的，俱乐部里的狂欢到了尾声，《一路平安》的旋律断断续续，听起来倒像是人的哽咽了。柳强低声说："你等会儿再走，舞会散了，人多。"

　　桂芝说："既然你要娶我，怕什么人看见。"

　　柳强沉默片刻，说："还有老余……"

　　是的，还有老余，余大傻子。桂芝也不说话了，杀机却突然地在心底探了一下头，像是只居心叵测的小兽，蛰伏已久，终于忍耐不住地龇开獠牙。桂芝自己也被震动了，心脏激烈地跳动，五脏六腑都好像被搅动了，乱糟糟疼痛。

　　"还有孩子……"强硬的外壳一旦打碎，所有的软弱就都暴露无遗。柳强的声音充满无奈。他的前妻在和他分手后迅速嫁给了什么男人，据说现在在上海。他的儿子柳大宝在厂里的技校上学，技术没学到什么，打架斗殴却很在行，前不久才从拘留所出来。桂芝呢，儿子刚刚一岁多，却已经被诊断出小儿麻痹，让桂芝欲哭无泪。

　　"这就是命。"

人的命运真的难以预料，像漂泊在风浪里的船，生存与毁灭，真的只在一瞬间。二姐的死，使农村姑娘桂芝一夜之间成了工人，也萌生了杀机。马满意的侵入，却使桂芝在杀人与嫁人之间放弃了前者。现在，有了柳强。他是码头，还是深渊，让桂芝这艘疲惫不堪的船举棋不定。这条命，只好赌了。

一男一女，就这样静静地坐着。夜晚在冷下来，心情在冷下来，大院里的嘈杂也在冷下来。狂欢散去，一切都仿佛是虚幻。潮气慢慢漫上来了，替换了大院曾经的热烈。桂芝当然不知道，在俱乐部的大门口，在湿冷的台阶上，此时此刻马满意正在悄悄哭泣。他们这一男一女，就这样渐行渐远了，彼此的心都撕扯着，却不会再有交集。

柳强起身，捡起了电话机，把它放回原地。有一份文件，在狂热中一直被压在桂芝的身下，此时已揉搓得不成模样。柳厂长很无聊地想抚平它，却是枉然。桂芝看着他笨拙地做着，突然想笑。

柳强说："让老余去库房吧。"

桂芝说："他原来在那儿干过，可是，他不行，笨。"

柳强笑笑："多一个人少一个人，没什么的。"

他们突然发现彼此的话好像都很虚假，有点装腔作势。真实在欲望的高涨中露出面孔，又迅速掩盖在冷却下来的平静中。他们现在不是男人和女人，而是上司和下属了。其实，桂芝明白，自己连下属都谈不上的，自己只是个家属工。

他早晚有一天会玩腻了，会抛弃我。这个念头轰然在桂芝的脑子里出现了，尖锐而且冷酷。桂芝看着柳强的目光冷下来，"我该回去了。"她说。

柳强抓紧了她的手，似乎有些不舍。桂芝感觉到了这种不舍，心又软了。她痛苦地承认，女人就是这样，困苦中的女人更是这样，一颗心总在硬与软之间挣扎。舍不下的，是情，舍得下的，也是情。冷酷与柔情的缠绵，留下的只是累累的伤。桂芝终于是硬下心肠了，她推开男人的手，走了。

厂区静悄悄的。开工不足，厂里早就停了夜班。桂芝走出办公楼的门，回头看，柳厂长的办公室灯还亮着。这个男人是常常住在办公室的，他身边没有女人。桂芝站定身形，暗暗地想，如果我是他的，今后会怎么样呢？

想不下去了，因为桂芝已经看到在厂区和家属区间的大门口，伫立着三个大小不一的身影。丈夫余建国拉着红儿，抱着小儿子，在等她了。

桂芝的心酸了，酸得好像浸在了醋里，慢慢地发苦。她知道，发生过的无法改变，她只有往前走了。

十一

要过年的时候，下了场罕见的雪。雪让来自北方的人们欢欣鼓舞。厂里开了大会，公布全年的盈利情况。柳强厂长慷慨激昂地宣布，难关已经过去，324工厂起死回生，我们将为建设四个现代化做出更大的贡献。大会上，给大功臣马满意总工程师颁发了重奖：一台白兰牌洗衣机。桂芝在台下坐着，看着披红戴花的马满意，一时间，心走远了，人就有些慌乱。

全厂大聚餐。桂芝和一群家属工被派到食堂帮厨。她带来了她的擀面杖。也来帮着包饺子的韩大夫，看见这擀面杖时眼睛亮了一下："这是黄花梨啊。"

桂芝一边擀着饺子皮一边说："是。当年我爹卸了一条桌子腿做的。我爹说，桌子原来是老赵家的，老赵是我们那儿最大的地主。"

韩大夫点头感叹："也就是大户人家，会有这样的东西。"

桂芝一向是景仰韩大夫的。这个孤身老太太已经退休，但仍然每天到医务室上班，婆婆妈妈地为大家看病。星期日去山下的小城教堂做礼拜。在这样的山里，桂芝小儿子的腿本来就算废了，全靠老人的针灸，勉强算是好了，只是现在走路还微微跛着，像只快乐的小鸭子。桂芝感谢韩大夫，老太太却说，是上帝治好了孩子，要感谢上帝。

此时，桂芝爽快地说："我家还有一根，是我二姐当年带来的，回头，送给您。"

"不了不了，"韩大夫笑起来，满脸的皱纹活泼地舒展，"老了，给我我也用不动了。"

桂芝也笑："是沉。平时我都不爱用。"

也在一边包饺子的徐小兵突然插话道："给我，我用得着。"

桂芝吓了一跳。她没有想到，从来没有和她说过话的徐会计会突然插嘴。她一向是有意回避着这位总阴沉着脸的会计的，当然是因为当年她和马满意那次说不清的纠葛。尽管当时是疯狂的马满意侵犯了她，她却也隐隐觉得自己有些愧对这个女人，仿佛偷了对方的什么东西，而对方至今蒙在鼓里。这就如鲠在喉，没有了面对人家的勇气。此时，也就不知说什么才好，只能手下用劲。饺子皮擀得薄了，韩大夫就笑起来说："桂芝，你慢点，太薄了，包不上了。"

徐小兵却只不管不顾地说："给我吧，我正缺根擀面杖。"

桂芝只好含混答应。韩大夫慢慢地说："黄花梨是好木料，漂亮，结实。我是在海南长大的，只有海南产的黄花梨最好。"

桂芝既是想岔开话题，也对韩大夫的身世有了好奇，便问："海南是哪儿？"

徐会计哼了一声，显然是蔑视。韩大夫却宽容地笑笑，继续缓慢地说："远呢，是个海岛……"

桂芝想起，自己是陪着红儿看过中国地图的。丫头和她爸一样笨，永远记不住地理课上讲过的东西，急得哭。桂芝隐约想起，海南，那应该是中国的最南边了。这个信上帝的老太太，是怎么从那么遥远的地方来到这大山深处的呢？也许，这永远是谜了。她看韩大夫，老人淡淡地笑着，神情却是远远的，不知道在什么地方了。

女人们都沉默了，连徐小兵都闭上了嘴。寂静了，就听见远处有隐约的歌声，是俱乐部那边在排练节目。窗外还飘着雪花，不大不小的，像是在衬托屋里的静默。

桂芝的手慢了下来。要过年了，家乡那边咋样呢？父亲已经去世，娘住到大姐家去了，山村里的家，该是寂寞清冷的吧。本来想回家的，余建国不肯，这个大傻子当了仓库管理员，也知道得来不易，勤勉得像一头驴，整天整夜地守在仓库里。干不了细活，就拿块抹布擦那些零部件。或者，把这个货架上的东西搬到那个货架，摆好，过两天再搬回来。要过年了，余大傻子接下了所有的节日值班，根本不休息。桂芝哭笑不得，心里却不是滋味。有一回在柳强的床上，终于哭了出来，柳强也不问，桂芝明白，他知道她哭什么。

饺子馅儿不够了，有人就去剁白菜，厨房里响起一片叮叮当当的剁菜声。桂芝停下手，望着窗外的雪，听见身后的韩大夫低声地说：

"黄花梨这东西，看着长得快，几年就很粗了，其实，芯子长得可慢呢，四十年，五十年，也许才够上材料，才能做东西……这世上的事，也许就都是这样呀，好东西，就难得，上帝说，要恒久忍耐……人这一辈子，也像黄花梨，要成材料，要等，要忍。你要着急，急着把树砍了，就只能落下一堆树皮子，除了烧火，什么用也没有的。"

桂芝觉得，老人不是在对自己说话，也不是对别的什么人说话，她只是自言自语，只是在触景生情，在感慨自己的命运。桂芝不敢回头，她怕自己回头后会掉眼泪。不知道为什么，韩大夫的呓语让她想哭出来。

只是不知道为什么而哭了。桂芝虽然已经是个熟练的工人，已经穿破了几双劳保鞋，却仍然是个头脑简单的人。每天的生活其实也真用不着她思考的。早晨为孩子做饭，让大的骑车去市里的中学，送小的到子弟小学去。然后上班，没完没了地绕线圈。中午在食堂吃饭。下午下班，在浴室洗澡，然后回家继续做饭……人就像一台机器，点了些润滑油，就傻呵呵地转动下去。即使和柳强的偷情，也已经疲倦了，成了例行公事般的过程，成了兴味索然的生活里一个同样无趣的逗号。

有什么惊喜吗？没有。意外怀孕也许算一回事，但傻子是那么地好欺骗，几句话他就相信是自己疏忽了，还跑前跑后地陪她去手术。如果说动心，也就算那一回了，看着满头大汗的傻子，桂芝真的痛下决心和柳强了断。然而，决心就像海滩上孩子堆的沙堡，一阵浪来，就被冲得无影无踪了。生活好像顽固成了一个昏君，不允许有任何改变。而人，是软弱的。桂芝一次又一次地躺倒在那张罪恶的床上，然后迅速沉醉在肉欲之中。

韩大夫曾经告诉桂芝，上帝说了，人都是有罪的，我们只有在上帝面前认罪悔改。桂芝始终对老太太的说教似懂非懂，却对这句话刻骨铭心。她学着老太太的样子向上帝祷告，却听不到上帝的回答。

雪不动声色地停了。

"馅儿来啦！"有人把调好的饺子馅儿端来，新鲜香油的味道弥漫着，把女人们的情绪重新调动起来。桂芝拿起她的擀面杖，爱惜地抚摸。美丽的花纹显现出了，依然温润，依然雅致。"过一天算一天吧。"桂芝突然在心里对自己说，像是安慰了，却是无奈的，带着一点苦涩。

十二

不管怎么说，生活是在一天天地好起来了。

桂芝随着最后一批家属工转为正式工的时候，正是她领到第十二双劳保鞋的日子。十二，一个在中国人的习惯里也算圆满的数字。她本可以早一些转正的，但柳强说要考虑影响，就把她拖到最后了。女儿小红考不上高中，到厂里技校混了半年，柳强就安排她在服务公司上班了，在厂里浴室看门。孩子虽笨，却是孝顺的，第一月工资就全交给了桂芝。桂芝拿了那几张钞票，心里暖了一下。到二姐的坟前哭了一场，说："姐，我总算给你把孩子带大了。"

324工厂成了市里的龙头企业。柳强春风得意，兼任了市里工业局的副局长。上任伊始，就声势浩大地组织工人们轮流到南方考察改革开放。

桂芝当然被安排在柳强亲自带队的这一批。车间姐妹们暧昧的笑容，桂芝只当没看见，她也麻木了，反而有些得意在，昂着头从女人们面前走过。

柳强安排得很细密。在深圳考察的最后一天，桂芝按照他的吩咐，谎称要去看个亲戚，离开了队伍。柳强带队到了广州，让副厂长领大家返程，自己宣称要去谈个重要合同，独自返回深圳。当晚，他们在深圳会合，找一家宾馆住下。虽已是老夫老妻的感觉，但因为这种特务式的秘密安排，再加上陌生地方的新奇刺激，这一晚他们就很尽兴，很热烈。

缱绻之后，柳强说："孩子们都大了，连你家小涛都十好几了，反正，他的将来我也保证安排好就是了，你就和傻子离了，嫁给我吧。"

桂芝没吭声。为了掩盖狂欢的呻吟，他们一直是开着电视的，而且把声音调得很大。此刻，香港卫视的主持人还在用他们听不懂的粤语呜哩哇啦地说什么，表情很夸张。

"我离婚那么多年了，这些年还不就是在等你。不然，女人还不有的是。傻子我也安排了，孩子我也安排了。省里调我几次了，我都没去。"

柳强的话里，分明有了埋怨。

桂芝起身要穿衣服，说："我也不愿意这样偷偷摸摸的。你是厂长，没人敢和你斗，可我不行，你知道别人都怎么看我的。"

"那你还犹豫什么？"柳强伸手夺下了桂芝手里的内裤，把那柔软的肉体再次揽在怀里，"难道你舍不得傻子？"

这话刺痛桂芝了，她推开男人，一声不响地穿衣服。心里像是打翻了一瓶调料，苦的，辣的，酸的，搅和在一起，是一种混合的苦楚。男人仿佛意识到自己的话说错了，也就不作声。他们沉默着，听着香港人的唠叨。窗外的深圳灯火通明，是夜生活刚刚开始的时刻。

"我曾经想过要杀死他，"桂芝说，"你说我是不是舍不得他。"

男人的眼睛瞪大了，看着桂芝："那你会不会有一天想要杀死我？"

桂芝没有想到他会这么说，一时愣住，不知道哪里不对，火气却慢慢升起来了。"会。"她说，"只要你对不起我。"

柳强的脸色变了。也许，只是因为桂芝的敏感，觉得他变了。反正在桂芝眼里，这个人突然陌生了。陌生的男人和陌生的城市、陌生的房间，桂芝突然觉得自己像个妓女，正在等着对方掏出钱来。

柳强也开始穿衣服。他从容不迫地穿好内衣、衬衫，然后细心地打好领带，好像他马上要出席什么重要场合。转眼间，他已经是一个西装革履的男人了，除了黝黑的脸庞还能证明他来自深山，其他的痕迹只显示出他的地位和强势。

桂芝的心颤了。她知道自己是斗不过眼前的这个人的。她和他远远不是势均力敌的关系，她只能是他的附属，是他的随从，是他的玩物。她看着他走了出去，连头也没有回。为了掩人耳目，他们是开了两个房间的。她听着他关好门，听着他走进了隔壁。然后，她哭了。

桂芝明白了，什么也不会改变。

第二天，仿佛什么也没有发生过，柳厂长仍然谈笑风生，仍然和桂芝亲亲热热。他们离开深圳，乘长途汽车到了珠海。

在海边的蜿蜒路上，柳强望着大海，说："你知道吗，这条路，叫情侣路，在这条路上走的人，都是情侣。"

桂芝淡淡地说："什么叫情侣，就是情人吧，偷人养汉的，咋往好听里说，也就这么一回事。"

柳厂长的脸色就变了一下。两个人默默地走出一段，柳强说："那你是什么意思？让你嫁给我，你不干，现在你又说什么偷人养汉的话，你这不是矛盾？"

桂芝愣了一下，想想，真的，自己的话是矛盾了，可是，怎么才能让自己的心平静，也真的是茫然。她走在一条绝路上了，往前是悬崖，退后是追兵，前前后后都是死，是没有希望的坎坷。

柳强问："你说你曾经想杀了傻子，咋又没杀呢？"

桂芝不说话，往事却被男人这一问给从心底勾引出来，沉渣泛起，翻翻滚滚地不消停了。几次想用那擀面杖砸傻子的脑袋，几次想给傻子的茶杯里加老鼠药，一个一个片段像厂里放的老电影，胶片伤痕累累，声音断断续续，断片的时候银幕上闪过大大的阿拉伯数字：1、2、3……全厂的人都在起哄，口哨和叫喊仿佛要掀起俱乐部的屋顶。那是一场全体群众的狂欢，忘乎所以的快乐淹没了多少大院里的奇闻轶事，把她的杀机也给粉饰成了狂欢节的花束，没有了锋刃，只留下沉沦。

真的，现在应该怎么办？不知道为什么，韩大夫的声音突然在耳边响起：人都是有罪的。

大海在他们面前铺陈开去，一望无际。天是阴沉的，在天与海的交际处就是一片混沌，分不清界限，像极了他们的沮丧。许久，柳强厂长突然说："你知道当年我曾经把马满意总工给揍了吗？"

桂芝不知道他为什么问这个，迟疑了一下说："听说了。"

柳强冷笑："他敢邀我老婆去散步……我这个人就是这样，是我的东西，谁也别想碰。"因为常年酗酒，他的眼睛很浑浊，眼球上的血丝像一张蛛网，捆绑着，但也显示着，一种残酷。桂芝的心不禁沉了一下。

半晌，桂芝说："要杀傻子，也是我杀，别人甭想插手。"

她的话也冷冷的，让柳厂长不禁紧了一下领带。

十三

仓库出事了。

半夜，起了火。火像一个阴险的罪犯，悄悄地出现，然后慢慢地弥漫开。当在值班室里酣睡的余建国被烟呛醒时，火已经不动声色地包围了这间小屋。

第一个冲进去把余大傻子拉出来的是总工程师马满意。事后，有人曾偷偷议论，为什么一个厂里的领导会在半夜出现在仓库里，但马满意的英勇行为堵住了人们的嘴。

当时的余大傻子是真的吓傻了。他光着膀子坐在床上，咳嗽着，愣愣地看着值班室的大玻璃窗，看着火在窗外蔓延。马满意踢开房门，把棉被按在洗手池里浸湿，然后蒙住两个人的头，冲出了仓库。他们刚出来，里边就有房顶坍塌下来了。

余建国浑身颤抖，扑通一声跪在了地上："不是我干的！我喝多了，他们……"

马满意伸手给了他一记耳光："值班你还敢喝酒！"

柳强厂长是和厂消防队一起赶到的。他面沉如水，冷冷地盯了余建国一阵，什么也没说。

这是324工厂在这座大山中建厂之后的第一起大事故。两小时之后，火被扑灭了。满身泥水的柳强和马满意一起回到办公楼。在各自的办公室门前，他们站住，阴沉着脸，回头彼此看着，两双眼睛里好像有说不尽的话在交锋，空气里也有了剑刃相搏的紧张。

柳强先挪开了眼神："先休息休息吧，什么也别说了。"

马满意冷笑："你是不想说，你什么都不想说。"

柳强的手停止在门把手上："你这是什么意思？"

"这把火是怎么着起来的？也许，我要问问你的儿子柳大宝。"马满意从未这样咄咄逼人，今天的他仿佛和往常判若两人，"你下午在办公室和他说了什么？他晚上为什么吩咐他的小弟兄缠着余建国喝酒？火起之前，你这个宝贝儿子在哪儿？"

柳强的脸白了："你跟踪我们？"

"对。我跟踪你好几年了！"马满意的脸更红了，他的怒火已经显现在他的脸颊上，"我知道你虚报产量，我知道你行贿受贿，我知道你还贪污，我……还知道你霸占了余建国的老婆！你今天是要杀傻子灭口！"

马满意说这话的时候，柳强的眼睛里竟然是一片茫然，他显然一时想不明白马满意为什么会这样做。他认为马满意当年应该是被他揍怕了的，他也以为马满意应该为今天他的宽宏大量而感激涕零。没有他柳强，能有今天的马满意吗？两个男人面对面僵持着。柳强的脸色慢慢地凝固了，凝固成一片铁青。而马满意仍然怒气冲冲，像一只好斗的公鸡。他们都突然认识到此时此刻是他们人生中的一个重要时刻，他们角逐的跑道在今天突然地交叉了，他们像刹不住的火车一样在向对方撞去。

柳强慢慢地说："老马，我终于想明白了，你他妈的不是在跟踪我，是在跟踪谭桂芝！那娘儿们说过的，傻子不是她第一个男人，那么，最早占了便宜的，就应该是你了。"

马满意的脑袋里也有什么像仓库一样地坍塌了。他强撑着自己，继续把愤怒的目光投射在对方脸上。但他自己知道，已有一盆冷水兜头泼在他的怒火之上了，他的心已经开始控制不住地战栗了。他甚至有了些许的后悔，为自己的冲动，也为自己的感情。

柳强从对方的眼睛里猜出自己的话是一根针，已经准确地扎在对方的死穴上了。他缓了一口气，低声说："别闹了，我是厂长，你是总工程师，这是事实，改变不了，也不应该改变。这个厂，离了你，离了我，都不行。"

马满意不吭声。

"太累了，我不想再说什么了。"柳强推开自己的房门，不回头，又补充了一句，"对了，想和你说还没来得及，我想提拔徐小兵会计做厂里的财务总监，你看行吧？要没意见，回头就上党委会……"

马满意眼睁睁地看着对方进门，关门，想说什么，却怎么也张不开口。好像有什么强力的胶水，黏住了自己的嘴唇和舌头，一股苦涩味在嘴里蔓延。

柳强却好像不想让马满意缓过神，又打开门，探出身子，笑着说："哎，老兄，桂芝那女人，真的不错。"

马满意就在这个时刻意识到自己是斗不过面前这个老对手的。柳强在一瞬间已经恢复了他的镇定自若，甚至，他手里还拿着毛巾，若无其事地在擦脸。他也已经脱下了他的工作服，只穿着背心短裤，他已经准备继续睡觉了。

"老马呀，你要是还能冷静，就想想我的话。你说我和柳大宝策划要杀傻子，你有证据吗？难道我儿子到我办公室来了一趟就是密谋杀人？大宝也在仓库工作，他们那帮仓库管理员喝喝酒不是常事？傻子喝醉不也是常事？至于你说我什么贪污受贿，我不解释，你可以回去问你们家徐会计，她可是咱们厂的一本账。"

他把最后这句话说得很重，字眼咬得很清楚，其中的含义就很明白无误。他看着马满意，眼睛里有一种得意，似乎是居高临下的倨傲了。马满意终于垂下了眼睑，他已经彻底失去了与对方对视的勇气。他当然不能承认自己的失败，只是在回身拧动自己办公室的门把手时，竟然绝望地湿了眼眶。

柳强在他身后叹息道："你太累了，要不，从明天起你休息几天……都是男人，我理解你，总一个人睡在外屋，还不如我睡办公室呢，能闻见老婆的味儿，却动不得……"

马满意要哭出来了。

可是，他竟然连哭都来不及了，因为一个失魂落魄的工人已经跌跌撞撞地跑上楼来，上气不接下气地喊道："厂长！快去……快去看看！出大事了！"

"又怎么了？"柳强皱起眉问。

"杀人了……谭桂芝，把余大傻子打死了……"

这对两个男人来说，是比着火还要惊心动魄的消息了。他们相互看了一眼，瞳孔里是彼此的惊骇。柳强扔了毛巾，马满意松开了房门把手，他们一起向楼下跑去。奔跑中，马满意想："也许，这就是解脱吧。"

正是黎明前最黑暗的时刻。因为着火，厂区大院里并不安静。所有的灯都打亮了，灯影交错，人影晃动，是大院里从没有过的惶悚。桂芝就伫立在灯火里，伫立在惊慌的人群中，竟然显得比平日高大了许多。她的手里，是沾着血的黄花梨擀面杖。

余建国，余大傻子，瘦瘦高高的个子就瘫倒在桂芝的面前。暗红色的血，正从他的头顶汩汩地流淌下来。

这根美丽而坚硬的木料，这根沉寂多年的凶器，今天终于完成了它的历史使命。在灯火中的花纹，诡异而艳丽。

两个奔跑得气喘吁吁的男人，在血腥的场面前也感到了心悸。他们站住在桂芝身后，一时竟谁也没有勇气上前说什么。仿佛他们在凛然的女人面前，不约而同地自惭形秽了。他们彼此看了一眼，然后迅速地挪开了眼神。他们同时在责备自己了：欺负这样一个可怜的女人，我们算什么？

血泊里的余大傻子动了一下，发出一声呻吟。马满意惊醒了，忙冲上去扶起了软弱无力的男人。傻子睁了一下眼，嘴唇翕动，却没有声音。马总工程师的大眼睛突然潮湿了，他大声喊道："快呀，快救救老余……"

当啷一声，桂芝手里的木棍掉在了地上。几乎同时，和桂芝当年来的时候一样，大院又停电了，所有的灯瞬间熄灭，只留下一片嘈杂的声音，在墨一般的黑中纷纷杂杂地响。

事后人们知道，就在这一刻，324工厂还发生了另一件事，医务室的韩大夫，在自己的家里平静地咽下了最后一口气。她当时在读《圣经》，电灯熄灭的时候，她就倒在那本厚厚的书上。

十四

2014年的春天，已经退休几年的桂芝做出一个重要的决定，她要和丈夫余建国回家乡定居。

位于家乡县城边上的房子很快就买好了。过程顺利是因为县委书记谭英亲自操办了这件事。谭英，曾用名叫谭桂英的，还有个小名叫五儿。五儿说："我从来不帮别人办事的，但四姐的事，我要管。"

儿子对桂芝的决定很不高兴，他说："我老婆刚刚生了孩子，您不想带孙子也就罢了，还要连我也甩在这里。"儿子仍然跛着脚，却聪明得很，在厂里也是技术标兵了。桂芝不理儿子，对儿媳的冷脸更是视而不见。离开324工厂的那天，她谁也没告诉，天还蒙蒙亮着，就推上余大傻子的轮椅，上路了。

山沟里的三家工厂，这两年才真正地起死回生了，山里已经热闹得像一座新城市。人们已习惯了的潮湿却退却了，已是初夏，天气却奇怪地不那么热，清晨的风还是冷冷的，早开的野花也闭合了花瓣假寐。柏油路代替了土路，直铺到324工厂的门口。重新修饰过的大门边也总会停着几辆出租车的。桂芝把丈夫扶上车，司机殷勤地帮她把轮椅放到后备厢里。车子发动的时候，桂芝突然流下泪来，急忙擦了，不想让别人看见。可余大傻子却颤巍巍地伸出手来了，是要帮她擦眼泪的意思。桂芝推开他的手，泪眼婆娑，更是止不住的了。

往事就像脑海里泛起的微澜，一波一波地涌起，有的清晰，有的浑浊，有的是完整的故事，有的却是一片片破碎的记忆。收拾行李的时候，桂芝把两双劳保鞋，放在了包裹里，女儿小红笑道："这年头，谁还要穿这种鞋呢。"桂芝想想也是，就是厂里，哪个人上班还要穿它？姑娘小伙们脚上都是耐克和什么达斯了。

暗暗数来，自己来厂里已经穿坏多少劳保鞋了？真是数不清的。回想当年，和二姐躺在谷垛上，憧憬劳保鞋的时候，却是多少苦涩酸甜了。现在，大姐已经去世，三姐已经被儿女接去北京享福了，而二姐的坟上，青草萋萋，几度春秋，去年新立的墓碑，字迹也是模糊了。

走之前，给二姐扫了墓。把一根黄花梨的擀面杖，悄悄埋在了坟前的土里。认不准是二姐的那一根，还是自己的那一根，反正，血浓于水，一点思念是永远和二姐在一起了。在培土的时候，桂芝想起韩大夫的话："黄花梨，长得可慢呢……"就想这根棍子什么时候也会开出花来？那花应该是开在桂芝心底的，是给自己的安慰。

劳保鞋最终还是被装到了行李箱里。同时装进去的，还有另外一根擀面杖。临行前桂芝用橄榄油把它擦得亮亮的，它斑斓的身体就仿佛有了瓷器般的光泽。放进箱子时，桂芝低声说："你也回家了……"

为什么要回家乡呢？好像有千般理由，却也是说不清楚的感受，在这西南的大山里几十年，生老病死，只是总没有家的感觉。就像是无奈的漂泊，停住了，想走，却也不能，想留下，心却总还是在远处的什么地方。终于，孩子们大了，自己也老了。回家吧，她每天都对丈夫说，余建国总是点头，说不出话。当年他伤好后，就留下后遗症了，人是真的傻了。前两年又坐上了轮椅，也丧失了语言能力。人却是对桂芝无比地依恋着。当年，警察要带走桂芝的，他在病床上大喊大叫，歪歪斜斜地给人家写了张纸，说是自己摔伤，没妻子的事。警察走后，桂芝在他床前哭了，说："你这是何必。"傻子就笑，含混不清地说："我……喜欢你。"桂芝记得，那是傻子这一生，说得最清晰的一句话。

所以，就回家吧。就像飞倦的鸟，最后要停留的，还得是自己最初的那个窝。擦干了眼泪，回头最后看一眼黛青色的大山，心里是痛，也有一丝不舍。毕竟在这里待了几十年，毕竟儿女们都还留在这里。车停了，司机回头说到了。桂芝看向窗外，新建的高铁车站，巍峨矗立，比当年的小车站辉煌了，却感觉好像少了些亲切。站前恢宏的广场上没有修鞋的小贩了。巡逻的警察很严肃，年轻得像个孩子似的脸庞却使他的威武变得有几分滑稽，也有了几分和气。在桂芝掺丈夫下车的时候，他还过来帮助扶了一把。桂芝想说谢谢，话却停在嘴边了，因为她看到了广场上跳舞的老人了。在他们当中，她一眼就发现了马满意和他的妻子徐小兵。

他们也早退休了。他们没有随着女儿到广东去，而是在山下的小城里安了家。据厂里的传说，他们的女儿很优秀，已经是外企的高管，年薪上百万，却对自己的父母很冷漠。马满意搬到山下来的时候也是悄悄的，没告诉任何人，桂芝想送给徐会计的擀面杖，也没来得及送出。

想到擀面杖，桂芝的眼睛就落到了行李箱上，想了想，脑子里却什么也没有出现，仿佛一切回忆都已经沉到海的最深处，没有什么可以搅动了。

只是柳强的面孔好像是从脑海里闪过，也只是一闪而已。模糊，遥远，像傍晚从天际飞过的昏鸦，似有似无，只是远远的一声声鸣叫，隐隐约约地有些感觉。柳强在省机械总公司董事长的位置上被纪委查处，人就消失在空气里了。324厂厂史陈列馆的展板上，他的照片也已经被摘掉。自从当年的那把大火之后，桂芝和柳强的关系就断了，没有商量什么，更没有争执，他们很默契地就像陌路人一样地各自生活了。柳强后来很快调走，升职，这个男人就真正成为桂芝生命里的过客了。桂芝有时也很奇怪，曾经那么热烈的情欲，就在那一瞬间消失殆尽了吗？

倒是和马满意的那一次，那唯一的一次，有时会在记忆的角落里闪出一丝痛楚。

桂芝低下头，推着丈夫绕过跳舞的人群，往车站里边走。她不想让马满意看到自己。从决定要走的那天起，她就下定决心要和这里的一切一刀两断了。她匆匆忙忙地走着，轮椅的轮子在台阶上磕了一下，几乎把余建国摔了出去。傻子呵呵地笑了，大概以为是妻子在和自己开玩笑。他还大声地叫喊起来，他那放肆的叫声在清晨的广场上和舞蹈的音乐搅和在一起，吸引了人们的目光。

于是，在走进车站大门的一刹那，桂芝回头，就和马满意的眼睛相遇了。男人舒展着的胳膊停在半空，那双有些突出的大眼睛也凝固了。就这样电光石火般的眼神碰撞，桂芝已经发现男人真的老了，那双大眼睛其实已经小了许多，是眼皮下坠了，是皱纹增多了，是眼神浑浊了。桂芝的心疼了一下，却顾不得再想什么，匆匆就走，逃跑似的。再回头时，已是在站台上，看不见广场了，也看不见那个男人了。桂芝的腿一软，就坐到行李箱上了。

离开车还有一段时间。桂芝颤抖着手，从背包里取出那本封面已经磨破了的《圣经》。这是韩大夫在遗嘱里特意留给她的。桂芝打开它，却看不清文字了，因为眼泪再一次地涌出来，模糊了眼前的一切。

（原载《中国作家》）

鸡血石

一

尽管人声嘈杂，敬延仍然捕捉到了手机那轻微的振动。酒酣耳热的心往下一沉，却是淬火般地坠入寒冷了。她本能地意识到又是那则要求加为微信好友的信息，这条普通的信息像条沉默的蚯蚓，在她的心情里蠕动。

敬延把杯中的酒一饮而尽，然后在人们的说笑声中走出包房。脚略有些软，不知是因为酒，还是因为那条信息。

小地方的宴会就是这样，混乱，喧闹，没有秩序和规则，有的只是插科打诨阿谀奉承，和喝多了之后的口无遮拦丑态百出。人们开始还对敬延拘谨着，喝开了也就放肆，纷纷过来向她敬酒，说着热烈而谄媚的言语。敬延却相信他们的吹捧是真实的，因为没有她就没有今天的庆功宴。山沟里的老厂区今天终于签约卖给采石矿了，背了多年的包袱彻底甩掉，身为厂长的敬延是当然的功臣。

因此，她一声不响地走出去，没有人敢拦阻。

在走廊的尽头，她掏出手机。果然是那条信息。这已经是这信息第三次出现在她的手机上了。对方的执着让敬延感到一丝恐惧。除了工作中的杀伐决断，敬延其实是个容易恐惧的人。她怕黑夜，怕暴雨，怕在人群中迷失方向，甚至怕高压锅在炉火上的嘶叫。刘一南说她的恐惧是一种病症，源自她童年的阴影。敬延对男友的回应是要他滚蛋，心里却是暗自凄凉，如一阵秋风从心头滚过。

前两次她都对信息置之不理，微信功能会对这样的信息做过期处理的，不必她操心。但是，这个人却又不屈不挠地出现了，大有不和她联系上誓不罢休的决心和毅力。敬延对这个信息的恐惧是有理由的，这则短小的信息有三点让她有一种不祥的预感。一是信息显示对方是女的，二是显示对方注册地点是在那个繁华的城市，第三点是最让敬延害怕的，那个女人也姓敬。

敬是一个极其稀少的姓氏。在敬延的印象里，和她重姓的似乎只有中央电视台那个著名的主持人。父亲应该是另一个姓敬的人，但他在敬延的脑海里几乎没有印象，母亲当年的决绝出走给敬延留下的只有心痛的感觉。而父亲模糊的面目，是心痛的缘由，也是心痛的结果，总之，父亲是敬延心里的一根刺，动，也疼；不动，也疼。

如果没什么意外，父亲现在应该还在那个城市生活。在敬延并不清晰的印象中，那里是灯红酒绿的，那里是纸醉金迷的，那里有伤害和耻辱。从那里冒出一个姓敬的女孩儿，固执地要和自己联系，敬延当然觉得不是好事情。

她举着手机，眼睛却看向了窗外。小城市的购物中心，竭力复制着豪华，落地玻璃窗被擦得很干净，窗外的阳光也很灿烂，花坛里的草花五彩缤纷，是一种错乱的喧哗，像敬延此刻的心情。

也曾设想过，父亲会在远方建立自己的新生活，也会有新的妻子，也会有孩子。敬延知道，在母亲的心里，也隐匿着这样的设想，甚至是掺杂着失望的盼望。而且，当敬延长大之后，当敬延的第一次婚姻失败之后，她知道母亲内心的想象一定更痛切更残酷，也更加咬牙切齿。那是恨，是仇，也是内疚。尽管母亲表面平静似水，但她在心里一定多次杀死父亲了。这就像敬延恨她的前夫，懊悔和仇恨，愧疚和哀怨，不甘和沮丧，情绪交织的网永远是混乱的，是剪不断理还乱的艰难。

敬延盯着那条信息，在心里设计着种种的可能。如果是父亲出了意外，我该怎么办？询问详细情况？拒绝对方提出的任何要求？还是干脆就声明我不是你要找的人？

手机突然响起来，把敬延吓了一跳。愣一愣，才听出是刘一南为自己设置的专用彩铃，同时，他那张胖脸也笑容可掬地出现在了屏幕上。胖子是很以自己的职业自豪的，他的所有照片都是穿制服的，而且都会精心露出肩上亮晶晶的三级警监警衔。敬延叹口气，接了电话，市公安局副局长笑呵呵地说："热烈祝贺敬厂长卖地成功。"

敬延哼一声说："别扯，把老家底都卖了，我正无地自容。"

说完这话，心脏却猛然地在胸腔里面扯动了一下，仿佛这话是一只手，出其不意地就抓了她一把。这让女厂长一愣。仿佛过去从来没有过的心悸，让她忽然意识到了一点什么。这点什么其实像一只苍蝇，已经嗡嗡嗡地在她耳边徘徊许久，总是絮絮叨叨地述说着，但她却没有在意。最近一段时间，敬厂长沉浸在获取成功的跃跃欲试中，她忽略了许多似乎本应注意的事情。而现在，男朋友的话好像是一根火柴，轻轻点燃了包裹着火药的导火索，噼噼啪啪的火花闪烁起来，清晰而阴险地预示了毁灭。敬延突然意识到，脱口而出的话，其实是有来头的，早就埋在自己心底的一个比那条手机上的信息还危险的事情，应该已经发生了。

刘一南听她不说话，声音也变得庄重起来："你在想什么？"

敬延反问："你要告诉我什么？"

刘一南那边有人低声说话，似乎是部下在请示工作。刘一南的声音变得混沌起来，看来是他在用手捂着话筒向部下吩咐些什么。敬延捕捉着耳机里的声音，心情慢慢急躁，像一锅水在炉火上缓慢地提升温度，虽不动声色，但不可阻挡。窗外有风了，树影摇动，也是慌乱的状态，有挡不住的心情在里边。

终于，公安局副局长回到了电话里："喂。"

简短的一个字，敬延却敏感地听出了其中的变化。刘一南的心情比他打电话之前要沉重了，而且，有几分迟疑出现在他的语气之中。这个胖胖的公安局副局长尽管总是笑容可掬，其实是个心狠手辣的家伙，当刑警出身，亲手处理的罪犯以百人计。他的迟疑，说明他真的碰到了为难的事。

敬延不作声，听他往下讲。

刘一南当然知道自己是不说不行的，便长叹了一口气："敬延，我那准岳母，你的老母亲，现在正带人堵在老厂门口。矿上的人进不去，要动武，是我的人给拦住了。"

手机又在响，敬延不想看。那只一直在耳边嗡嗡叫的苍蝇，也突然消失了。

二

李硕是清楚自己的身份的。她的衰弱，她的单薄，她手里那根纤细得仿佛算不上拐杖的棍子，其实都不足以使任何人产生惧怕。她身后的那群老弱残兵，更没有什么震慑人的力量。矿山的彪悍矿工和特警队的棒小伙子，阴沉的脸色都保持着和她一定距离，畏惧的不是她，而是她的背景。

终于，矿上的人先撤了。他们悻悻地瞪她一眼，然后登上他们的卡车，轰隆隆地开走，留下一溜尘烟，淹没了他们的背影。警察们松弛下来，开始聊天，却不走。有人劝他们也撤了吧，带队的就远远斜瞟她一眼，高声说："等等吧，万一人家杀个回马枪呢？我们可负不起责任。"

她知道这话是说给自己听的，只淡淡一笑，不说什么。老人们也放松了，有人就推开厂区的破大门，探头探脑地往里瞧，一边发着漫无边际的感慨。厂区里是一片破败，涌动着孑孓的脏水洼里，倒映着的是半塌的楼房那死人般灰暗的面孔。树竟然也死了，枯干的枝条杂乱地伸向天空，像醉酒的书法家没章法的笔意。一只野狗仓皇地跑过，孤独的身影仿佛鬼魅。李硕突然地湿润了眼眶，好像归家的游子，却是找不到梦里的故乡了。

仿佛是配合她的感触，有人突然号啕了。哭声猛然迸发，显得怪异而突兀，大家都不禁打了个寒战。是当年的门卫老白。老白稀疏的头发，平时勉强覆盖在头顶上，此刻已经悲痛地垂落在脸颊旁。他拍打着门卫室的窗台，那是他当年最骄傲的位置，没有他的许可任何人都迈不进那道门槛。而现在，窗台上曾经有的瓷砖已经脱落干净，在他的手掌下水泥碎屑纷纷坠落，而窗框上的一只蜘蛛正居心叵测地向他光亮的头顶逼近着。

带队的警察走过来，抱着肩说："何必呢，你们厂卖了这破地方，可是赚了一大笔钱啊。"

李硕想说，这不是钱的事。想了想，没有说。心绪乱了，就像鱼死网破，语言也断了线，沉了。

有人在愤愤地咒骂，但也不敢大声，显然是碍着李硕的面子，不管怎么说，人家的女儿毕竟是厂长，是卖厂子的主谋。也有人流露出兴味索然的样子，想走又不敢走。确实，这破地方，不是人人都有感情的。

于是就慢慢地开始撤退了。训练有素的特警们散开队形，护送着老年男女们往大轿车方向走。车是从公交公司调用的，开车的年轻师傅趴在方向盘上，饶有兴致地远远望着这群和自己爷爷奶奶同龄的老人。

李硕突然站住，说："你们走吧。"

老白抹着鼻涕说："你干吗？"他对李硕一向很殷勤，那双浑浊的眼睛仿佛永远在李硕身上挂着。

"去坟地看看。"李硕不看老白，淡淡地说。

有人彼此交换了一下眼神。但没人说话。老白的脸色似乎暗了一下，头低了，也没出声。

人们于是都走了。

李硕望着大轿车摇摇晃晃地拐上山路，越来越远。慢慢地呼出一口气。胃不好，她自己都能闻到自己口气里的酸腐。人老了，还有什么是能让人满意的？没有了。连老白的追，也不再是爱情，只是一只老动物对另一只老动物的依赖。

慢慢地往山上走。没有大路了，只是人们踩出来的小道。踩出这条道的人，都是去坟地的。有的人去去回回，有的人却是一去不回头了。现在，厂子搬下山了，再有人离世也是去城里的火葬场，这条小道就荒芜了，淹没在齐腰深的野草里，似有似无地在她脚下蜿蜒。

渐渐地，气喘了，脚步也有些不稳。好在隔着茂盛的草，有灰白的东西一晃，那是第一块墓碑了。

依稀记得，这是厂里三车间的田胖子，工伤，送到山下时就咽气了，掉头抬回山上。伸手抚去碑上的泥土，果然是田胖子。那么，他应该就在附近了。她对这一点记得非常清楚，从田胖子这里向左，再向上，走二十八步，就是他了。

李硕站住了。回头，老厂区已经在她的脚下。灰蒙蒙的车间屋顶，曾经是厂里年轻人谈恋爱的好去处。在月光如水的夜晚，平躺在那被白天阳光晒得微热的水泥屋顶上，仰望着天空，有多少迷乱的思绪会在甜蜜中零落如花。她和他，也在那里躺过的，而现在，他一个人躺在这里。

她和他，曾经是怎样的孽缘啊。

迈出左脚，是一步。迈出右脚，又是一步。二十八步，并不遥远，却是千山万水的感觉。在浓淡不一的绿色里，有了一点一点的红，是她当年在墓碑旁种下的那株山茶了。泪水开始汹涌，眼前的一切模糊起来，而在记忆中，他的笑容却慢慢清晰了。

其实，她心里清楚，于自己来说，舍不得老厂区，就是舍不得这座静静的坟茔。

而且，她更清楚，女儿敬延对她的不舍心知肚明，并且恨恨不已。也许，敬延坚决地要把老厂区卖掉，其实就是为了要让她和这座坟茔永远地隔离开来，尽管躺在这里的是敬延的生身父亲。

当然，这对敬延来说，是一个耻辱。如同在她心上打下的一个烙印，如今也许不疼了，但永远留在了那里。疼痛感的麻木，其实也是提醒，虽不如撕心裂肺那般凛冽，却是跨越不了的障碍。

自从得知这片老厂区终于要被卖掉的那天起，李硕和敬延这对母女就陷入了冷战。她们彼此小心翼翼地回避着。每天早晨，敬延会早早起床，躲开母亲，直接去她的办公室。晚上，则很晚才会回家，连招呼都不打，绕开客厅里的母亲和电视机，径直回到自己的屋里。星期六和星期天，敬延也会在厂里，作为厂长，她的忙碌当然无可厚非。她们连眼神的碰撞也尽量避免。即使不得不交流，她们也会使用最简短的语言。

前天是敬延的生日。李硕为她包了饺子。敬延酷爱茴香馅儿的饺子，每次厂里的小卖部来了茴香，只要让敬延知道了，总会催着母亲赶紧去买。深山里的工厂生活供应始终紧张，连最普通的茴香都是紧俏货。一旦买不到，敬延就会不高兴。年纪慢慢大了，身份也变了，虽然不会再哭，但脸总还是要沉的。

可前天晚上，敬延进门只是往饭桌上瞟了一眼，却是什么也没说。李硕知道，女儿是闻到了茴香热腾腾的味道的，但却被复杂的心绪压抑了味觉的兴奋。

"吃饭吧。""我不饿。""饺子，茴香的。""不想吃。"

这是前天晚上母女之间唯一的交流。饺子在冷却，李硕的心也在冷却。她明白了，女儿卖老厂区的计划已经进入实施了，事态如一辆加满了油的车，正粗暴地飞速行驶着。

她夹起一个冰冷的饺子放在嘴里，慢慢地嚼。没有味道，没有温度，她仿佛在吃草。往事就在那一刻涌上心头了，是甜是苦是辣，总是凌乱的，在心底翻翻滚滚。想和女儿吵，却张不开嘴，过去的一切并不都是光彩的，尽管那是轰轰烈烈的记忆，却只能是自己的回味，与旁人无关。女儿不是旁人，却是受害者，对那轰轰烈烈只有抵触和仇恨。也就在那一瞬，她决定了和老伙伴们去老厂区，他们酝酿许久了，却是瞒了她的，仿佛她是女儿的间谍。

老厂区，她和女儿的命运，都拴在那里的。只不过女儿想摆脱，她却是沉湎。

三

在山脚下，李硕和敬延不期而遇了。

李硕知道女儿是特意在这里等着自己的。敬延也知道母亲肯定会甩开同伴晚一些下山。她们毕竟是母女，彼此心知肚明。在最准确的时间，她们面对面了。

敬延平静地说："您应该知道，厂子需要这笔钱。"

"厂子更需要的，是传统，是纪念。"李硕也装作很平静。

"纪念！"敬延冷笑出来，"开不出工资的时候，说什么纪念。堵着我办公室的门要退休费的，也是你们。"

李硕知道女儿说的是实情。

她也知道，自己在女儿面前，是说不出任何强硬的话的。从一开始，她就欠女儿的，她在女儿面前就是耻辱的象征。她有多少理由，在女儿面前也是枉然。女儿就是她的软肋，就是她的命门，就是她的催命阎罗。李硕看着女儿，心一点点地崩溃，如同被一场暴雪袭击过的灌木，雪过了，僵死的叶子便纷纷坠落。

敬延看着母亲，心情也如那灌木的叶子，是一种疲惫的挣扎。一切都不顺利。一切都不如意。卖厂的协议虽然签字了，但矿山的人进不去厂区，那个粗野的矿主王麻子立刻来电话威胁拒不付款。那家伙是翻脸如同翻书的，他今天可以低三下四，明天就会趾高气扬。而那些从小把敬延抱大的老工人，一边因老厂区被卖骂她，一边因拿不到退休金骂她。还有那个莫名其妙的微信，那个也姓敬的女孩儿……

敬延真的感觉太累了。因为累，她的心情就很沮丧，因为沮丧，她的话就很尖刻："那块墓地您恐怕也是最后一次去了，人家买了厂子，早就说要把那儿都平了。也是的，谁愿意出门就是坟地。"

李硕的脸苍白了："那儿都是你的长辈。"

"长辈。"敬延冷笑，"当年骂你的骂我的，可也是他们。"

"那儿还有……"李硕的话哽住了。

"不要往下说了……"

李硕张了张嘴，却没有声音。她想说，尽管你不承认，可他仍然是你的亲生父亲。

敬延是知道母亲停在嘴边的是什么话。她不能给母亲把那话说出口的机会。那话是一把刀，会让她的心流血。她转身向山下走。半废弃的道路坑坑洼洼，使她的脚步变得高低不稳，像喝醉酒的感觉。她知道母亲会在她的身后跟着，也知道母亲总想把那句话说出来。她躲着那句话，像躲着瘟疫。

她的汽车在山脚下停着。她上了车，发动。她不看母亲，只死死地盯着面前白晃晃的道路和道路上反射着的阳光。她听见母亲迟缓地爬上车，沉重地坐在了后座。她明白母亲依然是恋恋不舍的，她扔给母亲的平坟信息，残酷地打击了这个已经衰老得不成样子的老女人。敬延心里突然有了一丝不忍。她其实已经安排厂工会组织迁坟的事了，她当然知道对于叶落不能归根的人们来说，这块荒凉的墓地是多么地重要。一道厂门，阴阳两隔的是沦落天涯的同根兄弟，仿佛冥冥之中的手，仍然牵着故乡的一缕气息。把坟平了，其实于敬延来说，也是不能忍受的伤痛。

汽车发动，缓慢地向新厂区驶去。敬延突然回忆起当年把那个人埋葬在山里时的情景。那个人是病死的，他得了癌症。敬延记得他临死之前母亲悄悄回了一趟家乡。母亲走得很急，匆匆而去，匆匆而回。母亲背回了一只玻璃瓶子，瓶子里是土，家乡的土。那个人下葬之后，母亲把土倒在了坟前。

家乡的土是黑色的，油润，潮湿。这里的土却是暗红的，像陈年的血所浸染过的沙粒。黑色和红色混合了，是惊心动魄的美丽。母亲用这种土种下了一株山茶，然后在人们的窃窃低语中旁若无人地痛哭。

　　那是爱情吗？长大后的敬延曾经多次问过自己，却茫然不知所答。如果那是爱情，那爱情也太过惨烈和羞辱。当年母亲是义无反顾地抛下了丈夫，和自己的徒弟私奔了。

　　汽车在众目睽睽之下驶进了家属区。敬延下车，在冷漠而含着敌意的目光中，目不斜视地径直往办公区走去。她还有很多事要做。李硕也下了车，远远看着她的老白立刻向她跑来，显然这个老家伙一直在院子里等着她。

　　"没和她吵吧？"老白的眼睛里满是关切。

　　李硕疲倦地摇摇头。她什么也懒得再说，她要休息，她要躺下去什么也不再想。老白知趣地停住了脚步，只是在她身后重重地叹息了一声。

　　那是爱情吗？李硕此时此刻也在问自己这个问题。那个人已经在山上躺了近二十年了，他死的时候还应该算是年轻人。可他死了，扔下她和女儿，死了。他死于肝癌，最后是在病床上生生疼死的，打杜冷丁都是枉然。这仿佛是报应，既是报应了他的浪荡，也是报应了她的决绝。

　　人生就是这么回事。一步走错，就不再是原来的路。当年那个走进厂医院的医学院毕业生，在面对她叫出"师父"的时候，脸还会红的。而后来背负一生的耻辱和思念，让他沉浸在酒精里，给自己判处了最重的刑罚。

　　李硕在楼梯上停住了脚步。脚也软，心也痛，全身都是松垮下来的感觉，抬一抬手指似乎都是千斤地重。两个女孩儿咚咚地跑着下楼，身后的大书包一颠一颠，显然是去上学的。孩子和她擦肩而过，连声清脆地叫她"奶奶"。她却恍惚着没有回答，只是泪水忍不住地涌出来，在满脸的皱纹里四散流淌。

四

当天晚上，敬延和刘一南发生了不大不小的争吵。一气之下，敬延拿起书包就走，刚刚端上桌子的菜一口未动。胖子叹口气，一边吩咐打包，一边掏出钱包结账。老板讨好地凑到他耳边，低声说："您的账我怎么敢结，算我请您。"胖子就绷了脸说："你害我？"

小城群山环抱，入夜风便冷了。潮气也慢慢升起，仿佛从人的腿部缓缓上爬的蠕虫，不动声色地在骨缝里钻动。艳丽的霓虹灯也显得朦胧了，是一派懒散的雍容。敬延裹紧了风衣，沿着路边走，明知道胖子是要追的，也就并不走快。这样的年纪，吵是吵的，却也动不了真气，只是心中块垒，没有什么酒可以浇得。

渐渐听得身后有气喘声，知道是刘一南近了。人胖，也就气息沉重。敬延想笑，却沉住了气，不回头。

刘一南追上来，提着一堆饭盒，和她肩并肩地走，却不作声。敬延终于忍不住，抱怨说："你就不能劝我几句？当着局长，嘴却是笨的。"

刘一南说："你的事，能劝吗？再劝也在那里摆着，总要面对。"

敬延知道他说得对，也就不反驳。两个人慢慢往人少的地方走。拐过一道街，是干涸的河滩，就只剩下清冷。夏天涨水的时候，这里也会是波光粼粼，有小孩子沿河钓鱼捉蛤蟆。而现在，只有他们两个趴在河岸的栏杆上，面对着自己的心情。

刘一南慢慢地说："那个王麻子，也给我送了块鸡血石来，我当然是顶回去了。我说你这是行贿。"

敬延想了想说；"那我收了他的，就算受贿了？"

刘一南说："不算吧？你那里毕竟是工厂，是企业。再说了，你们来往多，也算老朋友了，友情往来吧。"

敬延冷笑："谁和他是朋友。一个开矿的暴发户，要不是我急着出手那片老厂区，我哪里会搭理他。你这一说提醒我了，那块鸡血石，抽时间让人给他送回去。"

刘一南笑道："我找懂行的看过，他开出来的鸡血石不正宗，够不上真正的鸡血。王麻子也是炒作。"

"小时候，我家里有块鸡血石，那才真的是红得像血……"突然地，仿佛这话题刺痛了什么，敬延一下子哽住了。

是的，记忆里那真的是一团血。红得刺眼，红得惊心，红得好像有什么生命在石头里阴险地蛰伏着，随时会跳跃而出。敬延记得母亲非常珍视这块拳头大小的石头，她把它用一块丝绒包裹着，还不时取出来用菜油涂抹擦拭。敬延看见过母亲抱着它落泪的场景。那场景铭刻在她的心底，是万千伤痛中的又一处伤痕。那石头，应该也是母亲的伤心事了。

想着，话就喃喃地说出来："倒真的像一颗心……"

"你说什么？"胖子不明白，歪着头问，见敬延不想回答，就悻悻地说，"你们家，就两口人，却是看起来复杂得很。连我这个搞公安的，也摸不透。"

敬延不吭声。她知道男友是爱自己的，也因为爱而有着好奇。她在离婚前就认识这个胖子了。小城太小，这里有点地位的人彼此都是半熟脸。敬延记得有一次她和前夫在酒桌上吵起来，这个胖子也在座。当前夫在朋友们的纷纷劝阻下甩手离去之后，刘一南不声不响地为她倒了一杯热茶。干公安的人城府深，刘一南从来不问她什么，可她知道他是关注她的。她和母亲的纠葛自然也在他的眼中。可是，能和他说什么？说了，就是撕开伤疤的剧痛，她不敢想自己能否承受。

倒是微信的事，她想咨询一下。她知道公安局会有办法搞清对方是谁。

她说了。刘一南沉吟，眉宇间渐渐严肃起来，有了局长的神态。半响，他问："这个微信很重要？"

敬延点头。她并没有和刘一南细说，只说有个匿名微信，能否查到对方的真实身份。

刘一南说："抱歉，我不能做。这方面要求很严的，要审批，要有程序。"

敬延说："好了好了，办不了就算了。"

刘一南有点讨好地搂住敬延的肩，说："你真是个奇怪的人，那么多秘密隐瞒着。我常常想你是不是爱我。"

公安局副局长太聪明，他捕捉得到女人神情里的任何蛛丝马迹。他也时常表露出想探寻这些秘密的意思。而今天，是他表达得最露骨的一次。也许，是敬延今天的情绪太消沉了，或者，是这个胖子的心越发地热了。

可是，哪有那么多的秘密呢？要说秘密，只有一个，那就是敬延虽然姓敬，却不是姓敬的的女儿。远在大城市的父亲，只是她名义上的亲人。她是母亲偷情的产物，是母亲和情人在厂医院的诊疗床上结下的孽果。这个耻辱她已经背负了大半生，而且还将背负下去。

和前夫的最后决绝，也就是因为这个秘密。想着爱情是可以战胜一切的，最后却仍然败得一塌糊涂。当脾气暴躁的前夫第一次揭开这个疮疤时，敬延就下定决心和他分手了。

因此，这个秘密现在又成了她和刘一南之间的高墙。

能常常在全厂大会上慷慨陈词的敬延，其实知道自己是脆弱的。她和男友至今没有突破最后的防线，因为她清楚一旦那样做了，她不可能保守住自己的秘密。她不是偷情，可以隐瞒着一切，心安理得地躺到男人的床上，她要的是天长地久，她要的是不同于母亲的纯洁。

好在刘一南也是成熟的男人，他始终保持着非常绅士的态度，每次在工厂门前和敬延告别时，总是彬彬有礼，不多说一句不该说的话。

也许，刘一南的心里也有阴影。他的妻子也是警察，在出差路上出了车祸以身殉职。刘一南还有个女儿，敬延见过的，那个刚满十周岁的小姑娘戴着大眼镜，深沉得像个老教授。

他们就这样不温不火地交往着。都有繁忙的工作，都担负着相当重要的责任，他们的爱情进展缓慢，却也没有什么冷却的迹象。他们甚至不像恋人，更像是多年的朋友。

对刘一南今天露骨的试探，敬延只有苦笑。诸多往事就在这一刻突然不怀好意地从心底翻腾了出来，就像玩捉迷藏的淘气孩子，冷不防从草丛里蹦出，突然就推了你一把。

敬延打了个寒战。刘一南关切地问："冷了？"

五

工厂是在那场莫名其妙的运动还没有结束的时候搬迁到这里来的。那时，敬延还在母亲的肚子里。

那个年代是粗暴的，工厂的搬迁也就仓促而混乱。母亲是新厂里唯一的医生，因此而受到优待，得以住进刚刚盖好的宿舍。其实那宿舍只不过是几间简陋的红砖房，里面连白灰都没来得及涂刷，砖缝间的水泥也都还湿着。地面就是夯实了的泥土，竟然还有半死不活的小草在墙缝处挣扎。阴冷，潮湿，母亲的关节炎就是那时落下的。

大部分的工人，则住在胡乱搭建的帐篷中，任凭深秋的寒意侵蚀着肌体。车间却是提前开了工的，三车间的田胖子就是在没有章法的突击生产中被倒塌的天车砸死了。

在这样的环境里出生并且长大的敬延，记忆始终是凌乱的。她出生在自家那张只有三条腿，另一条腿用砖摞起的小床上，是母亲自己挣扎着为她剪断了脐带，也似乎剪断了她和母亲的亲情。不知为什么，她和母亲始终不亲。母亲很忙，工厂里有那么多的病人等着她。敬延就像一只小狗，在母亲和母亲的病人身边跑来跑去，混混沌沌地成长着。直到五岁，直到突然有一天一个陌生男人出现在她的面前。

那是个盛夏的傍晚。在这样的大山里，漫长的阴冷终于在酷热面前退却了，潮湿却仍然肆虐。雨已经不紧不慢地下了好几天，天地就像一只蒸笼，人就是蒸笼里垂死的鱼虾。工人们挥汗如雨，一边咒骂着老天爷一边加班。母亲到车间去送防暑药了，一个人在家的敬延就在这时看见一个瘦高的男人推门走了进来。

直到今天，在敬延的回忆里，那个男人的形象仍然披着一圈淡淡的光环，这总使小女孩儿联想到庙里的佛像。工厂外的荒山上，有一座半荒废的庙，敬延随着大孩子去玩过的。泥塑的佛像端坐在高台上，却是满身尘土，脱落的漆皮下露着黄土的本色，滑稽而沮丧。佛像背后的墙上，拙劣地画着一圈光环。不知道为什么，这给敬延留下的印象很深。那天，她看着那个男人进门，看着他的身影犹豫不决地嵌在门框里。在女孩儿的眼中，灰暗的天空是男人身后的背景，那背景淡淡的，使她眯起了眼睛。

当她渐渐地与男人熟悉了之后，她再也没有看到过那奇妙的光环，尽管那男人每次到家里的时候，总要站在门口犹豫不决。他似乎天生就是个犹豫不决的人，仿佛什么事情都在考虑着纠结着，因此他那张瘦脸上总挂着尴尬的微笑。

那天的细节敬延至今历历在目。

男人和她久久地对视着。她本来正在百无聊赖地玩布娃娃。男人的深情注视让她停下了想把娃娃的眼睛抠下来的努力，而是抬头和男人对视。许久，男人笑了，他的笑让他整个人都仿佛松懈了，他顺势在敬延面前蹲了下来："你是敬延？"

敬延不吭声。她猜不透这个陌生的男人想干什么，她便有些害怕。男人向她伸出了一只手，那手细长而青筋暴露："你一定是敬延，你这么大了……"

男人的声音颤抖，而且眼泪也流了下来。蹲在敬延面前的他显得很软弱。敬延躲开了伸向自己的手，那手在她的脸前抖动，有一股消毒水的味道。这味道敬延很熟悉也很陌生，因为这味道是她在母亲身上闻惯了的。这味道吸引着她，也拒绝着她，成了她五年来的梦魇。睡着，是没完没了的搅扰；醒了，也是摆脱不掉的纠缠。

就在这一刻，母亲闯进门来。

"你！"母亲只说了一个字，剩余的话就都卡在嗓子里。脸涨红了，眼泪淌了出来，模糊了她盯着男人的视线。她抓住了门框，仿佛全身都已瘫软。

"我来了。"男人站起身，低声说。

"你不该来！"母亲也低声说，声音里是一种绝望。

很奇怪地，敬延永远记住了男人在那一刻说的那一番话。就是在几十年后的今天，那一段话也清晰地印在她的脑子里。这段话使那一个阴雨天的故事有了悲剧色彩，也有了说不清道不明的暧昧。男人说的每一个字，都是一颗钉，砸下去的声音虽不响亮，却是着着实实地钉在敬延那颗稚嫩的心上了。那颗心由此千疮百孔，成了一只风雨飘摇中的小船。

"我不能不来。我不能让你一个人承担这一切。你太苦了，孩子也太苦了。不管怎么样，我是个男人，我应该和你一起担当。我已经正式从总厂调来了，我是这里的第二个医生。我还是你的徒弟，是你的……你要是一棵树，我就是这棵树上的鸟，鸟飞得再远，也要落到自己的树上……"

男人后面的话让母亲的拥抱给堵住了。敬延仰着脸，看着那对情人的热烈和悲恸。她当时什么也不懂，树和鸟的比喻更让她觉得莫名其妙。但她后来懂了。她在人们异样的眼光和嘲笑中明白了一切，她恨透了树和鸟。

许多年之后，敬延曾悲愤地质问母亲："既然这样，你为什么还让我姓敬！"

母亲居然很坦然。她平静地回答说："因为我对不起姓敬的。"

敬延哑口无言。她蹲在厕所里，把写着"李硕"的纸条扔在秽物上，一边恶狠狠地咒骂着，一边放水冲掉。那时她已经是一个叛逆的高中生，工厂也盖起了有卫生设备的六层家属宿舍楼。

再过一些年后，当她和前夫激烈争吵的时候，她偶然也会想到母亲，想到母亲当年的冷静。她突然意识到那种冷静其实是一种绝望，是一种心如止水。她也猜测过母亲是否会对自己的选择后悔，但这种猜测总没有结果，因为心底的怒火终将猜测变成一种确定的蔑视。

敬延七岁的时候上了小学。这时她已经学会面无表情。她冷酷地面对着现实给她的冷酷。那时，她从同桌的小伙伴那敌视的目光里知道了故事的全部：母亲和刚从医学院毕业的徒弟搞在了一起，怀孕后为掩人耳目主动申请支援三线建设，成了这家工厂唯一的医生。然而那痴情的男人忍受不了思念，在五年后终于鼓起勇气，也要求调到了这里，完成了一个偷情家庭的团圆，也把自己的所谓爱情暴露在光天化日之下。

如果这是爱情，如果这值得褒奖，如果……可是，敬延知道，没有如果。

六

那天晚上敬延回到家里的时候，李硕还没有睡。

她在抽烟，淡淡的烟雾在客厅里缓缓弥漫着。她抽烟的姿势很优雅，很像民国时期的那些高贵女人。敬延的高中同学肖小丽就曾经因此对李硕钦佩不已，看了太多张爱玲小说的肖小丽曾把李硕阿姨比喻为《倾城之恋》中的白流苏，《红玫瑰与白玫瑰》中的王太太。李硕的优雅彻底征服了工人的女儿肖小丽，现在，肖小丽嫁了有钱人，生活在上海，打电话来的声音已经完全是张爱玲式的嗲和糯。敬延有时也想不通的，母亲是怎样影响了一个完全不相干的人呢？而她的优雅，又是从何而来呢？

敬延看了一眼母亲。她看到了在母亲身边的茶几上，放着那块拳头大的鸡血石。那石头在台灯柔和的光线下泛着油润的光彩,显然母亲刚刚又擦拭过它的。她皱了皱眉。自从和矿主王麻子开始打交道,敬延多少了解了这珍贵的石头。而这种了解,也使她似乎明白了母亲珍视这块石头的原因。最好的鸡血石产自浙江临安的昌化,而那个男人,她的生身父亲,就是昌化人。看来在这个家庭里,所有线索都指向那个瘦而高的男人,所有故事里都有和那个男人的恩恩怨怨。

她不想说什么,转身往自己的房间走。

母亲却在她的身后低声说道:"今天,难为你了。"

李硕的语气是柔软的,含着相当真诚的歉意。看来她是特意在这里等着和女儿道歉了。敬延停住了脚步,沉了一下说:"没什么。大家今后不要再闹,也就是了。"

"那……地方,非要卖吗?"

敬延皱眉,回过头来:"我说了多少遍了,不卖,厂子真的发不出工资!我这个厂长,早当够了!"

"真是难为你,真是难为你……"李硕慌乱地重复。烟灰在手上一抖,纷纷扬扬地散落。敬延暗想,母亲真是老了。

其实想想,自己何尝不是心情复杂的,那个老厂区,毕竟是敬延从小长大的地方。和王麻子签合同的头一天晚上,敬延曾一个人开车上山,在漆黑一片的老厂区里伫立许久。她是惧怕黑暗的,可那晚她已经顾不上恐惧了。那时的厂区阴森恐怖,惨白的月光下只有窜来窜去的野猫野狗。那曾经承载了爱与恨的宿舍楼,门窗均已拆毁,生命也就远逝,空洞得如同弃城,沉默得好似墓碑。大礼堂里一排排的椅子,被拆走了坐垫,只剩下钢架,仿佛死人的骸骨。敬延站在门口,却好像听到了电影《地道战》熟悉的音乐,眨眼,却仍然是一片死寂,只有什么东西腐烂的味道在鼻孔里钻进钻出。

当年,《地道战》是厂里每次放电影必然要放的片子。好不容易有了《瓦尔特保卫萨拉热窝》,却要几家工厂抢的,轮到这里就是半夜。在等待中，人们只好一遍遍地温习《地道战》，当汉奸胡司令出现的时候，全场的孩子会一起跟着呐喊："高，实在是高！"

敬延站在大礼堂门口笑了，然后哭了。反正没有人，她尽可以放纵自己。她的哭声引来了猫猫狗狗的齐唱。一只乌鸦也惊醒了，哇的一声飞走，叫声在山谷里久久地回响。

这些事，敬延不会和人讲，更不会和母亲讲。

其实很可悲，敬延完全可以和母亲坐在一起，回忆那些苦乐参半的生活。她们可以说说母亲接生的每一个孩子，现在那些孩子里最大的已经是敬延最得力的助手，那位主管生产的副厂长也已经有了个上大学的儿子。她们也可以说说她们住过的每一栋楼，她们在那里先后搬过三次家，奇怪的是每一个家的马桶都会堵死。她们甚至可以说说家里饭桌上铺的那块针织台布，那是隔壁刘阿姨亲手用钩针钩织的，因为李硕医生救了她丈夫老张的命……

李硕医生在厂里是个毁誉参半的人物。她的和蔼，她的优雅，她高超的医术，都使她在工人们中间享有威望。而她和年轻的冯医生的私情，她那个来历不明不白的女儿，却在这威望中增添了让人津津乐道的桃色轶闻。敬延记得，她的小学老师们，曾经把她叫到办公室，像看猴子一样地端详她，然后低声地议论这孩子到底像谁……敬延站在他们面前，感觉孤立无援，仿佛天地都在向自己压下来，老师们则是一群切齿的狼，正准备借着天黑要吞食自己。她几乎闻到了他们嘴里的腥气，她知道自己完全没有逃避的可能。她没处逃，她即使跑出工厂，四周也是大山。

终于有一天，当敬延放学回家看到那个男人在帮母亲包饺子的时候，她爆发了。

今天的敬延已经记不清那是在自己多大的时候发生的故事。好像是上初中三年级，也好像是已经到山下的小城里读了高中。愤怒和羞耻让记忆混乱，很多生活中的关键时刻敬延都记不准确。她只记得，当时母亲看见她进门还很高兴地说："回来了？洗洗手准备吃饭吧，你爱吃的茴香馅儿。今天是你冯叔叔生日，我们还可以喝点酒。"敬延却一声不吭，直接冲上去把一满盘的饺子掀翻。

在母亲的惊叫声里，男人的脸顿时苍白成了一张纸。他手里包了一半的饺子也僵在了半空。"你干什么？你这是干什么？"母亲反反复复地嘶喊着这句话，好像已经不会再说别的什么，却不敢冲上来和女儿纠缠。敬延以胜利者的姿态冷冷地看着两个人，直到他们颓然地低下了头，不敢和她直视。

从那以后，男人再也没有来过敬延的家。当然，也许他在敬延不在家的时候来过，然后趁敬延回来之前匆匆离去。他不敢面对自己的亲生女儿，他知道自己没有给女儿带来任何的温暖，有的只是耻辱。他生了这个女孩，也毁了这个女孩。

于是，他在自责中沉湎于酒精，然后，就是癌症。

他死了，母亲也就老了。

敬延看着母亲。仿佛只在今天，她才在母亲脸上看出了绝望。是的，男人死了，她似乎在悲恸过后也并没有倒下。那块墓地，也许就是她的希望所在。她随时可以去看他，甚至站在厂门口，她都可以远远地看到他沉睡的地方。在她心里，男人只是累了，休息了。敬延曾经猜测，母亲也许会想，男人活着，反而不快乐，睡了，也许倒是安宁。

而现在，母亲知道墓地即将不在，她才绝望了。

敬延咽下一口苦涩的泪水，低声说："你放心吧，工会在办迁坟的事。大不了，把骨头起出来，火化。"

李硕缓缓地抬起头，泪水涌出来，她擦一把，又擦一把，低声说："谢谢，谢谢……"

敬延不想回答，转身要走。而就在这时，她衣兜里的手机又振动了。

身后的母亲不知为什么低低地"啊"了一声。敬延一惊，回头，果然，茶几上，母亲的手机屏幕也亮着。

敬延突然明白了什么。

七

就在那一刻，敬延突然意识到自己竟然丝毫不了解自己那个名义上的父亲，那个也姓敬的男人，那个现在正一遍遍呼叫着自己的男人。

在只有她和母亲两个人的这个家里，没有这个男人一张照片。甚至，没有这个男人任何的蛛丝马迹。没有，什么也没有。没有一件衣服，没有一只鞋，没有一把剃刀，没有一条染有男人体味的毛巾。现在想想，母亲是回避着他的，而邻居们也回避着他。这里所有的邻居都是从一个地方搬来的，他们本就是一个集体。他们生活在一个院子里，一起上班下班，一起在食堂打饭，一起看电影打麻将，一起过春节和五一劳动节。他们应该彼此了如指掌，然而他们对这个姓敬的男人，却保持了一致的沉默。

敬延过去不觉得什么，而现在看，这是不正常的。

那个要求联系的微信反复出现，引起了敬延的警觉，一向被羞耻掩盖的疑问苏醒了，一向有意无意回避着的伤疤揭了开来，现在，敬延觉得自己再想逃避也不可能了，自己就像一只顺流而下的小船，在撞向礁石的瞬间已不可能再掉转船头。

因为，对方竟然也找到了母亲。

越来越显急迫的寻找，越来越显仓皇的呼叫，应该是出事了，出大事了。

敬延站在办公室的窗前，眺望着起伏的群山。现在的厂区是三年前搬来的，主持搬迁的老厂长力主选择了这个地方，为的就是站在办公楼的高层，站在他自己的办公室里，远远地看到老厂区。退休了的老厂长去年去世了，骨灰当时也埋在了老厂区外的墓地里。而现在，敬延站在这窗口，还依然依稀看得到老厂区那灰色的一片剪影，掩映在郁郁葱葱的绿色之中。

但是现在，那里已经不属于我们了。

敬延回头，王麻子送给她的巨型鸡血石映入眼帘，明显灰暗的红，怪异而刺眼，像是陈年的血在流淌。敬延已经几次通知那个得意扬扬的矿主把东西拉回去了，可那个可恶的家伙却总是哈哈一笑，不置可否。

敬延赌气扯过一条沙发上的罩布，把那石头盖上。

有人敲门，很急促。敬延坐到办公桌后，调整了姿态，扬声说道："请进。"

进来的是工厂保卫处处长，报告说二车间的青年工人小白把他父亲老白给打了。

敬延一听，就挥手打断了这位处长的唠叨。她不用再听下去了，她知道准是老白又在煽动老工人们去老厂区，火暴脾气的小白因为阻止他和父亲争执了起来。小白才不管那片土地卖与不卖，他只关心拖欠的工资什么时候能拿到手。

敬延说："我不听这些，这些是你的本职工作，你该怎么做还用我再说吗？"

处长无语，讪讪地走了。

敬延拿起了手机。她仍然在犹豫着给不给那条微信回话。

她看着那条微信的头像，那是一张辽阔原野的美丽图片。敬延依稀记得在什么地方看过一篇文章，所谓的心理分析，说用风景做头像的人，都是心胸开阔的人。对方是吗？对方的微信署名是三个字：我是敬。这是暗示？还是简简单单的示好？敬延的手指抚过屏幕，依然是光滑而柔和的感触，只是心情也如同被什么拨动，起了一层一层的涟漪。

那座城市，她和她的母亲都没有再堂堂正正地回去过。但是，敬延对那里并不陌生。工厂里几乎所有的老工人都来自那里，人们操着那里的方言，保持着那里的生活习惯。随时都会有人以各式各样的借口找机会回到那里看看，然后带回那里的小吃、那里的衣物和那里的种种信息。在人们口中，那里是美丽的，是富饶的，是亲切的，甚至是死也要回去的地方。确实，有人终于回去了，前几天，老厂长的儿女们就把老头儿的骨灰从墓地起出来，送回了那座城市。老厂长曾经是那座城市里有名的劳模，对他来说，那里不仅有家乡的记忆，更有辉煌的历史。

那么那个姓敬的男人，又该是个什么样的人呢？他为什么没能留住自己的妻子，而把自己的婚姻变成了羞辱？

突然地，敬延有了想回到那座城市看看的冲动。

为什么不能把被动变为主动呢？到了这个年龄，难道还有什么不能面对吗？敬延的手指停留在手机屏幕上，她真的想按下去，按下去，按下去……

桌面上的座机电话突然响了。

敬延一下子惊醒。思维瞬间回到现在，还是冰一样地冷静。

接了电话，竟然是矿主王麻子："我的美女厂长，我们的人到底什么时候能进厂啊？你要知道，时间就是金钱，再耽误下去，我可要跟你要赔偿啊。"

厌恶从心底泛起。敬延强忍着，让自己的声音尽量显得轻松："王矿长，话不能这么说，要赔偿也是我和你要啊，你老人家到现在也没打给我一分钱啊。"

王麻子哈哈大笑："好，精明。我明白了，是你在后面指使工人闹事，目的是要钱啊，你还是不放心我。"

敬延也笑了两声，顺水推舟地说："预付款你总要打吧？做人做事，你王矿长比我精明。"

王麻子哼了一声，语气冷了下来："你查一下，今天钱会到账。可明天，我的人一定进厂。告诉你，就是死了人，我也不怕，我是刀尖上打过滚的人，你那位公安局副局长可是了解我。"

说完，不等敬延回话，就把电话挂了。

敬延气愤得想要骂娘，脏话未及出口，电话却又响了。她气哼哼地接了，却又是王麻子。

"哈哈，忘记和美女说一件事啦，"这个暴发户真的是条变色龙，此时的语气充满了亲热，"前不久我去了一趟……真巧，也碰上个姓敬的，我当时就想啊，是不是和我们的敬厂长有点关系？"

突然地，敬延意识到了什么。一股冷气从她的后背慢慢向上升起，她的心脏开始战栗了。

"天下那么大，哪就那么巧呢？你说是吧？"

八

李硕看得出，女儿心里有大事。她们毕竟是母女，即使是不那么和睦的母女，心里也会有相牵的一条线的。她也猜得出，女儿心里的大事不会是别的，而是那条来自陌生人的信息。这个信息她也收到了，三次。而且似乎是考虑到她已年老，大概不会发微信，所以发给她的是短信。内容只有一句话："我是敬建工的女儿，请求您回信。"

敬建工，这个名字今天终于回到她耳边了。

李硕没有回短信，更不会打回电话去。说什么呢？有什么好说的好问的呢？人们常说，往事如烟，似乎风吹过，一切就都散去。其实哪里会有这么简单。往事其实如火，即使熄灭了，烧伤也在了，伤痛也在了，而疤痕更是永远的记忆。酷热时，会痒；阴雨时，会痛。总是在提醒你的耻辱，总是在窃窃地嘲笑着你的过去。而且，女儿，这两个字像针尖一样扎疼了李硕的心，他居然和别人有了女儿。

站在窗前，看着刚刚开始飘落的小雨，忍受着关节炎发作的疼痛，李硕想，人啊，就是这样矛盾，看似想彻底抛弃的，却见不得别人珍惜。也许在心的最隐秘处，人类都是赤裸裸地自私着。低头，翻手机，那三条信息都还在。话是一样的，简短，但诚恳，而且不动声色地释放着刺激她的某种信息。她能隐约感觉到对方是个有心机的姑娘，她在现代高科技的网络上悄悄地窥视，偷偷地挺进，她在这个原本还算平静的家里播撒下了恐慌的种子。

远远地，李硕看见女儿敬延从办公区出来了，正匆匆地往家属区走来。老眼昏花，她并不是从相貌上辨认出女儿的，但她认识女儿的那把花伞。那是她给女儿买的伞，敬延曾经拒绝，她总是不假思索地拒绝着母亲的任何馈赠。但伞总是需要的。李硕记得，有一天突然下了雨，她悄悄把伞放到了要出差去上海的女儿包里。那一次敬延没有说话，只皱了皱眉。

敬延显然是回家来的。但她为什么还没有下班就突然回来？李硕的心收紧了，莫非……

敬延进门的时候，神情是一如既往的平静。她只说了一句话："我要出趟差。"

李硕想问去哪儿，又想问为什么这么突然，可她没有张嘴。她看得出女儿的平静中有一种拒绝，像是女儿提前就筑起的一面墙，抵挡着母亲的一切。敬延径直进了自己的房间，片刻便拉着箱子出来了。她不看母亲，往门口走，却在要出门的一瞬停下了脚步。她也没回头，仿佛突然想到了什么，在思索。但李硕却从女儿的背影上看出了等待。她突然地警觉了，倒吸一口冷气。

"你……不是要去……"

那个纤细俊秀的背影动了一下，但没有回答。

"你不要去！"李硕的声音近于哀求。

敬延当然听得出母亲的恐慌。她仍然不回头，但她的心也在狂跳了。她知道，也许掩盖了一辈子的真相，就要揭开了。那个神秘的微信，那个王麻子的电话，都是暴风雨来临之前的阴霾，而真正的狂暴还在后面。真相总会是血淋淋的，真相总会被欲望、欺骗和背叛填满，真相就像那块鸡血石，似血，非血，还是血。

"敬延，好孩子……妈求你，不要回去。"

为什么?! 敬延在心里激烈地喊，我为什么不能回去？是因为你无耻地抛弃了一个男人，是因为你投入了另一个男人的怀抱？是因为你……生下了我？

敬延深深地吸了一口气，空气里居然弥漫着母亲眼泪的味道。她很奇怪，她从小就知道母亲的眼泪是有味道的。在母亲怀里吸吮奶水的时候，她仿佛就感觉到那味道了，微微的咸，微微的涩，顺着母亲的胸膛流淌下来，在女儿的脸上凝固。敬延记得自己很多次被这种味道从睡梦中唤醒，有时是深夜，有时是黎明，也有时是在夏季的午睡里。母亲似乎是浸泡在泪水里的，那种味道就是苦苦的煎熬。

敬延的心就在这一刻软了一下。

是的，自己有点冲动。王麻子的电话点燃了冲动的导火索，内心的犹豫、软弱、恐惧全部被炸得粉碎。而自己真的需要真相吗？

她缓缓地回过头。母女对视，是心与心的碰撞，有什么碎了，坠落在心底，她们急忙移开眼睛。

"好吧好吧，"李硕感觉到从未有过的疲倦，眼皮似乎沉重得总要合拢在一起，她扶着椅子，缓缓坐下，膝盖在咯咯地响，"他在找我，也在找你……"

"他是我父亲。"敬延慢慢地说。

"他不是。"李硕死盯着窗外的雨，那雨在大起来，已经有了哗哗的声响，"他不可能是，他……"

敬延的目光投到那块鲜艳的鸡血石上，在昏暗下来的光线里，那被擦拭过的红更加夺目。怒火突然就燃烧了，就爆发了，她愤怒地说："我姓敬！如果他不是我父亲，你为什么让我姓敬！多么悲哀啊，一个人连自己姓什么都是混乱的，我到底应该姓敬，还是姓冯？姓李？"

李硕抬起泪眼："我说过，让你姓敬是因为……"

"别说了，"敬延挥手，拦住了母亲的话，"什么也别说了。现在，我也不想和你吵。他是不是我父亲不重要，重要的是他在找我们！他疯了！"

李硕仿佛没有听到女儿的话，她仍然看着窗户，看着窗外的淫雨。她喃喃地说："他真的不是你父亲……事到今天，我还说什么瞎话？他是个好人，可他……他不会……我们不是真的夫妻，我和他从来没有过……你也是女人了，你也结过婚的了，你知道那是什么滋味。"

敬延突然听懂了母亲的话。这是她第一次听到这样的话。她看着陷入深思的母亲，母亲的脸上没有羞涩，像是在说别人的事情。可是……

"你在说瞎话！你又在欺骗！"敬延突然大喊大叫了，"你胡说！他有女儿，他女儿在给我发微信！"

李硕全身颤抖："我没有说瞎话，我也不知道他……可他当年就是那样啊……"

突然地，响起了一声炸雷。这个季节本不该有这样的雷的，可是，雷依然响了，仿佛把天与地都炸裂开的一声巨雷，就这样从每个人的心头掠过。

敬延颤抖了一下，她是怕雷的。

九

敬建工，当年的优秀青年工人，老厂长的得意徒弟。

沉重的帷幕既然被粗暴地撕破，一切便从落满灰尘的记忆中显现出来。那张憨厚的四方脸，那条因被损伤过而变得沙哑的喉咙，还有那件似乎永远没有下过身的劳动布工作服，都从昨天的迷雾中走出来了。

李硕记得，老厂长曾经说过："要不是……到三线来挂帅的哪里用我，小敬会比我这个老家伙干得好。"

确实，立过功的敬建工当时被突击提拔，是总厂最年轻的副厂长，正是风光无限的时候。但是，对于年轻漂亮的女厂医李硕来说，敬建工就是一场噩梦。

铸造车间突然出了事故，灼热的铁水四下奔流。当时还是铸造工的敬建工奋不顾身，飞身去拉扯吓傻了的新徒弟。铁水无情地吞噬了那个小伙子，浑身是伤的敬建工手里只剩下一只烧焦了的鞋。

在举全城之力的救治下，英雄康复了。仍然是一条汉子，脸上是憨厚的微笑，身上是疙疙瘩瘩的腱子肉。当然有伤疤，但伤疤是骄傲的标志，是人人艳羡的勋章。报告会，庆功会，敬建工同志的事迹掩盖了消失在铁水中的人，但只有在鲜花和掌声中成为英雄妻子的李硕知道，那小伙子永远藏在了敬建工的心里，左右了他的灵魂。

说不上爱，也说不上不爱。是老厂长做的媒人。不用介绍什么，李硕已经多次听了英雄的事迹报告。只是在老厂长把事情挑明了之后，再在台下看着敬建工，竟有了一种莫名其妙的异样感觉，之前是看英雄的，现在是看人。

但是，在新婚之夜，一切成了灾难，成了噩梦。

英雄根本没有上床。他蜷缩在写字台的下边流泪，喃喃自语。他的举动自然吓坏了新娘子，李硕用新棉被包裹了自己，抱着膝盖坐到天亮。哭泣的男人，绝望的女人，写字台上老厂长送来的毛主席塑像，还有洒满新房的充满讽刺意味的月光，让那个时刻成为李硕后来梦境中最黑暗的一幕。

敬建工其实已经不是男人了。那只散发着焦臭味的鞋彻底击垮了他。那么一个刚刚还活蹦乱跳的人，转眼就在眼前消失了，那铁水漫过人体时的滋滋作响，那声只喊叫出一半的惨叫，那只鞋里边……敬建工不能再见到任何人的肉体，包括他自己的。从那天起，他从不和别人一起洗澡，而当他自己一个人走进澡堂之后也会紧紧闭上双眼。老厂长给他介绍对象时，他坚决拒绝了。但他拗不过老人的坚决。老头儿不是为徒弟在解决终身，而是在为英雄排忧解难。当然，当敬建工面对漂亮娴静的女医生时，心头也滚过激动的浪潮，他想也许自己就会重新开始了，也许就会恢复成一个真正的男人。他的侥幸心理害了李硕医生，其实也害了他自己，摧垮了他最后的防线，粉碎了他最后的挣扎。

这样的婚姻，后来的事情就不难理解了。

李硕没有想到的是，半辈子说不出口的事情，竟然如此顺利地对女儿讲了。不再犹豫，没有动摇，一切讲完，竟然是内心没有过的平静。

似乎连外面的雨声，也变得轻快了。

"我常常想，老厂长其实是知道他的问题的，"李硕低声叹息着，"但，那又能怎么样呢？"

"怎么样？是他毁了你！"敬延心头好像压着一块沉重的石头，这让她感觉喘不上气。她明白了人们为什么回避着一切，知道了他们在背后该是怎样地在貌似同情地议论着这段婚姻。她为之愤怒。人的所谓善良，其实就是残酷，仓促披上的温情外衣，掩盖着真实的羞辱。

"不能这么说……"李硕轻声反驳女儿。

"为什么？"敬延的声音尖锐得变了调，明显的颤抖表明着她的气愤。

"他也是在救我啊，要没那场婚姻，我就要被人……你的外祖父成分不好，他是大资本家。老厂长说，你成了英雄的老婆，你就……"

这是一场交换，政治地位和人生幸福的交换。

当时的李硕，是总厂医院里一个醒目的怪物。她的美丽让她成为人们心中的女神，而她的身份却让她始终是人们嘴里的臭狗屎。男人们轻佻而恶毒地谈论她，同时在想象里蹂躏她的肉体。那一段生活，才是李硕永远不想和女儿提及的黑暗，当时老厂长的提议，是李硕永远不能忘记的救命稻草。

许许多多的事情，怎么能和女儿讲清楚呢？

讲不清的。一个人的苦楚，只是他自己的伤，旁人可能看着这血淋淋的伤口惊愕，甚至恐惧，却不可能感受疼痛。作为医生，李硕永远不理解人们怎么能把疼痛划分出等级，她以为心口上的伤才是最痛的，远远超过女人生产时的那种撕裂。

所以，现在，她也并不希望女儿理解。她知道敬延即使知道了这一切，也不会谅解她的。发生过的故事，是无法修改的结局，现在的述说，也许就是为了安慰自己罢了。

其实安慰也没有用的，事情都过去了，撕去的日历随风而逝，而那每一天的时光却是刻在心底的了。

"他是个好人……说出来你也许不信，可我是不想再说假话了。是他说的，冯医生人不错，你……"

"别说了！"敬延打断母亲的低语，"在你眼里，所有人都是好人，可是这些好人，却害了我一生！我在你们眼里，算什么？算什么？"

敬延自己听出了自己话里的凄凉，泪水涌上来，模糊了视野里的一切。她知道那是合理的，她其实也想到了，年轻英俊的冯医生不是贸然闯入了名义夫妻的生活，他是被安排的！甚至，是不是这个名牌医科大学的毕业生被分配到工厂医院，也是人们善良的阴谋？一切的一切在今天都是猜想，在昨天却是不是真实？

敬延不敢往下想了。她的愤怒在一点一点地聚集着。总厂，分厂；那座城市，这座深山，现在还有多少人在偷偷看着她这个精干的女厂长窃笑？他们在议论，他们在猜测，他们在肆无忌惮地编造故事。在他们枯燥乏味的生活里，她和她母亲的风流韵事，是多少活剧的素材。

十

这天晚上，敬延第一次留宿在刘一南家里，也是第一次把自己给了这个胖胖的男人。

吃了晚饭，她就平静而坚定地宣布："今天，我不走了。"刘一南当时愣住，正在收拾碗筷的手停顿了一下。但公安局局长毕竟是公安局局长，他从女人的决绝里嗅到了一种悲壮，便迅速恢复了神态，平淡地说："好。"

于是，该发生的都发生了。

激情的潮汐平复后，刘一南抱着敬延，低声问："出什么事了？"

敬延的心冷了一下。她推开男人的臂膀，翻身，埋怨道："你是审问犯人？"

"你知道不是，你也知道我是关心。"胖子正正经经地说。

敬延无语。她当然知道，但她该和男人说什么？说那个悲怆的爱情故事？说母亲其实也是牺牲品？是的，尽管敬延还在生母亲的气，但她知道，母亲的命运也是在那场婚姻开始的时候转变了。

沉默良久，她开始断断续续地向刘一南复述母亲的故事。是的，是断断续续的，因为她的心情也是如碎片般地不完整，而且闪动着细碎的冷艳光芒。她发现自己在讲述中在不知不觉地丰富着故事内容，甚至演绎着某些故事情节。她的讲述似真似假，如梦如幻。她惊奇地感觉到她在把一切都演变成一场温暖的合家欢，而这出活剧其实充满了残酷。她像一个蹩脚的油漆匠，涂抹着、掩盖着，既是抚慰自己的伤痛，也是宣泄着伤痛带来的压抑。她告诉胖子，老厂长是善良的，他撮合了这段姻缘。敬建工是善良的，他把冯医生推给了妻子。冯医生也是善良的，他在痛苦和自责中生活。而全厂的人都是善良的，他们假装对事实视而不见，他们保护着人类最基本的欲望和追求。一切的一切，都是无奈的，都是命运的安排，假如……

"没有假如。"刘一南打断她的话，冷静地说，"既然是命运，就没有假如。小芸的妈妈出车祸那天，我就知道，这个世界没有假如。"

敬延心生不快。她觉得公安局的副局长太过冷酷。可是，她也清楚，胖子说的是对的。善良也许是最脆弱的东西，它不堪一击。所有的善良在这个世界上，都像是她此刻的讲述，是梦，是梦里的草长莺飞。

敬延沉默了。许久，她慢慢地继续说："我才知道，我母亲曾经和那个姓敬的，复过婚的，但，又离了。他们的反复，他们的恩怨，他们……"

善良解决不了所有问题。在李硕的讲述中，复婚只是淡淡一笔，但敬延却猜测得到，那也是惊心动魄的一件大事。善良包围了故事中的男女，噬咬着他们的心。当他们的心灵堤坝坍塌后，他们便向善良投降。敬延判断，应该是那个姓冯的先提出的建议，这个被折磨的脆弱男人不想再承受了，他想把女人推回到原来的世俗之中。筋疲力尽的女人也就同意了。善良的人们则求之不得，复婚的仪式比当年结婚时还要热闹。但，有着强壮体魄的男人在女人胴体面前仍然不堪一击，温馨的复合最终成了一场闹剧。

李硕对女儿说："这回，是他把我打出来了。真的，他打折了我的右胳膊……"

敬延在这轻描淡写的残酷面前战栗。她不明白，为什么善良在失望之后会演变成为暴力。她问母亲，李硕仍然平淡地说："人绝望了，还说什么。也许，他是为了让我死心。"说这话的时候，李硕面无表情，不，不是面无表情，而是一种完全超然的表情。那表情已经丰富到了似乎没有表情的状态，是一种完全没有人能理解的复杂。敬延面对这复杂，不知道应该说什么，她就是在这时候退却了的。她冒着当时越下越大的雨离开了家，没有打伞，任凭自己的眼泪和雨水混合在一起。

在刘一南的床上，敬延没有讲这段故事。

也没有时间讲了，因为公安局副局长的手机在这个时候响了。刘一南一边往起爬一边说："没有办法，干我们这行的，和老婆睡半个觉是常有的事情。"

敬延没有说话。她看着裸体的公安局副局长站在客厅里接听电话。她感觉这个胖子好像在接电话的时候有一种如释重负的感觉，似乎他并不真正想听她的唠叨，电话让他摆脱了困境。从小在异样的关注中长大的女人是敏感的。敬延的心就在这一刻开始冷却，她甚至有些懊悔上了刘一南的床。

刘一南的电话显然很长。胖子在沙发上坐了下来。他正好面对着卧室的门，敬延从敞开的门里看着那一坨肉深陷在沙发里，有些好笑。她想，其实胖子真的是个好人，也许他就是自己这后半生所应该托付的了。人的一生啊，还能怎么样呢？母亲似乎轰轰烈烈地活过，现在不过是个苟延残喘的退休老太罢了，每天被她的关节炎折磨着。她突然就想起母亲有一回和她说过的话了："女人啊，该抓的就得抓，还要抓牢。不然，你会后悔一辈子。"

那是母亲第一次知道了她和刘一南在交往时说的。她在老厂的大门口碰到刘一南送敬延回来，却没有问起任何关于这男人的话。她只是在走进家门时，低声地说了这么一句，仿佛是自语，敬延却听得清清楚楚。

当时，敬延是想反驳母亲的。她想说，你抓牢了吗？你抓牢的结果是什么？那时她和母亲就是一对冤家，她不想听母亲任何的话。而现在，她还恨母亲吗？

刘一南扔下手机走了回来，开始穿衣服。敬延看着一个完全没有遮掩的胖男人渐渐变回了一个严肃的公安局局长。她没有问什么，她知道没必要问。他们都是成人了，还有什么必要非要像小女孩儿似的撒娇吗？

刘一南在完全穿戴整齐之后才说了第一句话："王麻子想搞突然袭击，刚才带人进了你的老厂区。不想厂子里有人，而且那人引爆了一颗炸弹。有三个人死了，王麻子重伤。"

敬延裹紧了被子，却仍然颤抖不已。她发现刘一南的脸色也是苍白的，如纸。

十一

制造了这起轰动全国的案件的，是原老厂传达室的值班员老白。

李硕听到这消息后，关紧房门在家里啜泣。她知道老白是死于绝望。老白曾是那里一条最忠实的狗，他曾经日日夜夜看守着那道紧闭的大门。而现在，他的厂没有了，他的儿子因为他试图阻止卖厂而揍了他。而他晚年所谓的爱情，也始终无望得像一场临近清晨才开始的梦，短暂而清晰，看得见却抓不着。

有钥匙开门的声音。自然是女儿敬延。李硕擦干眼泪，匆忙躲进洗手间，洗脸。她不想让女儿看见自己的哭泣。

敬延出现在洗手间的门口。李硕立刻就明白了，自己的掩饰是没有用的，女儿虽然恨自己，却是最了解自己的人。

"没事了。"许久，敬延低声说。

李硕的眼泪又涌了出来。她捧住自己的脸，满脸的褶皱在手下抖动得无法控制。

敬延没再说什么，转身回了自己的房间。

她也很累。

省里公安厅高度重视，派出专案组赶到了小城。市公安局那帮平日吃五喝六的刑警，现在成了人家专案组的小手下，一个个压低了嗓门，连走路都变得小心翼翼。刘一南平日分管治安，此时连案子的边都沾不上了。幸亏专案组有个副组长是他上警察学院时的同学，昨晚他终于把这家伙拉到了一家小馆。酒酣耳热之后，打听到一些消息。

刘一南自然迅速将消息转告给敬延。

其实也没有什么新鲜的内容。事情在发生的同时其实已经结束，蜂拥而至的人们也不过就是收尸者。

对一切都不再有盼望的老白背着炸药一个人住进了老厂区。他曾经在部队上是开山修路的工程兵，玩炸药如同玩泥巴。转业后进了保密工厂，把守着连厂长进出都要出示证件的大门，老白视此为自己终身的骄傲。现在，他的骄傲粉碎了，他的生命也就没有必要存在了。

他一个人已经在废弃的大礼堂里睡了三晚。啃着冷馒头就香肠，喝矿泉水。他身体很好，全没有他这个年龄所应该有的疾病，所以他扛得住。他在下雨的时候把炸药抱在怀里，他觉得那个坚硬的包裹有了生命。

也算是鬼使神差，那晚赢了钱的王麻子从麻将桌上下来，突然下令召集人去老厂区。他的女秘书发嗲说太晚了，要睡觉，被他踢了一脚。于是一群矿工被从睡梦中唤醒，这群头脑简单的小伙子迷迷糊糊地走向了一场噩梦。

专案组的报告早就写好了，但还没上报，因为市公安局局长盛情地把他们和报告一起扣下了。当那位副组长和刘一南在小馆里推杯换盏的时候，专案组其他成员全在深山的一个农场里烤全羊吃野菜馅儿的饺子。

刘一南告诉敬延，报告把案子定性为个人行为，虽然是因为工厂体制改革重组引发，但与厂方无关。工厂在重组过程中工作细致，措施得当，亦没有发现有贪污受贿行为。对重点人的控制也做得比较到位，就在老白上山的前一天，厂保卫处处长还和他谈过话。

"你真是个细致人，"公安局的副局长感叹说，"幸亏你想到让保卫处找了那老头子，不然，总归是个漏洞。上边最近对这类事情特别敏感。"

敬延没有说话。她无话可说。老白是看着自己长大的。敬延记得，当年老白转业下来还是小白，挺精神的一个矮个子。小白变成老白后居然看上了自己的母亲，敬延只觉得好笑，却也不觉得老白有什么龌龊。她在电话里沉默了许久，等对方叹息着挂了电话，便起身回家。

她需要休息。她需要躺下来，关掉手机，什么也不想，什么也不问。可当她走进家门，看见母亲红肿的眼睛，她突然意识到，什么也没有结束，也永远不会结束，故事开了头就没有结尾，老白只不过是人生里的一个惊叹号。这个惊叹号标志在这篇糟糕的文章里，只不过是提示了读者，这是一个低潮与另一个低潮的间歇。

她的房间窗帘低垂，光线阴暗，像她此刻的心情。她坐到床上，松软的床垫沉下去，弹簧发出一声呻吟。手机又在振动了，她皱皱眉，知道那个微信又出现了。她攥紧了手机，让那颤动的小东西在手心里蠕动。她知道，也许应该是正面回答对方的时候了。

她走出房门。果然，母亲还在沙发上坐着，母亲的手机也在茶几上不甘寂寞地闪亮。

"妈。"敬延少有地叫道，"我准备给他们回个信息。"

李硕抬头，她丝毫不惊讶女儿的决定，她似乎也在等待这个决定。她点点头，低声问："你想好了？"

"想好了，没有什么想不明白的了。"敬延说。

"是啊，你白大爷都……"

李硕的眼眶又红了。那个矮胖而且总是脏兮兮的老头子，其实从来没有引起过女医生的注意的。即使是当年他找借口来厂医院看病的时候，李医生也从来没有正眼看过他的。特别是当他表现出一种异常的殷勤之后，她更是对他敬而远之。然而，现在这个人死了，死得很惨烈。而且，在李硕看来，他是为了她而死的，为了她的那种眷恋，为了她那割舍不了的墓地，为了她的心。老白用一种决绝的方式，让她背负上了一份良心债。

她看着女儿，从茶几上慢慢拿起了那块鸡血石。那块鲜红的石头，在她白皙的手里好像是一颗人的心脏。

"我也想过了，我不能再这样躲避了。你也是……你以为这块石头是……不是，它是你那个姓敬的父亲留给我的。他也是昌化人……他说，这是他的传家宝。"

敬延抬起头："这么说，他在给你这块石头的时候，把他的老乡也推荐给了你。"

"什么推荐……不要这么说，你妈妈不是现在歌厅里的那些……"李硕凄凉地笑笑，"他们只是偶然。天底下偶然的事情，太多了……"

敬延不再说话，她也不想再说。她看看手机。那手机安静下来，仿佛是在等待着什么的一只小动物。现在的手机也确实是有生命的，它们精灵般地活跃在人们之间，撩拨着人们的心情。

敬延平静地接受了对方的邀请，然后发出一条微信：

"你是谁？"

十二

回信马上到了，显然，对方一直在等待着。

"我应该是您的妹妹，我叫敬安。"

"我没有妹妹，你大概认错人了。"

敬延飞快地把微信回过去。她注意到了，对方用了"您"，是尊重的语气。而且，对方说自己"应该是"妹妹，显然给双方的沟通留了一点余地。所以，敬延决定把这余地封死。但是，当手写的字迹一个一个地停留在屏幕上，她突然对自己使用了"大概"这个词而感到了懊悔。因为这似乎也给对方留了余地了。

果然，对方抓住了这点，回答说："没有认错。请您注意我们俩的名字。"

敬延，敬安。确实有某种联系。再想，老厂长是当年延安出来的老兵工，据母亲说，他的得意门生敬建工对他崇拜得五体投地，给自己的女儿们起这样的名字，是一种纪念？也算情有可原。

"那能说明什么？"敬延写了这样的字句，想想，又一个字一个字地删去。不知道为什么，她想强硬地说话，却总是不由自主地软下来。这让她气恼不已。想了想，她写道："据我所知，我是独生女。"这一个个字写得很用力，她仿佛发狠地要把屏幕按破。

"我是养女。"对方回了四个字，有一种轻描淡写的镇静。

敬延一下子愣住了。她在心里责备自己太笨。为什么就没有想到？为什么只顺着那么一条思路往下想？为什么总觉得这里面会有欺骗？

"爸爸在我五岁时收养了我，我是地震孤儿。"

对方发来了一连串的笑脸儿符号，是表明自己的阳光灿烂，还是在安慰着从未谋面的姐姐？

她久久地看着手机，不知道应该怎样把谈话继续下去。仿佛这个叫敬安的姑娘，这个和自己没有丝毫血缘关系的妹妹，一下子打乱了她所有的思路。

迎着李硕询问的目光，她把手机举到母亲面前。李硕戴上老花镜，一字一句地看了，然后叹息一声，什么也没说。

手机又响了，有电话。敬延接了，是厂财务部，报告她说矿山的款全部打到了工厂账上。账务部主任的语气充满了喜悦："老白师傅没算白死，王麻子也害怕了。"

敬延哼了一声，把电话挂了。

她去医院看望重伤住院的王麻子的时候，被纱布包裹得像具木乃伊的矿主目光仍然犀利而粗野，含混不清地把爆炸制造者骂得狗血喷头。她不耐烦听，就打断他说："行了，人都死了，你还骂个什么劲。好好养伤，出去好接着赚钱。"王麻子瞪她一眼说："我倒真服了你了。"

服什么，为什么服，他不说。敬延自然也不问的。她已经派出人把那块面目模糊的鸡血石给矿上送了回去，她不想和这个粗俗的家伙有更多瓜葛。现在，钱款到账，他们一拍两散，彼此不欠，只是那片寄托了许多人情感的老厂区，从此一去不返。

这天下午，敬延带着厂领导班子全体成员，遗体告别似的沉默着，在老厂区转了一圈。是最后的一圈。然后，她和王麻子那瘦瘦的副矿长办理了交接手续。在那份文件上签字的时候，敬延的手没有犹豫。当时在签卖地合同时，她是犹豫过的，迟迟落不了笔。而现在，没什么犹豫的了。老白就把自己炸死在大礼堂门口，现场至今留下一片暗红色的痕迹，是他的血，也有别人的血。站在曾经的血泊旁，签字的手不可能再有犹豫了，因为逝去的生命已经为文件盖上了无法磨灭的印章，而且触目惊心。

副矿长转告王麻子的话，虽然躺在病床上起不来，手续交接好后的宴席还是要摆的，请敬厂长一定要赏光。敬延淡淡地笑道："算了，等王矿长出院再说吧。"

是个难得的好天气。满山的葱绿被太阳晒出蒸腾的热气，有一股淡香和苦涩混合的气息。和母亲一样，敬延让同伴们先走，然后自己踏上了那条通向坟地的小路。她从来没有来过这里，她一直拒绝到这里来面对自己的耻辱。现在，厂工会已经和殡仪馆交涉好，所有沉睡在这里的人都将被迁到山下的陵园里。最后一次了，也算告别吧，是和这片土地，也是和躺在这片土地上的那个人。

冯医生的墓前很干净。这不奇怪，因为母亲前几天还来过的。奇怪的是冯医生的墓碑上没有字迹，竟是一块无字碑了。敬延突然就被这方光洁的石头给震撼了，而且感到一种疑惑。这块碑一直就是这样的吗？它从矗立的那天起就是一片荒芜吗？她依稀记得似乎不是，但她却并不能确定。仿佛那些曾经有过的字迹，仿佛那些曾经走过的岁月，都在时间的河流里沉没了。她有太长时间没有登上这座山头了，她已记不清关于这里的一切故事。她只想得到这一定是母亲的主意，母亲把他们之间的一切都抹平了，都消灭了，仿佛只把所有的苦痛和甜蜜都浇灌在那株已经开败的山茶花里了。

只是埋在心底的那些情感，能不能就这样湮灭呢？

还能记得的，却是不应该再遗忘的了。人们都在老去，厂里从那座城市迁来的老人已经所剩不多，母亲也在病痛中忍受着折磨。过去的事已经是那一辈人睡梦中的片段了，醒来的时候无论怎样回味，也是寡淡得如同食堂里免费的清汤，冲淡了味蕾，也冲散了心境，七零八落的往事就成了拾也拾不起的琐碎。

敬延坐在坟前，远远望着脚下的老厂区。厂区寂静无声，仿佛是凝固了的画面。她掏出手机，给敬安发微信，简短地问她有什么事。她尽量不使自己的语言带有情感，却从一个一个跳动在屏幕的方块字里看出自己的复杂。

敬安没有回答。

她好像突然消失在这片山林的空气里了。

太阳悄然挪动着脚步。山和林都在阳光的移动中不动声色地变换着自己的阴晴圆缺。敬延觉得自己有些恍惚，远远近近的景物都在她的恍惚中开始变得模糊不清。她依稀看见了两个男人的身影，他们在向她走来，却是沉默的，不说话，也不笑。他们都步履蹒跚，却走得坚定不移，一步一个脚印。他们走着，走着，当敬延终于努力睁大了眼睛的时候，他们却消失不见了。

不变的山，不变的林，一切都在不变中变化着。

手机的屏幕上有显示。敬延打开手机，是敬安在告诉她："我已出发，明天到达。"

她来了。过去的故事也回来了。

敬延正怔愣着，又一条微信飞来："爸爸让我问李硕妈妈，他送她的鸡血石还在吗？"

十三

"我不想见她。真的，我不能见她！"

刘一南充满同情地看着敬延。接了电话，他匆匆从省城的会议上赶回来，身上的警察制服也没有换。他的警服永远是平整而洁净的，他就是个精神抖擞的胖警察。此刻，他一边看敬延，一边慢慢地喝着茶，似乎在全力用他的亲切稳重安慰敬延。

他们坐在小城唯一的茶馆包间里。墙角那棵硕大而粗糙的假榕树劈头盖脸地压迫着他们，同时散发着一股刺鼻的塑料味。泡茶的女孩儿显然来自小城郊区的农村，笨手笨脚地打翻了两次茶杯，还烫了自己的手，被刘一南忍无可忍地轰了出去。当包间里只剩下他们两个人的时候，敬延迫不及待地向男朋友表达了内心的恐慌："我害怕。"

刘一南宽容地拍拍敬延的肩："没什么可怕的啊，她应该算是你妹妹。"

"可她背后是……"敬延不知道该用什么来形容那个也姓敬的男人，那个她名义上的父亲，那个在云里雾里沉浸多年却突然冒了出来的家伙。敬延本能地不知道应该如何面对他。

"敬安这个丫头，也真冒失，不拿自己当外人啊，就这么赶来了。我真不应该和她联系。"

刘一南说："该面对的，总要面对。"

是啊，该面对的，像崎岖山路上的会车，总也躲不开。敬延当然知道。但是，一个人心底的伤疤，撕裂开来的时候是极其痛苦的事情。敬延多少次看着母亲手边的鸡血石，想那触目的红，应该是怎样的疼痛才能让它如此鲜艳。石头若是有知觉，也该痛哭了。而敬安问到了那块鸡血石，她为什么问？难道那块石头里还有更悲伤的故事？

刘一南说："你应该告诉你母亲的。"

敬延摇头，她不想说。不是怕母亲震撼，而是她自己不敢承受。她承认，母亲其实在某些方面比自己坚强得多。

"那是他们那辈人的事情，你没有权利隐瞒。"不愧是老警察，刘一南的镇定让敬延不能不折服。胖子慢条斯理地倒腾着面前的那些茶杯、茶壶，熟练得像是在茶馆工作过多年的样子。他不再议论那个正向这里赶来的姑娘，而是说起了他正在处理的一起治安事件：房地产商拆了农民的村子，拆迁款却迟迟不到位，于是愤怒的农民们砸了工地上的机械，将房地产商打成了残废。他把一件惊心动魄的事情讲得云淡风轻，好像只是一群小孩子打架。他的淡定让敬延慢慢平静下来，敬延觉得比刚刚接到敬安微信的时候舒服多了。

在刘一南鼓励下，她终于给母亲拨了电话。

在李硕接电话的那一瞬，敬延突然意识到，也许母亲也已经知道了，难道那个叫敬安的丫头不会给母亲打电话？

她的思绪一下子被自己的想法搅乱了。李硕"喂喂"地叫了几声，她才醒过来，轻轻叫了一声"妈"。

李硕那边没了声音。母女俩突然都意识到，这个称呼似乎已经许久没有出现在她们之间了，而这两天，她却已经这样称呼了母亲两次，这两次呼唤像是唤醒了沉睡的什么，使沉默下来的气氛在电话两端像水一样流动，浸湿了母女的心和眼睛。敬延突然想母亲也真的是不容易，这么多年了，含辛茹苦把自己带大，背后却是两个遮不了风挡不了雨的男人。他们并不是不爱她，他们爱她爱得撕心裂肺，直至把每一片血肉都化成了压断自己生命纤绳的痛苦。因为这片爱，得到的只能忍痛失去，得不到的却是日思夜想。在得与失之间的，是牵挂在每个当事者心头的爱恨情仇。

自己太不体谅母亲了。

敬延的话堵在喉咙里。她从来不会和母亲说那些柔软的言语，此刻她就更不知道该说什么。她沉默，母亲似乎了解她的心，也沉默。时间在彼此的沉默中流逝着，带走的是梳理不清的心情。

突然地，敬延在电话里捕捉到一声轰鸣。常常出差的她立即反应过来，那是高铁两车相遇时擦肩而过的疾风。她忽然意识到，母亲并不是在家里，她是在火车上。

"你在哪儿？"她急切地问。

"我……"李硕嚅嚅着，"我在……"

一时的软弱瞬间苏醒，醒了就是愤怒。敬延大叫："你在火车上！你要——"

李硕把电话挂断了。她仿佛有些害怕女儿，又似乎是有几分不屑。总之，她是义无反顾地走了。

她什么时候买的车票？谁送她去的车站？她为什么要走？她去找那个男人是为了什么？一连串的问题像从天而降的陨石，砸得敬延头嗡嗡地响。她放下电话，怒气冲冲地对刘一南说："你看！你看！这就是我妈，这就是她的一贯作风！你别看她弱弱的，其实可有主意了！"

刘一南笑起来："你不也一样？管理那么大个厂，杀伐决断，还有那么大一片地，说卖就卖了。"

敬延仰着脸，目光在假榕树那密密麻麻的枝叶里渐渐丢失，散乱在了寻找不到的空间里。她真的有点不明白，病病歪歪的母亲居然做出了这样惊天动地般的事情。是敬安的电话促使了母亲的冲动？她急切地拨打了敬安的手机，如意料之中，对方关机，敬安一定在飞机上。

刘一南说："其实，你不觉得挺感人的吗？这就是爱情。"敬延看看男人："你也懂爱情？"

公安局副局长正色："警察就不懂爱情了？"他把小巧的茶盅轻轻推到敬延面前："给你换了普洱，不影响睡眠……爱情是一定要经过考验的，不然，就像小孩子过家家的那种，轻飘飘的，没分量，也就活不起。"

普洱茶汤是清亮的深棕色，有一种淡淡的香气升腾着。敬延注意到，刘一南在说这些话的时候，眼睛微微地有些水汽了。她突然想到了男人的过去，那个随着汽车一起跌进崖底至今没有找到尸体的女警察，曾是男人的警校同学，他们的爱情，是爱情吧？

想着，就问了："你爱我吗？"

刘一南抬头，眼里的波光一闪，却是柔软而坚定的镇静："坦白说，还没有像当年……不过，我在努力。爱情，是不能有谎言的。对吧？"

敬延无语。

刘一南捏住她的手，低声说："所以，把一切都放开吧，为了爱情，也为了善良。"

十四

敬安没有选择乘坐高铁到小城来，而是先乘飞机到省城，然后搭乘了长途汽车。她在飞机落地之后用微信告诉了敬延自己的到达时间。敬延问她为什么不坐高铁，她的回答透出一种果断和干练："时间长，不愿让父亲颠簸。"

这让敬延吓了一跳。她把微信给刘一南看，说："他、他竟然也来了！这个敬安，还有多少秘密没说？"

刘一南看了也皱起眉来："问题是你家老太太的不辞而别。几十年没见面，他们竟然就这样错过了。"

真的，这世界上还有比这件事更荒唐的吗？彼此的伤害，彼此的思念，在几十年的秋雨春风里，被深深掩埋着，却在一天之内突然萌芽，顽强地从地下探出伤痕累累的枝子。而他们却被命运再一次无情地戏弄了，仿佛是冥冥之中有谁不想让他们如愿的，一个天上一个地下，他们就这样擦肩而过。

敬延给母亲打电话。李硕却没有接。她显然在回避女儿。可她不知道，她的回避让错过的更错了下去，她和他正在背道而驰，渐行渐远。李硕背着她的鸡血石，男人送她的鸡血石，一个人在迷茫的路上奔走。

敬延给敬安拨通了电话。这是她第一次给这个不曾谋面的妹妹打电话，于是她第一次听到了妹妹的声音："喂，是姐姐？"

她把母亲在高铁上的消息告诉了敬安，对方沉默了半晌，低声说："这是他们的命呀。"敬安的声音很柔和，即使有伤痛，却也动听。

一切也只能见面再谈了。离敬安到达小城的时间只有一个多小时。敬延有一种莫名的激动，她突然很想拍张照片给敬安发过去，想想又放弃了。她想其实应该是对方给自己发张照片过来，不然，她会在车站和妹妹相见不相识。

这样想着，手机就有了动静。果然，敬安发了照片过来。

敬延没想到，敬安竟是那么年轻。

这就是妹妹了。一张清秀的脸，眼睛不大，但有着天生的妩媚，所以就漂亮。微微的笑，嘴角有小小的酒窝。敬延想，她在遇到地震灾难之前，是个什么样家庭的乖孩子呢？

刘一南看看照片，又看看敬延，说："也真怪，你们居然有些像呢。"

"不像，不会像。她是她，我是我。"敬延揣起手机，赌气地说。

小城的长途汽车站一如既往地混乱而嘈杂。刘一南领着敬延，推开农妇的硕大包裹，迈过躺在地上酣睡的小伙子，踢开遍地的垃圾，好不容易才走进了驻站警务室窄小的房间。值班的年轻协警见是副局长突然到了，慌得不得了，话也说不出，只是不停地擦汗。刘一南问他省城来的车是否准时到达，他也愣了半天，才突然小鸡啄米似的点起头来。敬延忍不住想笑，小伙子的脸就更红了。

"我们就在这里等吧，好歹比外面清静一点儿。"

敬延坐在那把摇摇晃晃的椅子上，忍不住再次打开了手机。那张清秀的面庞又出现了，仍然那么微微笑着，酒窝里浅浅的都是说不出的意味。恍然间，敬延仿佛真的看到当年的自己了，一样的年轻，一样的明朗，一样的靓丽。可是现在，自己已经老了，岁月的沙砾已在脸上磨出了纹路，虽然细微，但也清晰。

敬延开始嫉妒这个妹妹了。她在想那个应该是自己父亲的人，为什么要收养这样一个女孩儿呢？他不是应该孤独到老吗？他不是应该在痛苦中熬过他的一生吗？那也许该是一出感天动地的剧目啊，他用他的善良构筑起舍己为人的高大，同时他用他的隐患为这善良添加起重量。他应该是一个完美而无瑕疵的家伙才对啊，他……

有电话响，是刘一南的手机。他接了，只听不说，眉头慢慢皱起来，看来是件棘手的事情。年轻协警殷勤地为敬延送过一杯刚刚烧开的水。刘一南看小伙子一眼，举着电话走了出去。敬延隔着宽大的玻璃窗，看着公安局副局长那肥厚的背影，突然想，也许，是我太苛刻了，谁不想在生活里有温暖呢。就像这忙忙碌碌的车站，人们都匆忙地追赶着属于自己的那一趟车。这其实短促的候车时间，也许就是人压缩了的一生了，那么多放不下的包袱，那么多想办的事情，那么多的期盼和那么多的劳累……敬安来了，父亲来了，尽管他们和母亲擦肩而过，可他们毕竟都迈出了艰难的那一步，在心灵上，他们在彼此靠近吧。

心情如烧到沸腾的水，翻翻滚滚的。年轻协警突然叫道："大姐，车到了。"敬延激灵一下，从茫茫心绪中抽回了思维，定睛看，果然，一辆满身灰尘的双层卧铺客车正缓缓地拐进院子。

心狂跳起来，身体却一时难以移动，仿佛是一种恐惧，魇住了双腿。她顾不上再想，也顾不上叫还在打电话的刘一南，不错眼珠地死盯着那辆车。车门开了，人们开始陆陆续续地下车。窗外的刘一南也注意到这辆车了，他收了手机，也把目光向那辆车投去。

终于，敬延捕捉到那个窈窕的身影了。

随即，她觉得自己浑身的血液凝固了。

因为，她看到下车的敬安捧着的，是骨灰盒。

没错，就是骨灰盒。尽管用洁白的丝绸包裹着，但那方正的形状，敬安那肃穆的神情，都告诉了敬延，那是一颗死不瞑目的灵魂。

突然地，仿佛怨恨、纠结、伤痛……都消失了。

只留下一片茫茫的宁静，仿佛都睡了，只有心还在低声梦呓。那是一颗鸡血石般的、红透了的心。

（原载《海燕》）

宣德炉

一

　　许贵生看到父亲的时候，是在正午，在工厂生活区的大院里。此时，绿树成荫，蝉声聒噪，炎热正如潮水般地漫过坚硬的黄土地面。老人就像一棵树似的，挺立在院子中央，完全是军人标准的立正姿势。许贵生就远远地站住了脚，本能地意识到那就是父亲了。刚刚和阿花缠绵过的柔情蜜意瞬间退去，浑身只剩下一层滑腻的汗水，感觉上不是凉爽，而是阴冷。

　　许贵生当然不是第一次见到父亲。但不知为什么，他仿佛今天才是第一次突然感觉到父亲是个真实的人，感觉到这个老头子今后会像钉子一样地钉在自己的生活里了。在战犯管理所的接见室里，父亲身上的深灰色囚服，使挺直腰板面无表情的老人完全凝固在一种水泥似的呆滞状态里，许贵生感觉不到他生命的气息，只觉得有一种硬邦邦的拒绝感，像面对着一具僵尸。现在，父亲身着和厂里众多男人一样的白色短袖衬衣和蓝色裤子，脚上是一双崭新的白边懒汉布鞋，整个人也就和厂里的人们没有了区别。只是那种冷冷的态度，感觉仍然是混凝土般地坚硬，虽然已经有了些强弩之末的颓势。

　　许贵生就站了一会儿，然后悄悄地绕路回家，竭力避开老人的视线。仿佛一旦被父亲瞄到，就是一场灾祸似的。

是福是祸，就在保全工许贵生的心里，翻翻滚滚的不是滋味了。回家的小路也似乎变了模样，不仅长，而且坎坷。

当他疲惫地推开家门的时候，看见的则是和以往每天一模一样的场景。父亲的归来似乎并没有影响到什么，母亲仍然倚在床头上，仍然吸着烟，烟雾里的脸也依然浮肿着，没有任何表情。

"那个——"许贵生指指窗外，含混地试探着问，"他什么时候回来的？"

"刚才。"母亲看向儿子的目光沉浸在烟雾里，就闪闪烁烁的，没有焦点。

"他站在那儿干什么？"许贵生不满地说，"示威？"

母亲不理睬他。她掐灭烟头，从茶杯里捞出一撮茶叶，放在嘴里嚼。母亲从不在人们面前吸烟，吸完后也从不留着满嘴的烟气。张丽芸是厂医务室的医生，此刻还穿着不那么干净的白大褂。前胸上粗劣地印着"星火厂"字样，恣意洇透的红色像是血渍。

许贵生就往里屋走。边走边说："他要示威也应该上北京去，厂子里谁他妈的认识他？"

他听得见身后窸窣的声音，知道母亲并没有想回答他什么。母亲要上班了，她在照例梳理头发整理衣着。他也知道母亲的心情也不那么好，起码对院子里的人也感到一种深深的无奈和憎恨。

许贵生就不再说话，进屋躺到了床上。他很有点累了。今天中午他早下班了二十分钟，在食堂匆匆吃了个馒头就钻进了阿花家。阿花的丈夫小韩出差去上海，说是今天下午回来。阿花就幽怨地说："你把我折腾了，他晚上回来——"许贵生就扑上去，把女人的嘴堵了。不知道为什么，从得知父亲即将归来的消息起，他心里就有了一股无名火，冲撞的力量就很猛。于是，现在的他，就有些腰疼。酸酸的痛感辐射着，和心痛绞结在一起，心理生理都疲倦了，悲伤就莫名地涌上来，淹没了他的神经。

二

前国民党军某军副军长许定宽在战犯管理所里一直不低头认罪。所以，他眼睁睁地看着他的难友们一批批地出去了，自己却被留在了最后。他也不是不认罪，他只是很委屈，因为战犯的头衔其实和起义人员的称呼就像两顶帽子，他一不小心就拿错了。他当时只要向左伸手，他后来就会在政协里和共产党平起平坐，可惜，他拿起右边的帽子了。

当年他们这个军被命令死守一座城市，笃信军人以服从命令为天职的他只好一次次地回绝了共产党向他摇起的橄榄枝。他的贴身副官，最后急得干脆向他坦白了地下党的身份，他也只是瞪了他几眼，让他好自为之了。即使在军长称病逃跑后，他也没有缴械投降。最后，当他不得不想找块白布的时候，解放军的枪口已经顶在他脑门上了。他说："我要起义！"那个奶毛未褪的小战士啐了他一口："别放屁了，这会儿你要起义？你自己觉得我会信吗？"

走进战犯管理所的时候，他心里恨不得把两个人碎尸万段。一个是逃跑的军长，一个是让他死守城市的上司。那上司自己其实早就和共产党联系上了，后来在和平解放中立了功，在新政府里当了挺大的官儿。许定宽很久才想明白，上司那会儿的死命令，是拿他许定宽和那座城市当了与共产党讨价还价的筹码。

许定宽就这样一直在战犯管理所里蹲到了今天，蹲到了最后一批特赦。

在工厂生活区大院里伫立着，在儿子许贵生眼里成为异类的这个时候，其实许定宽的脑子里也是一片茫然。

在这之前，在从火车站搭乘的拖拉机上，妻子曾经试着阻止过他的企图。可他说，我要看看工厂的样子，我一辈子不知道工厂是什么样，而我今后要在这里生活，活到死。于是，妻子抿了一下薄薄的嘴唇，委婉地表达了一种不满和无奈之后，就径自回家了。张丽芸是许副军长的姨太太，习惯于服从，抿嘴已经算大逆不道了。

特赦国民党军官在大院里的长久站立，就此成了轰动全厂的大事件。无数双眼睛从窗户缝里盯着院子，各种各样的议论让每个人的神经都兴奋不已。

许定宽不知道这一切，他也不知道儿子在转弯离去时向他投来的仇恨一瞥。他眼前的一切都是陌生的，都有着一种隔膜的感觉，像是隔着磨砂玻璃看世界，似乎是真实，又似乎是精心的伪造。他站的这个位置应该是生活区的中心，算是个小小的广场。周围都是红砖楼房，和楼前整齐的杨树。楼房都是六层的，有些陈旧了，当初建筑时的匆忙和敷衍就暴露无遗。墙面的不平整，门窗的歪斜，油漆的脱落，楼房们就像一群在野地里打过滚的孩子，肮脏，而且桀骜不驯。许定宽刚才在经过田野的时候已经看到了不少这样的孩子，他依稀从孩子们脸上看到了当年抓获他的小战士，心就颤抖了，拖拉机的摇摆颠簸就更显漫长，田园风光里有了绝望，前国民党军副军长的思想里仿佛第一次产生了恐惧。

因此，当他站到这个小广场的中央时，心里实在是一种惶恐不安。许副军长是身经百战的，许副军长曾经在战场上亲手枪毙逃兵，一口气打了十发子弹，面前倒下十具尸体。扔下枪的时候，他还在向副官炫耀，说如果有一枪没有命中心脏，他输一根金条。然而现在，他实实在在地在害怕了。他好像到今天才第一次明白，他不再是那个杀人不眨眼的魔王了，他现在只是一个没有任何能量的老头子，就像一枚用光了电的废电池。

每栋楼房的山墙上都有精心绘制的伟人像。在哗哗摇动的杨树叶子缝隙里，伟人们的目光慈祥而又冷峻。许定宽感谢伟大领袖，他知道没有他的宽容他们这群人不可能走出战犯管理所。但是走出来就是好事吗？隔绝了几十年的世俗生活突然地将前战犯包围了，而且这生活其实在几十年前也不是许副军长所熟悉的。楼房，杨树，黄土铺成的大院，一切都是陌生的。当年的意气风发灯红酒绿已成旧梦，支离破碎的记忆在现实的环境里只会一下下地刺痛灵魂。

所以，许定宽突然地害怕走进他今后的家了。那个家也注定是陌生的。而且，房子里的阴暗会让他更加心神不宁，空旷中的阳光起码可以暂时给他安慰。在拖拉机上他就决定要在大院里站一会儿，不，不是一会儿。如果允许，他甚至想就那么站下去，即便心中一片茫然。

站着站着，他突然就想起了战犯管理所的所长。那个瘦得如同一根竹竿的所长，在他临行的时候和他谈了最后一次话。在照例的询问和教育之后，所长突然沉默了一阵，然后换了一种许定宽从来没有听到过的口吻和神情。他的眼睛望着窗外，声音也降低了下来，他说："老许，出去之后，改改脾气吧，别太倔了。"

许定宽记得自己当时十分惊异，惊异得一时无话可说。两个人突然地尴尬了，好像一旦固定的谈话方式被破坏，他们反而不知道应该说什么和怎样说。当时是一个雨天，窗外细雨绵绵，好像一个愁苦的寡妇在饮泣。许定宽慢慢地开口，试探着说："我……不太明白您的意思。"

"不明白也好。"所长笑笑，"出去好好生活。我听说你要到西北去？挺好的，大城市有什么意思，乱。"

许定宽苦笑了一下。他想说不是他想到西北的大山里去，而是他只能去那儿。他的大老婆在解放前夕就去了香港，后来正式和他离了婚。他的姨太太和他的一双儿女都在山里，他只能去投靠他们。至于台湾，尽管上边发话说允许他们自由往来，但他却是坚决不会去的。一来没有亲人在那边，二来那个临阵脱逃的军长还健在，而且据说官运亨通。

前国民党副军长起身，郑重地给所长敬了个标准的军礼。所有的一切，敬重，感谢，不舍，还有一些惆怅和酸涩，都在这个礼之中了。他发现所长的眼眶居然有些红，而且，所长向他伸出了右手。许定宽急忙抓住了那只瘦骨嶙峋的手，感觉像是溺水者抓住了一根救命稻草。

现在，他仍然感觉得到那只手的力量。而且，在正午强烈的阳光下，在陌生而且浓烈的机油味道中，他觉得那只手仍然抓着他的灵魂。

他希望这是永远。可他也知道，这希望渺茫。

三

而许定宽不知道的是，他的妻子张丽芸，在走进医务室的第一时间，就接到了厂革委会主任李大火的电话："张大夫，你丈夫是在向党和人民政府挑衅吗？"

张丽芸就唰地出了一身冷汗。因为李大火平日打电话都是很客气很轻松的，甚至在酒醉的时候还会有些无伤大雅的调笑，而今天，他严肃得近于冰冷，像是在批斗会上发言。李大火原本就是这个厂的工人，1967年那会儿带头砸了厂党委书记的办公室。后来那办公室重新装修之后，坐进去的就是李大火了。李大火还上过张丽芸的床，当然，只有两次，李主任要不是很懂节制，要不是对国民党军官的小老婆没有什么兴趣。

张丽芸冲着电话绽开笑容，好像李大火看得见似的："哟，我的大主任，你难道还不知道？要不是你宽宏大量，他能落户到这儿来？我一直想和他离婚，也就是冲你对我们娘儿几个的照顾和教育，我才收留他！挑衅？他也得敢！他说了，他感谢共产党放了他，更感谢咱们厂收留了他，他要好好看看这个厂，想着要为这个厂子服务呢。"

电话那头的李主任短促地笑了一下，什么也没说，就把电话挂了。李大火的笑一向如此，短，而且沙哑，透着一种强硬，还有强硬里面的某种虚弱。这种虚弱不是人人都能感觉到的，但熟识他的人又时时处处都能让他的这种莫名虚弱搞得心神不宁。

张丽芸从窗户望出去。医务室在三楼，窗外就是杨树那肥厚而且密密麻麻的大叶子。往下看，看得见男人的两条腿，那两条腿一动不动，柱子般地直立着。

厂院里的大喇叭就在这一刻轰然响起，把张丽芸医生吓了一跳。其实这喇叭每天是要准时在这一刻响起的，全厂人都已经对它的吼叫麻木不仁。而此时此刻，高亢的音乐却让医生的心一下子坠落到谷底，摔得七零八落。因为她知道，工人们应该上班了，她的丈夫，那个在人们眼里不亚于洪水猛兽的家伙，就要在人们面前暴露无遗了。平日枯燥寂寞的大院，就此要有热闹的大戏上演了。

果然，在音乐中，陆续有腿出现在杨树叶子下面了。而且，所有的腿都一样，会在前国民党军官的腿前两三米处停住片刻，随后，转向，迟疑着走去。张丽芸认出了二车间刘胖子的腿，那肥硕的腿肚子上的烧伤疤，是去年她处置过的。她也认出了小学葛老师的腿，她那双精巧的皮鞋是托人新从北京带回来的，在张大夫面前炫耀过。张丽芸医生的冷汗湿透后背了，她完全想象得到，人们肯定在猜疑，这个老反革命要干什么。

护士小田打着哈欠进来了，进门就问："张大夫，那就是你老爷们儿吧？挺精神啊。"

小田其实应该被称为老田，她那张脸奇怪地瘦，皮肤松弛，满是皱褶，像厂传达室老白手里的那两只干核桃。小田没有护士资格，这个年代也没人知道护士资格是怎么回事。小田是第一个嫁进这家工厂的当地人，她说她是护士，她就是护士了。

工厂是当年整体从东北迁到这山沟里来的，像是外星人的飞船仓促迫降在了一个荒芜的星球上，和当地的风土人情毫不交接。厂子里的人莫名地有一种优越感，不和当地人通婚成了一个不能明说的规则。小田能打破这规则，说明了她的某种本领，也在厂子里引发了种种暧昧甚至淫荡的议论。张丽芸当然知道这些议论，她也确凿地知道小田和李大火之间的故事，因为那是李大火在她床上亲口说的故事。因此，她对这个女人很谨慎。她明白，两个曾和一个男人共同有瓜葛的女人之间，那层窗户纸一旦捅破，就是灾难。

所以，她马上绽开笑容，并亲热地把小田的茶杯续上了开水："什么精神不精神的，要说精神，那也是咱们共产党给的，不然，他还不就是个反革命。"

小田习惯地端起茶杯，吹着水面的茶叶："要说你张大夫也真不容易，守活寡这么多年，等的还是个战犯。要搁我，早就改嫁了。等他？"

张丽芸心里泛起一阵苦，苦得就像是吞了一口黄连，咽下去，也还是腌渍着心的，脸上却还只能笑："谁说不是呢，我不早和你说过，要不是党和政府关心教育，我理他干什么……哎小田，你不是爱吃上海的大白兔吗，我让销售科的小韩从上海给你捎了，他今天下午就回来。"

"真的？"小田对糖果的热爱是疯狂的，听到这样的消息就马上忘掉一切。她的嘴巴最大限度地张开，脸上所有的皱纹都随着嘴的移动而移动着，像一张撒在空中的生动的渔网。她那被过多糖果损害了的门牙是黑黄色的，在红得发紫的牙床上像一粒粒年代久远肮脏不堪的路标，有气无力地指示着没有希望的前途。

张丽芸医生转过脸去。她不能再看小田护士的嘴巴，否则她就会呕吐。她把目光再次挪向窗外，那院子里的两条腿仍然一动不动。

冷汗退去了，燥热又涌上心来。全身都仿佛有蚂蚁在蠕动，在啮咬。丈夫的突然回归，对于张丽芸来说无疑是一场地震，仿佛她苦心经营的一切，突然面临了巨大的危险。当初省里来人找她谈话时，她就不假思索地拒绝接收："许定宽是许定宽，我们是我们。我早就想和他划清界限的，要不是党教育我，为了让他好好改造，我早就不认识他许定宽了。"省里的干部劝她，为了让许定宽继续改造，让他了解社会主义新国家，心悦诚服地向人民低头认罪，她必须接受这光荣的任务。说实话，要不是看她本来是个贫寒人家出身的小护士，当年被许家霸占，有一笔血泪史，这任务还轮不到她呢。"现在，这是党信任你了。"

现在，站在医务室的窗前，感觉那一切就是一场梦。

梦虽然是梦，但那两条腿却是真实的。它们仿佛不是站在大院里，而是坚硬地戳在张丽芸医生的心上。许定宽，一个前国民党军的副军长，战犯，现在真的已经回来了。

四

最后把前国民党副军长拉回家的是他的女儿许贵莹。当时天已傍晚，太阳已经坠到车间的房檐下边。

许贵莹在另一个三线工厂当钳工。她是下了班之后赶过来看父亲的。结果，看到了直挺挺伫立在大院里的老爷子。当时，许定宽的脸色已经泛白。许贵莹顿时也出了一身冷汗。急忙上前把父亲拖了就走。

推开家门，她把书包摔到桌子上，就瞪起了眼睛："你们都干什么呢？怎么能让他那么样在院子里现眼！"

许贵生躺在床上，把半导体收音机捂在耳朵上听。见姐姐进来，只翻翻眼皮，什么也不说。

张丽芸在围裙上擦着手，从公用厨房的破窗户探出头，平静地问道："是贵莹回来了？小宝也来了？"

许贵莹每次都很烦张丽芸问小宝来没来，她甚至曾经恨恨地问过张丽芸："你是不是就认识小宝？我来不来没什么重要？"当时张丽芸只是冷静地看看她，说："小宝是我外孙子。当然，没有你就没有小宝。"

此刻，许贵莹就不耐烦地回答说："小宝没来，在他奶奶家呢。"张丽芸好像愣了一下，却什么也没说，就缩回厨房去了。许贵莹却突然醒悟，应该带儿子回来的，不管怎么说，父亲还从没见过自己的外孙。她明白，张丽芸的沉默其实是一种暗示，把小宝的缺席放大在刚刚回来的老人面前了。许贵莹的怒火腾的一下在心里燃烧起来，她发现自己永远不能战胜张丽芸，而且，今后她的每一次失败都将是面对着自己的父亲了，她的无能将暴露无遗。

愤怒在胸腔里涌动，许贵莹却只能把火发泄到同父异母的弟弟身上。她拍着许贵生的床头，喝道："起来！你倒是成了大爷了！"

许贵生厌恶地挥挥手："别乱拍，尘土都进我眼睛了……我上一天班了，我累。"

"谁不是上一天班？别以为我不知道，就你那个吊儿郎当的劲儿！"

许贵生毫不示弱地瞪起眼睛。但他的话还没有说出口，张丽芸已经进来了，眼睛不看许贵莹，对儿子说道："趁着饭还没熟，你去趟小韩家，取一下我让他捎的东西。我刚看见他回来了。"

许贵生瞪一眼姐姐，起身走了。许贵莹失去了攻击目标，愤怒像扑向大堤的洪水，在坚硬的堤石前撞得粉碎，而再一次的聚集就更加愤怒了。她气愤地在屋子里转，很想抄起什么东西，狠狠地摔在地上。看父亲，却如同入定的老僧，坐在桌前一动不动。她感到了父亲身上的一种气场。这是一种沉静如水却又坚硬如石的感觉。

她就不知怎么地泄了气。沉了一下，悻悻地到厨房去帮张丽芸端菜。

张丽芸仍然很平静，自顾自地在锅里搅和着红烧肉，脸上的表情似乎很陶醉于肉的香气。直到许贵莹端起两盘炒好的菜要往外走，她才低声地说了一句："不管怎么说，人反正回来了，还得好好过。"仿佛知道许贵莹不会反驳，她连头都没有回的。

许贵莹当然不会反驳。她从来不反驳张丽芸的话，尽管她时常在心里恨恨着。她对张丽芸"好好过"的说法很熟悉，甚至很敏感，"好好过"这句话萦绕在她的成长过程里，像是一句咒语，或是一句预言，一句祷告。当年许贵莹的生母离去，张丽芸把许贵莹搂在怀里，说："没关系，好歹有我，咱们好好过。"工厂迁到大山里时是冬天，吐口唾沫也成冰，张丽芸拍拍两个孩子的头，说："慢慢来吧，早晚会好起来，咱们娘仨好好过。"许贵莹长大了，张丽芸做主让她嫁给了另一家工厂的车工刘宝贵，出门那天，张丽芸就说了一句话："好好过吧。"许贵莹气愤地说："你就会这一句。"张丽芸把眼睛睁大了，说："我不说这句，说什么？"

今天，张丽芸还是这一句。许贵莹端着西红柿炒鸡蛋和肉丝炒芹菜，愣愣的，很想反问："好好过，好好过，什么叫好好过？刘宝贵这个王八蛋竟然在外边有人了，我还和他好好过吗？"

好像有特异功能似的，张丽芸在她背后说："别和小刘闹，都不容易。"

许贵莹后背发凉，觉得张丽芸就是个巫婆。

张丽芸把红烧肉盛到碗里，对发愣的许贵莹说："你爸爸回来是好事。他是国民党，但他是改造好了的国民党，这话是毛主席说的，谁敢说个不字？告诉刘宝贵，省里说了，你爸爸马上就是省里的政协委员了，也是大官儿。"

许贵莹瞪着张丽芸，问："你是不是到我们厂里去调查过我？"

张丽芸根本不接女儿的话，她知道有些问题不用和女儿说清楚，也说不清楚。许贵莹不是个聪明女人。张丽芸常常轻蔑地想，这丫头太像她的亲生母亲了，天生就是资产阶级小姐，除了蛮横，没有别的本事。她从容地从碗里夹起一块颤巍巍的肥肉，吹了吹，塞进女儿那张大的嘴巴里。许贵莹气愤极了，却被肉香堵了嘴，脂油顺着喉咙流下去，却也不是火上浇油，而是把心思搅乱了。

娘俩把饭菜摆好的时候，许贵生也回来了，把一网兜东西往床上一扔，就坐到桌子边抄起了筷子。张丽芸瞥儿子一眼，什么也没说，把一双崭新的红木筷子放到丈夫面前，简短地宣布："吃饭。"

许定宽却没有拿起筷子。他看看妻子，又看看女儿和儿子，然后突然问道："我的宣德炉呢？"

三双筷子都停在半空中。张丽芸的心往下坠了一下，她其实早就预料到丈夫早晚会问到这个。她看看女儿，许贵莹的脸扭在一边，仿佛在看窗外的风景。她又看看儿子，许贵生满脸茫然，傻呵呵地问："什么宣德炉？"

张丽芸就放下了筷子，淡淡地说："这件事，我回头再和你细说。先吃饭吧。"

前国民党军副军长却好像没听见，执拗地问："我的宣德炉呢?"

五

许家原不是书香门第，许家当初的发迹是靠了倒腾咸鸭蛋。许家祖宅靠着大湖，最盛产的就是鸭子和它们的蛋。

可是到了许定宽的爷爷这一辈，家风变了。读了几天书的许老爷子厌倦了咸盐的粗粝和鸭蛋的鲜腥，开始追求风雅，最喜焚香打坐。那只宣德炉就是在这个时候来到许家的。它那古朴的造型、斑驳的绿锈和绚丽的错金花纹，立即俘虏了许家老爷子的心。之后的每一天，许家老爷子都会把自己关在书房里，静静地陶醉在这只炉子升腾起的香烟中。

关于这只炉的来历众说纷纭。流传最广，也被认为最可信的一种说法，是说黄花山的土匪头子钱大脑袋，房劫了国民政府一位参议员的家眷，人杀了，细软席卷一空，其中就有这只宣德炉。钱大脑袋并不是草莽之人，他上过黄埔军校，但不知为什么后来落了草。参议员的案子当然震动朝野，几路人马开始围剿黄花山，钱大脑袋开始逃亡。据说，在他最落魄的时候，是许老爷子帮了他一把，让他在许家藏匿了数月。于是，他送给了许老爷子这只宣德炉。这说法之所以基本可信，是因为许定宽后来的投笔从戎。钱大脑袋虽然当了土匪，但一颗心仍然在军界徘徊，人们都说许定宽的从军是他的游说和引见。

谁也没想到的是，前国民党军副军长回到家里的第一件事，竟然是寻找这只宣德炉。许定宽一生打打杀杀，其实对家庭并不上心，两位夫人都可以抛下不管的，何况家里的坛坛罐罐。张丽芸跟了许定宽几年，却是在一起的时间寥寥，根本谈不上了解丈夫。许家的家族史和那只宣德炉的来历，她也只是从老用人嘴里听得几句。现在看，丈夫对这只炉子的重视，却是对家庭的回归了。好事当然是好事，但那只炉子，却陡然成了一道难题。

因为，她早把那只宣德炉送给李大火了。

收拾了碗筷，就安排了许定宽休息。然后三言两语把女儿许贵莹打发走。儿子许贵生是不管不顾的，早就吹着口哨溜出去了。张丽芸点上一支烟，在安静下来的家里转了一圈，又一圈，然后和往常一样掐灭烟头，用茶叶净了嘴，摇着葵扇出了门。

出门，是做好了思想准备的，知道院子里乘凉的人会向她投来和往常不一样的目光。知道各式各样的议论会如苍蝇蚊子一般在她身边飞舞。她还知道，她不能不出门的，哪怕就是今天一晚她没有出现在大院里，也会引出诸多猜想。而阻止这些猜想淹没一切的力量，只在她的镇静里，在她手中那把葵扇上。

走出楼门的一刹那，张丽芸医生已经是满面笑容了。

"老韩啊，这两天量血压了没有？还稳定吧？""小魏，别忘了给你家宝宝按时吃药。你呀，就是记性不好，不提醒你不行。""李奶奶，牛黄解毒丸到货了，正宗北京同仁堂的，明天你让小孙子来一趟，我给您开点儿……"

如同一条鱼，游刃有余地在水草间钻动，灵巧的嘴儿一张一合吐着水泡，鳞片则在月光下闪动着美丽的光泽。张医生步履轻盈，言语和动作都活泼而热情，把人们眼里的疑问给迅速化解成了快乐。张医生就是这个大院里的一缕阳光，张医生就是这个大院里的一道风景。张医生娴熟地把握着这个院子的某种命门，搔动了整个院子的笑穴，有张医生的地方就有愉快，就有喜剧。当然，还不是那种庸俗的喜剧，因为张丽芸医生给人的整体印象，始终是个端庄的女人。

绕过篮球场上一群浑身是汗的小伙子，厂俱乐部门前有几套桌椅，是厂革委会主任李大火让摆在这儿的，很有些附庸风雅的意思。其中一张桌子是张丽芸和几个说得来的女人每天固定占领的。

现在，她们都早早地在这儿等张丽芸了。张医生当然知道，她们等的其实是关于她的丈夫的消息。

看见这几个女人的第一眼，张丽芸就恍然想起，给小田捎的糖果忘记拿了，不禁心里暗自埋怨自己：还是沉不住气。于是，远远地，她就向小田绽开了笑容："田儿啊，抱歉，大白兔我没去给你拿。"

小田的核桃脸抽动起来。张丽芸坐下，从容地说："我想人家小韩出差那么多天，小两口还不得亲热亲热，就想明天再说吧。我估计着上次给你捎的糖你应该还没吃完的。"

厂设计室的高工程师感慨说："张大夫你就是老替别人着想。"张丽芸心里舒服了一下，脸上不动声色："都是山沟里的人，不互相照应着哪成？"

这话就触动大家的心了。山沟就像一道符，当初贴在大家心头的时候，是热了大家的血的，久而久之却冷下来，到如今成了揭也揭不下去的隐痛。不敢碰了，碰重了就是伤，就是捅破了的窗户纸，看得见更深的难处。女人们沉默了，把眼睛都移向天空。那里有一轮月亮，正骄傲地灿烂着。高工程师是上海人，就说："我总觉得这里的月亮好大，阿拉上海的月亮小小的。"

她这话其实已经说过多次，所以大家谁也不搭话。张大夫成功地用山沟这个公共话题引起了人们的沉思，转移了对前国民党军官的兴趣。而突然间，一个硕大的身影从她们身后的俱乐部台阶上跃起，更沉重地划过女人们的思绪，砸夯一样地跌落在她们身边，把女人们的心思给彻底粉碎了。随着落地的闷响，那人发出了一声动物般的大吼："啊——"张丽芸眼前一花，红红绿绿的闪过之后，她看清那个男人竟然是穿着花裙子的。

不用说大家也认得，是李大火的疯子老爸了。

被吓到的女人们纷纷骂起来，小田还索性起身，啪啪地往疯子身上打着。疯子哈哈大笑，显然为自己的恶作剧而得意。那条在夜色里也很显眼的花裙子飘飘的，使疯子显得挺潇洒。他蹦跳着，把裙子高高地撩起来，露出两条毛茸茸的大腿和肮脏的内裤。一种腥臊气扑面而来，张丽芸转过脸去，听见小田夸张地叫道："要死啊你！看我不告诉你儿媳妇，还三天不给你饭吃！"

疯子笑哈哈地跑了，张丽芸医生的思想却沉重了起来。思想是有分量的，这是不可思议的事情。但事实上许多不可思议的事其实都发生了。张医生已经不对这个世界有任何好奇，她只知道生活永远是由无数的不可思议的事情组成，就像丈夫许定宽，曾经是全家的荣耀，后来又是全家的灾星，现在，他似乎又给全家带来一种新生活的希望了。但这种新生活是好是坏，还没有任何预兆，而那只宣德炉，却是眼前最棘手的问题了。

她的心绪慢慢地败坏在月光里。那月光没有一点清冷，却是如白昼般地酷热。她知道，丈夫许定宽对于别人来说终究不过是话题，而对于自己，却是命运里的坎。

六

许定宽却没有再提起宣德炉的话题。张丽芸由此断定他是个城府极深的家伙，他在观察，观察自己的妻子，观察自己的儿子，同时通过观察逼迫他们发疯。

他每天的生活规律得如同一部机器。六点钟起床。然后在高音喇叭唱起《东方红》时吃早饭。开始时张丽芸的早饭不是能够很准时地摆上饭桌，他就沉起脸，端坐在桌前等着，让沉重的气氛蔓延。他吃饭很快，《东方红》唱完的时候，他已经放下碗筷，往门外走了。他会在第二支歌曲《大海航行靠舵手》响起的时候准确地站到他刚回到厂里时站过的位置。他就在那里站着，保持立正的姿势，不和任何人说话，甚至不看任何人，也从不走动。他不戴手表，但会在距正午十二点还有五分钟时动身回家，十二点，他走进家门，高音喇叭会同时准确地唱起《我们走在大路上》。然后，他吃饭，午睡，下午三点起床，在桌子前呆坐到晚饭时分。他会在晚饭后听收音机。本来这收音机是许贵生的专属，但自从父亲听了第一次之后，许贵生再也没有敢在晚上要回自己的收音机。许定宽听收音机时从不说话，其实他在一整天中也很少说话。

他的规律对于张丽芸和许贵生来说是一种灾难。因为张大夫的工作是没有规律的，常常在该下班的时候进来一个捂着脑袋的淘气孩子，需要医生为他清创。而这种活儿过去总是张丽芸做，其他医生也习惯了让她做。许贵生则是散漫惯了的人，他平时可以一天不吃饭，或者一晚上吃三顿饭，完全看心情。特赦战犯像一朵乌云，沉重地压在了他们母子头上，把他们的时间给粗暴地切割成了固定的模块，而他们就被这冷冰冰的模块给禁锢住了，像被关进笼子的鸟，撞折了翅膀也出不去了。

保全工许贵生就很烦。他开始讨厌回家。好在他是个风流浪子，厂里还是有不少地方可以接纳他的放浪的。现在，他就躺在高工程师的床上，轻轻抚摸着上海女人那白皙而细腻的皮肤。

高工程师是个单身女人，年龄当然比许贵生大。他们第一次滚在一起的时候，高工程师就说过："我都可以做你的妈妈了。"这应该算拒绝，尽管显得做作而夸张。但当时的许贵生用温柔和强壮很快就征服了她并使她热爱上他们的苟且。高工程师心甘情愿地一次次奉献了自己，对许贵生其他的情人也表现了一种宽容。

这让许贵生有些感动。他本来是出于纯动物的本性扑到这个上海女人身上的，只不过那天他没有找到他想找的发泄对象，临时撞到了这个老姑娘。但久而久之，他却对她有了一种莫名其妙的牵挂，这种牵挂太复杂，风流的保全工梳理不清，也懒得梳理。

但许贵生不知道的是，高工程师有着只有上海女人才有的精明。这种精明一旦找到目标，就是他的麻烦了。

现在，缱绻过后，女人似乎不经意地问道："你爸爸回来之后没有找那只宣德炉吗？"

许贵生的手停止在小而柔软的乳房上了："你怎么知道？"

高工程师笑笑，推开许贵生，开始穿衣服。她慢慢地穿着，同时从容地告诉男人，那只宣德炉是珍贵文物，按年代说应该是明朝的东西，值很多的钱。她知道那宝物现在在李大火手里，是张丽芸当年亲手送给他的。

许贵生冷静下来，开始琢磨女人话里的意思。

精明的女人当然知道保全工是需要一些时间思考的，她有些轻蔑地撇了一下嘴，然后坐到桌前梳理自己。镜子里映出一张掩饰不了苍老的脸，苍凉就从心底泛起，无情地漫过身心，淹没了一切。

高媛研究生毕业时正赶上动乱的开始，这也是她厄运的起源。她在家里蹲了几年，骄傲终于抵不过飘摇的风雨，不情愿地低了头，被分配来到这大山里。在一院子东北口音的工厂，她和少数几个上海人深感落拓的凄凉，齐心协力地盼望着能回到上海。这也是高工程师至今未婚的原因。但是，婚可以不结，生理上却也是断不了煎熬，终于也就成了许贵生的人。说情愿也不情愿，不情愿中却也有快感和愉悦，还有迷恋。人就在其中挣扎，心却变得越来越实际了，宣德炉的故事就成了心底一个暗示，仿佛有了什么不平稳的因素。

许贵生也穿好衣服了。他在穿衣服的过程中好像想好了要说什么。他告诉女人，确实有宣德炉，父亲回来也确实询问过，至于这东西在哪儿，他不知道，真的不知道。关于对李大火的涉及，他这才是第一次听说。

说这些的时候，他的火气在慢慢升腾。他好像从情妇的话里听出了些不利于母亲的意思。关于母亲和李主任的关系，他认为厂里没有别人知道内幕的，唯一了解真相的只有自己。因为当时十七岁的男孩子是看见李大火钻进医务室，然后又看见这家伙系着裤子离开的。许贵生就是从那一时刻开始堕落，他认为自己不能不堕落，也不应该不堕落，他坚定地认为堕落是对母亲的抗议和同情。

高媛笑了笑，没再往下说。她相信自己的话已经在保全工的心里产生了作用。也许还只是一点火苗，但终将会酿成灾难。至于灾难会毁掉些什么，上海女人是不管的，也不想管。

许贵生忍着气下楼回家，浑身的舒适已经结束，只剩下疲惫和烦恼。更令他猝不及防的是，他在楼门口撞上了母亲张丽芸。张大夫显然是来谁家出诊的，穿着白大褂，胸前的"星火厂"字样仍然醒目而粗野。儿子盯了母亲的胸一眼，怒火腾腾燃烧，不是因为那字，而是因为那胸的起伏。

张丽芸当然看出了儿子的心情，也自认为知道儿子的隐秘和不高兴的原因。她皱了皱眉，绕过许贵生，径直往楼里走。却没料到，儿子突然侧身，挡住了她的去路。

张丽芸有点惊讶。她以为刚刚从女人床上下来的儿子会不吭声地转身离去，因为他毕竟不是在做什么漂亮的事情。她没想到儿子竟然理直气壮，好像他心里的愤怒是因她而来。

她站住，用目光询问儿子。

许贵生却在一刹那间泄气了。他好像突然明白，他曾经一次次地试图向母亲挑衅过，但始终没有成功。宣德炉即使是给了他新的勇气，却仍然不够战胜。他只不过是个不争气的儿子和技术不那么娴熟的保全工而已。他不是父亲，他知道父亲是杀过人的，他以为杀人是能让人强壮无比的事情。他也不是母亲，他虽然恨她，但他也知道，没有她，他也许早就死在什么地方了。

保全工的眼泪一下子涌了出来。他不敢让母亲看到，转过身走了。

七

张丽芸医生却清醒地意识到了危机四伏。

她知道自己是个有强烈危机感的人。这种危机感缠绕了她的大半生，最早出现在她第一次走进许家大门的时候，那时她十九岁。

贫寒的父母是自觉自愿地把护士女儿嫁给显赫的许副军长做姨太太的，护士本人却明白当时的局势，知道国民党早晚垮台，危机感就在那时萌生在心底的苦涩里，觉得自己就是赌桌上一颗被扔来扔去的骰子。

从那以后，危机就和她相伴相随了，躲也躲不掉，终于磨平了她心灵上的所有棱角，成就了一名圆滑而看上去热情的医生。但只有她自己知道，她有多少次从睡梦中惊醒，冷汗淋淋地坐起来，却不过就是梦里的一只蚂蚁，张牙舞爪地爬上了她的脚面。

危机和危机感是一对孪生兄弟，他们此消彼长，相互抗衡，永远你给我一拳我给你一脚地撕扯着。得知许定宽成了共产党的俘虏，是一次重大危机，张丽芸咬牙扛了过来。大老婆宣布和许副军长离婚去了香港，又是一次危机，她又扛了过来。飘摇在狂风巨浪中的小船，永远在浪尖与浪谷之间起伏，这一次的坠落注定是下一次抛起的前奏。张丽芸不敢疲惫，也不敢伤心，她只能在其中挣扎。来到大西北的山沟里也是一次绝望中的起死回生，当时那个无耻的顶头上司几乎就要把她按倒在手术床上了，说是她要不答应就开除她，或是让她到太平间去给死人化妆。她抓救命稻草似的抓住了伙伴无意中告诉她的信息，到即将搬迁的这家工厂报了名。于是，省医院的优秀护士长成了三线工厂医务室的小大夫，城市长大的柔弱女子成了荒山野岭里的一株野草。

现在，伫立在楼房门口，她望着儿子愤懑的背影。在远处，像是舞台上的背景道具，许定宽的身形在她的眼睛余光里突兀着，锥子般地刺眼。她长长地吸了一口气，心想是不是应该和丈夫谈一谈了。

于是，中午回家做饭，就多炒了一盘鸡蛋。蛋液在锅里翻翻滚滚，香气就弥漫开来。女人的心也起伏不定，却总是苦涩地呻吟。当《我们走在大路上》高声唱响的时候，她为落座到桌前的丈夫倒上了一杯白酒，然后，深吸了一口气。

许定宽面无表情地看了妻子一眼。

张丽芸在他面前坐下，夹起一筷子鸡蛋放到丈夫的盘子里。许定宽下意识地躲了一下，身子躬了一躬，完全是在战犯管理所里的样子。张丽芸当年在探视时看到过丈夫这个样子，而且印象深刻，因为丈夫是副军长时腰板总是直着的，从没有这样的弯曲。当时她的眼睛就湿了一下。现在，她的眼睛又湿了，她突然感到丈夫的心好像并没有回来，他还是一名战犯。

突然地，她就什么也不想说了，而且，她瞬间下定了决心，要找李大火把宣德炉要回来，哪怕在事隔多年之后，再让那王八蛋占一次便宜，只要他对她这个老太婆还有兴趣。

现在，宣德炉就是她面临的新危机了，无论如何，她都要闯过这一关。她也想得到的，也许，解决危机的结果只能是炮制出下一次的危机，未来的事情不能占卜。就像当年，躲开那个卑鄙流氓的唯一办法，只能是带着孩子来到这贫瘠荒芜的山沟，结果，是他们把一生都扔在这儿了。

不管怎么样，日子只能好好过。

心就突然静下来了。下午，她照例吸过烟，用茶叶净了嘴，然后回医务室拎上药箱，就往厂办公楼走去了。天气闷热，要下雨的样子，一群蜻蜓烦躁地在院子里乱飞，甚至撞到了张大夫的脸上。轻微的痛感是和快感相融合的，像小儿的粉嫩拳头打在母亲的脸上。许贵生当年是这样打过母亲的，当时张丽芸正在为前线的丈夫生死未卜而哭泣，儿子的天真无邪是她唯一的安慰。往事如烟，也非烟，却是多少愁苦和欣慰交织成的网，每一个网眼里都是故事了。

张大夫就踏着这样的故事走上了办公楼的台阶。在最后一阶台阶上，她停顿了一下，然后继续。停顿是犹豫，也是对自己的鼓励。推开李大火主任办公室的门时，她已经变得镇定自若。

李大火中午从来不回家。表面上是向群众展示公而忘私的品质，实际上是掩饰不住的对自己那个家庭的一种厌恶。推开的门打扰了他的午睡，这个肥胖的男人不高兴地从沙发上爬起来，皱紧眉头呵斥："没规矩，怎么连门都不——"抬眼间看清是张丽芸医生，后边的话就咽了回去，沉着脸坐到办公桌前。

张大夫提高了声音，尽量让楼道里可能路过的人听见："主任您不是要降压药吗，我给您送来了。"

李大火打了个哈欠，渐渐清醒起来，问道："有事？"

"有事。"张丽芸的眼睛看向窗外，很快很干脆地说，"我想把那个宣德炉要回去。"她实际上是在心跳不已的，而且跳得很厉害，很狂野，但她必须强撑着，必须单刀直入地把要说的话说了，不然，她知道自己也许就说不出口了，心脏的挣扎会淹没了她的语言。她一边说一边把手心里的汗偷偷往裤子上抹，却感到后背上也有汗在往下流。

"什么？宣……什么炉？"胖子李大火有一双酷似金鱼的眼睛，这双眼睛瞪大了的时候有一种呆滞感，仿佛他是个傻子。张丽芸知道，这个脑满肠肥的家伙确实有点傻，但这并不妨碍他的凶狠，甚至为他的凶狠增添了某种理由，他会用凶狠遮掩自己的愚蠢。他当年在医务室里，一边剥着张丽芸的衣服一边就恨恨地说过："我知道厂里的人都从心里看不起我，我要让你们知道，越看不起的人越会让你不舒服。"

张丽芸当时听得不寒而栗。

"就是……那年，我给你的那个……香炉。"

张丽芸医生的声音不知道为什么低了下来，像是底气不足的样子。她很为自己这个状态愤恨，但控制不了状态在心里的蔓延和委顿。

李大火想了一会儿，脸上露出恍然的神情："我想起来了。"他的眼睛松弛了回去，仿佛意识到主动权又回到了自己手里："当年你说过，它挺值钱。"

"那是许家的传家宝，他回来了，总管我要……"

李大火点点头，伸手去摸桌子上的茶杯。

张丽芸先一步把茶杯拿起来，从桌下拎出暖瓶为革委会主任续水：“我也没办法。他说他要找省上去说……要不，我赔你钱……”

李大火喝了一口茶水，平静地说：“这不是钱不钱的事。”

八

李大火总认为自己的一生是耻辱的一生，张医生的索要，是众多耻辱中一次新的耻辱。

疯子父亲就是他一场挥之不去的噩梦，总萦绕在他的神经结上，时不时地就勒紧一下，让痛感迅速蔓延到他的全身，让他愤怒不已。这当然是他耻辱的根源。

他从懂事的那天起就知道自己的父亲是个疯子。老头因为什么而疯癫，他的母亲总是遮遮掩掩，语焉不详，而眉宇间总有一些愤恨存在。这让李大火从小就隐约知道父亲的发疯不是一件光彩的事情。当他初通人事之后，他猜测那会是一件风流韵事，不然人们的嘴角不会在提到他的父亲时总挂着暧昧的微笑。这开始让他和他的母亲一样感觉愤恨。

他的疯子爸爸总穿着一条花裙子在街上乱跑，冬天则被李大火的母亲换上一条花围裙，因此，被人们称为“花疯子”。当然，这个称呼显然还有别的含义。年纪渐渐大起来的儿子有一天终于无法忍受，冲母亲大吼道：“你能不能不让他穿那个破东西！”母亲平静地看着他，说：“穿这个，谁都知道他是疯子，别人才不会真欺负他。不然，哪天他会被人打死在街上。我是他老婆，嫁给他是我的命，我不能让他在我活着的时候死得不明不白。”

李大火哑然。他好像多少明白了一点，在母亲心里，疯子还是有一点地位的。那也许是爱，也许不是，但要动摇它，是不可能的。

从那一天起李大火变了。他不再对父亲恶言相向，但会在有人戏弄疯子时冲上去动手。他从小就是个胖孩子，动起手来相当凶狠，相当不管不顾。当他的拳头砸在别人的脸上时，他有了一种快感，拳头和皮肉接触时那种软而且硬的感觉痛快淋漓，让他上瘾，让他愉悦。李大火就在这种格斗中成长了，而当他第一次把个女同学堵在胡同里强行索吻的时候，他就完成了一个全面而熟练的流氓的蜕变过程。

母亲在工厂搬迁到山沟里的第二年病逝。从此，李大火继承了母亲的做法，夏天，让父亲穿花裙子。冬天，棉衣外面一定要套上一条花围裙。鲜艳成了疯子的标志，而疯子很奇怪地只接受这种标志，自从妻子死了之后他不穿花裙子绝不出门。李大火常常看着疯子想："他大概是在用这种方式思念我的母亲吧。"

李大火当然不是那种心思细密的人物。他的心是一部粗暴的机器，运行起来有一种大刀阔斧的粗粝。他明白花裙子过于轻佻，并不能彻底保护父亲的尊严。而能够真正让父亲像正常人一样受到尊敬，他需要的是权力。于是，在厂子里也乱起来的时候，他带头砸了厂党委书记的办公室。与此同时，他以一种势不可当的强硬姿态，在工厂里飞扬跋扈。强行和前国民党军官的姨太太上床，就是在那时发生的故事。在新任革委会主任眼里，女人是他一次次证明自己的工具。

在他第二次从张丽芸身上爬起来的时候，衣衫凌乱的医生战战兢兢地从柜子里找出一个用报纸包裹得很严实的东西。李大火打开报纸，于是看到了那只宣德炉。

那时候他当然不认识这玩意儿。这东西在灯光下是暗黑色的，显得奇形怪状，但不知为什么有一种感觉上的沉稳，让人本能地觉得它应该是件宝物。李大火抚摸着那挺舒适的沉重，狂躁的心竟然慢慢稳了下来。抬眼看背身穿衣服的女人，立即意识到对方是要用这贵重赎买更贵重的自己了。

什么也不用说了，也没什么好说。

其实李大火并没有喜欢上这个女人。在他的心底，他也还有些隐隐约约的顾虑，因为他知道这女人的丈夫早晚会回来。那男人虽然已经是阶下囚，但革委会主任不知道为什么总有些忌讳。目前的结果，他认为也不错的，便宜占了，还得到个宝贝，仿佛是强买强卖，对方还拱手送了礼。见好就收，李大火觉得自己的尊严得到了极大的尊重。

抱着那沉甸甸的炉子，李大火回了家。从此，再也没和张大夫动过手脚。甚至，他对张医生表现出了极大的敬重，就是在护士小田的床上，他也从未吐露过半句他和张大夫的故事。那两次的强暴，沉没在两个当事人的心底，竟都是不愿触碰的伤疤了。

可是现在，战犯真的回来了。而且，张丽芸医生竟然来向他要回那只宣德炉。

李大火那不太灵光的脑筋出现了混乱。他当然不能答应归还那只炉子，因为那关系到他的尊严。但他又对前国民党军官有种莫名的惧怕。他不断告诫自己那是一只死老虎，但死老虎的獠牙仍然坚硬锋利。何况，张丽芸故意在厂子里散布的许定宽要当政协委员的传言，灌进李主任的耳朵时留下了耳鸣一般的恶劣效果，想听不想听都在耳边嗡嗡作响，把李大火搅得疲惫不堪。

这天晚上他回到家里时已经是半夜。老婆已经睡了，只有他的疯子爸爸蹲在客厅的八仙桌底下抽烟。疯子好像永远缺乏安全感，桌子对于他来说就是坚如磐石的堡垒了。浓烈的旱烟味从堡垒里飘散出来，电灯泡显得更加昏黄暗淡。李大火的眉头紧皱，低声喝道："又抽！还让不让人睡觉了！"

疯子讨好地向儿子绽开笑容，被太阳晒得黝黑的脸上写满了谄媚。李大火不理睬这种非常真诚的谄媚，转身往自己的卧室走，却在一转眼间瞥到了父亲身边那个黑黝黝的东西。那是个现在正沉甸甸地压在他神经上的东西，所以，他一下子像是烫到了似的跳了起来：

"——你怎么敢！你他妈的——"

疯子是被儿子骂惯了的，但儿子如此铁青的脸色却是第一次看到。他惊呆了，嘴巴一咧，便开始惊天动地地哭。哭声猛烈地攻击了李大火的耳膜，让他的耳朵针刺似的疼起来。他的金鱼眼睛就鼓胀了，血丝在眼白上快速地凸现。他知道，他们这栋不隔音的简易楼这会儿已经像是发生了地震，大概所有的邻居都惊慌失措地爬起来了。

李大火的老婆揉着惺忪的睡眼从卧室出来，不满地问道："干吗呀，深更半夜的，犯什么病！"

李大火提起那只肮脏的宣德炉，愤愤地吼道："你是干什么吃的？啊？让他拿这东西当烟缸！还吐痰！"

老婆的睡意完全没了，也努力地把眼睛瞪得比李大火还大："你那疯子爹你不知道？我他妈的看得住？你还别跟老娘嚷，再嚷老娘把你和你那疯子爹都踹出去！"

肥大的屁股扭动着，老婆转身回了卧室，硬邦邦地扔下一句话："什么破鸡巴东西，别以为老娘不知道来历，惹翻了我咱们谁也甭好过！"

李大火干瞪眼，说不出话。

九

被老婆臭骂了一顿的革委会主任决定反击。他模模糊糊地意识到，自己大概已经或者正在坠入一个被动的境地。人们仿佛正在齐心协力地摇晃他这只破瓶子，沉淀在瓶底的渣滓正在阴险地慢慢泛起，就要暴露在人们的眼前。清晨，他在车间后面的山坡上打太极拳，散步的高媛工程师路过，笑眯眯地站在一旁看了半天，然后，说了一句让他胆战心惊的话：

"主任身体是真的好，难怪厂里那么多姐妹看好的。阿拉是不配的，要早生几年的话，阿拉也要努力呢。"

李大火愣住了，伸出的云手停在半空，收也收不回来。他就在这一刻突然意识到了危险，仿佛看到无数敌人正狞笑着不动声色地包抄上来。

像李大火这样的人，愚笨归愚笨，警惕性是有的，那是坎坷生活的积累和创痛。就像高媛工程师，他是打过主意的，甚至私下向她炫耀过那只宣德炉。但上海女人的反抗，让他及时退避三舍了。他本能地意识到这个女人的便宜不好占，她的一切是精密计算过的，锱铢必较。现在，上海女人在他面前的旁敲侧击，不能不让他警惕。一刹那间，他决定了，应该主动了，绝不能束手待毙。

背着手回到生活区大院的时候，《东方红》正肃穆地响起。是一个好天气，太阳很澎湃，这么早就开始灼烤着黄土地面了，今天肯定会很热。肥胖的李大火走进院子时已经大汗淋漓，流着汗的胖子径直走向了刚刚站到院子里的老人。

两个男人面对面的时候，彼此都感觉到了对方的气场。前战犯感觉到的是窥探里的狡猾，革委会主任却感觉到了一种强硬。李大火努力地绽开了笑脸，先开口了："是……老许……吧？"

他的话里出现了两个停顿，第一个是在思忖怎么称呼对方，第二个是在想要不要称对方为同志。李大火觉得自己在政治上很成熟的，话问得很得体，不禁有点得意。

被称为老许的老人看了看面前这个胖子，然后简短地回答："我是许定宽。"

李大火想，不和对方握手应该是合适的，就把双手放到肚子下面捧着："我是这个厂的革委会主任。早听说你回来了，应该去看看你……要不，我们到我办公室谈谈？"

许定宽在战犯管理所里养成了对领导的尊重，但对眼前的胖子却不知为什么有一种天然的反感，仿佛看着他就有一种油腻腻的厌恶。他迟疑了一下，然后说："不敢随便打扰，领导有什么指示，请说。"

"我们……"李大火字斟句酌地说，"欢迎你回来。当然，省里也给了我们指示，我们也很慎重很慎重地研究过。你呢，今后不管做什么工作，你的家呢，在厂子里。要好好的，好好的。"

其实李主任也没想好什么叫好好的，怎样才算好好的，于是他只能絮絮叨叨地重复这几个字。但是他觉得自己的真正意思已经表达了，他自信地认为眼前这个老头子应该会好好的。什么狗屁宣德炉，他还敢往回要？

许定宽看着李大火，面无表情。他也在琢磨对方的好好的是什么意思。这一段时间，他从妻子和儿子嘴里多次听到过关于这个家伙的评论。妻子说话看得出谨慎，儿子却是毫不忌讳地表现出蔑视，甚至是仇恨。这种仇恨源于什么样的故事，而谨慎又是为了什么，许定宽都还无从知晓，但他却对这个胖子留下了不那么光彩的印象。

他继续看着他，保持脸上无表情。

李大火当然从对方的无表情里揣测出了许多复杂的表情。他有点恼火，有点不知所措。他莫名其妙地笑了，短促而虚弱的笑，还有些想掩饰什么的意思。释放战犯仿佛被他的笑影响了，眼珠动了动，转移了视线的焦点，转而去看路过的人们。人们是去上班的，工厂的最高领导和前国民党军官少见的交谈显然吸引着所有人的眼球。大家都谦恭地向李主任绽开笑脸，而对释放战犯做视而不见状。人有时就是这样，顾左右而言他是一种本领，眼睛的焦点和心的焦点往往不在一个地方。张丽芸医生也出现了，仍然穿着白大褂，那白大褂只不过比前两天更脏了一些。她看见大杨树下的两个男人时脸白了一下，脚步却没有停，还加快了。

"呦，你们聊上了？老许啊，这就是我给你说过的李主任，咱们厂的一把手。你没回来之前，对我们娘俩可照顾了。"

许定宽把目光落到了妻子脸上，捕捉着她的热情。张丽芸那张微微浮肿的脸，不知怎的突然叠加上了另外一张脸，一张年轻的俏丽的脸，那是张丽芸当年的脸，是她刚刚嫁进许家时的脸。许定宽记得，母亲厌恶自己的正室儿媳，强行在他在前线的时候为他纳了小妾。当他带着一身硝烟回到家的时候，他看到的是一张紧绷的脸。美丽的容颜掩饰不住警惕和厌恶，抿得紧紧的嘴角还挂着一丝骄傲。而现在，张丽芸的脸胖了不说，满脸的谄媚已经使她完全变成了另外一个人，一个俗气的女人。

前战犯就觉得有一股怒火从心底升起了。

张丽芸还在和李大火热情地交谈，她在详细询问他的高血压情况，强烈建议他到省上去好好看看。她告诉他，省第一医院心血管科的齐主任是她的好朋友，她介绍去的病人看病连队都不用排的。

许定宽就在这个时候突然开口说道："报告李主任，我还真有一件事要请领导帮忙。"

李大火立刻转过脸来："好，好，你说，你说。"

"我许家有一件祖上留下来的玩意儿，不算值钱，只是个念想。家道中落，也只有这个东西还在了。但是，无奈之下，不知让内人送给谁了……"

李大火和张丽芸的脸都白了。李大火的白得像死人，白里透出一层青色。张丽芸的白是惨白，如同一张卡片纸似的僵硬。他们都看着前国民党军官，心里都涌动着掐死他的欲望和掐死自己的绝望。

如果这时许定宽的眼睛落在这两个人的脸上，那么他会立刻明白那只宣德炉的下落。但他却不看他们。他仍像一名军人那样，腰板挺直，目不斜视，自顾自地往下说："内人这些年不容易，我是知道的，也感谢工厂领导对他们母子的照顾。她把这东西送人当然是不得已。我只希望领导能够帮我把它要回来，在下感激不尽。"

革委会主任觉得自己的双腿沉重无比，让他想逃跑的欲望归于破灭。他强撑着自己的精神，故作镇静地问道："那么，是送给什么人了呢？"

许定宽愣了一下，老老实实地回答说："我不知道。"

李大火的眼睛顿时活络了，他笑眯眯地说："那就不好办了。恐怕，还是你们夫妻先要好好商量一下喽。"他擦擦头上的汗，转身走了。就在转过脸的一刹那，还向愣愣的张医生飞了个媚眼。

张丽芸则看向丈夫，脸上的表情渐渐变得气急败坏。

十

气急败坏的张丽芸转身就往家走。许定宽犹豫了一下，也就跟了上来。这是他第一次在院子里只站了二十分钟就回家的，他本能地意识到自己的话闯了什么祸。

踏进家门的一瞬，张丽芸医生泪如雨下。她满脸的泪水让正在屋子里抽烟的许贵生吓了一跳。保全工今天不想上班，他也正在为某些事情而烦恼着。他刚想开口问母亲怎么了，一眼瞥见父亲跟了进来，就把话咽了回去。

张丽芸不看儿子，径直进了里屋，砰地把门关上了。

许贵生的目光被门板碰了回来，转向父亲，试图询问，但终将疑问硬生生收回。许定宽则青着脸，在屋子中挺立，一如在院子里的强硬。

里屋门突然又开了，张丽芸已经擦干眼泪。她走出来，平静地问丈夫："是谁告诉你我把宣德炉送人了？谁？"

释放战犯当然从妻子脸上看出一种冷若冰霜的坚定，他迎住这种坚定，说："是一个女人，上海口音。"

母亲的凛冽目光立即投向了儿子。许贵生被烫了似的辩解："不是我说的！是高媛先问的我，她早就知道！"

张丽芸医生闭上了眼睛。她的心痛如刀绞。她仿佛看到她煞费苦心搭建的巢穴在坍塌着。屋顶上的茅草已经被狂风卷去，一根根的房檩在颤抖并动摇。她蜷缩在墙角，已经感觉到墙壁的撼动与崩裂。这可是她几十年的心血啊，这可是她用耻辱乃至生命换取的安宁啊。所有的一切都在一瞬间重新呈现在眼前了：解放军进城时的欢呼，得知丈夫被俘时的阴冷，大老婆离去时的背影，被按在手术床上的悲痛，还有来西北时那列摇摇晃晃的列车……所有的所有，仿佛都被那只宣德炉在一眨眼间，压碎了。

保全工突然跳了起来，叫道："准是我姐！她那张臭嘴！"

母亲想说，是谁说出去的，现在已经不重要了。

可是，她张了张嘴，却发不出声音。从心底升腾上来的火，已经烧干了她的唾液，把她的嗓子变成一口干枯的井，她自己都闻得见井壁上的土腥气。

许定宽看着妻子和儿子。他突然感到了一种他从未感受过的震动。仿佛当年那个小战士的枪顶住脑门时，枪口的冰凉也没如此让他惊恐。他知道自己是不谙世事的，他曾经远离社会，先是战争的撕扯，后来是战犯管理所的蹉跎。他就在此时突然问了自己一个从来没有想过的问题：他们这些年，是怎么过来的？

我为什么从没有问过他们？

三个人都沉默了。只有三双眼睛似乎还活着，剑锋一样的目光偶尔会彼此扫一眼，然后迅速挪开，尽量避免着碰撞。屋子里是一种从没有过的沉重，仿佛空气在凝固起来，慢慢升高的气温使这种凝固更加难以忍耐，像是刚从砖窑里取出的红砖，正不动声色地一块块地压在他们的胸口，烫着他们的心。

许定宽突然松懈下来了。他那一贯挺拔的身躯一下子就瘫软了，像抽了筋似的垮了下来，垮成一摊泥。他站不住了，一屁股坐在椅子上，嘶哑着冲妻子叫道："药，药……"

张丽芸医生愣了一下才明白丈夫要的是什么。她冲到屋里，为他拿来了速效救心丸。释放战犯吃了药之后脸色缓解，他被妻子扶到床上，却是什么也没说，仿佛一切话都在不言中了。他只是轻轻地抓住妻子的手握了一下，像是乞求原谅，然后，就松开，把眼睛闭死，似乎是这世界上的一切已经与他无关。

张丽芸医生坐在丈夫的床头，却是百感交集，万般滋味在心头了。

许贵生跟进来，探头看看父亲，低着声音咬牙切齿："高媛这个臭娘儿们，看我不收拾她！"

张丽芸冷冷地说："收拾什么？别人不收拾你也就是了。谁让你系不住自己的裤腰带。"

许贵生伸了伸脖子，想反驳却没说出话。

"你出去！"母亲命令儿子，语气不容置疑。

保全工看看母亲冷若冰霜的脸，勇气完全溃散，转身走了出去。

张丽芸竖起耳朵，听着丈夫的呼吸在慢慢平稳，知道危险已经过去。她看着他的脸，那张脸皱纹纵横，胡须花白，腮上还有了点点的老人斑。这个人已经老了。这个人已经不是当年杀人不眨眼的副军长了。当年，张丽芸在这个人面前是恐惧的，她表面的镇静和高傲只是伪装，而现在，她不怕他了。她看向他的目光里没有任何东西。也许，是有一点怜悯。她始终认为自己和这个人没有感情，可能是还没有来得及建立感情这个人就成了共产党的阶下囚，成了她的耻辱。而现在，这个人是她的义务，是她的责任。是她担不担得起也要担的担子。

"你要是醒了，就听我说。"

许定宽没有睁眼，也不回答，只是眉毛动了一下。

"她去香港的时候，说什么也不带贵莹走。她说要把孩子给你留下。我看，她是在香港有人了。"

好像有许多许多的事和许多许多的苦要说，却不知为什么，从张丽芸嘴里冒出来的，却是这样的一句话，却是这样的一段事。是当年太愤怒了吗？应该不是。张丽芸记得当年她是很冷漠地听大太太哭诉，看着大太太手忙脚乱收拾行李的。车等在门外，不停地按喇叭。她没有去看是什么人在门外着急，她没兴趣。她记得许贵莹当时一声不吭地坐在桌子底下，一根一根地扯着洋娃娃的头发。这孩子还没有和她亲近过，她也不敢去招惹她。她知道许贵莹当然不愿意母亲走，可这孩子只是倔强着不说，任凭眼泪流在肚子里。大太太终于走了，竟没有再看自己女儿一眼。当门外的汽车开动的时候，桌子下面的许小姐终于哇的一声哭了出来。张丽芸记得是她把女孩子抱出来的，许贵莹第一次抱紧了她的身体。

回忆打乱了张医生的语言。她停止，愣愣的不再说。许家不宽畅的房子里空气似乎不再流动，屋外的灿烂阳光悄悄走过，却只是从窗子边逃走。高音喇叭一次次地响起，提醒着时间的丢失，却推不动许家夫妻的沉默了。

释放战犯一直躺到了屋子里暗下来。当在外边游荡了一天的许贵生回来的时候，他才慢慢地爬了起来。许贵生看了父亲一眼，又看了母亲一眼，什么也没说，从篮子里找出个冷馒头啃着。张丽芸想是不是应该去炒个菜呢，却是懒得动身，只是看着丈夫坐起来，看着他茫然四顾的样子。而就在这时，房门开了，许贵莹走了进来，在她的身后，跟着一个矮小的男人和一个同样矮小的孩子。

十一

刘宝贵在吃晚饭的时候始终以一种崇敬而又惧怕的眼神看着他的岳父。这个相貌猥琐的当地农民儿子曾经产生过再也不到许家来的念头，但在岳父的不怒自威面前这念头土崩瓦解。

刘宝贵的内心其实并不像他的外貌这样不堪。他不过是因为永远的自卑而把自己折磨到了极端痛苦的地步。

他其实是个聪明人。当年他在山下的小城里当铁匠铺的学徒，在成为省级学习毛著的积极分子后，向市领导提出了唯一的个人要求：进国营大厂，当个吃国家饭的工人。于是，他成为第一个正式调进三线工厂的当地人。他凭他的聪明很快成了一名熟练的车工，然后在进厂一年后向厂领导提出了他的第二个个人要求：他要结婚。

他看上了个女孩儿，叫许贵莹。

那时许贵莹还不是他们厂的工人，她是在和同学一起到那个厂看电影时被刘宝贵瞄上的。据刘宝贵后来自己说，他看到那女孩儿时就觉得天都亮了，电影上的美女都没这个姑娘好看。那时的刘宝贵还不自卑，甚至有点骄傲。他自卑是在和许贵莹结婚之后，是许小姐粉碎了他的信心。

或者更准确地说，是岳母张丽芸让他彻底自卑了。其实没有张丽芸的努力，刘宝贵这只癞蛤蟆是吃不上天鹅肉的，是张丽芸劝说许贵莹嫁给了刘宝贵，条件是让毕业后正在家里无所事事的许贵莹进了刘宝贵那家工厂。但是，张医生那总淡淡的笑容和总平静如水却暗藏玄机的话语，还有一次次对于刘宝贵癞蛤蟆身份的暗示，不知怎么的就让车工自惭形秽了，从此失去了内心的平衡。

更重要的，许贵莹的不谙世事，许贵莹那与生俱来的娇气和蛮横，很快就让农民子弟刘宝贵头疼不已。

得知老岳父从战犯管理所归来的消息时，夫妻俩正进行着一场恶战。许贵莹偶然在山下小城的百货店里看见丈夫和女售货员聊得甚欢，而那女售货员她认得的，是刘宝贵的邻居玩伴二丫。许贵莹在哭泣、咒骂和摔打之后，按照张丽芸的口径警告了刘宝贵："你等着，我父亲回来了，他已经不是国民党，而马上是咱们共产党的大官了。他绝对饶不了你这个臭流氓！"

刘宝贵毛骨悚然。刘宝贵心惊肉跳。刘宝贵迅速地缴械投降。这让许贵莹突然生发出一个奇怪的念头：我的父亲，他当年在解放军面前，是不是也这样不堪一击呢？

于是夫妻俩一起回娘家探望许定宽，于是刘宝贵在老岳父面前彻底打消了出轨的念头。尽管他其实已经和二丫深入回忆了儿时的诸多乐趣，还趁机摸了二丫的某些部位。

许定宽当然是看不上这位女婿的。他那军人敏锐的目光已经看到了刘宝贵指甲缝里的黑泥，看到了他黄板牙上的那一片韭菜。他也闻到了这个车工身上久未洗澡的气味，于是他在他的外孙子小宝把鼻涕抹到他袖子上时红了一下眼圈。

可他什么也没说。

他已经知道自己是没有权利说什么的了。

在饭桌上，许贵生愤愤地问姐姐是不是把宣德炉的事情说了出去，但他话刚出口，就被母亲给厉声喝住了。许贵莹一时没听明白，看张丽芸，却见母亲面沉似水，也就不敢再问。这时的许定宽，把外孙抱在膝盖上，好像没有听见任何东西，只是夹着一块肉喂孩子。他心里的是是非非，却是自己也拎不清的了。

晚上出了许家的门，走在通往汽车站的农村小路上，刘宝贵小心翼翼问妻子："你弟弟说的那个……什么炉？"

许贵莹把怀里沉睡的孩子往上掂了掂，说："不应该你知道的，你不要问。"

刘宝贵默然。走了一段，他又说："我为什么不能问？我是这家的人呢。"

许贵莹的脚在石头上绊了一下，冷笑："现在你知道你是这家的人了！"

黑暗吞噬了山沟里的这条路。两家工厂，一家在沟的这端，一家在沟的那端，连接它们的这趟公共汽车是两家厂合资开设的，因为两家厂里联姻的人家太多。日子一年年地过去，不和当地人结婚的潜规则已走进死胡同，却仍然不甘心地坚持着，因此，在同样来自东北的另一家工厂里找对象是唯一的重要选择。许贵莹有时就想，自己好像爱那家厂比爱刘宝贵要深得多，起码是真切的。人们的口音和缸里的酸菜，都和自己那么亲近。而刘宝贵，却像是远远的一个影子，甩也甩不掉的阴影。

许贵莹就流下眼泪了。她不想让丈夫看到自己哭，就加快了脚步，磕磕绊绊地在黑暗里行走。她觉得自己真的是可怜，周围的山都像是压在自己头上的噩梦，挥之不去，似乎看得见又似乎看不见。

刘宝贵到底还是聪明的，他跟在妻子身后，一声不吭地走。远远看到那孤零零的路灯和站牌了，他才说话。

"你妈让你嫁给我，你是委屈了。"话一出口，一股酸酸的味道从心底涌上来，让车工的心颤抖了一下，"我知道我不配你。现在，你爸要当大官了，也许哪天你们全家就搬到省上去了，我就更

248

不……"

许贵莹把脸埋在孩子的腋下，闻见了一股奶香，眼泪就更旺盛了起来，止也止不住地湿了儿子的衣服。小孩子不舒服地动了动身体，娇嫩的皮肤擦过许贵莹的脸，像是为母亲拭去眼泪了。

"我知道你不喜欢我。从我这边说，我喜欢你，可又觉着你离我那么远，远得够不着……说句实话你别恼，二丫要比你和我亲多了。"

许贵莹咬了咬牙。她知道丈夫说的确实是实话。

"可你放心，我永远不会离开你，还有孩子。"刘宝贵不知道为什么今晚话特别多，像水流似的止也止不住。也许是黑夜遮掩了太多吧，怯懦和疏离都被屏蔽了，只剩下一颗心和一张嘴是热的，在清冷的夜里挣扎。

"你别怨你妈，她是为你好。老太太不容易，又不是你亲妈……她不是打发你，你嫁给我是你当时最好的选择了。"刘宝贵停了一下，有点为自己说出"选择"这个词而得意，他一向自卑的，他认为自己说不出有文化的词句。得意鼓舞了车工，他竟然提高了一点声音："我现在就是车间主任了，我会当更大的官儿，我一定对得起你，对得起你们家。我曾经想过你妈这算不算利用我，后来我想不算，只要她是为你好，就不算。"

许贵莹的眼泪彻底止不住了，也无法再在丈夫面前遮掩。她向着茫茫黑夜终于哭了出来，她的哭泣让夜的寂寞有些退却了。

十二

出大事了。

就在许贵莹和她的丈夫刘宝贵走向和好如初的第三天，许贵莹的弟弟许贵生，被保卫科的人从阿花的床上揪起来了。

阿花的丈夫小韩当然是又出差了。但是，他被紧急从天津叫了

249

回来，厂里给他发了电报。这显然是预谋了。小韩惶恐地第一次被特许坐了飞机，他在省城的机场一落地就看到了保卫科的人，以为是自己贪污差旅费的事犯了，几乎尿了裤子。但保卫科的人什么也没说，还一个劲安慰他，使他又想是不是自己的老娘犯了心脏病。小韩被接回工厂后直接被送到厂招待所，这让他更加莫名其妙，好奇反而战胜了恐惧，他急不可耐地想知道发生什么事了，甚至有了些许的兴奋。

保卫科当然是严密地安排了的。李大火在办公室坐镇指挥，没有人敢懈怠。蒙在鼓里的保全工根本不知道有多少双眼睛在盯着他的行动。他刚刚赤身裸体地爬上阿花的身子，门就被打开了。手里攥着钥匙的小韩目瞪口呆地出现在两个狗男女面前。

保卫科的人兴奋地推开陷入悲痛的小韩，扑向床上的人。阿花惨叫了一声随即昏倒，或者假装昏倒。许贵生则来不及做任何动作即被人们抓牢。他完全傻了，他本就不是个能扛事的人，这种紧急关头他的大脑只能是一片空白。他顺从地被人们推着往外走，迅速萎缩的小家伙可怜地在腿裆下摇晃。李大火亲手制订的计划是周全的，人们把戴了绿帽子的采购员和他的老婆扔在屋子里，最大限度地给他们保留了面子。而可怜的许贵生则立即被押出去了，还有点怜悯心的保卫科科长顺手扯了条毛巾被，裹住了许贵生的下体。

于是，完全按照李大火主任的预想，许贵生就在工厂生活区的大院里，在这样一种尴尬的情况下和自己的父亲面对面了。

许定宽开始并没有明白是怎么回事，他看着和往日有很大不同的儿子，竟然没有马上意识到这种不同是什么。他看着儿子被人们簇拥着撕扯着，有些惊异，有些茫然。释放战犯是没有见过这种场面的，他当年被解放军俘虏时也没有受过这样的待遇，那小战士只是押着他走，不时地用枪托顶一下他的后腰。

许贵生当然是不愿意看见父亲的。这太残酷，太绝望了。他在远远瞄见老头子的身影时就开始拼命挣扎。可他一挣扎，那条毛巾被就要滑下来，露出他的羞耻，于是他又只能迅速停止折腾，夹紧了自己的腿。于是，他就在正午《东方红》的雄壮旋律中，可怜地动一动，又无奈地停一停。就在这动与停之间，他已经不可挽回地陷入了全厂人的视线，迅速地变成了一只被戏耍着的猴子。

猴子和押解猴子的人们在许定宽的面前停了下来。许贵生绝望地发出一声哀鸣，双腿一松，任凭那条毛巾被自由地滑落了。他那还算健美的身体完全暴露在父亲面前。

李大火出现了。肥胖的厂革委会主任神情严肃，并不看父亲，也不看儿子，而只是看着地上的毛巾被，仿佛那是什么非常值得研究的东西。周围的人越来越多了，低声的议论像苍蝇的飞舞。偶尔，会有一声惊叫响起，那往往是刚赶到现场的女人，在突然瞥见裸体时的装模作样。李大火越来越满意了，他发现自己制造的效果非常圆满。

"小许啊，工厂是有纪律的地方，何况我们是军工企业。"他开口说话，填满嗓子的浓痰随着他的话上下翻涌，"批评过你多少次了？嗯？怎么屡教不改？"

前国民党军官手里的拐杖突然重重地在地上蹾了一下。所有的声音立即像断了电似的没有了，连李大火的得意也被硬生生地掐断，广场上只留下一片寂静。人们的目光都投向了脸色铁青的老人，看着他沉重地迈开了脚步。李大火抹一把汗，不知为什么有点惶恐。垂着头的许贵生也感到了异样，怯怯地抬头，于是看到父亲正在向他走来。他颤抖了，他本能地意识到大祸临头，他知道自己的所作所为于父亲来说就是天大的耻辱。

父与子已经近到可以听见彼此的呼吸了。老人的手抬了起来，人们的心也随着他的手往起抬，仿佛是乐队指挥手里的那根细棒和合唱队的嗓子。开始有人担心了，担心老人的暴怒会变成冰雹砸向儿子，把这个浪荡公子砸成肉泥。可是人们的担心似乎落了空，因为老人并没有做出什么暴力行动，他的手只是颤抖着，缓缓地按到了儿子的肩头。许贵生的肩膀上起了一层细碎的鸡皮疙瘩，因为这是他和父亲有生以来的第一次肉体接触了。他从父亲的手心里感受到一股强烈的热流，是一种愤恨，一种谴责，也是一种安慰。他开始哭泣，他在父亲的手里哭泣，他在极其复杂的情感里哭泣。一贯风流倜傥的保全工彻底地崩溃了，而当父亲的手再一次抬起的时候他觉得他的心也随着走了。

许定宽的脸色在手抬起的那一瞬间变了。冷峻和残酷出现在他的脸上。他的手再落下时就是凶狠的，狠狠地在儿子脸上扇了一个耳光。

接着，又是一个耳光。

所有的人都呆若木鸡。因为所有的人都从来没有看到过这样一种脸色。许定宽的脸上是一种可怕的冷静，他就在这种冷静中一个耳光一个耳光地抽打着儿子，仿佛是机器的运作，没有感情，没有犹豫。许贵生的脸迅速红肿了，而他的人却在抽打中慢慢地挺直了起来。他看向父亲，迎着一个个的耳光，他的眼睛清澈起来了，甚至好像有了一丝丝笑容。他仿佛在猜想父亲在殴打中在想什么，他不知道许定宽在此时此刻思念着的却是战犯管理所的瘦削所长。

"老许，出去之后，把脾气改了吧……"

许定宽的手仍然没有停歇，也没有迟疑。热泪模糊了他的眼睛，但他仍准确地把手一次次地落到儿子脸上。好像有人想拉开他，但没有成功。释放战犯的心在这样的击打中已经凝固。

"你要打死他啊！他是你亲儿子……"

凄厉的哭喊从人群后面扑进来了，是张丽芸医生赶到了。披头散发的医生冲进人群，跌跌撞撞地扑到了儿子身上。丈夫的最后一下击打就这样落到了妻子肩头，而许定宽的脸色也就在这一瞬间白了下来。他晃了晃，似乎要摔倒，但终于还是站住了。心里的坚强坍塌着，躯壳的坚强虽然矗立，却也是风中的残烛了。

张医生从地下拾起那条毛巾被，把儿子的裸体包裹起来。她紧紧抱着儿子，从来没有过地放声大哭。

就在这时，一片杨树叶子飘落在人们脚下了，这是今年的第一片落叶，却是带着泪的。

十三

三个月后，临近新年的时候，许贵生和高媛工程师举办了简朴的婚礼。

这似乎是最令人不可思议的结合了。一个从来没有安心工作过的上海小女人，一个声名狼藉的花花公子，他们的生活轨迹没有丝毫的交集。没有人知道这个婚姻的内幕，没有人知道这对新人是经过了怎样的纠结才走到了一起。只是有些老娘儿们私下议论纷纷，她们看得出来，高工程师起码有四个月的身孕了。

然而奇怪的是，这些议论只限于极小的范围，整个工厂对婚礼的突兀奇怪表示出了集体的沉默。人们按照习俗表示着祝贺，送着以《毛泽东选集》为主的贺礼，向新郎开着不疼不痒的玩笑，却普遍对新娘子的肚子视而不见。

在办公室，在车间，在俱乐部，许贵生的婚礼都没有成为话题。人们好像回避着什么，裹紧了自己的棉衣，掩藏起内心的寒冷感觉。

山里的冬天来得早，下雪了。

全家的聚餐结束后，新婚夫妻就回了高媛的家，那里是他们的新房。刘宝贵在逗孩子，许贵莹在厨房收拾碗筷，张丽芸走进里屋，点上一支烟，深深地吸一口，然后坐在了床头。她已经不再忌讳自己的烟瘾了。推开后窗，远远看着渐渐被雪染白的山峦和沟谷，浑身的酸痛带来一种完成任务的疲惫和厌倦。没有兴奋，因为没有什么可兴奋的。在婚礼上，面对给她鞠躬的一对新人，她也只是说了一句话："你们好好过吧。"

好好过吧。现在，她喃喃地又向自己重复了一遍。

《东方红》准时地响起，这家工厂的播音员应该是最忠于职守的人了。

张丽芸医生掐灭了烟头，对着镜子看了看自己略微浮肿的脸，自嘲地笑笑，然后走了出去。

雪越下越紧了，大院里已经铺了薄薄的一层雪，一行行脚印把洁白给破坏掉，整个院子像一张伤痕累累的脸。张医生远远地看到，在飘飞的雪花里，在厂俱乐部的台阶上，蹲着两个人。

一个是李大火的疯子爸爸，一个是许定宽。

他们像一对好兄弟似的，肩并肩地蹲在那里吸烟。疯子咧着大嘴傻笑着，而释放战犯的脸上，却是淡淡的怡然。

他们的脚下，是那只当烟灰缸用的宣德炉。

张医生突然笑了，慢慢笑出了眼泪。"好好过吧!"她突然大声喊了出来。

（原载《当代》）

鱼化石

第一章　2017 年 8 月 28 日

（1）

快天亮的时候，林洁又做梦了。

梦里依然是错乱的景物。好像有山，远远地飘浮着，在白桦林的树梢上沉默。也有河，水很蓝，仿佛很深的样子。却有人在水面上走，如履平地，人却是没有面目的，不辨男女。云彩过了，天地暗下来，有庄稼地的哗哗声，是风吹过，也是鱼跃出庄稼的海洋。而就在这时，她醒了。

每次梦到庄稼和鱼，她就醒了。而就在醒来的那一刹那，鱼就定格在床头那小小的镜框里。晨晖淡淡，窗户是一片了无生趣的浅灰，预示着生活的无奈继续。照例，林洁的心情破碎在梦境里。她努力地翻一个身，避开窗外投进的微光，用毛巾被把自己瘦弱的身躯裹紧。仿佛所有的脆弱，就在这一刻也定格了，是死一般地寂静。

（2）

李辉起床的时间算起来要比林洁早一小时。在林洁梦醒的时候，他已经扫过楼前的空地，正拉开院子的铁门。

锈蚀的合页咔咔地响，铁门的苏醒带着痛苦，在还寂静无人的街道上滚过一阵像是呻吟的声音。李辉不为所动，他早就不会为任何事情所打动了。再说一个守夜的老家伙，他觉得自己根本不配任何感动或悲伤。

小城的文化馆八点上班，但这个寂寞的单位不到上午十点不会有人影出现。大厅里正举办着一个当地画家的展览，从开幕那天至今没有人来参观过。李辉完全没有必要这么早开门，他完全可以在传达室里睡到太阳高高升起，睡到街上有了喧闹的车水马龙，睡到卖凉皮的秀秀用清亮的嗓门把他喊醒，睡到他自己开始厌烦自己的人生。

可他偏偏睡不着。

他在东方微微有了亮色的时候就起床忙碌了。拉开大门后，他就坐在传达室门口的破椅子上，呆看着门外空无一人的街道。街道是他从小看惯的，每个细节都是他记忆里的刺痛，回忆就是自虐了，是拔出肉刺时带出的那一滴血。

网吧门前的灯在渐亮的天光里惨淡着。开始有打着哈欠的年轻人从那里走出了，边走边把烟头扔在地上。在李辉的记忆中，那里过去是粮食店。曾经刻骨铭心的画面，是李辉和企图扫一点地面上米粒的母亲，一起从那儿被撵出来过。米就撒在台阶上，颗颗像是泪珠。那时他六岁吧。再往东望去，高大的商厦像是一堵冰冷的崖壁，玻璃幕墙被西北的风沙打磨得没了光泽，像一张肮脏不堪的大脸。商厦的位置是三年前还被称作公园的荒地，是聊胜于无的一道小城风景，有池塘和土山，还有柳树。他和林洁就是在那儿开始约会的。关于恋爱的回忆，像一把辛辣的胡椒粉，撒在李辉的心上，有辛辣中的甜蜜和苦涩。这种感觉在思维打了喷嚏之后，便一切归于平静。

在猪肉铺门前的石台阶上，他磕破过头，怕是还有暗红的痕迹在吧。拐过胡同的农贸市场，他偷过枣和核桃，但那只不过是一次恶作剧而已。就在前面的第三个红绿灯下面，他制伏过一个持刀的歹徒。刀划破他的皮肉，至今留下一道伤疤，在胳膊上狰狞如蛇。

李辉曾经是刑警。这是一个事实，也是一段经历，是他命中注定的一个坎儿。他其实现在还算是刑警，但他在迈过那道坎儿时已经绊倒，现在的身份只是羞耻的象征了。他算是市公安局刑警支队花名册上一个入了另册的符号，是在那个光荣集体奖状上落过脚的苍蝇。

当思绪依次从网吧、商厦、肉铺和农贸市场跌撞着掠过，最后总要在刑警这两个字上给李辉一个响亮的耳光。每天的清晨，这几乎是一个程序。脸颊和心底的疼痛之后，李辉揉着酸痛的腿站起来，憎恨地从街面上收回目光。

腿疼也是当刑警的恶果。雪地里的抓捕，他冻伤了自己。

蹒跚着回到屋里，他拨了妻子林洁的手机。电话通了，不等对方说话，他就挂断了。这也是每天的程序，他要把林洁叫醒，并且确认她还活着。

他做这件事的时候心情平静，似乎也并没有真正的担心成分在其中。有的时候，他在放下手机拿起脸盆的时候，心里也会突兀地问自己，你关心她吗？你真怕她有一天会长眠不醒吗？这问题总是如同掠过思想的鸟，扑棱棱地去了，留下的是碎了一地的羽毛。他的脚步不会为此而停顿，自嘲的微笑挂上嘴角，呼吸里是隔夜的酒臭。

（3）

手机响的时候，林洁还沉浸在对梦境的回味之中。她知道电话是丈夫李辉打来的。她也知道这电话铃响过几声就会自动停止。这是她和李辉的约定，就像他们的夫妻关系，是河的左岸和右岸，污染了的河水掩盖着一切也隔开了一切，他们永远客客气气地眺望对方，客客气气地执行着他们的某些约定。而眼神里，是毫不掩饰的冷漠。

林洁还不想起床。她又艰难地翻了一个身，眯起眼睛感觉着窗外的微光。床头柜上那条凝固的鱼，已经可以看得清身形了，跳跃着的灵动，现在充满仪式感，是一种做作的旺盛。鱼是几亿年前的生命，已经化成石头的小小身体，再挣扎也是徒劳。林洁从它的骨架上，读出的是绝望。

人活着有什么意义。她常常看着这条鱼问自己，然后自己给自己一个没有结论的回答。自己的将来，肯定还不如这条小鱼。多病的身体，最终不过是火葬场里的一把灰，在熊熊的炉火旁边哭泣的，能有几个人？姐姐会掉几滴眼泪的，李辉能来送她一程就不错了，还有儿子……儿子……

林洁突然就想起自己今天不能赖在床上，今天有一件重要的事情，儿子李南方要出发去上海读大学了。

唰地就是一身冷汗。脆弱的心脏也咚咚地跳，让她喘不上气。想起身，却动不了，四肢像被捆绑，眼前是一片黑灰色的迷茫。

这才听到外边有轻轻的脚步声。儿子应该是早就起床了的，怕惊扰母亲，正蹑手蹑脚地在收拾东西。林洁仰面躺着，泪水便如泉涌，从眼睛里拱出来，然后无力地顺着脸颊流下去，湿了枕头。哭了多少回了，是喜悦也是不舍，更有对自己一生的回顾。这回顾是避之不得的，总如她的梦境，在固定的时间营造着固定的痛苦。

一定要起来了。林洁咬着牙，挣扎着挪动自己的胳膊和腿。严重的风湿让她的四肢僵硬着疼痛，是生不如死的感觉。儿子应该听见她忍耐不住地呻吟了，如同过去的每一天，推开门为她送进一盆热水。

"妈，烫烫脚吧。"

林洁的眼泪更加制止不住。她用被子蒙住头，也蒙住满心的悲痛和喜悦。儿子终于长大成人了，他到了飞出这座枯燥小城的时候了，他的未来无论如何，应该和自己不一样了。

"妈，我走了，就让爸爸回家住吧，你们都老了，你身体又不好，让爸爸回来照顾你吧。再说，他的身体也不好啊。我这一走四年，你们的事我不放心，真不放心。"

儿子的声音里有一种从未有过的成熟，仿佛他是在一夜间就长大了的，又仿佛他在这一夜之间一直在酝酿着这两句话。而林洁没有回答，她想说的话都沉没在她的泪水里了。泪海的深度，恰恰淹没得了心情。

（4）

九点半，替班的老许终于揉着惺忪的睡眼走进了文化馆的大门。老许是文化馆的厨子，平时每天只在十一点左右出现在后院的厨房里，阴沉着脸为大伙操持中午的饭菜。昨天李辉求了他半天，他才勉强答应今天九点来替李辉值班。此刻他仍然满脸的不情愿，眼屎里都写着昨晚输牌的愠怒。李辉没心思和他纠缠，交代几句转身出门。不管怎么说，今天他必须要去送儿子。

秀秀已经支起她的凉皮摊子了，芝麻酱和蒜汁辣椒油的香味在清晨微冷的空气中飘浮着。在寡妇火辣辣的眼睛注视下，李辉拐出了街口。腿疼，他走不快，而且微微地有些跛脚。心也有些慌乱，不知是为了儿子的离家，还是因为秀秀眼睛里的幽怨。突然他就想，在儿子李南方的眼睛里，他和林洁就是一对奇葩的父母吧，他们的合影在结婚证上展示着貌合神离的亲密，他们却是两列逆向而行的火车，在生活中渐行渐远。他正式搬出那个家的时候，李南方还是个襁褓中的婴儿，吮着小手的样子至今在李辉心里是最深刻的痛苦。而在孩子的印象里，应该是没有父母住在一起的情节的。李辉也不清楚，儿子是真的以为这很自然，还是明明心里有数却什么也不说。十有八九，在儿子的眼睛里，他就是个花花公子，是个风流的采花淫贼，是个对家庭完全不负责任的家伙。

儿子不是傻瓜，李辉自嘲地想。他走在路上，开始回忆自己的一生，儿子的成人对父亲是一种刺激，是引发感慨的导火索。而他的感觉是彻头彻尾的茫然。像有一团灰暗的云，沉重地压在他的思想上，让他的心硬如顽石又软若海绵。海绵吸饱了水也是沉重，他只觉得自己满心都是眼泪。他承认自己不是个好丈夫，也不是个好父亲。可是，那全都怨自己吗？那一切都是自己造成的吗？生活如果是一盘棋的话，像自己这样的蹩脚棋手，天生就不配来这里参与厮杀。来了，就是过河的卒子，前进是死，却全无退路。

零零碎碎的思想，如同遍地的鸡毛，拾起一根，丢掉一根，都是无足轻重的过往。儿子的离家，不可阻挡地启动了回忆的闸门，平时压在心底的痛苦和失望，都探头探脑地钻了出来。心思碎了，曾经的刚硬就成了笑话，李辉在街头站下，茫然四顾，在越来越多的行人中悲痛地问自己到底是谁。

街对面的大门，在记忆的回放中慢慢熟悉起来。那暗淡无光的门柱，那门柱上同样暗淡无光的木牌，当李辉醒悟到那是市公安局的时候，传达室的人已经把目光投向他了。李辉慌乱地责备自己。这是他的耻辱之地，平时总是避之不及，今天却是阴差阳错了。他转身就走，跛着的脚慌乱地在地面上磕磕绊绊。他好像有点盼望身后的人叫住自己，但他也知道那家伙不会开口。他们是曾经的战友，这种沉默让他心伤，但也给他安慰。

那家伙也是跛脚。他们在同一片雪地里冻伤。一起冻伤的，还有他们抓到的那个逃犯。当人们在第二天放晴的时候找到迷路的他们时，他们是雪堆下三条垂死的性命。那是这地方百年不遇的暴雪。

李辉的左脚截去两个脚趾，那家伙是右脚。逃犯倒是最终毫发无损，他夹在两个刑警之间，他们的体温挽救了他。

曾经的惊心动魄只是今天的唏嘘，却也总掺杂着说不清道不明的种种细节。李辉记得，他躺在医院里的第三天，林洁才出现在他的病房里。那种弱不禁风的状态，嵌在病房门口流淌的阳光中，她的边缘便模糊着，有一种似有似无的感觉。林洁竟然穿着警服。她竟然敢穿着警服。她那身洗得发白的警服和她的人一样萎靡不振。李辉就在那一刻清醒地知道，自己从来没有真正爱上这个小女人。

那一天是李辉生命中重要的一天，他相信，对于林洁来说也是一样。因为在那一天，在那间破旧而肮脏的病房里，两个曾经是朋友后来是仇人的女子，第一次碰了面。

眼神的短暂搏杀，当然是林洁败下阵来。当她铁青着脸消失在楼道尽头时，李辉凄凉地想，这是偶然，也是必然。

第二章　记忆里的过往（一）

（1）

林洁始终认为自己的人生里有许多无解的谜，正是这些谜构成了她失败的命运。

譬如，她就一直想不明白，父亲所在的工厂为什么要从省里整体搬迁到这个闭塞的山城来。在那个轰轰烈烈的年代搬迁到此的工厂，其实都是实力雄厚的大集团。而这个当时以生产电灯泡为主的工厂，既算不上骨干企业，也不是军工单位，更不是与国家生死存亡相关联的保密机构。这工厂至今像个弃儿，在山沟中一字排开的雄伟厂区间，委委屈屈地占有着一小片土地，厂门径直对着车间门，之间连片绿地也没有。

家属楼也是求着隔壁工厂联建的。那家大企业自然占据了五栋楼中的四栋，把位置最偏僻的这一栋留给了灯泡厂的职工和他们的家属。推开窗户，呈现在林洁眼前的，就是近在咫尺的山脚，枯枝败叶和乱窜的山鼠，清晰可见，触目惊心。

山遮去了大部分时间的阳光，林洁就长成了一个病弱的姑娘，而且总是心情暗淡。

心情暗淡的林洁是山城一个毫不起眼的存在，大概也像山鼠，是从没有人关注的生命。但山鼠从不思考山鼠的命运，而林洁常常在想我为什么是林洁。

这当然也是一个谜，无解的谜。

父亲偶然出差，带回一片鱼化石。一个粗犷的钳工和一片古老的化石联系在一起，有一种滑稽感。他便羞涩地笑着，把它扔给了小女儿。这条凝固在岁月里的鱼儿，从此成了林洁床头唯一的装饰。她常望着镜框里那活泼而又僵硬的小小身躯，不知道自己身在何处。

那年高考，林洁的分数是全厂职工子女里最高的，但在这条山沟里，在这座城市里，却是可以忽略不计的数字。山沟里的孩子从小就都有一个梦想，要逃出这条风景美丽但枯燥乏味的山沟，对于林洁来说，这梦破灭了。

幸好市里出台了一个土政策，要在落榜的考生里挑选一部分人补充公务员队伍。父亲叹息着说："试试吧，看你的命了。"已经在工厂当了工人的姐姐也说："小妹，你行。"

就在那天晚上，林洁在月亮的惨淡光芒里凝视那条鱼儿，她突然发现那条鱼的姿态呈现出的是一个奋力跃起的瞬间。它的嘴是大张着的，好像在呐喊。它的纤细骨骼根根奓起，根根是使足了劲的状态。它仿佛在努力地跃过什么沟壑，却在跃起的那一刹那有了绝望。是的，林洁认定那是绝望，因为这条鱼在亿万年之后，仍然没能征服它想征服的东西。

它拼尽全身力气的挣扎，现在只不过是一个可怜女孩儿床头的装饰。

我就是那条鱼吧。林洁常常这样想。想到心痛，想到头晕，想到眼睛里都是泪水。

和李辉在一起，也是鱼的错误吧，林洁知道自己的一生，是错误连接着错误的。

如果不是这个土政策，林洁不会认识李辉。如果她和李辉擦肩而过，命运也许会向她展开另一幅画。那画也许会是幅青绿山水，而不是李辉这幅面目模糊的人物素描。

（2）

土政策的背后，是这座城市主导者的一种急切。尽管偏僻，尽管贫穷，但人们蠢蠢欲动的欲望丝毫不比大城市落后。每一丝吹进这座山城的风，哪怕细小到令人毫无察觉，却都能最终掀起风暴。捉襟见肘的管理，更使城市日益陷入混乱，增加人手是最迫切的事情。说是选拔，其实在内部的会议上，已经有人说只要不是傻子瘫子，报了名的都要。

体检的时候，医生看着林洁皱眉道："你太瘦了。而且，你的心脏好像不太好。"

林洁的心狂跳。她当然不希望失去这个机会。她愣着，不知道说什么才好。而就在这时，等在她后面的男孩儿插话："她没事儿，她身体好着呢。"

这当然就是李辉了。

仿佛有磁性的当地口音，好像是林洁梦寐以求的，好像就是在梦里远远地听到过。女孩子的梦永远是粉色的不真实，所以恍惚间林洁自己也不清楚孰真孰假。不敢回头，汗就下来了，不争气地湿透了背心。

然后，就在那片空旷的野地里，李辉追上了匆匆而行的女孩儿。他们的故事由此开始。这故事平淡无奇，是小城所有青年男女情事的再一次翻版。而且，也许因为这版翻得次数太多，到了他们这里便显得模糊不清。男孩子的脸，他身上那件家制的蓝布制服，还有野地里杂乱无章的风景，都是林洁后来的记忆中乱七八糟的存在。有错位，有断裂，也有茫然不知所措的空白。一切便都是模糊的。对，模糊，这是林洁后来对自己的婚姻最痛切的评价。

她只记得她对李辉说："我要回去了，我得去赶班车。"而李辉说："赶班车不是这个方向。"说的时候，男孩子的嘴角挂上了一丝嘲笑，显然，他知道她在说谎，也知道她为什么说谎。她的惶恐已经出卖了她。

柳树的枝条在风中如零乱的雨丝，夹杂着迅猛掠过的燕子和没完没了的蝉鸣。半干涸的池塘里铺满经年的落叶，水倒成了落叶缝隙处挣扎的喘息。这被勉强称作公园的所在，便是他们新生活的起点了，不管这新的生活是甜蜜是痛苦，是慰藉是伤害，命运把他们在这一刻捆绑在了一起。

后来，他送她到乘坐班车的地方。这当然已经是当日最后一趟班车，而且是山沟里实力最雄厚的那家工厂的。林洁家厂里的那辆破车，勉强一天只能跑两次，而人家的厂，班车是每隔一小时一趟的。

班车向着那条在夕阳下已经暗淡的山沟蜿蜒而去，身后是土路上扬起的尘土。金色的阳光穿透尘雾，把男孩子的身影定格在姑娘的眼帘里。说不清的一种滋味，漫过她的心，像是厂区后山的那一股泉水，冰冷，清冽，似甜似苦。

而当他们第三次正式约会的时候，他们都已穿上了警服。他进了刑警队，她则被分配到了看守所。

（3）

她没有想到的，是他的家竟然那么穷。

他们第一次走进饭馆，只吃了两碗浆水面。然而，他却拿不出钱来结账。林洁一边掏钱包一边随意地问："不是刚刚发了工资？"却听不到李辉的回答。她有点惊讶地抬头，看到的是一张涨红的脸和额头上细密的汗珠。"你怎么了？不舒服？"她问，李辉却把目光投向窗外了。玻璃窗反映出他的神情，林洁认为是沉痛。

他那操劳一生的母亲瘫痪在床了。他还有个智力低下的妹妹。他第一个月的工资，全部拿去买了药，还了债。

林洁的心当时往下沉了一下。林家的生活虽说也不富裕，但和这样的捉襟见肘相比，起码是稳定的。山沟里的生活基本自给自足，那是一个仿佛世外桃源的小世界。

林洁不善言辞，她不知道在这样的尴尬面前应该说什么或不说什么。他们默默地在街上走，漫无目的，许久，李辉说出一句："我一定要让咱们过上好日子。"

这是一句在千千万万恋人之间都重复过的话，乏味，而且无力。但几乎所有女孩儿都无法抵挡这句话的魅力。林洁抬头看着这个命中注定要和自己撕扯一生的男人。她发现李辉看向远方的目光是凶狠的，是冷酷的。他像一只狼，一只饥饿而寻找不到猎物的狼。他身上崭新的警服因为他眼中的凛冽而显得更加威严。他们出来的时候，林洁曾经劝李辉不要穿警服，他们是逛街，不是去抓人。而李辉却执意要穿。他的执意让林洁感到一种压迫，也就不再说。而此刻，林洁觉得这身警服和李辉简直有一种浑然天成的冷硬。

说过那句誓言的李辉慢慢地走，他仿佛在等待林洁的回应。他觉得林洁应该回应，他自己已经为说出这句话鼓起了极大的勇气，话出口的时候有太多的意味在他的心底翻滚。可林洁却木讷着，没有说话，这让李辉当然感到失望。因为那句誓言于他来说，是带着血泪的，也有着某种说不出口的隐秘和期望在里边。他站住，仰面看着阴郁的天空。在街头熙熙攘攘的小城居民里，穿着新警服的李辉是显眼然而依然渺小的存在。

在厂区里长大的林洁是不懂小城人的心思的。她和李辉其实算是两个世界的人，她对李辉的切肤之痛完全不理解。她在想什么算是好日子呢？比她大两岁的姐姐上班了，在厂里开电瓶车，也在谈恋爱了，对象是隔壁工厂的一个电工，东北人，整天跟在姐姐身边"嗯哪嗯哪"的。姐姐的生活算是好日子吧，可姐姐那天为什么哭呢？

许多年之后，李辉也曾经想过，是不是从这次林洁没有回应他的话开始，他便对这段感情开始失去信心了呢？

（4）

　　山沟里的生活尽管是周而复始地平淡，却也隐藏着许多不为人知的秘密。不与当地人通婚，就是工厂与工厂之间不知从什么时候开始达成的协议。没有文字记载，只有写在职工们脸上的倨傲。

　　四家厂，两家来自东北，都是生产军用发动机的企业。一家来自上海，生产的产品没有人知道是什么。上海人的嘴是最严的，源自地域的优越感与工作的荣誉感交织着，让他们的目光永远不会真正落到西北这块贫瘠的土地上，仿佛厂门以内的那一片区域，也是他们从上海搬迁而来的故土。这样的观念，使他们的保密制度成为每一个人的自觉。而挤在东北人与上海人之间的灯泡厂，职工们操着与当地口音极其相似的本省话，自己就认为自己是山沟里的低等公民了。

　　林洁从小就知道，人与人之间的距离就是由上海、东北、省城这些概念拉开的，在这个生物链的底端，才是本地人。

　　然而和本地人李辉相恋之后，她惊讶地发现，这个生物链竟然可以倒数，可以逆转。李辉的生活里其实有着许多她不曾领略过的乐趣。山沟里没有在果园中采摘新鲜苹果的可能，那里的苹果都是由卡车拉来的，分到每户人家的时候是不能挑选大小的。山沟里也没有在小浴池的澡盆里泡澡的舒服，那里的姑娘媳妇都习惯了集体澡堂里的赤裸相对，相互评价乳房的大小时毫不忌讳。山沟里没有热气腾腾的茶馆，没有盘碗乱响的饭铺，没有早晨在街边出售的热油饼，没有录像厅里让人脸红的香港录像片，也没有在那个破败的小公园里的初吻。突然间，林洁觉得山沟里仿佛只剩下每天哇哇叫的高音喇叭，过去每天播放着《东方红》，现在每天播放着《春天的故事》。

　　李辉初次向她求爱带来的慌乱与忧虑慢慢消退了。林洁甚至觉得，自己这个来自省城的姑娘，和本地土生土长的小伙儿本就是鱼和水的关系。头脑简单的她被一种新奇滋味浸泡着，忽略了那个病弱的老人，忽略了那个傻呵呵的妹妹，也忽略了贫困和劳累。她甚至认为替四处奔波的刑警照顾家人，是她的本分。她唯一没有向李辉说明的，是她并不是大企业的女儿，她的家和他的家，其实少有距离。李辉曾经问："你说话咋没有口音？学本地话好快。"她也只是笑，不作回答。为什么回避，林洁自己也说不清楚，她好像希望李辉在说到山沟时眼中流露出来的羡慕，会永远定格在他们之间。

向父亲坦白这段感情时，父亲沉默了。钳工粗糙的大手仿佛无处安放，在膝盖上反复摩挲。在工厂搬迁来此的崎岖山路上，妻子死于难产，还带走了他们唯一的儿子。两个女儿从那时起成了钳工的命，是含在嘴里也怕化了的糖果。听说了小女儿男友的所有情况，他的眼中是复杂的波澜。姐姐则在一旁激烈地反对："不行！不行！你应该在隔壁厂里找，就像我。"林洁说："我不想找东北人。"姐姐就说："那你可以找上海人啊。"林洁忍不住苦笑了："上海人……"姐姐不再说话，其实全家人都知道，那算是痴人说梦。曾经林洁的高中同班同学聂小玲，被公认为校花的，大学毕业分配到市工商局，却回上海找了对象，据说是个码头上的搬运工。没心没肺的林洁问她为什么，小玲只说："他是上海人。"林洁第一次从曾经的好友眼睛里，看到了对自己的轻蔑。

那晚直到临睡的时候，父亲避开姐姐，才低声说了一句："找个本地人，还是这样家庭的，今后有你的罪受了。"

"他很能干。"林洁说。

"能干不能干没用，他得疼你才行。"

那晚，林洁听见父亲一直在翻身，床板在他的身下吱吱地响，仿佛是叹息，又仿佛是述说。姐姐说："爸最疼你。"林洁不吭声，从门缝看出去，父亲山一样的身躯在月光下起伏，从此是林洁永远不能忘却的记忆。

姐姐叹道："就算你们现在都是吃官饭的了，就算你们不计较什么这里的人那里的人，但就怕将来，总是会有后果的。"

第三章　2017 年 8 月 28 日

（1）

这还是第一次和儿子说起那个女人。如果不是儿子要走了，如果不是儿子提出了那样的要求，林洁大概会把耻辱永远埋在心底。她的语气依然生涩，甚至有着几分颤抖。要不是滚烫的热水把暖意从她的脚踝缓缓地送遍她的全身，缓解着她的疼痛，她仍然没有勇气张嘴。当年跑出医院的那条路，是脑海里错乱的刀痕，划伤了她的生命，却留下了永远不可能忘却的记忆。路其实是短的，却仿佛漫长如没有尽头的生活，每一块路砖都是绊着脚的绳索，是挣脱不了的羁绊。

"所以，他是不会回来的。"

儿子的眼神里是出奇的平静。平静得林洁禁不住想他是不是早就知道了一切。是的，在刻意隐瞒中长大的儿子，天知道他心里都装着什么。那个当年仿佛精心编织的谎言，也许其实只是不堪一击的残梦，骗骗未成年的孩子尚可。甚至如吹肥皂泡，只不过是五光十色的瞬间美丽。而李南方，现在已经不是吹肥皂泡的年龄了。

"我见到过那个女人。当时她和爸爸在一起。"

果然如此。林洁慢慢地擦脚，掩饰着激烈的心跳。儿子端起脚盆走了出去。看着儿子的背影，林洁又想到了那条鱼。

也想到了那个女人。林洁慢慢咬紧牙，在心里咀嚼那个名字：聂小玲。

（2）

李辉记得，那年考进公安局做了刑警，第一次穿上警服回家的时候，瘫痪在床的母亲大哭了一场。

那个早逝的父亲，那个家徒四壁的房子，那个十八岁了仍然流着口水的妹妹，当然还有在床上躺了多年的母亲，是李辉关于家庭的全部记忆，是痛苦与耻辱反复切割过的，已经成了碎片的心。

　　至今，他仍不愿意走当年曾经住过的街道和巷子。现在那一片老旧房正面临着拆迁，大多数居民已经搬走，触目惊心的"拆"字，在每一堵残存的墙壁上冷冷地展示着威严。走到街口，李辉站下，毫无感情色彩的目光扫过曾经的苦辣酸甜，扫过过往的磕磕绊绊。

　　当年工作的第一个月月底，他跟着师父在山村蹲守逃犯。科长特意上山来，让他填写补助申请表。他愤怒地说："我不填，我不需要。"科长说："你家里……"他不等科长说完，转身质问师父："是不是您说的？"师父悠悠地点上烟，说："小李子，困难并不丢人。"他却大吼："不！不！我绝对不要！我不困难。"这次谈话，在尴尬的沉默中结束，却在李辉心底又划下了一道深深的伤痕。

　　他们蹲守的山村就在那条著名的山沟上边。站在崖畔，可以遥遥俯视沟里那一片和小城景色迥然不同的建筑。高耸的烟囱，宽大的厂房，宿舍区的楼房排成整齐的行列，绿化带的树荫里有隐约的片片绯红。师父扔了烟头说："可惜啊，这都是国家财政，这税要交到咱们市里，咱们这儿也许早就成了深圳了。"李辉记得，他当时忍不住问："这里的工人都很有钱吧？"师父笑："当然，听说比咱们市长挣的都多。抽烟都是大前门。"

　　从那天起，李辉不再登上那崖壁。师傅关于"大前门"的随口一说，却从此在他梦境里时隐时现。像是贯穿了他一生的一个寓言。昨晚，在文化馆传达室的小床上，他还梦到了一张猩红的嘴唇，叼着一支烟。嘴唇是醒目的，脸却模糊不清。但不知为什么，他就是清晰地知道，那是聂小玲，那是"大前门"。

　　梦到聂小玲是很自然的事。昨晚这个依然漂亮的女人还来到窄小的传达室，把一叠钱放到了桌上。"你不要说话。这钱不是给你啦，是给南方的。"从小在西北长大，女人的上海口音却仍然纯正，自然是反复练习过的结果，也是对家乡眷恋与炫耀的表示。

"我还你。"当时李辉说。聂小玲笑笑："算啦。什么还不还的，我们还用说这个的？这些年，你的钱我的钱，我们什么时候彼此说过要还？"

李辉苦笑。是的，用不着说这个。大概全城的人都知道他们是一对情人，是堕落的公安民警与女暴发户之间的风流八卦。昨天晚上，他坐在传达室的小床上，聂小玲靠着办公桌站在他对面。他闻得到她身上淡淡的香水味，也看得清她那件高档丝绸裙子上的一根发丝。他们都没有再说话，没什么可说的，或者是应该说的都说过了。传达室的旧空调发出单调的噪声，嗡嗡的呻吟让李辉有了昏昏欲睡的感觉。送聂小玲走的时候，月亮清洁得像一团凝固的水。聂小玲那辆奔驰车在月光下闪着冷艳的光芒。车轮柔和地滚过新铺的柏油街道，沙沙的声音悦耳而冷漠。李辉知道，他们不会再见面了。

车开出一段路，又停下，聂小玲探出头，喊道："你有没有后悔？"李辉愣了一下回答："这个世界会让你后悔吗？"他们的声音在空寂的街道上久久回响，后来又像一支箭，射穿了李辉的梦境。

腿疼，是旧伤复发。当过刑警的人总是伤痕累累。李辉索性在废墟上坐了下来。反正时间还早，赶在午饭开始之前进家门，是最合适的。万一林洁的姐姐在，冷言冷语总是不愉快。姐姐早已离婚，而且提前退休，那个东北男人怀揣梦想下海，现在据说在苏州运作着资本上十亿的上市公司，每月定时寄给前妻的巨额生活费，显示着他的豪富和居高临下。李辉注定是这个愤世嫉俗的老女人泄恨的出口，他没兴趣也没胆量去挑战她。

当年，就是这位大姨姐，闯进公安局揭发了他的婚外情。

仰头看天，天是灰蒙蒙的。李辉从小看惯的蓝天白云，现在也已经罕见了。远远近近的山峦，在阴郁的天空下也像是一张张沮丧的脸。废墟下面，一群猫奔跑着，毫无目的地嘶叫，显然是搬迁了的人们无情地抛弃了它们。一只看上去未满月的乳猫从墙洞里怯怯地探出头，奶声奶气地叫。李辉看着它，慢慢地软了心，伸手把那一团温热的肉抱起来，小心地揣在了怀中。

墙角处，母猫冷冷地看着李辉。

（3）

天光大亮了，林洁依然坐在床头，不知道该做什么。儿子的离家求学注定是她人生中的重大变化，面对这变化她无所适从。喜当然是喜，个中的苦却也是苦。母子相依为命的日月即将结束，从此将是她一个人的苦挨。凝视着那条小小的鱼儿，林洁一次次地落泪，直至泪水已干。在那条鱼儿的身姿里，她已经看不到自己的希望了。

也许希望在当年从医院里逃出来的时候，就破灭了。

看守所的工作琐碎而枯燥乏味，却又责任重大。当年，林洁那瘦小身躯里所有的力气似乎都被调动了出来，但仍然每天做得筋疲力尽、狼狈不堪。刑警队打电话来，让看守所值班室把李辉负伤住院的消息转告林洁，而林洁正在监室里试图制伏一个犯了杀人罪的女犯。林洁记得，那女人和情夫一起用农药毒死了自己的丈夫，自知命不可保，每天不是绝食就是用牙刷把捅自己的喉咙。听后来赶到的同事形容，林洁扑到体重近二百斤的女犯身上，就像个小女孩儿趴在大象的背上。那女犯胳膊一举，林洁就直摔出去，在墙壁上撞得眼前漆黑，只听见满屋的女犯哈哈大笑。

在那种狼狈下，她忘记了丈夫的住院，或者是根本就没听见别人转告她的话，似乎情有可原。是第三天，所长问她李辉现在怎么样，她才从茫然中清醒过来。来不及脱下警服就赶去医院，一路上想着如何与病床上的男人解释道歉，却万万没有想到……

竟然是聂小玲。竟然是那个有夫之妇聂小玲。竟然是出生在山沟里却时刻不忘自己是上海人的聂小玲。

推开病房门的时候，她正在为他擦拭身体。

四目相对。当然是林洁敌不过的，她只能转身就走，把眼泪硬生生地咽了回去。林洁还记得，当时她好像并没有撕心裂肺般的痛苦，她只是茫然，一种丢失了什么重要物品时的茫然。她茫然地在大街上走，茫然地揉着眼睛，跌跌撞撞地，直到走到了那座公园。

却进不去了。有家马戏团在这里支起帐篷，围了护栏，热热闹闹的音乐烘托出无聊的兴奋，天地之间莫名其妙地有一种热烘烘的骚动感。而林洁，是这种燥热里一块流泪的冰，迅速地融化着，无声无息地消失掉。

其实迹象早就有了。其实嫌隙也早就有了。那一次李辉的傻妹妹再一次走失，李辉就冲着她大喊大叫："你是干什么吃的，连个人都看不住！我娶你干什么！"

其实，那天她值夜班，李辉是知道的。

林洁没反驳，也没解释。她真的是有点木讷。她的不解释让李辉愕然。他瞪着她，半晌叹出一口气。

现在，林洁坐在床头，很明白是自己的木讷让丈夫彻底对这段婚姻失望了。可这种明白太晚了。人就是这样，糊涂的时候年轻，是浪费着最美好的时光；明白时人已衰老，不过就是无奈的悔恨了。

（4）

乳猫的小爪子在李辉的胸腔上无力地抓挠着，"喵喵"的奶声奶气让李辉觉得有点好笑，心情像阴云后面的太阳，虽然看不到，却也让此刻的感觉有点温暖起来。他起身要走，突然又跌坐了下来，小猫爪抓到了肩头处的伤疤，虽不至于伤人，却有一股酸痛钻到了心底。

那是刀伤。是他第一次负伤吧。挣扎的罪犯把刀子捅进他的皮肉时有一种清凉灌入，接着便是剧痛和鲜血一起迸发。他没撒手，咬紧牙关把那个混蛋按倒在地，铐上了手铐。捂着肩膀抬头时，受害人的遗孀正款款地在他面前跪倒。

由此他认识了秀秀。秀秀嫁到这个山村不过三月，年轻气盛的

274

丈夫和人起了口角，被人用锄头砍死。

寡妇秀秀后来成了公安局刑警队的帮扶对象。刑警们逢年过节都会捐款，还会到秀秀家推碾子，砍柴，直到秀秀的遗腹子今年上了省里的警校。李辉也去过的，但在离开刑警队后，却再也没有登过秀秀家的门。他不想让自己的臭名声影响了人家，尽管他多次在秀秀的眼睛里，透过晶莹的泪光，看到更深处的一种柔情。

他不能轻易接受这种柔情。他知道自己不是个好警察。

第四章　记忆里的过往（二）

（1）

那场婚礼就是一场噩梦，居心叵测地标志了他们婚姻的注定失败。

其实在婚礼之前，不祥的预兆就一再浮现，而愚钝的林洁忽略了许多东西。事后她曾沉痛地想，显然这种忽略不是爱情，而是自己的懈怠和自欺欺人。山沟里的岁月步履蹒跚，人也习惯得过且过了。林洁觉得自己一生都在被推着走，所以总走得踉踉跄跄。而那是什么力量在推搡着她，却是一片茫然。

父亲请假进城，走了一天，半夜才回来。比平原上看去大了半圈的山里月亮，像张明亮的大饼挂在厂房的屋顶上。父亲走进厂门，疲惫就在月光中清晰地写在皱纹里。林洁在阳台上看着父亲，担心地问姐姐："他去哪儿了呢？"姐姐哼道："你说他去哪儿了？"说完甩手进屋，去为父亲热饭了。

从那天起，父亲就老了。不是身体状态上的老，而是精神上难以抑制的颓势。他什么也没有说，但他明明心里有什么想说的东西。那是一种绝望，一种不能阻止事态发展的绝望。绝望封堵了他的嘴。他为女儿整理嫁妆，那种无声的婆婆妈妈如乌云笼罩在这个家里，在任何一个犄角旮旯里弥漫，散发着一股沉重而窒息的味道。

到了婚礼那天的早晨，天气出奇地晴朗，晴朗到了一种有些怪异的状态。没有一丝云的蓝天上，竟然也没有鸟儿飞过。林洁在姐姐的帮助下穿好了嫁衣，却突然不知道应该做什么，思维好像停顿在某地了，又好像在晴空里飘逝去了远方。一直沉默的姐姐依然沉默，只是深不可测的眼睛总和林洁的视线擦肩而过。时间到了，林洁起身向外走，父亲突然就说：“如果他没来……”

这在新嫁的人来说简直是一句莫名其妙的话，而且颇不吉利。林洁回头，有些激烈地说：“他怎么会不来？他为什么不来？”父亲便也回避了她的眼睛，低下头说：“我随便说的。”

现在回想，父亲是知道什么的。

可在当时，父亲的话只能是激起林洁的勇气的。她从茫然里走出来，迎着无比灿烂的阳光走出去。她想象自己的未来会如蓝天一样清纯，她觉得今天的晴朗真的是一个好兆头。

当然，李辉是不能不来接她的。只是站在厂门口的他面沉似水。他不停地整理着他的领带，他整理领带的动作粗暴而笨拙，好像不是在打点仪表，而是要自杀，要用那根劣质的领带勒死自己。他看着走来的林洁，一声不吭。他的伴郎是他刑警队的战友，当然是认识林洁的，便走过来笑着招呼。林洁的伴娘则是她看守所里最要好的小伙伴，自然也就迎上去呼应。伴郎与伴娘的插科打诨，让尴尬如同果筐里那只半熟的苹果，虽有与众不同的一点感觉，但也不扎眼了。借来的汽车上，还不流行扎上后来人们喜欢的彩花，只是司机凑趣地在后视镜上系了个粉色气球。林洁在上车时，身后的李辉突然低声说道：“骗子。”那声调里恨恨的，竟也有着一种绝望。

林洁的心往下一沉，抓着车门把手的手心里顿时有了一层汗。这是一句她预料到早晚会听到的话，但在这个本该充满喜庆的时候听到，她仍然为之战栗。她有时也问自己，我是不是在骗他？答案总是与她的人生感觉一致地茫然。她有一次问过父亲，我们这个厂为什么要搬到这里来，而父亲说："我一个大老粗，我怎么知道？"她当时就想说，如果不是工厂搬进这山沟，我就不会和李辉有这段孽缘。

或者，我为什么不是隔壁厂里东北人或上海人的儿女。

车子缓慢地拐出山口。李辉一声不吭地望着窗外。林洁慢慢鼓起勇气，低声问道："你刚才说什么？"李辉的身子仿佛抖了一下，仍然不说话。车子就在沉闷中进城了，蓝天白云下的小城市更显出粗糙和丑陋。

在饭店门前下车的时候，李辉简短地说："我什么也没说。"林洁停了脚步，抬头看他，他挪开眼睛，又说："算我没说。"

林洁恍惚了。他说，他没说，他说了不承认，一切好像都没有意义了。

（2）

他们再也没有说过这个话题。再也没有，一直没有。

他们小心翼翼地回避着。而这种回避渐渐成了他们这个家庭的常态。回避成了他们彼此的面具，他们回避的东西也越来越多。他们身着共同样式的警服，却有完全不同的内心。

很久之后，林洁才猜出了婚礼前父亲晚归的原因。她知道父亲是不放心自己的婚姻的，那天，老人家一定是去找李辉了，他们一定进行了一次不愉快的谈话。父亲其实是个粗心的人，只有在女儿的事情上他才会有些难得的细致。而李辉，是在那次谈话之后才知道了些他以前不知道的事情。

婚宴上，李辉喝得酩酊大醉。他完全在自己灌自己，他显然不愿意自己在清醒的时候掩饰不了他的沮丧和他的郁闷。关于这次婚宴，林洁也是许久之后才突然感到奇怪，李辉的母亲瘫痪在床，妹妹是个智障，他们不出席不足为奇，而自己的父亲姐姐为什么也没有到场呢？为什么？

饭桌上的人全是他们的同事，他们仿佛心照不宣地扮演着应该扮演的各种角色。刑警队长主婚，看守所长致辞，年轻力壮的刑警们负责灌酒，女看守们则嘻嘻哈哈地开着各种出格或不出格的玩笑。昏昏沉沉且头痛不已的林洁完全忽视了许多她本不应该忽视的细节。

但有一个细节她永远忘记不了。婚礼当晚，当她在新房里打开她的嫁妆箱子时，那片鱼化石赫然在目。

醉酒的李辉在她身边打着鼾，浑身喷发着浓重的酒臭。隔壁的老母亲在低声呻吟，而傻妹妹在咪咪地笑。月光清冷地流进贴红挂绿的新房，那条小鱼僵硬的身躯散发出一种近乎诡秘的气氛。

林洁记得当父亲要把这小东西放进箱子时她拒绝了。这东西虽然一直在她的床头放着，但她并不认为自己对它有多喜爱，只是可有可无罢了，至多说是对家族历史的一线牵系。父亲曾说："是咱们老家的出产，你就算留个纪念吧。咱们那儿，早年间据说是大海。"

父亲执意要让自己带上这条鱼，多年之后，林洁算是模模糊糊明白了一些其中含义。是牵挂，是叮咛，是让自己像这条鱼一样奋力向前，也是告诫自己生活是永远地交织着希望与绝望。这条鱼从此再也没有离开过她的床头，而李辉看向它的目光，总是有一丝丝的嘲讽。

父亲没有出席女儿的婚礼，是不舍，是心痛，是看着自己心爱的人走向深渊而不能阻止的失望。

（3）

李辉始终认为，是自己对岳父的敬畏，阻止了他和林洁的婚姻彻底破裂。岳父是一堵坚不可摧的墙，即使坍塌了，也仍然是可经历千年风雨的石头，横亘在他的心底。

当聂小玲第一次在他面前脱下衣服的时候，岳父的脸在李辉眼前浮现。那是一张老钳工的脸，是一张饱经风霜不苟言笑的脸，那张脸上本不应该有的讨好和乞求，让李辉心如刀绞。他推开醉醺醺的女人，离开了那间宾馆的房间。

那是他和聂小玲的第一次相识。自认为有胆有识的女人下海经商，周旋在官场和商家叠加而成的迷幻氤氲之中，才感到自己其实不过是只随时可能被宰杀的鸡。偶然的酒桌相识，她迷恋上了男人的体魄和男人的气息，还有男人在酒肉喧嚣中的那种深沉。这一切当然都是远在上海的搬运工给不了她的，她那时突然地强烈渴望爱抚和支撑。

而李辉，却在离开宾馆的那一刻，突然开始重新审视自己的人生。

那是一个春风沉醉的夜晚，那样的夜晚本该有关于欲望的故事发生。在那个荒草离离的所谓公园里，有男男女女在拥抱，在热吻，甚至在宽衣解带。而这个城市的第一家歌厅，也已经亮起了迷惑人眼的霓虹，从门缝里飘散出的港台歌曲，也是充满诱惑的靡靡之音。李辉的沉痛，在这一切的烘托下强烈起来，回头看宾馆门前的石狮，嘴唇边都是冷笑。

而林洁永远都记得，就是在那一晚，她的腹中开始了新生命的孕育。但她永远都不知道在那缱绻一刻之前发生的故事。李南方也永远都想不到，他来到这个世界竟然有着那么多复杂的情绪背景。婚姻让李辉学会了沉默，职业也让李辉习惯了沉默。李辉那晚从宾馆回到家里，轻轻抱住了已经熟睡了的妻子，却仍是什么也不想说。女人被窝里似香非香的气息，点燃了男人那蛰伏着的心火。

"你不是不想要……这会怀孕的。"

女人娇羞的低语淹没在男人的强壮里。李辉想说，我就是想让你怀孕，我就是想让你有个孩子，却仍没有说。聂小玲的美丽瞬间闪过，李南方的生命之火点燃了。

李南方满月的那天，李辉对妻子说出了搬出去住的话。他的理由是，刑警工作太辛苦了，他要休息好。

（4）

"生活是有长度的。这种长度因人而异，不仅仅是岁月的度量衡所能标注的。"

当优秀刑警李辉开始有资格带徒弟的时候，他的第一个徒弟也是本市公安机关接收的第一个正规大学毕业生。这位戴着眼镜的清秀小伙儿对他的师父说了上述的话。

李辉曾坚决推辞当这小子的师傅，他说自己当年连大学都没考上，不够资格。他的师父已经因癌症提前退休，躺在病床上的老头儿却说你没资格还有谁有资格呢？老家伙当然偏疼自己的爱徒，他希望自己的优良品质代代相传，他为自己的徒孙是大学生而骄傲。

小张在和师父李辉说到关于生活长度的问题时，他们正在一座废弃的公共厕所里监视着对面的目标。正是夏季，西北的盛夏虽然不如南方炎热，但旧厕所里陈年的气味仍然肆意泛滥，熏得人头昏脑涨。就在这难挨的时间里，李辉问小张为什么要来当刑警，大学生看他一眼，说出了那些在李辉听来没头没脑的话。

李辉愣了半天，才大致明白了那话的意思，就问："那你说是什么决定了这长度呢？"小张说："那很多，比如就我来说，是职业。"见李辉呆呆的，他笑起来："我就是说，我喜欢当刑警。因为喜欢这个职业，所以我就不怕这个职业带来的痛苦，不怕这个臭气熏天的厕所。我们在这蹲守的时间就因为这个而显得短了。"

李辉恍然大悟，觉得这说法好像挺有意思，就又问："那还有什么可以决定生活长度呢？"小张迅速地答道："当然有啊，比如说，爱情。相爱的人总觉得时间过得太快呢。"

李辉就在这一刻，感觉到一种遍布全身的震撼。爱情，这个庸俗而又神圣的词句，像利箭瞬间射穿了他的身体，让他五脏六腑里的血液在那一刻凝结了，又破碎了，破碎后的血滴在心底，砸出来的声音就像是生命的哀鸣。林洁，聂小玲，秀秀，一张张的脸庞像飞鸟掠过，却总归是没有痕迹地运行。是生命里的过客，像短暂的正午阳光，在五颜六色的太阳伞下，呈现着五颜六色的心情。

第五章　2017 年 8 月 28 日

（1）

李辉的手机响了，来电显示是小张。这个当年热爱刑警职业的大学生，现在已经是市公安局主管刑侦工作的副局长。

李辉沉了一下才接了电话。他一向回避和这个年轻气盛的副局长来往，尽管他知道，如果没有小张的关照，也许他早就被彻底踢出公安局了。

小张开口就问："听说南方侄子今天走？"

李辉说是。小张就埋怨道："你怎么不早说？我在北京出差，也没法送送孩子。"

李辉想说，你在北京还想着来个电话，我已经很感谢了。但张了张嘴，却没说出口。

小张也沉默了，好像有什么想说却一时想不好怎么说。曾经的师徒就都不作声了，电话里有热闹的街市声音，大概小张也是站在北京街头吧。

"师父，"小张终于又开口了，却换了一个语调，"南方走了，你有什么事，尽管吩咐我。"

"没事。能有什么事。"李辉说。

"师父你搬回家住吧，要不师娘也是没人照顾。南方都长大成人了，你们也就别……"

李辉的眼睛突然热了，他仰了仰脸，把眼泪顶了回去，然后尽量轻松地说："行啦，你该忙什么就忙什么去吧，我们的事，我们有办法。"

小张那边叹了口气："师父啊师父，你能有什么办法，你就是瘦驴拉硬屎，死要面子活受罪。"

这语气不像是个局长了。李辉说："好了，等你回来，我和你好好聊。"

挂了电话，李辉突然觉得自己的腿沉得抬不起来，晃了晃，他就坐在商店橱窗的窗台上了。身后，面无表情的塑料模特和他形成了强烈而滑稽的对比，有着许多说不清楚的意味。

（2）

林洁和儿子李南方坐在八仙桌旁吃早饭。和往日没有区别的火烧、小米粥和咸菜，此时却有些味同嚼蜡的感觉。南方吃得很慢，仿佛故意拖延着这顿早饭的时间。林洁知道，儿子对自己是依恋的，自从南方满月李辉搬出这个家，娘俩就是相依为命了。

现在回想起来，当时林洁真的没太把李辉的搬走当回事。那时李辉的母亲刚刚病逝，老太太挣扎着看到了孙子的诞生，终于放心地撒手人寰。而傻妹妹也刚被山里的一个残疾小伙子娶走。林洁觉得，摆脱了琐事捆绑的李辉也真的应该放手去努力工作了。在公安局，在刑警队，工作永远是第一神圣的职责使命。

林洁始终是单纯的，看守所那个封闭的环境使这种单纯更趋于单一走向的沉重。褪去了少女时代的粉色，脑海是一片白与黑分明的世界。仿佛世俗社会那些人与人的纷乱繁杂，反而是远离自己的故事了。直到有一天，姐姐风风火火地赶到看守所，告诉了她李辉和聂小玲在一起的噩耗。

林洁不相信。她觉得李辉和聂小玲完全是两个世界的人。

姐姐拍着大腿说："你呀，我早说过，早晚要吃亏上当。"

林洁拨打李辉的电话，电话响了她却又挂断，然后再拨。当终于有勇气把电话放到耳边时，那边却没有人接听。李辉在外省执行抓捕任务，已经走了半个月，音信全无。林洁放下电话，泪水也随之垂落。这一天也许是早在预料之中的，也许李辉命中注定就不该是她的人。可他竟然和聂小玲在一起，仿佛完全南辕北辙的两颗星星，却在命运的捉弄下碰撞了。林洁觉得自己的胸口渐渐被什么东西充满，满到没有空间，没有缝隙，没有希望，心便像了一块石头，经肆虐的风雨冲刷，已经遍体伤痕。

突然就想和临行的儿子说说这些，于是便说了。李南方一声不响地听，放下碗筷时说："我爸说，他们从来没有在一起住过。"

林洁想激烈地反驳说那是他胡说，可话到嘴边却又咽了回去。儿子要走了，此刻说这些还有什么意义。

李南方看看妈妈的脸色。他这些年来已经学会了在妈妈面前察言观色。妈妈总是抑郁的，他早就知道妈妈抑郁的原因是什么，可他始终以为，自己的这一双父母其实在一起才应该是最合适的，他认为他们的分道扬镳实在是无意义。他们之间那些恩恩怨怨在这一代人看来，实在是矫情。南方不敢告诉妈妈自己和父亲相当频繁的来往，也不敢说自己在学校后院里偷吻女同学的事情。南方是一只乖巧而狡猾的小狗，他已经有了自己丰富多彩的世界。

可现在，他要走了。离开家对于李南方来说无疑是件重大的人生事件，此时此刻他突然觉得他好像应该担负起一点什么事情，他和父亲母亲的关系也好像应该有所变化。他其实不知道应该怎么做，父亲的阴沉和母亲的柔弱奠定了他不是个刚强的孩子，他敏感，他也脆弱，他有离经叛道的思想，但缺乏沉着冷静的执行力。此刻他避开母亲的目光，端着碗筷往厨房走，心里忽然有了临阵脱逃的挫败感。

林洁目送着儿子的背影。这背影与孩子父亲的背影竟是那么地相像，除了年龄留下的刀痕尚不够坚韧，那宽阔的肩膀，那浑厚的后背，那撑在衬衫里结实的肌肉，都和李辉毫无二致。这真是命运的造化，林洁常常在看着儿子的背影时转过头去不想再看，生怕一生的痛苦都在那一刻在那身影上凸显出来。

而此时此刻，林洁在看着那背影的时候突然醒悟，这些年，她的养育，她的疼爱，她的苦心积虑，都没有能切断儿子和他父亲的联系。儿子知道的事情，可能远远比她知道的多。他们毕竟是骨肉相连，而且，林洁不能不记恨地想，李辉毕竟有能吸引孩子的地方。

但奇怪的是，林洁并没有因此而更愤怒，而更悲痛，她的神经仿佛太过麻木了，竟没有掀起新的一阵波澜。似乎愤怒痛苦的时间已经太久，竟成为她的一种常态。

她叹了一口气，为自己悲哀。

李辉也曾和她说过那样的话。第一次为聂小玲而争吵时，李辉就说过，态度很诚恳。那次在医院的邂逅之后，李辉也说过，态度已经变得不耐烦。当姐姐到公安局揭发了李辉，李辉因此被停职，他便变得忍无可忍。不顾人们惊异的眼睛，他在街头冲林洁挥着拳头大喊："我说过我和她是清白的，我从来没和她过夜，你还让我怎么说？"

结果只能是林洁在路人的注视下落荒而逃。

选择相信，还是选择不信，林洁心里的天平始终是摇摇摆摆的。就在这摇摆之中，人老了，心冷了，生活就那样由炽热而凝固下来。如床头的那条鱼，曾经的体温一旦彻底冷却，就是千百年不变的顽石。

(3)

当林洁坐在床头，心里翻滚着那个困扰了她多年的老问题时，李辉也正站在街头，被这个同样苦恼了他很久的问题撕扯着痛感神经。曾经以为可以不想了，曾经以为自己已经心硬如铁，但折磨总会自心底悄悄开始，一次次反复地研磨着思想的棱角，让他寝食难安。

怀里的小乳猫安然睡去，一团温暖在李辉的心口处微微颤抖。但心的深处依然是冷的，是焐不过来的极寒，是没有人会相信的委屈。李辉在街口再次停下脚步，抬头冷冷地看着对面的大厦。那是这座城市最早的写字楼，聂小玲的公司曾经在这里霸气地占据了一层，是当时全城最大的商贸公司。而现在，公司解散，人去楼空，这栋已经是城里最灰头土脸的旧建筑开始了新一轮的装修。李辉记得，就在这栋楼里，聂小玲第一次把一叠人民币扔到他面前。

"做我的合作伙伴，你干不干？"

女人有了钱，气势就盛了，话说得斩钉截铁，并不是征求意见的口吻，完全是命令。李辉冷笑，说："别忘了，我是警察。"

"我要的就是你是警察。"聂小玲的眼睛里闪过一丝幽怨，"你既然不想和我睡觉，你就干干净净地做我的助理和保镖吧。当然，是业余的。我做我的事，你挣你的钱。"

李辉记得，那晚他第一次陪聂总参加了宴请。为什么没有拒绝，现在已经成谜，已经是他在问自己时也没有答案的难堪。那位县委书记不仅耳闻过他优秀刑警的大名，还拜李辉所赐，找回过他老婆被抢劫的金银首饰。聂小玲想拿的那块地，就此在酒桌上顺利地签了合同。走出饭店，醉醺醺的聂小玲说："现在你可以拿走你的钱了吧？你已经出了力，那笔钱是你应得的。你如果还不要，就跟我回宾馆。不回，我就在这儿喊，说你强奸过我。"

女人眼睛里的欲望和调侃让李辉怒火中烧，但他说不出话。他想好的咒骂和斥责都被堵在嗓子里，像浓痰一样上不来下不去，刺激着他的呕吐感。他真的需要那笔钱。他在公司里看到那笔钱的时候，心里就是翻江倒海的战争了。傻妹妹的丈夫不仅在外面拈花惹草，还大言不惭地一次次登门要钱。前一天他又拄着拐杖来了，哭丧着脸说媳妇跑了，需要路费去找。

李辉当时真想把这家伙撕碎。

可怀着孩子的傻妹妹总得找回来。李辉早就怀疑，妹妹是被男人打跑的，贪得无厌的妹夫在利用这卑鄙的手段从他这里榨取钱财。人生就是这样无奈，纠缠在一起了，便是永远撕扯不开的结，便是也许一生都无法破解的局。

李辉咬紧牙关对聂小玲说："我需要钱。"

话出了口，人却一下子轻松了。仿佛千斤重担卸去，他们此刻是彼此平等的关系了。他直视着聂小玲的眼睛。女人的眼睛很漂亮，但因荒淫无度而浑浊，在夜色里暗淡无光。女人也看着他，久久不语。饭店服务员在他们身后锁上了大门，熄灭了门前的灯光。他们陷入了黑暗，也陷入了一种茫然。女人的茫然缘于空虚，男人的茫然缘于无奈。

李辉记得，那晚他们分手之后，他怀里揣着那厚厚的一沓钞票，在大排档上喝到大醉。本该早早收了凉皮摊子的秀秀，担心地陪他坐到天亮。

天亮后，生活继续，李辉却觉得自己不再是从前的李辉了。

第六章　记忆里的过往（三）

（1）

第一次说到离婚，是在医院事件发生后的一个夜晚。李辉已伤愈出院，刚要和同伴一起出发去抓捕一个杀人犯，他拉开车门的时候，转眼瞥见林洁站在刑警队的大门口。

还是那身洗得发白的旧警服，还是那样弱不禁风的身影，还是那种窝窝囊囊的神态。李辉愣住了，恍然间，他突然意识到自己给对方造成的伤害是多么深痛，他想自己即使不爱这个小女人，也不应该这样地对待她。毕竟，他们还有儿子。

羞愧漫过李辉的脑海，掀起一阵波澜。可这见不得人的感觉迅速被刚硬的刑警压制在了心底，他知道自己已经无法回头了。

"我们离婚吧。"走近妻子的李辉听到了他预料到的话。他知道这话从林洁嘴里说出来是需要极大的勇气的。这勇气让他颤抖了一下，因为他从中窥见了一个人的决心，而且，是一个向来软弱的人的决心。

"我要……出差。有任务。"

话出了口，李辉自己觉得这话既像是掩饰，又像是回避，总之有怯懦和慌乱在其中。他看见林洁的嘴角有了一丝冷笑，他明白妻子也看穿了他的虚弱。

突然就有一股怒火从他的心底升腾起来了。他攥紧了拳头。

"你和她，挺合适的。你们都很能干。"林洁说，语气凄凉，像一盆冷水泼到了李辉的头上。

林洁尽量让自己的话说得平静。但平静是需要底气的，她并没有底气。她知道自己现在的生活已经过得乱七八糟，丈夫虽然如同陌路，但总归像一尊泥像，远远地树在那里，是一点希望和一点安慰。真要离了婚，真要自己打碎那尊泥像，那将向全世界宣告了自己彻底的失败，今后将永远是一个人的生活。何况，还有孩子。

李辉的拳头无力地松开了，掌心里是一片冰冷的汗水。他沉默了许久，后背感觉得到同伴投来的疑虑目光。最终，他说："还是不离了吧。你……身体不好，有我在，总归是有个人吧，你有事可以叫我。"

这话像一支箭，直直地射中的是女人脆弱的灵魂。灵魂破碎了，还能有什么话可说。林洁的眼泪不争气地涌了出来，她转身就走，背后是沉默，是男人复杂的情感。

（2）

因在暴风雪中安全押回了在逃犯罪嫌疑人，并光荣负伤，李辉再次荣立三等功。两枚脚趾，换回了他又一枚奖章。

表彰大会结束之后，主管刑侦工作的副局长叫李辉到办公室聊聊。

李辉在走向领导办公室时心里是忐忑的。他边走边摘着胸前的奖章，边和路过的同事点头招呼。手有些笨，负伤的脚趾也隐隐作痛，同事们略带讽刺的目光和语气更让他心里别扭。他知道这座城市是小的，小到任何事情都无法隐瞒。城东河边的补锅匠不小心把锤子砸到了手指，半小时后城西巷子里的修鞋佬就会闻讯赶来慰问。风流韵事更是这座城市的特大号外，会以迅雷不及掩耳之势在街巷里传播，并且添油加醋。现在，大概全局的同事都知道他和聂小玲的事了，他们一定在私下里把故事讲得更生动更香艳。李辉知道，领导找自己，不会是表扬或鼓励，而一定是敲打。

果然，推开门，副局长迎面就用很不愉快的语气说："你呀，咋办这么糊涂的事呢？"

李辉不吭声。他知道说什么也没有用。他看了一眼在窗前站着的刑侦支队副队长小张，小张立刻把眼神挪开了。窗外，正下着雨，玻璃上的水流像是女人的眼泪，反映出小张的脸也好像是泪流满面。

那天副局长的批评算不得严厉。一个办案高手，总是会在公安局的领导眼里多得到几分宠爱。但副局长话也说得很清楚：要想在公安局有发展，你就得洁身自好。

李辉走出门的时候，听到小张追了出来，但他没回头。在那一瞬间，他突然觉得羞愧了，突然觉得没脸见自己这个徒弟，突然觉得这个大学生其实和自己真不是一类人。

小张紧走几步，抓住了李辉的胳膊。

"师父，我知道您不是那种人。"

聪明人说出的蠢话总是更蠢。李辉怒火中烧了，他甩开小张的手，沉着嗓子说："你错了，我就是那种人。"

在大学生的错愕里，李辉向前走去。办公楼的走廊笔直而昏暗。窗外的雨突然大了，水星从敞开着的窗子飞溅进来，扑湿了李辉的衣服，也扑灭了他心里的怒火。一时间，沮丧，消沉，委屈，说不出的种种情绪让他的全身都感觉到一阵阵的酥麻，仿佛挨了一顿揍似的难受。他反身回来，把那枚三等功奖章塞到小张手里。

"师父！"小张叫道，看着李辉那健壮而落寞的背影消失在楼道尽头。大学生攥紧了那枚奖章，像是攥着一滴泪，或是一颗心。

（3）

林洁在父亲去世之后，曾经大病了一场。

在父亲的骨灰盒被放进墓穴的那一瞬间，她昏倒了。在那一刻，周边的一切都刹那间产生出一种极其不真实的感觉，就连父亲墓碑上的字，也开始急速地旋转并模糊。随后，天地突然沉入了一片混沌，林洁就在其中不知所措地昏了过去。在经过紧张的抢救之后，医生皱着眉对醒来的她说："你的身体怎么这么不好？心脏，肝，肾，都有问题。还有严重的关节炎。"

长期在阴暗潮湿的看守所通道里工作，关节炎算是职业病吧。至于其他的，林洁只能沉默。

从此开始了难熬的住院时光。每天总是各项检查，打点滴，会诊。每天吃着难以下咽的病号饭。姐姐那时候正在闹离婚，人瘦得像一支竹竿，每每在陪床的时候俯在林洁的床头痛哭，给原本就暗淡无光的住院生活增添着更加凄惨的气氛。

在林洁住院的第三天深夜，李辉出现在她的面前。

他显然是刚刚出差回来，没来得及换洗的衣服散发着浓重的汗臭。大概是因为胡子太长，他的脸显得消瘦而苍白。他站在林洁面前，不说话，就那么看着她，眼睛里满是疲惫。那一瞬间，林洁又有了不真实的感觉，仿佛面前的这个男人，是从梦境里走出来的，而且是噩梦。

"这么晚……"林洁低声说，手把床单攥得紧紧的，手心里都是汗水。

"刚回来，车晚点了。再说，白天你姐姐在。"

"顺利吧？去了这么长时间了。"

"人抓回来了，还算顺利。"

李辉的身形随着话语松懈了，背驼起来，人也显得矮了。林洁突然觉得过去那个刚硬的李辉仿佛不见了，面前的李辉是另一个李辉，是一个消沉的、颓废的普通男人。林洁的心酸了，酸得好像灌了一瓶子醋进去，顿时把心思泡软，软得如同酒醉后的双腿，是再也迈不动的了。"你也要注意身体啊……"话出口，自己也听得出颤抖，听得出虚弱，听得出那一种复杂而凌乱的情感。

李辉当然也听得出。他重重地叹一口气，把头扭转过去。他们就那么沉默了，一个躺着，一个站着。布帘的另一边，心宽体胖的病友酣睡，如雷的鼾声伴随着这对夫妻的尴尬。窗外，如水的月光悄然流淌进来，在窗台和被单上留下惨白的印迹，像是褪了色的往事，在无力地营造着一种呓语。

林洁就在这月光中想起婚礼前的那一个夜晚了。那天的月亮要比今天的大，而且清澈。那清澈的月光也许还孕育着一线希望的，而今天，月光已散落，是泼洒出去的水，再也收不回来了。那天，父亲还为了女儿的未来在奔走，而今天，他老人家已经躺在冰冷的墓穴里了。林洁的眼泪流下来了，为父亲，也为自己。她不想让男人看到她的哭泣，轻轻地转过头去。而就在这时，男人却抓住她的手了。

"你好好休息。将来出了院，也多注意身体。看守所工作累，我去找找局领导，给你换个岗位……"

这是林洁好久好久没有听到过的语气了。她的心狂跳起来。她突然想问：你对聂小玲也是这样吗？可话到了嘴边她又咽了回去。她不想破坏这突如其来的温馨，她不想让这一时刻迅速逝去。她不说话，却慢慢抓紧了男人的手。男人的手是粗糙的、有力的，而且，那是一只属于丈夫的手。

林洁突然意识到自己其实是一直渴望着这样的时刻的。那么多的夜晚，那么多的孤独时刻，她望着床头那条僵硬的鱼儿发呆。泪水流了一遍又一遍，湿透了心情，浸泡出难以下咽的苦涩味道，把整个人都腌了起来。单位分配家属宿舍，他们是可以分到的，林洁却推辞了。那次李辉打回电话来，问她为什么，她说："你想让全局的人都看见你是不回家的吗？"那一刻，她的心碎了，自己仿佛都听见一片片的碎片坠落的声音。落一片，就是一片的刺痛，带着血的扎心。

她感觉得到男人有一个想把手抽出去的动作。但那个动作是犹豫的，是无力的，而且稍纵即逝。李辉在林洁的床头坐下了，他沉重的身躯把钢丝床压得咯吱一响。他仍然没有回头面对妻子，但他的后背在月光下分明写着"投降"二字。他一定是知道林洁在他背后哭泣的，他也知道那种哭泣里有委屈也有安慰。李辉在那一瞬间也想了许多许多，有许多话也哽在喉咙处，却是说不出口的。

那一个夜晚对于林洁来说是刻骨铭心的，对于李辉来说其实也如此。爱与不爱，对于他们来说始终是一个走不出的怪圈。爱，却有着那么多的捆绑。不爱，却又是彼此不能忘怀的牵挂。林洁记得姐姐曾经恨恨地说过："难怪说婚姻是月下老人牵的线，那个老混蛋是用红绳把人捆死了。"而李辉也在那一刻回忆起了母亲在临终前的嘱咐："好好过，人家没有对不起你啊。"李辉觉得母亲的话比月下老人的红绳还要厉害，她老人家最终的遗言就是孙悟空头上的紧箍咒。

事后回想，林洁那晚几次想问关于聂小玲的事，但理智与感情的交织让她终于没有开口。而李辉其实也想和妻子说说那些被人们的谣传所扩大所歪曲的故事，而最终还是选择了沉默。琐事的积累已成了横亘在他们之间的墙，跨越是需要勇气和力量的。而且他们都隐隐地预见到，越坚固的墙其实越脆弱，跨越的结果难以预料。生活就是一种平衡，也许这种平衡是那么地不合理，但平衡形成了，就是不能轻易打破的禁区。

李辉记得那一夜是那么漫长而又短暂。漫长是因为无话可说，短暂也是因为无话可说。他记得在天光微微亮起来的时候，他终于鼓起勇气对妻子说："我们就这样过吧。你身体这样不好，我不能真的离开你。我的命你的命，就是这样拴在一起了，认了吧。"

林洁定睛看着窗外的灰白，她也知道他们的生活就此定型了，不会改变了。一切都是无可奈何的，都是上天注定的。挣扎也许会有结果，但自己有挣扎的力量吗？窗外隐约有了晨起的叫卖声，熟悉得不能再熟悉的故事又开始了新的一轮上演。小城再怎么变化，仍然是小城，是一片窄小而安静的天地，是她的命运安放之处。

第七章　2017年8月28日

（1）

当李辉出现在阳台的时候，林洁正在院子里浇花。目光从缠缠绕绕的藤萝枝条的缝隙间捕捉到男人的脸，林洁的心还是震颤了一下。藤萝早已开过，时光不会再来，倒是花畦里的木槿，正开得兴高采烈，一团团的粉色，像婴孩的面容。

李辉在花团锦簇面前有些惊异。前年他买下这套两居室的时候，选择一层是为了照顾林洁的身体。把钥匙和房产证书交给南方之后，他再也没有回来过。而林洁，却一下子喜欢上了楼前的这个小小的院子。如今这院子还是那么狭小，却仿佛因为花的繁茂而有了更大的空间。李辉深深地呼吸了一口带着花香的空气，轻轻把怀里的乳猫掏了出来。那小东西似醒非醒的，舒展着毛茸茸的小身体，打了个大大的哈欠。林洁的心一下子软了，小心翼翼地把猫抱起来。猫在她怀里喵的一声叫，恍然间，竟像是当年南方在她怀里吃奶的样子了。

"南方走了，给你做个伴吧。"

说完，不等林洁的回答，李辉径自回到屋里，去和南方说话了。林洁听着南方的笑声，知道父子间是有许多话要说的，心便冷了一冷。找只猫给我做伴，显然还是不想搬回来啊。她悲哀地想着，却又自嘲地笑了：婚姻也许就像是自己床头的那条鱼，保持原状，就是完整的装饰品；打破了，就什么也不是。

林洁的姐姐打了电话来，说是不到家里来了，下午直接去车站送南方。李辉松了一口气，转念一想，知道这位大姨姐也是不愿和自己碰面的。当年这个女人跑到局纪委揭发他在外面乱搞，要不是小张力保，他李辉早就是人人喊打的过街老鼠了。他当时提出提前病退，局里马上就同意了。一个浑身伤痕累累的侦查英雄，早点休息也是应该的。档案放在公安局的档案室里，人却从刑警变成了文化馆的看门人。聂小玲要他去公司正式当个副总，李辉当然不想让谣言再增添新的内容。他的人生经历了过山车般的大转折，却也算是咎由自取。

办好退休手续的那天晚上，聂小玲第一次带李辉出差去了上海。

头等舱的座位宽大而舒适。空姐的声音甜美而轻柔。舷窗外是湛蓝的天空，白云在目光所及之处铺成一望无际的绒毯。出差办案，李辉是坐过飞机的，但这样的享受却是第一次。

身旁聂小玲的香水味一阵阵地掠过，他有些眩晕。从笑容可掬的空姐手里接过一听啤酒，他试图让酒精舒缓一下神经。

下了飞机，聂小玲说："你自己先去酒店吧，我去办点私事。咱们晚饭时见。"

李辉知道，她是要去见自己的丈夫，那个搬运工。更准确地说，她是要去看儿子。聂小玲的儿子从出生就被送回了上海。

上海，徐徐地在李辉面前拉开了神秘而壮观的面纱。外滩，南京路，高架桥，还有那数不清的高楼大厦，一切都是小城所没有的，是小城人梦境里也不会出现的海市蜃楼。他记得那一刻他没有震撼，只有茫然。

(2)

红烧肉，清蒸鱼，肉丝炒芹菜，凉拌藕。李南方把最后的肉丝榨菜汤端上桌说："爸你也尝尝我的手艺。"

"你居然会做饭。"李辉笑着说，偷看一眼林洁。

"我说，你们都别硬撑着啦，我走了，爸你就回家吧，也给我妈做做饭。"

李辉的心里沉了一沉，却不敢抬头了。嘴里的芹菜大概没择干净，塞在了牙缝里，也像是种在了心头，忙慌慌地长成了荒草。乱七八糟的情绪涌上来，像洪水漫过草地，是悄无声息的泛滥。而饭桌上的突然沉默，给这种泛滥增添了阴沉。

许久，李辉换了话题说："到上海，好好读你的书，少和上海本地人打交道。"

"为什么？"李南方咬着筷子问，眼神里却有点明知故问的狡黠。

李辉感觉得到林洁的冷淡目光在自己脸上掠过，心有点慌。是啊，为什么？好像能说出一万个理由，又好像说也说不清楚。李辉突然觉得自己好笨，关于上海人的话题怎么能在这个时候说呢？但就在这个瞬间，往事却呼呼啦啦地涌上心头了，上海人，东北人，省城人，本地人……山沟里的小世界从遥远的记忆里拉回到眼前，倨傲的眼神，芜杂的口音，老岳父的语重心长，新婚之夜的沉醉不醒……从崖畔望下去，那片工业化的壮观是李辉心底的梦魇，也是一切一切不幸的开始。

"别听他的，"林洁对儿子说，"别管哪儿，也有好人有坏人。心眼儿放得正，在哪儿也是好人。"

李南方淡淡一笑，好像对母亲的话不以为然，又像是嘲笑着父亲的愚蠢。

"不过，你爸爸最了解上海人。"

林洁的嘲讽让李辉的脸热了一下。他感觉到自己有点强作镇静了，但又不想向林洁投降。他攥着筷子，慢慢地说："上海人，聪明，细致，有诚信……会做生意，但是……有时候也太聪明了……"

林洁啪地把筷子拍在桌子上："聂小玲就是太聪明了，找了个甘心情愿为她卖命的傻瓜！"

李辉猛然抬头："你当年要不骗我，咱们能走到今天吗？能有聂小玲吗？"

林洁的心也往下一沉，她最怕的就是丈夫提起这件事。她的声音颤抖了："我……我骗了你什么？"

"你说你——"李辉的话刚刚说出个开头，突然就被李南方打断了："够了！你们能不能等我上了火车再吵？"

儿子的远行是最大的理由，再强烈的怒火也在瞬间熄灭了。沉默重新开始了在房间里的弥漫。林洁放下筷子，转身回了卧室。李辉重重地叹一口气，对儿子说："对不起，总是让你不愉快。"

李南方给自己盛汤，平静地说："我没关系的，不愉快的是你们俩。我就奇怪了，你们哪儿来的那么大劲头，能较了一辈子的劲。"他的声音提高了，显然也是在说给房间里的母亲听。

李辉苦笑。真的，怎么就这么较了一辈子的劲？值得吗？有必要吗？

"你们可能觉得原则总是要讲的，可我就不明白你们坚持的是什么狗屁原则！我觉得你们现在都谈不到什么爱情不爱情了，你们只要想想你们还需要不需要在一起过，就好了。想明白了，还较什么劲？该过就过该离就离。现在都什么年代啦，你们怎么总跟老古董似的？"

李南方连珠炮似的话，让桌旁的父亲和卧室里的母亲都目瞪口呆。李辉盯着儿子，林洁的目光则停滞在那块鱼化石的身上。李南方说痛快了，径自起身端起碗筷去厨房洗涮，而夫妻二人的眼睛却都慢慢落到了卧室的房门上。那扇薄薄的门，隔开了门里的恨，也隔开了门外的怨，却也把他们的爱恨情仇紧紧连接了。一时间，竟然是千山万水的疲惫，总在无声的缠绕里心痛不已。

(3)

林洁想早点走，怕出租车不好叫。李南方笑笑说："叫什么出租车，我早就叫了滴滴了，一会儿就到。""什么叫滴滴？"林洁茫然地问，儿子却不吭声了。林洁偷看李辉，李辉也是一脸不明白的样子。

再检查了一遍行李。李南方也是一脸不耐烦。趁儿子不注意，林洁把那条鱼放到了箱子里。昨天晚上放过一次的，被儿子发现扔了出来："我不喜欢，我又不是去学考古。"

林洁却总觉得那条鱼冥冥之中和自己的命运有着莫名的某种联系，她暗自希望这种联系能延续到儿子身上。仿佛那条鱼能在儿子的身旁，就是自己的心也在了，是时时刻刻不分离的状态。但是，儿子就是不领情。一家三口就这样默默地走出小区。行李箱拖在地上，发出吱吱的刺耳声响。林洁的目光和李辉的目光偶然碰撞了，突然间彼此都明白了一件事，儿子已是成人，他的生活也许从今天开始真的不再需要他们的呵护和关照了。他们的目光无奈地交流了这个信息，不约而同地想到一个迫切的问题，儿子走后，自己今后的日子该怎么过呢？想来想去，心头却仍然是一片茫然。

　　滴滴车果然准时，而且司机服务态度极好。车子在小城的街道上驰过，杂乱无章的小城风景从车窗外向后掠去，像是时时提醒着他们什么，又像是低声嘲笑着他们过往的生活。车子驰过公安局的门口了，驰过文化馆的门口了。小城太小，想要回避什么总是困难。当车拐过路口，新建的火车站遥遥出现在眼前的时候，那条通向山沟的路也就在林洁面前了。路已破旧，坑坑洼洼触目惊心，和毗邻的车站恰成鲜明的对比，提示着人们时间的飞逝和人生的多舛。山沟里的四家厂，来自东北的两家已宣告破产，灯泡厂却奇迹般地生存了下来，只是不死不活地维持着工人们的温饱。上海人已经迁走，不是回上海，却是去苏州工业园区扎了根。如李辉所说，上海人果然是聪明的，他们现在离故土近在咫尺，却拥有了更大的发展空间。

　　那曾经灯火通明的山沟，那曾经让李辉羡慕不已的山沟，现在又有野猪出没了，它们常常肆无忌惮地和不愿出山的老人们擦肩而过。在几年前由四家工厂共同出资修建的三线建设纪念碑前，当留守老人们笨拙地挪动起广场舞的步伐时，野猪们也会冷眼观瞧。

　　林洁的姐姐早已等在了站台上。她冷漠地看了李辉一眼，就把李南方扯到旁边低声私语。她没有孩子，一向视南方如同己出，对李辉的仇恨丝毫也没有影响她对南方的溺爱。

　　等待上车的人们在站台上无所事事地抽烟闲逛，不时爆发出一阵阵大笑，仿佛出远门是一种解脱，是放松心情的开始。站台上的风，是从山间吹来，风里有林洁熟悉的气息。林洁在笑声与风声中恍惚了，李辉的身影在眼睛里渐渐模糊，仿佛是风里的一只纸鸢，有挣扎，却也不可能再有作为，只是徒劳的摇摆。李辉回头，在妻子的眼睛里看出了茫然，心是动了一下，但也无可奈何。都已经心如止水，再不会起什么波澜。

"为什么都要走呢？"林洁突然说，像是在问，又像是在自语。"各有各的事吧，人总得生活。"李辉回答，有点漫不经心。"我却走不出这山沟的。"林洁的话里有了伤感，让李辉愣了一愣。停了片刻，他说："我们都走不出去了。"

林洁从丈夫语气中，感受到了凄凉。这是她感同身受的凄凉，是他们共同用几十年的时间自己制造出的凄凉。她突然地想问自己，当初为什么不明确告诉李辉自己不是大工厂的孩子呢？如果那时的故事换一个结构，是不是会写出另一篇作品呢？现在，苦酒已经喝得太醉了，是醒也醒不了的沉迷。到了这个时候，动笔的已经不是自己，而是冥冥之中的天意了。如果自己的生活也是那条鱼，就已经到了化骨为石的状态了。

"我们去帮孩子搬搬行李吧。"

林洁听出李辉的语气是平静的，但平静下面的不平静显而易见。她知道他也不想让情绪蔓延下去，他也希望在儿子离开家的最后时刻营造一点欢乐。甚至，他也在这喧闹的老车站上，在继续回味着自己一生的悲欢离合，但也同样嚼不出什么味道了。

一列高铁列车从他们身后呼啸而过，那是这座新车站刚刚开通的第一趟高铁列车。它的奔驰有一种势不可当的姿态，仿佛是对站台这一侧的老绿皮火车的蔑视。新与旧就这样地共同存在着。绿皮车发出了一声充满无奈的汽笛声，告诉人们应该开始上车了。尽管慢，它也仍然会往前走的。李南方像头终于可以摆脱束缚的小鹿，一个箭步就跳上车去，又从窗口探出头叫道："爸，妈，大姨，你们回吧！"

眼泪突然就涌出来了，迅速淹没了告别的时刻。林洁在泪水的泛滥里感觉到李辉抓住了自己的手。李辉的手仍然是有力的，却是有沉痛在那一握之中。她没有挣扎，听任他拉着她，他们一起向车门口走去。她听见李辉在她耳边低声说着：

"我这一辈子对不起你的太多了，还不起了，将来让儿子替我还吧。他长大了……"

林洁抬起泪眼，试图看清丈夫的脸，却是徒然。因为李辉的脸上竟也全是泪了。

"我真的没有骗你，我和聂小玲真的没有睡觉。我毕竟是警察啊。我只是……穷怕了。那些年，太难熬了……"

列车又一次鸣笛。林洁却在震耳欲聋的笛声中清晰地听到了李辉的话：

"我们这一辈子，过得太难了。可是，我们还是过来了。"

（原载《满族文学》）

玉玲珑

·

一

雯丽走进表姐雯静的办公室时，这个陌生的城市突然下起了冰雹。大大小小半透明的冰球从乌黑的云层里出其不意地落下来，撞击在写字楼的落地窗上，有的粉身碎骨，在玻璃上留下一摊水，有的则像乒乓球似的反弹出去，瞬间消失在街巷的上空。玻璃窗在急促而强烈的打击声中战栗，却始终没有退缩。表姐就坐在她的办公桌后面，看向窗外的凛冽目光里也有着冰雹的跳动。

雯丽就悄悄压抑了自己的呼吸，低头只看着自己脚上的鞋，耳朵却在冰雹的擂鼓声中捕捉着表姐的所有声息。偌大的办公室没有开灯，阴沉的云就仿佛从窗缝弥漫了进来，在冰雹的伴奏下围着表姐舞蹈，有种肆无忌惮的快乐，也似乎有一点对不速之客的蔑视。雯丽觉得自己在一点点地委顿下去，很想逃跑，或者坐下来哭。她想，到表姐这里来，也许就是个错误。

想着，就习惯地不由自主地抬起手来，隔着衣服抚摸胸前的那个小东西。小东西像一粒定心的药丸，让她的心脏在狂躁的天气状态下稍稍平复，血在血管里的流动也慢慢地缓和。她僵立着，浑身都因站立而使着劲，好像只剩下两只惶恐的眼睛还活着，偷偷地窥视着世界。

雯丽知道自己不是个强者。她始终为自己糊涂而懦弱的性格而感到无奈。在她的记忆中，仿佛生命中的许多事物在她的脑海里都是混沌的，若隐若现的。没有明确的开始，更没有结尾。恍然地，就有了一件事或者一个人了，措手不及地嵌在了她的生活轨迹之中，让她感到茫然。为什么会这样，她也不知道。她只知道，表姐雯静，也是这样突兀地，就出现在她的生活里了，并且把自己的强悍，像钉子一样钉在她的命运中。

昨天晚上，当躺在病床上的姑姑向她宣布，她是她的亲生母亲时，雯丽就莫名其妙地想到过冰雹。她想一定会下一场冰雹，一定的，这是早晚的事。奇怪的是她并没有见过冰雹，她成长的那条山沟从来没有下过冰雹。她为此很害怕，她想冰雹一定是一种非常恐怖的天气形态。她突然地就起身离开了那间有着浓重药水味和病人味的病房。她听见姑姑在用微弱的声音叫她回来，而表姐则用严厉的声音喝道："让她去！看她往哪儿走！"

就在那一刻，她突然明白了，表姐其实也不是表姐，是自己的亲姐姐。

难怪她的名字里也有一个雯字。难怪她胸前也挂着那么一个小东西。

雯丽走出医院的时候，想起了来这里的路上的那件事。她本来认为自己已经把它遗忘了，但没想到，它竟然居心叵测地深埋在她的心中了。它和眼前的变故有关系吗？似乎有，似乎没有。但雯丽就是想起它了。当时，站在陌生城市的陌生街道上，茫然地看着车水马龙，雯丽痛心地觉得，不是自己太糊涂，而是生活太阴险。

她还记得的，当时火车正在秦岭的云雾中艰难穿行着，窗外是浓得似乎搅拌不开的绿色山景，单调，厚重，从车窗边不动声色地掠过，让她有一种不真实的感觉。于是，她就在手里揉搓它，是下意识的，好像其他的女孩子喜欢玩弄自己的辫梢，希望从中获得一种安全的慰藉。这时，坐在她对面的男人突然就说："这是玉猪龙，出土文物，红山文化……"

雯丽当时颤抖了一下。她本能地不大喜欢文化这个词，她知道自己属于没有文化的那类人。她看看对方。男人不年轻了，鬓角已经有了白发，戴着眼镜，一双眼睛从镜片后面看着她，就有些捉摸不定的感觉。雯丽把小东西塞回自己的衣领里，让那已经捂热了的温润继续垂吊在自己胸间。男人宽容地笑，说："你一定戴了它好多年了，据我看，品相挺不错的。"

雯丽低下了头。她回避和男人的进一步接触。火车就在这时一头钻进长长的隧道了，车厢顿时沉浸在一片漆黑之中。她在黑暗中呆坐着，听着车轮在铁轨上的碾轧，耳膜上却仿佛还颤动着周围人们的微弱呼吸和低语。在糊涂的性格背后，雯丽却还是个敏感的人，在大事迷糊的同时，她习惯捕捉那些被别人忽略的没有什么意义的细微。她没有听到男人的声音，而当阳光伴着火车的呼啸再次涌进车厢时，她发现对面的男人已经不见了，那里只是一个空着的座位，灰绿色的人造革靠背污浊不堪。

就这样突兀地，悄无声息地，男人消失在了空间里。隧道为他的神秘制造了表演的舞台，他成功地谢幕了。雯丽愣愣地呆着，眼睛里是长长的通道和横在通道里的七七八八的腿，还有一个一直在跑来跑去的淘气孩子。她觉得那男人似乎也同时消失在了时间里，像是穿越小说里的人物。他真的出现过吗？他是真实的吗？回想起来，男人好像是在前一站上的车，当时他还把一只手提包放在了行李架上。雯丽看看行李架，果然那上面只有她自己的行李在。是他在黑暗中取走了行李？还是根本就没有谁在行李架上放什么东西？

就像是一场梦，沉湎其中的时候，一切都是活生生的真切，醒了，却是自己也不相信自己的疑惑。摸摸胸口，小东西还在，在她的两乳间安静地沉睡。她隔着衣服抚摸它，突然，男人告诉她的名字就从思想深处蹦了出来。

玉猪龙，玉猪龙……

不，它不叫这个难听的名字。雯丽当时在心里激烈地反驳，我爸爸告诉过我的，它叫玉玲珑，玉玲珑！

但是，玉猪龙这个难听的名字，却就此顽固地滞留在雯丽的大脑里了，就像火车上那个顽皮的孩子，被母亲按在卧铺里，却又顽强地一次次探出自己乱蓬蓬的脑袋，在一片玉玲珑的温馨气氛中，涂抹着一笔不和谐的墨色。在火车上的故事之前，雯丽是玉洁冰清的章节，而在那之后，雯丽的字里行间就有一个不祥的音符了。

而那列火车，就在雯丽的记忆里留下了一条划痕。

现在，站在表姐豪华办公室的门边，看着窗外肆虐的天气，雯丽突然又想起那个丑陋而真实的名字了。

玉猪龙。

二

雯丽记得父亲说过的一句话：人啊，其实哪里能记得一辈子的事呢，记住的也就是些细节罢了。不过，就是这些细节，肯定是你一生里不能忘记的事情。一个个细节，就把你的一辈子串起来了。父亲是一个普通工人，父亲的话有点不像一个普通工人说的。父亲其实是为了安慰雯丽才说的这番话，因为雯丽有时会因为自己的糊涂而苦恼。

父亲现在已经不是父亲了，他其实是雯丽的亲舅舅。

关于玉玲珑，雯丽就不记得它是怎样来到自己家的。其实这样一个东西，和她的家庭是有些风马牛不相及的感觉的。她只记得父亲把系好红绳的它挂在她胸前的情节。那时她五岁。冰凉的玉石落到她的胸上，像一滴水似的清冷，她便咯咯地笑起来，从父亲手里挣脱出去。工厂的大院宽阔而空寂，她蹦蹦跳跳的小身影就像这院子里的一只小鸡。小鸡是快乐的，玉玲珑就在小鸡的胸前同样快乐地跳跃。而其他的，小鸡一点也不记得了。

是父亲告诉她，这玩意儿有名字的，它叫玉玲珑。

在火车事件发生之前，雯丽也曾经偶尔地思索，父亲为什么在她只有五岁的时候把这样一个东西挂在她胸前呢？有什么意义呢？不怕她把它丢失了吗？它很可能还值那么一些钱的呀。雯丽模糊地记得，母亲也曾这样地问过父亲，语气里有着不满。但父亲，只是微笑，却不回答。雯丽的家庭是个和睦家庭，和睦家庭里许多事情是不会酿成争吵的，这样就使雯丽从小忽略掉许多其实有些微妙的情节。她就这样想来想去的，却总也想不明白什么。

工厂坐落在西北的大山里，院外的山沟比院子里还要空寂。厂里的高音喇叭曾经是这里唯一的信息来源，每天重复着高昂的曲子，久而久之的亢奋反成了一种催眠，把厂里的工人都听得萎靡不振。父亲就曾感叹说："天天就那几个歌，把人都唱傻了。"在歌声中，大家就像一群被关在圈里的羊，在驯服中又有着一种不驯，无可奈何地麻木了自己。在这样的环境下，小姑娘雯丽的脑袋好像不能不笨。笨，实在是有时因为太安逸了。

玉玲珑就这样伴随了她的成长了。山上的野花开了又败，败了又开，在野花间奔跑的小女孩儿其实是无拘无束的，虽然按时上了小学中学，但学习对于她来说似乎构不成生活中的要素。工厂自己办的学校也称不上什么学校的，老师也无非是工人里边略有些文化的男女。昨天还在车间里抡大锤的，今天就在教室里拿粉笔头了，自己站上讲台时也觉得自己滑稽，便乐不可支。关于学校，在雯丽记忆中最清晰的印象，不是课堂，也不是春游，而是去吴老师家里叫父亲回家吃饭。吴老师曾是父亲的徒弟，两个人都酷爱麻将，光棍小吴家就是厂子里麻将迷们聚集的场所。每当父亲不愿离开麻将桌时，瘦如猿猴的吴老师就会说："丫头你先回，听话，明天老师给你个一百分。"

也许这就是幸福。

雯丽就在这样的幸福里长大了，长成了一个如花似玉的大姑娘。玉玲珑也一直挂在她的胸前，被她的肌肤和气息滋养着，也圆润得如同一颗珍珠。在雯丽看来，它就是她生命的一部分了。雯丽十八岁接替父亲当了工人，这是顺理成章的事，是厂院里大多数姑娘的必经之路。这条必经之路的下一站，自然就是嫁人，嫁给厂里的一个工人。这个工人，一定是厂里另一个老工人的儿子，同样接班进了工厂的男孩儿。这个男孩儿和这个姑娘，操着一样的东北口音，是彼此记得儿时穿开裆裤和尿泥时的顽皮模样的。

工厂是从黑龙江整体搬迁过来的。设备，工人，家属，以及每家的猫狗。一个大院，一个社会，从哈尔滨的松花江畔直接搬进了西北的深山，日夜不停地生产炮弹壳和子弹壳。架着铁丝网的高大院墙，把工人们和他们的自豪感隔在了社会之外。其实这状态是种下了某种祸根的，可大家那时浑然不觉。

雯丽二十二岁那年，嫁给了老陈家的二小子，陈小东。

雯丽的婚事是不是在麻将桌上决定的，无从考证。但是，老陈和父亲是一个车间的工友，也确是麻将桌上的搭档。陈小东是个白白净净的孩子，学习成绩却比雯丽还要糟糕，如果不是在工厂自己的子弟学校，他是绝不会拿到任何毕业证书的。他好像比雯丽还要糊涂，上学的时候穿着一黑一蓝两只袜子是经常发生的事，以至于每天看陈小东的脚，成为全校学生的一件盛事。而他，并不以此为耻，甚至表现得比同学们还要高兴。陈小东笑起来是很灿烂的，白净的脸上有一种纯真。这种纯真在他和大家一起端详自己一黑一蓝的两只脚时，更显得可爱。他的黑袜子和蓝袜子，甚至那袜子上的破洞，都在他的灿烂下明亮起来。因此，他有了很好的人缘，他的好人缘常常掩盖了他的蠢笨。

蠢笨的陈小东和糊涂的雯丽就成了夫妻了。陈小东在厂子里开电瓶车，每天他的车都会缓慢地像只乌龟似的从她车间门前驶过，车上或是堆满了原材料，或是拉着要出厂的成品。雯丽的工作则很单调，她和一群姐妹负责把每一只炮弹壳擦得锃亮。在擦拭的过程中，她总会敏锐地在身边的嘈杂中捕捉到那辆电瓶车慢悠悠的声息，抬起头来，和她的丈夫陈小东对视一眼。这时的陈小东，总是笑嘻嘻地在看她，有时还招一招手。不知道为什么，他的脸上总是抹着一道或两道黑色的油渍，好像他很忙碌的样子，也显出几分顽皮。身边的姐妹们看了，就嬉笑说："真是小两口儿，在家里还亲热不够。""心思都在爷们儿身上呢。"说着说着，话就更放肆了，肆无忌惮的笑声把车间房梁上的麻雀惊得四处乱飞。雯丽红了脸，同时也暗笑自己是挺敏感的，而这种敏感，让她觉得她其实是爱陈小东的。

第二年就有了孩子。孩子立刻攻占了雯丽情感和生活的全部，以迅雷不及掩耳之势把雯丽打碎了，又把她塑造成了一个新的雯丽。她本以为自己还是孩子的，自己的生活里还只需要在山坡上的奔跑，在小河里的戏水，以及和陈小东在二人世界里的温存。但这一切都在那个软嫩的小肉团面前像梦一样地破灭了。孩子的小手儿抓住她胸前的玉玲珑，她的心就醉了。雯丽其实还是简单的，也正因为简单，该抛弃的就都抛弃掉，似乎没有什么留恋，也没什么怨言，她心目中立刻只剩下了孩子。孩子就是她的一切，而她是母亲了。但是有一天，突然地，当雯丽休完产假上班后第一次走进车间，却发现姐妹们都愣愣地站着，而那条在她印象里一直走动着的传送带，今天却静静地躺在那里，像条睡死了的龙。她才恍然意识到，生活里其他的东西，都还在，而且，在变得残酷起来。

没有备战任务了，弹药一再地减产，工厂由此飞快地走向衰败。

三

表姐一直没有说话，也不看她，只是盯着窗外的风云变幻，仿佛一个战前的将军，在思忖着下一步的攻略。雯丽看着她的侧影，暗自感叹表姐真的是个美人。可是美人的脸部线条里不知道为什么总有几分刚硬，一种柔软中的刚硬，这让雯丽始终不习惯叫她姐姐的，好像姐姐这个称呼过于亲昵了，有些亵玩。她也不敢再叫她表姐，表姐现在也是她心里的称呼。当面，她总是含含糊糊地张一张嘴，发不出什么声音，然后把眼睛慌乱地移开。这时，表姐往往尖锐地盯她一眼，也不说什么。她们有了一种默契，共同回避着一些尴尬。

雯丽就渐渐进入一种恍惚状态了。窗外的咆哮也渐渐远了，产生出一种距离的空旷感，像坐电梯的下坠，耳朵里的那种飘忽。她偷偷挪动了一下站麻了的腿脚，又抚摸了一下胸前的玉玲珑。她的手一接触到这个小东西，它就在她胸前最柔软的地方硌一下，仿佛淘气孩子的嫩手指，在那里轻轻一戳，多少减轻一点她的恐慌。那天晚上，当她知道真相之后，她还知道了，她将不再回到那座大山中去，她会跟着做生意的表姐，开始新的生活。那时，表姐就在病床边站着，面无表情地看着窗外什么地方。她就有了惶恐，喃喃地，低声说："我……爸妈，他们，为什么不告诉……"

"他们张不开嘴呀……"姑姑的眼泪流过皮包骨的脸腮，"他们把你养大……你五岁那年，你亲生父亲去世……"

五岁，是她的父亲把玉玲珑挂到她胸前的那一年。

隐隐约约地，雯丽觉得自己是被骗了。从大山出来时，母亲只告诉她姑姑病了，大概这回不行了，你应该去看看，顺便散散心。父亲则说，如果那边有事做，就不要回来了，反正厂里也停工好几个月了，还不知道下一步会怎么样，大家都在找后路。当时，离开工厂、离开大山，像两声突如其来的霹雳一样，在雯丽单纯的脑子里留下了轰隆隆的回响和被炸成混乱一团的思维，她忽略了父亲脸上的悲切和母亲眼角的泪光。现在想想，他们是在一个生活发生重大变化的时刻，把她还给她的亲生父母了。

雯丽永远都记得，当听说自己要嫁给搬运工陈小东的那天晚上，她曾悄悄地爬上了车间的大屋顶。在白天被太阳晒得温热的水泥屋顶上平躺，看着月亮从山峦里慢慢升起，是厂里情窦初开的女孩们常常做的事情。月亮会把她们的心带到很远的地方。而这个很远的地方，却是她们在长大以后才在心里萌生出的梦境。月亮仿佛给了她们一种暗示，月光所到的地方，也是她们可以走到的地方。而那里有什么，却是她们心里着边际或不着边际的猜测。回想起来，雯丽当时心里也是起了些波澜的。一个要嫁人的女孩儿，心情不可能平静。雯丽那时的惆怅倒不是因为要嫁给陈小东，小东是她自小的玩伴，她不烦他，而且她还知道他是喜欢她的，尽管他没有说。再笨的女孩儿，对爱自己的男人也是敏感的，何况雯丽善于捕捉那些在陈小东眼里一瞬即逝的柔情。雯丽那时烦恼的，是她的好朋友阿黛向她提出的一个问题：

"难道你就一辈子待在这个破山沟里吗？"

阿黛和雯丽不一样。阿黛的爸爸是副厂长，妈妈是厂医务室的医生。阿黛爱学习。阿黛考上了北京的大学。有一天晚上，当她们并排躺在这屋顶上时，当阿黛知道了她要结婚时，阿黛向她提出了这个问题。阿黛的黑眼睛在月光下深得像两口井，深处有暗暗的波浪。那波浪晃着雯丽的心情，像偷玉米的人晃动着田里的秸秆，表面的枝叶轻摇，却掩盖着果实的纷纷坠地。雯丽的心乱了。

阿黛走了，至今没有回来过。阿黛像一只快乐的鸟，飞走了，就不再回头。而雯丽，就是一只笨重的企鹅了。

工厂的领导们像热锅上的蚂蚁，绞尽脑汁想拯救工厂。而工厂却像一列刹车失灵的火车，控制不住地坠落。每天无所事事的雯丽当然不知道领导们的努力，她只知道父亲那一辈的老工人们纷纷买断了工龄，提前退了休。而小吴老师家的麻将桌，却折起来倚在墙角，落了一层尘土。

厂里的高音喇叭每天仍然高唱着，像一个没心没肺的汉子。雯丽抱着孩子站在大院里，百无聊赖地逗孩子玩笑。母亲在她背后悄悄地对父亲说："是不是应该告诉她了？"父亲就瞪眼："告诉什么？你不想让她活了？"父母的低语雯丽听不清，但她隐约感到了一种恐慌，就像看到墨黑的云层从山那边阴森森地漫过，而呼吸就在云的压迫下紧促了。这时，小吴老师迈着两条长腿踱过来，上下看着她，说："雯丽，你还在这儿发呆吗？厂里要转产，要在大城市设经销部了，还不让你家小陈去报名？晚了，就没有名额了。"

不知为什么，雯丽的头嗡地响了一下。

当天晚上，全家人在一起激烈地争论了陈小东该不该报名去经销部的事情，雯丽的父母，老陈和他的老婆，还有雯丽的弟弟二头。二头是坚决支持姐夫出门闯荡的，他揉着他的大鼻子，嘟嘟囔囔地说，男人，就应该出去的，这破山沟，早晚是个死路。雯丽的父母都不说什么，只看亲家的脸色。老陈喝多了酒，有些语无伦次，始终不能完整表达自己的意思。陈小东的妈是明确反对儿子出去的，理由是大儿子已经在外地了，身边要有人照顾。其实，她是不放心二儿子出门，因为她知道，陈小东不是那种可以闯荡江湖的人，他是一株在花盆里种大的草。野地里的草都经不住风雨蹂躏的，何况是花盆里的草，一株没头脑的草。

　　陈小东却从他一直倚靠着的被垛上直起腰来，天真烂漫地说："我去，有什么了不起的？不就是卖产品吗？"

　　事情好像就这样定了。雯丽也没有多想什么，她也不可能多想。她本就不是那种有许多思想的人。再说，厂里人们纷纷地议论，说经销部是承包制，多劳多得，去了就会多挣钱的。因此，雯丽心里多多少少地升腾着一些希望。但是，经销部的名单很快公布了，没有陈小东。

　　有人传来了厂领导们的话：那傻小子也敢报名？问问他，数得清钞票吗？

　　听到这句话时陈小东正蹲在宿舍楼前和一群小孩子弹玻璃球。他只是抬了一下头，笑笑，就又专注地趴在地上瞄准了。他虽然笨，但奇怪的是他从小就是一个弹球高手，是院子里的弹球冠军。这也许是他唯一值得骄傲的事情了，因此他乐此不疲。而就在这一刻，雯丽的心暗了。她立刻决定了要走。她本来一直在犹豫，遥远的路途让她感到恐惧，怀抱里的孩子也让她牵挂，更重要的，她懒惰。懒得动身，懒得走路，懒得去和陌生的亲戚搭讪。而现在，她想，阿黛都敢去北京上学，我难道连回家乡都不敢吗？

　　于是，雯丽第一次走出了山沟，第一次坐上了火车，第一次知道了她胸前的小东西还有个难听的名字叫玉猪龙。但她不知道……

电话铃突然响起来，把沉浸在酸涩回忆中的雯丽吓了一大跳。

四

"马福成，你个王八蛋要是再敢这么干，小心我扒了你的皮！"

表姐雯静尖厉的声音压过了窗外的风雨。说也奇怪，冰雹就在这一刻骤然消失了，只剩下有气无力的雨点稀稀拉拉地落着，好像一个疯狂发泄过了的精神病人，瞬间便只剩下哭哭啼啼的可怜了。

雯丽知道马福成，马福成是表姐夫。但她没见过这个人，更想不到表姐会用这样的态度对待自己的丈夫。不知道为什么，她颤抖了一下。而表姐非常敏锐地捕捉到了她的颤抖，向她投来刀子似的一瞥。雯丽突然意识到，尽管表姐没有向她看一眼，但表姐实际上注意着她任何的细小动作。坐在老板椅上的表姐，似乎比她还要紧张。

雯丽早知道自己有个叫雯静的表姐，也听说表姐是个能干的女人，下海倒腾服装发了大财，后来开始建服装厂生产服装。那天到车站接她的是表哥，表姐没有出现。雯丽想，表姐一定很忙。

那天，在路上，她曾问表哥，表姐好不好。表哥却只是哼一声，不回答。表哥一看就是个沉闷的人，不爱说话。辽阔的江水和教堂的圆屋顶从车窗外掠过，他却没有给雯丽介绍一句。雯丽望着他开车的背影，没有一丝亲切感。街道上的人非常多，多到让雯丽眼晕的程度，多到她感觉和表哥的距离在一点点扩大。那背影，仿佛让嘈杂声包裹了，不再是背影，而是一座陌生的山。

到了医院，表哥把她带进病房，转身就走了。

在医院，雯丽第一次见到了表姐，也第一次知道了自己的真实来历。姑姑在哭泣着述说时，表姐就面无表情地在一边站着，漂亮蒙着一层冰霜，漂亮就成了一种冷酷，表姐就是冷酷的，至少雯丽是这样认为。她想到，姑姑在她来之前一定和全家提前打过招呼了，表姐和表哥都已经知道了她的身世，而且，他们很难接受。

可是，表姐接受了雯丽在她的公司帮忙。

这有点奇怪，甚至好像有点阴谋的味道。但奇怪在哪儿，阴谋是什么，笨拙的雯丽想不出。现在，站在表姐的办公室里，听表姐大声骂自己的丈夫，雯丽觉得有些滑稽。她把目光从表姐身上挪向窗子，看着雨水把玻璃冲刷得模糊不清。窗台上有一盆绿色的叫不上名字的植物，肥厚的叶子在阴暗的光线下呈现着不真实的墨绿。

叭的一声，表姐把电话摔在座机上，终于回过头来正视雯丽的存在了。她好像一时也没想明白应该把这个突然冒出来的妹妹怎么办，看向雯丽的目光就有点不稳。雯丽垂下眼帘，尽量显得温顺。姐妹俩就这样沉默了一阵。然后，表姐雯静终于说话了："你在你们家，做过什么？"

"我……"雯丽好像从来没想过这个问题，一时哽住。

"你什么学校毕业？"表姐皱了一下眉，又问，顺手从桌子上抓起一支笔，唰唰地乱画，不再看雯丽。

雯丽的脸红了。

表姐叹了一口气。随着这口气的呼出，她整个人仿佛也松弛了下来。当一个人面对劲敌的时候，才会有紧张感。当知道敌人不堪一击，心情的放松才是真切。她开始审批她面前的那一堆文件了，仿佛雯丽不存在一样。雨停了，玻璃上仍然一道道地流着水，好像有人在隐泣。雯丽看着表姐，不敢不满，也不敢动。

"你坐下！站在那儿像根木头桩子，让我眼晕！"

雯丽愣一愣，看看表姐，表姐似乎并没有张过嘴，眼睛也没有离开她的文件。雯丽含混地应了一声，在沙发上轻轻坐下。沙发很软，她陷了进去，自己吓一跳。电话又响了，表姐接电话，声音却和刚才判若两人。

"刚起来？你可真能睡……身体感觉怎么样？好一点？多休息……"

雯丽想，这是谁呢？

"你那边放心好了，我会派个人过去。新人，我表妹……"

雯丽的心咯噔了一下。她看着表姐。表姐并没有看她，仍然当她不存在。表姐的手里玩弄着钢笔，脸上有一丝笑意，所有的五官都柔软了。

这一定是个表姐最喜欢最信任的人。表姐把自己安排在这个人的身边，说明表姐并没有拿我当外人……雯丽心里热了。可是，表姐为什么还称我是表妹呢？她还没有拿我当成亲妹妹……

"哎！"

表姐的声音打断了雯丽的思索。雯丽慌忙站起来。两个人的眼神突然就在这一刻相遇了，雯丽抖一下，急忙把目光挪开，像个拙劣的剑客避开高手的剑锋。她的慌张显然让表姐很不悦，女老板雯静皱起眉头，教训道："别老这么战战兢兢的，我还能吃了你呀？"

雯丽只能红着脸笑笑，不敢说什么。雯静打量着她，突然说："哎，你把你脖子上那玩意儿摘下来，我看看。"

雯丽只能照办。玉玲珑放在女老板的写字台上，有一种可怜的小巧和温和。雯静解开衣领，也摘下了自己脖子上的东西。两块玉石摆在了一起，谁也看得出它们曾经是一块石料上诞生出的同胞姐妹。一丝血红的纹理，纵贯了两只玲珑，像难以割舍的血脉。两个女人静静地看着，心里是难以名状的滋味，仿佛苦辣酸甜都有了，却又都似乎淡淡的如同清水，品尝着也无非是一种寡淡，没有更多的咀嚼。

曾经身为地质勘探队员的父亲，留给了两个女儿他最珍爱的东西。可在那么长的岁月里，她们却不知道彼此。

"这就是命，"雯静叹息了一声，"命是谁也抗拒不了的。"

雯丽有点听不懂表姐的感慨。但也不是全不懂。她想，你生活在大城市，还挣着大钱，难道还嫌命不好，那我呢？

表姐沙沙地写了什么，撕下一张纸递给雯丽："明天你去这里上班，找这个人报到，就说我让你来的。"

雯丽接过来，没敢看，折好放进衣兜里。然后，伸手去桌子上拿她的玉玲珑。却恍然间，看不准哪一块是自己的。她的手停在了半空，眼睛里是茫然的疑问，两块一模一样的玉石，好像把她和她的姐姐，融化在一样的虚幻之中了。

雯静随手抓起一个，扔给她。那一扔之间，却是多少滋味起起伏伏了。雯丽抓住那小东西，转身向外走，却听表姐在背后说："晚上到我家来，一起吃饭吧。"口气却是平静的。

五

雯丽是住在姑姑家的一处小房子里的。说是房子，其实是一间搭在房子外面的小棚。房子也是姑姑家的，却出租给了外地人，说是租期不到，不好收回的。雯丽想过，宁肯把房子租给别人，也不给自己女儿住，可见亲情是冷的。本想改口叫妈的，也就闭了口。姑姑躺在医院里奄奄一息，许多话却也张不得嘴了。

表姐家的那顿饭没有吃。雯丽推辞说和朋友约了，要去江边聚餐。说改日再去吧。表姐凝神看着她，突然短促地笑了一下，然后说："你在这儿还有朋友？……随你。"

雯丽就回到住处，自己泡了一包方便面吃了。然后，打开那台旧电视机，在一片雪花中捕捉模糊的人影。其实是无聊的，无聊得像是心里有事，却又不知道事情是什么，那种坐立不安的感觉。天还阴着，就在阴霾中渐渐黑下来，黑了，也就看不出阴沉，但总有些不同寻常的怪异。雯丽拉上窗帘，把黑暗挡在外边。身后，隔着一堵墙，租房的外地小两口用方言低语，听得见说话，却听不清内容，让人更有一种烦躁从心底涌出来，也让雯丽想起了许多烦心事。

突然间地，雯丽的生活就改变了。

弟弟二头也走出那条山沟了，但没有走远。他在山下的小城里考上了交警。他给雯丽写来了一封短信，报告了这个消息。雯丽反复看着弟弟那粗野的字迹，就酸酸地想，二头，是自己的亲弟弟吗？

不是，肯定不是。山沟里的父母不能生育，她是领养的，弟弟二头也一定是领养的。可是，二头来自哪里呢？他的亲生父母是谁呢？一瞬间，雯丽有了一种恍惚的感觉，仿佛生活里的一切都是不真实的，都是梦境，都是幻象。小吴老师家的麻将桌，车间房顶上的月亮，高音喇叭里的歌声，都是真的吗？它们都存在过吗？它们今天还在吗？

还有胸前的玉玲珑。

雯丽急忙地去捕捉那个温润了。她把它抓在手里，让它真实地硌着她的手。它是乖巧的，它是温顺的，它一动不动地隐藏在女人的体温里，让自己的温度与她唱和。雯丽的心静下来。说也怪，隔着墙的小两口这时也突然开始用普通话交谈了，雯丽听见他们在说工作的事。男的又失业了，女的在埋怨他，男人急了，大起喉咙说："不怨我啊，是他妈的老板看不上我的！"女人就说："还不是你不懂事，不会拍马屁的。"男人愤愤地说："那好，换你去拍马屁吧，好歹你还是女的。"

女人就开始哭泣，一边哭一边骂男人。

雯丽默默地听着，不敢发出声音。小棚子像只蜗牛壳，压抑着也保护着雯丽的脆弱。仿佛邻居的争吵也是对她的威胁了，声声都是小刀子似的锋利。她屏住了呼吸，心里开始同情女人，也同情着自己。月亮从云朵后面钻出来了，月光如水，在雨后的城市里缓缓流淌，从漏风的窗口泻进来，倒是充满温情的样子。雯丽慢慢闭上了眼睛，感受着月光在自己眼皮上爬。渐渐地，小夫妻的争吵远去了，模糊了，成了时断时续的片段。雯丽歪倒在她的小床上，闻见了陌生被褥的香皂味。

就在这时，突然地，院子里有人叫："雯丽！……雯丽！"

雯丽开始没有听到，或者说没有反应到。她昏沉沉的。那声音却是很顽强，从遥远的什么地方钻进她的脑子，突然就把她惊醒了。她猛然睁开眼睛时，有人已经在摇晃她的门了。

"谁?"雯丽一下子坐直了，浑身的毛孔都乍开了。

"我叫胡斌啊，是你姐的设计师。"来人的声音很柔软，"你姐不是让你明天到我那儿报到吗?"

雯丽松了一口气。表姐给她的纸条上，确实写的是胡斌。

门开了。出现在雯丽面前的，是一张年轻的挂满笑容的脸。

"刚从你姐那儿知道了你，我就说，自己妹妹，哪能住在这鬼地方。"

"没关系。我姑……不，我妈家也……"

"工厂有地方的嘛。这样吧，你也不用明天报到了，现在你就收拾收拾和我走吧，厂子里有宿舍的。"

胡斌说着走了进来。原来他是个高个子，小棚子一下子就显得更加低矮了。他看看雯丽，笑起来说："你很漂亮，像你姐姐。真奇怪，你们居然分开了那么多年。"他转过身子，又盯着电视看几眼，仿佛在辨认雪花里的人影，说："你比我大一点吧? 我就叫你二姐了。"

这家伙给人一种天然的亲切感。雯丽的警惕松懈下来，她笑笑，开始顺从地收拾她的行李。其实没有多少东西，而且，这些天匆匆忙忙的，许多零碎还在包里，没有拿出来。胡斌抱着肩，看着她收拾，有一搭没一搭地问这问那。从哪儿来? 山里空气好吧? 以前来过哈尔滨吗? 雯丽偶然抬眼，却看见他的眼睛很清澈的，似乎是一汪水，能看到深处的纹理，于是就想，这是个好人吧?

而且，他是多么地热情。看来他刚刚是和姐姐在一起的，听说了雯丽的事情，就跑过来了。他和姐姐在一起做什么呢? 雯丽又想起姐姐打电话时的亲热了，他们不仅是上司与下属，他们原本就是关系很好的朋友吧? 就像弟弟二头和丈夫陈小东，说是姐夫和小舅子，其实从小就是好朋友，上学打架，下河游泳，从来是形影不离的。

316

想到陈小东，外面就有人喊了："有叫雯丽的吗？长途电话！"

不知道为什么，雯丽的脸热了一下。她慌慌地答应了，从胡斌身边擦过，跑到院子里。碰到男人衣襟的时候，闻到了一股香气，原来胡斌是用了香水的。

来电话的当然是陈小东。没头没脑地说是想她了，说是儿子太淘气他带不好。雯丽当然知道有公婆和父母，儿子根本是不用丈夫操心的，陈小东的埋怨无非是一种撒娇罢了，是一个不成熟男人的不着调。她不想让胡斌久等，也不知道应该和丈夫说什么，含混着把电话挂了。回到小院里，却见替她提着行李的男人似笑非笑地站在门口。

"看见张小胖孩儿的照片……对不起，我不是偷看啊，那是你儿子吗？真好玩。"

小院里有一棵繁芜的大树，枝枝蔓蔓把流淌的月光切碎，把人影也搅拌成纹路繁杂的图画了。雯丽突然又想到山里的月亮，不知道为什么，印象中躺在车间的房顶上，看到的月亮总是圆的。

六

没有时间适应，更没有时间放松，雯丽迅速卷入了工作的旋涡。旋涡，是她从同屋女孩儿那里学来的词儿，那女孩儿爱好写诗，满嘴是些雯丽听不大明白的诗句。

胡斌管理的工厂是表姐雯静的第二家工厂，刚刚开工投产，专门生产高档童装。胡斌既是设计师，也是厂长。

天气很快冷了。哈尔滨的冬天来得要比西北的大山里早许多。在雯丽的记忆中大山还是苍绿一片的时候，哈尔滨的江面上已经有了薄冰。

雯丽把围巾再一次裹紧，左右看看，匆匆走过亮着绿灯的斑马线。那只绿灯是一个迈动双腿的人形，还会咯咯地响。每当那咯咯声快起来的时候，雯丽都会感觉是那小绿人在后面追着自己，不由得屏住呼吸，快跑起来。

大山边的小城曾是雯丽过去唯一到过的城市。那里没有这样的斑马线，小城里的马路上也没有这么多车，交警大多是闲逛似的在路口走来走去，还会和熟人聊天。雯丽现在常常把记忆里弟弟二头的样子和警察那身深蓝制服重叠在一起，却只仿佛看到二头的大脑袋在摇摇晃晃。

而这里，仿佛随时随地都有什么在身后追赶着。一种惶恐时时会从雯丽心底浮现出来。最初的惶恐，是产生于那次胡斌对她的凝视吧。设计师看了她半天，突然说："可惜了……"可惜什么，他不再说，雯丽也不敢问，却一激灵打了个寒战。

她舍不得打车，只好去挤公共汽车。她现在算是胡斌的秘书吧，总之是做一些杂七杂八的事情，甚至工人忙不过来的时候也到车间里踩过缝纫机。现在，她是去表姐的公司本部送报表。她不大想去，胡斌说："毕竟是姐姐嘛，多接触就熟了。其实你姐很关心你的。"

雯丽嘴上答应，心里却不以为然。站在拥挤的公共汽车上，她还在猜想，姐姐大概永远不会接纳她的。她们之间，有一道墙，她和她都无法逾越，也许她们都想逾越的，但缺乏一种勇气，把自己交给对方的勇气。在雯丽，心里是来自小地方那无奈的窘迫，而在雯静那边，大概就是对突然闯入者的警惕了。她们就那么不尴不尬地相处着，时间就在这期间流逝，而感情却像冰箱里的冷冻食品，硬邦邦的，失去了所有的香味。站在摇摇晃晃的公车上，雯丽想起了那句"可惜了"，到底是什么可惜？是自己吗？还是有什么别的深意？

推开办公室的门，坐在写字台后面的姐姐，仍然是冷若冰霜的。雯丽嘴张了一张，想叫表姐，又想是不是应该改口叫姐姐。而当雯静那犀利的目光扫射过来的时候，却是什么称谓也就碎在心里，即使能叫出来，也是支离破碎的痛苦了。

她只好低低地说："报……表，给您送来了。"

雯静没有说话，半天才指指桌角，让雯丽把报表放下。雯丽照办，然后转身想逃。

表姐在她身后说话了："慢着！你脖子上的那玩意儿，上次拿错了。"

雯丽一惊，急忙把玉玲珑从胸前掏出来，想仔细地端详。这时，表姐已经拉开抽屉，把另一只拿出来放到桌子上了。

两只玉玲珑再一次并肩出现在桌面上，却一只是热的，一只是冷的。敏感的雯丽突然觉得这就是她们姐妹了，而姐姐真的不想接纳她，姐姐连她的玉玲珑都不想戴在脖子上。

雯丽抓住了那只冰凉的玉玲珑。寒冷的感觉一直钻进她的心底，沉重地坠落着，带着一种疼痛。

雯静也拿起来了另一只。她把它在手里揉搓，突然咄咄逼人地问道："那天，你为什么跟胡斌走？你们怎么走的？"

雯丽惊讶，抬起头说："是他来……说厂里有宿舍，我就……"糊涂人也有聪明的瞬间，雯丽又补充了一句，"不是您……让他来接我的吗？"

雯静的嘴角扯了一下，雯丽认为那是冷笑。

雯丽已经不想再说什么了，她默默地把玉玲珑戴到了胸前。那小东西在她的体温里苏醒着，正慢慢地温暖起来。

"你记住，胡斌是厂长，你是打工的，别走得太近。这儿不是你们那山里，这儿是大城市，要讲规矩……"

雯静说得平静，但在雯丽听来，却像是威胁，有一种冷冷的暗示。

"讲什么屁规矩？讲规矩也得吃喝拉撒睡嘛。"办公室门口有人搭话了，语气很有点儿油滑，"别老给人家上课！这么漂亮的新妹妹，搞得这么紧张多没意思。"

随着来人的说话，雯丽看见雯静的脸沉了，眉头也皱紧了，放在办公桌上的双手拧在了一起，手背上的青筋也在白皙的皮肤下突现了出来。来人带着一股浓重的烟酒味从雯丽身边走过，一双浑浊的大眼珠黏在了她的身上。雯丽颤抖了一下，她本能地知道，这是表姐夫马福成来了。

"真的是姐妹花啊。"嬉笑着的马福成一屁股坐在了雯静的办公桌上，面对面肆无忌惮地打量起雯丽。雯静铁青着脸命令道："你下去！"马福成却丝毫没有听从的意思，反而从衣兜里掏出了烟盒和打火机。细长的烟嘴叼在牙缝里，更显得牙上的黄渍显眼了。

"是……姐夫吧？"雯丽硬着头皮问。

"没错，是姐夫。"马福成仍然笑着，"我这个姐夫今天才算当得有点儿意思了，过去，我就是个摆设。"

雯丽不知道说什么才好。

雯静愤怒地站了起来，挥手命令雯丽离开："你走吧，该做什么做什么去！"随即扭脸冲自己的丈夫大吼起来，"马福成！我说过多少次了，不准你在我这儿捣乱！"

雯丽转身就走，听见身后姐夫仍然在嬉皮笑脸："急什么呀，我今天是管你要钱了还是要吃喝了？我捣乱了吗？"

雯丽走出公司大门的时候，心里感叹：家家都有难念的经，看来姐姐的生活也不舒心。无限风光的背后，也有风雨飘摇的寒冷，强撑起的雨伞下面，是雨是泪唯有自己知道了。

在医院的病床边上，雯丽曾听母亲断断续续地讲过些家事。母亲快不行了，总希望刚找回来的小女儿待在身边。因此，下了班去医院陪母亲，是雯丽每天的功课。她听母亲说过，姐夫马福成是在姐姐最危难的时候来到姐姐身边的，那时候，雯静的男朋友出了车祸，而雯静肚子里的孩子连遗腹子的身份都没得到。雯静要自杀，出租车司机马福成从歪脖榆树上解下了她。

雯丽在母亲的有气无力中捕捉到了一种无奈。这种无奈弥漫在母亲的病房里，像消毒药水的味道一样无孔不入。雯丽先是以为这仅是母亲对自己生命的痛惜，后来才体会到，其中更加复杂的，是老人对家族未来的一种失望。

许多时候人是不怕死的，而是怕死的时候心里仍然没有安宁。

雯丽重新站到了斑马线上。小绿人仍然在不知疲倦地咯咯唱着。一阵风吹卷起地上的落叶，在雯丽的身前身后飞舞，哗啦啦地仿佛唱着一首莫名其妙的歌，用一种陌生而冷酷的气氛包裹了雯丽的心。恍然间，雯丽好像体会到了一种危险，一种没有征兆但确实存在的危险。

七

丈夫陈小东又来电话了，仍然是前言不搭后语的埋怨和控诉。他已经忍耐不了没有老婆在身边的生活了，他说他睡不好觉，吃不下饭。他说孩子已经病了好多回，每一回都让他也像生病似的难受。他还说厂子里现在竞争上岗，他很危险，因为没有人想得出陈小东同志能干什么，在人们眼里他就是个废物。

雯丽举着电话的时候精神又恍惚起来，眼前的一切事物都仿佛在飘浮，陈小东的话也就在这飘浮中忽远忽近，像一只深秋的蚊子，挣扎在生命最后的时光里，已经不可能每一声都是高亢了，只能是长长短短的呻吟。雯丽的手慢慢放了下来，全不顾陈小东仍然在絮絮叨叨。她想努力让自己清醒，让自己理清思路，可思路对于她来说本就是一种艰辛，她只能投降于自己的茫然。

胡斌对她很照顾，她的宿舍里只住了两个人。爱写诗的女孩子是大学毕业的工程师，在得知雯丽的身份后曾流露出对她敬而远之的谦卑和其间偶尔露出的几分鄙视。她们之间就构成了一种独特的关系，像两只刺猬，相互挺着警惕的刺，却又保持了合适的亲密距离。对于女孩儿来说，这也许是生存的习惯了，而对于在山里长大的雯丽，戒备首先是一种约束了自己的痛苦。她不是刺猬，她是漫山遍野开放的野花。

她的生活过得很不舒服。她想家了。

可是不知道为什么，家的概念却也不再是过去的单纯和美好了。仿佛是一盆搁置已久的净水，凛冽的清纯里已经有了阳光的侵入，变得慵懒而混沌。水的表皮上也落了尘土，冷眼看不到，却实实在在地暖昧了。雯丽是个敏感的人，她捕捉得到这种暖昧，可她不明白这暖昧意味了什么样的未来，因为，她就是雯丽。

她想家了，可是，丈夫的电话却不再让她感到欣慰了。甚至，有一种惧怕。她在听到电话铃声的时候，实在猜不透家里又发生了什么。电话里的陈小东永远语焉不详，或者说，他就说不清楚他在拿起电话时想要表达的意思。放下电话，雯丽突然感到很惊奇，过去为什么没发现丈夫是这样的呢？是下岗打击了曾经欢乐的陈小东，还是哈尔滨改变了今天的雯丽？

哈尔滨一如既往地生机勃勃。大街小巷拥挤着豪爽、粗鲁的东北汉子和热情的姑娘们。雯丽站在中央大街上，惊异地看着他们在零下几十度的严寒中啃着马迭尔的冰棍，为他们的勇敢而折服。兆麟公园的小火车在轰轰地叫，抗洪纪念塔的身影在晚霞中矗立，江边开始有了孩子的笑声和闪闪的灯光，那里就是雯丽要去的地方。胡斌邀请她今天去看冰灯。

胡斌，这个担任着工厂管理重任和服装设计工作的年轻人，其实是个才华横溢的画家，一个多少有些玩世不恭的浪荡公子。而对于孤独的雯丽来说，他是现在雯丽唯一的精神安慰了。他在食堂里吆喝着大师傅给雯丽添的那一勺菜，他在下班路上问雯丽怕不怕冷的那句话，都给小女人的心里增添了一份重量。特别是他偶然间对雯丽那种很投入的凝视，常常让雯丽心旌摇动不已。这是一份似有似无的重量，好像荷叶上凝聚的露珠，也许将来会让荷叶倾倒，但现在却只是点点的晶莹。

雯丽思想着，准备过马路。她的思想如同破碎的玻璃，东一片西一片的，可以拼凑，却又没有勇气和耐心。她的手又在胸前去找寻了，但棉衣太厚，胸上虽有感觉，手里却是空空，玉玲珑仿佛睡熟的小鸟，安静得连羽毛都静止了。

就在这时候，她突然感到面前站着一个人，一个横在她面前，拦住她去路的人。

雯丽一惊。她停住脚步，抬头，却惊讶地发现是表哥。

这还是雯丽来到这个城市后第二次见到表哥，第一次是表哥到机场接她的时候。但是，她立即就认出了他。还是那山一样的身躯，还是那样地面无表情。表哥的眼睛很深，所以就很黑，黑得像两个弹孔。

"……"雯丽张了张嘴，但没发出声音。

表哥也没有说话，只是上上下下地打量了她。他的那两个黑弹孔掠过雯丽的头巾，掠过雯丽身上厚厚的棉衣，最后停留在她的鞋上。雯丽的鞋是一双旧棉鞋，还是她山里的母亲亲手做的。山里人闲，没事母亲就爱做这做那，这双鞋是她临来哈尔滨时母亲为她赶做的，她从家里出来时母亲塞到了她的箱子里。现在，那笨拙的鞋上沾了城市的污浊，像两辆跑了长途的小客车，已经不那么干净了。

表哥的脸上突然有了一丝笑容，只是眼角和嘴角的一点牵动，淡得几乎看不出。

雯丽却捕捉到了。于是她也笑了，尽管不知道为什么笑，但她还是觉得表哥亲切一些了。

表哥的嘴动了一下，仿佛在说什么。雯丽本能地问："什么？"表哥咳嗽了一声，好像下了很大的决心，提高声音说："你自己小心一点儿，这里不是你家，好多事你现在……"雯丽愣住，不明白表哥的意思。想问，表哥却已经转身走了。表哥的腿好像有点毛病，一颠一颠，山似的背影就一晃一晃，有了几分滑稽。雯丽心里突然多了一点温暖，她想喊一声哥，话到嘴边，却没有声音。那一点温暖也如风中的火苗，扑的一下灭了。

表哥其实是亲哥啊。

雯丽心事重重的，一步一步向江边走。

她想家了。想家的念头如同潮水，一波退了，另一波又涌上来。她想是不是应该让丈夫陈小东也到这里来呢？不然，丈夫在厂里能干什么？可是，他到这里又能干什么？大山里的安逸是母亲的襁褓，陈小东就是长不大的婴儿。丈夫灿烂的笑容在雯丽眼前闪过了，却只留下了深刻而不知所终的痛苦。

江面上的冰冷钻透棉鞋，顺着雯丽的腿往上爬，像是一条条刚从冬眠中苏醒的蛇，潮湿，阴凉，让雯丽不住地颤抖。她跺着脚，眼巴巴地盼着胡斌的到来。她甚至想回厂了。那间宿舍里的暖气烧得再不好，也比江边多几分温暖。

可她不敢爽约。在这个城市里，她更多的是惧怕。怕表姐，怕母亲，怕不说话的表哥，当然更怕那个偶尔出现的完全是流氓状态的表姐夫马福成。对于胡斌，她也怕。而这是一种微妙的说不清楚的怕，怕他不高兴，怕他疏远自己，怕他不再表现出那种柔和的关心，怕在这个陌生而冷酷的城市少了一个依靠。现在，站在寒风刺骨的江边上，一个同样寒冷的问题突然跳出雯丽的脑海：这种依靠，难道是爱吗？

轰然地，好像心里的一堵墙坍塌了，她就被自己惊呆。

而这时，她和胡斌约定的时间早已经过了。而且，这天晚上，是胡斌最终爽约了。他始终没有出现在江边上。

雯丽离开江边时，心情比气温还要低落。

八

胡斌失踪了。

暴怒的雯静冲到工厂来将胡斌的办公室砸得一塌糊涂时，雯丽正在医院里陪母亲。所以，她没有看到那惊心动魄的场面。母亲再一次濒临死亡，又再一次被仪器和药物从另一个世界拉了回来。医生从老太太那瘦得皮包骨的胳膊上卸下电线和针管时，平静地对雯丽说："好啦，这算是又扛过一关，这老太太还真能折腾。"

雯丽觉得医生轻松得不像是在说一个活人，而像是在说什么没有生命的物件。回想起来，在山里的工厂，父亲会经常晚上加班修机器，当他满身油污地回家时，说话的口吻都比医生喜悦。雯丽就觉得很无趣，不接医生的话。正好这时表哥来接班了，她就简单交代了几句，转身离去。表哥仍如以往，一声不吭。

回到宿舍，同屋的女孩儿压低声音向她叙述了刚刚发生的暴力事件，同时小心窥探着她的反应："从来没见过你姐姐发这么大火，简直是……疯了。"疯了的形容是迟疑了一下才说出口的，女孩儿显然是怕雯丽不高兴。

雯丽却是全身冰凉，愣愣地说不出话。自从那晚胡斌没有出现在江边开始，这个人确实有三天没有在工厂露面了。没有人议论，因为胡斌本就是个散漫的家伙，经常以搞设计为名不到工厂上班，或是晚来早走。对于他的旷工，工人们已经习以为常。甚至，有人私下传说，胡斌就是老板的情人，上不上班又能咋的。

女孩儿早想把关于情人的传说告诉雯丽的，几次话到嘴边，又咽了回去。

雯丽痴呆呆地听完，起身，缓缓地往外走。不知道去哪儿，也不知道要做什么。工厂的宿舍是一栋简易楼房，在寒风中显得灰头土脸，二楼的阳台上有几件工人晾晒的衣物，有气无力地飘荡着，像日本鬼子投降的白旗。雯丽走出院子，迎面就看到了姐姐挂满寒霜的脸。她站住了。姐妹俩就对视着，雯丽的心开始怦怦跳。

"我告诉过你，别和胡斌走得太近。"雯静开口了，话里的火药味很浓。她因愤怒而紧绷的脸有些泛白，头发也有点乱，一双手把高档皮包抓得很紧，像鹰抓着什么猎物。

"告诉我，胡斌去哪儿了？"

雯丽看着姐姐，突然感觉到恐惧。她意识到她被姐姐误解了，她在姐姐眼里和胡斌的失踪有了某种联系，甚至……她急忙辩解道："我怎么知道他去哪？我从不和他……他是厂长，我是工人……"

雯静冷笑一声："现在我可以坦白地告诉你，我不爱马福成，我爱胡斌。你要是在胡斌身上打主意，你就死定了。"

"姐！"

这是雯丽第一次明确清晰地叫出这个称呼了。雯静的眉梢挑了一下，声音却也高起来，甚至有些凄厉："别叫我姐！我不是你姐！"

雯丽再糊涂，也明白眼前的事态非常严重。她不顾一切地伸手抓住了雯静的胳膊。雯静脸上显出了厌恶，挣了一下，却没挣动。雯丽死死抓住姐姐，急切地说："姐！我有丈夫，有孩子，我不是那种人！"

她还想说，我回到亲生母亲身边了，我找到了姐姐哥哥，我很高兴。我没有别的想法，你们不要……雯丽本就是个不善于说话的人，情急之下，她的语言更像是堵塞在河道里的淤泥，黏稠，呆滞，沉重。她的手感觉到姐姐在颤抖，感觉到姐姐的肌体如发烧般地炽热。她暗暗想，看来姐姐是真动心了。

雯静又挣扎了两下，仍然没能甩开妹妹。她在雯丽的脸上也看到了一种近于疯狂的执拗，一种和她平时的温和大不相同的紧张。雯静的心也似乎动摇了一下。但这种动摇就同水面上跃起的鱼，转瞬即逝。随之而来的，是更加猛烈的愤怒。

"你放手！"

她用尽全力，终于甩开了妹妹。她随即不假思索地就在妹妹脸上打了一耳光。

很清脆的声音。雯丽的脸颊立刻就红了起来。雯丽呆住了，她看着姐姐，眼神里反而没有了愤怒。她没有捂脸，她只是呆呆地愣在那里，仿佛不明白刚刚发生了什么。

雯静也愣住了。

姐妹俩都不说话，也都不动。整个宿舍楼也没有声音，院子里死寂一片。但是，雯丽知道，每一扇窗户后面都有眼睛，在窥视，在等待，在窃窃私语，在幸灾乐祸。

"我是来自小地方，我是没有你们文化高……可我不是坏女人，我不会做那些脏事。和你说实话吧，我也不愿意回来，我在那边，其实挺好的……"

眼泪流下来了。雯丽的心在泪水的冲刷下疼痛不已。沉默的大山，山沟里的工厂，那里的父母，弟弟二头，当然还有丈夫陈小东……所有的，都在脑海里翻腾，画面像剪辑乱了的电影，散乱地、跳跃地、突兀地，在她的眼前浮现着，然后又消失。面前的姐姐是那么不真实，仿佛也是电影里的人物，是划伤的胶片上模糊又变形的影子。她竭力想看清姐姐，睁大的眼睛却被眼泪盈满了。

她只好转身走了。尽管不知道去哪儿，却一分钟也不能再站在姐姐面前了。她没有来得及系围巾，寒风从衣领处灌进来，刺伤着她的肌肤，就连胸前的玉玲珑，也在瞬间冰凉了。

颤抖着。是身体上的痛，也是心灵上的伤。雯丽的脚步跌跌撞撞，泪珠落在融化着的雪地上没有声响，也没有斑痕。

不知道为什么，她在茫然而沉痛的行走中突然想起了阿黛，那个曾经快乐的幸福的阿黛，那个像鸟儿一样飞出大山的阿黛。阿黛现在还在北京吗？她还那样幸福吗？她走出大山以后的脚步还会是那样轻松吗？

我不是阿黛，我就不应该出来的。雯丽痛心地想。雯丽觉得自己真的非常无助。山里的父母不再是父母了，那个家好像也有了变化，已经不再是过去的家。窗户纸一旦捅破，所有的一切都仿佛在照进来的阳光下改变了，过去的朦胧，化作现在的清晰，原来习惯了的老物件，也有了新的面目。就像二头，原本无拘无束的弟弟，现在是没有血缘关系的陌生男人了。

抓住胸前的玉玲珑，像抓住自己的心，让心针刺般地疼痛起来。疼痛是会凝聚的，它慢慢强大起来，狞笑着张牙舞爪地把雯丽压倒了。瞬间，在城市正午的惨淡阳光下，熙熙攘攘的人群吞没了这个渺小的女人。

九

躺在病床上的老人突然停止了呼吸。好像是不想再面对痛苦和麻烦了，她选择了终止生命。

雯丽是在老人要被推进火化炉时才赶到的。她心里明白，有人并不想让她作为女儿出现在公共场合。但是她想不出，为什么又会有人在最后关头通知了她。她一路哭泣，一路让各种各样的想法搅扰着，心乱如麻。下了出租车，她磕磕绊绊地跑进火葬场，在哀乐的低回中扑到老人的身边。

后来，这一段的记忆在雯丽来说一直是模糊的，断断续续的。她当时好像看到了姐姐雯静，站在家属队列最前一位的雯静的脸一直紧绷着，脸色苍白。她也看到了姐夫马福成。马福成好像还对她笑了一笑。还有哥哥，眼睛通红，仍然沉默。雯丽顾不上和谁打招呼，径直扑到母亲身边，抓住冰凉的瘦骨嶙峋的手。仿佛直到这一刻，她才真切地意识到，躺在这里的，是母亲了，是生她的亲生母亲了，她和这位老人的渊源，是从在这位老人的身体里就结下了的。而这种渊源却一直沉睡着，真正的苏醒刚刚来临，却又戛然而止了。

她还记得，她哭泣着摘下了胸前的玉玲珑，她想把它放到母亲的枕头边上。玉玲珑上那一丝血色，真的就是她的心在滴血。这小东西是父母在她离开这个家时给她的，是养父在她五岁时挂到她脖子上的，它伴随了一个女孩的成长。现在，她想把还给母亲了，像是把自己也交还到母亲手里。可是，她的手被及时地抓住了。她不用抬头，也知道是姐姐在阻止她。姐姐的眼睛看着别处，脸上的表情却是一种决绝。玉玲珑在姐妹俩的手里僵持着，在老人的头边无辜地摇晃。雯丽记得她听见了人们的低语。有人扶起了她，适时地让尴尬化解。又有人帮她把小东西重新挂回胸前，同时低声安慰着她。雯丽不记得那人说了什么，她昏沉沉的，在那一刻丢失了记忆。

她在宿舍里昏睡了三天。

三天之后，她仍然疲倦地努力睁开眼睛，第一眼看见的竟然是丈夫陈小东的灿烂笑脸。

"听说你亲妈死了，爸妈让我来看看。"

陈小东坐在雯丽的床头，抖着腿。见雯丽渐渐清醒了，就凑上来要吻雯丽的嘴。雯丽突然闻到了一股已经陌生了的气息，本能地转过脸去。陈小东的嘴停住了，半晌，低声说："雯丽，我想你。"

雯丽听出了丈夫的不快。她用被子蒙住脸，也低声说："我也……想你的……可我不舒服……"

她感觉得到丈夫的身体在她背后僵硬起来。这种僵硬带出了男人的强烈不满和失望。可是，她的身体始终是冷的。她的心试图唤醒身体，却无法得到回应。她自己也觉得奇怪，奇怪却渐渐升级成了恐怖。她知道她无法解释她的淡漠，可淡漠却在真实地占领她的一切感官。

隔着棉被，陈小东突然扑过来抱紧了她。一股热流透过棉被，将雯丽的身体包裹。丈夫是一头饥饿的狼，只想着吞噬。而这头狼天性里的怯懦，却让他在张开嘴之前就犹豫不决。两个人就那样对峙。雯丽的身体渐渐热了，心却反而不受控制地冷却下来。

陈小东绝望地翻身而起，愤愤地喊叫："你这是怎么了，我大老远跑来，你连儿子都不问一声！"

要是胡斌，他会这样对我吼吗？这个问题如同一颗炸弹，在雯丽的脑海里突然爆炸，把所有的痛苦与茫然炸成碎片。雯丽直勾勾地看着丈夫，眼睛里慢慢没有了色彩。

陈小东就是陈小东，他没有勇气和妻子争执。他沮丧地坐在床头，絮絮叨叨地开始述说。他的述说完全是颠三倒四的，像是自言自语，更像是梦话。他告诉雯丽，他终于从车间下岗了，现在在厂服务社帮忙，蹬三轮车给小卖部进货。他说儿子长大了，该上幼儿园了，可厂子的幼儿园已经倒闭。他还说二头现在混得不错，还交了女朋友，可这小子忘本了，根本不想帮助他这个姐夫……"他忘了当年是谁帮他打架的，要没有我，他早让人揍扁了。"

陈小东的唾沫星子就是在这一刻溅到雯丽脸上了。敏感的她立刻捕捉到了一种淡淡的腥气，而且迅即放大了这种腥气带来的生疏和厌恶。她坐起来，打断丈夫的话："别说了，当年的事现在提还有意思吗？"

陈小东一下子被噎住了。他看着妻子，仿佛不认识。雯丽感到，他其实对她也是陌生的。他们面对面坐了一会儿，谁也无话说，也不知道应该做什么。他们就像一对通过很多次信件，甚至打过电话，却初次见面的笔友，好像彼此熟悉，却又处处陌生，所有的话都会有出处，却又仿佛离题太远。于是，只有沉默了。

雯丽就在沉默中起了床。然后，两个人相跟着，默默地走了出去。街道上的冰灯曾经是这座城市的标志和骄傲，现在却已经开始融化，呈现出熬过严冬的疲惫和肮脏。雯丽觉得奇怪，天气并没有转暖的感觉，为什么冰就开始退缩了呢？它们比人还要敏锐的感官实在令她钦佩。和冰相比，人是多么愚蠢。她想笑，却笑不出来，笑就哽在她的喉咙里，拱一下，就拱出了眼泪。

陈小东看看她，没说话。他大概已经没有说话的勇气了。

走到街的尽头，江风已经强烈。雯丽站住，回头问丈夫："你说，我要是回去，好不好？"

她尽力把话说得和缓，但陈小东还是瞪大了眼睛："回去？回去你能做什么？你们那个车间……别回去吧，你在这里有人照顾，多好啊。我听说你姐姐是大富豪，我还想，什么时候，我也过来……"

雯丽没再说话。她知道和丈夫是没有办法说清的。大城市对于陈小东来说，是诱惑，是吸引，是梦寐以求的幸福之地。她无法埋怨他，也无法指责他，她何尝不是这座城市的追求者呢。她突然觉得好可怜。自己可怜，丈夫可怜，在那座大山里的人们，也许都是可怜的。

可是，这里还能待下去吗？

胡斌的脸庞又一次浮现在眼前了。就在他邀她去江边看冰灯那天，他还笑着对她说："你很能干，将来一定是你姐姐的好帮手。"那天，是雯丽第一次接待了一个来订货的客户，并且成功签订了合同。合同本应该是胡斌签的，而他却用眼神一再鼓励着雯丽拿起笔来。雯丽犹豫了半晌，终于歪歪斜斜写下了自己的名字。雯丽清楚地记得，为了庆祝，胡斌当时轻轻地拥抱了她一下。他的气息吹在她的脖子上，带着香水的味道，也有着一丝年轻男人的清新体味。

他让她发现了自己的价值，也让她窥见了自己内心的一丝萌动。

可现在，这个人生死不明。

他的失踪，让雯丽重新开始审视生活。她突然感到阴谋的气息正一点点地向自己逼近，这个城市仿佛笼罩在阴险的雾霾之中。胡斌和姐姐到底是什么关系？姐姐为什么怀疑她和胡斌？还有那个流氓马福成，还有那个提醒自己要小心的哥哥……

现在想，胡斌让自己签那份合同是不合规矩的，胡斌当时的眼神现在在回忆中让雯丽不寒而栗。那眼睛里似乎有得意，有冷酷，有……

雯丽觉得冷。雯丽觉得恐惧。雯丽抬起头，轻声对丈夫说："小东，我们还是回去吧，那里再不好，有我爸我妈，有你爸你妈。咱们都是那山沟长大的，这里……不是咱们的。"

陈小东眨着眼睛。他显然听不大懂妻子的话，却明白妻子话里的诚恳。他什么也没说，只是很温柔地揽住了妻子的腰。

十

下了一场莫名其妙的雨。

雨对于这座城市来说应该是春天的象征了，雨来了，春天的脚步就已经不远。但这场雨带来的却是异常的阴冷。雨在空中时是雨，将落到地面时却抵御不了大地的寒气，瞬间变成了冰。一粒粒的冰珠在地面上有气无力地跳动几下，就很快在所有物体上凝结成了一层冰壳。城市交通瘫痪了，医院里挤满摔伤的病人。那些已经快融化完的冰灯却再次臃肿起来，面目模糊地矗立在街头。

雯丽和陈小东终于疲惫不堪地走进姐姐雯静的办公室时，就像两个穿着铠甲的外星人。随着四肢的移动，身上薄薄的冰壳碎裂，脱落，他们的本来面目就显得狼狈而猥琐了。雯静脸上就露出厌恶，挥手让他们到会客室等。

陈小东一进会客室就一屁股坐到了沙发上。雯丽皱起眉头，拉他起来，他咧嘴笑道："皮沙发，不怕水的。"雯丽气得想哭，说不出话。正在这时，姐姐进来了。

雯静并没有看陈小东一眼，仿佛陈小东根本就不是什么值得关注的东西。陈小东也看得出对方的冷漠，张了张嘴，什么也没说出来。陈小东再笨，也感觉得到雯静的气场里有一种逼人的凛冽。

雯静的表情却是平静的。雯丽也笨，她看不出姐姐的平静是一种运筹帷幄的平静。雯静把一张纸拍到雯丽面前，简短地说："你自己看吧。"

那是一张A4的打印纸，是一封打印的信件。

信是写给胡斌的。内容大部分是述说爱情，述说一个人对另一个人的思念。信的最后一段是："和姐姐相比，我没有能力和金钱，但我年轻，我会真正爱你。我希望和你摆脱姐姐的束缚，开始我们的新生活。"雯丽的全身冷起来，比刚才在冻雨中跋涉时还要冷，冷到她控制不住地哆嗦。她预感到一种非常残酷的杀机终于逼近了，因为她在信的结尾看到了自己笨拙的亲笔签名。

"不！这不是我写的！姐，你不要相信！"

雯静冷笑了。她从容地坐下，居高临下地看着面前呆若木鸡的两个人，为自己点上一支烟："我不相信？你自己好好看看，那签名是不是你的？"

她有准备的，顺手扔过一份合同，就是雯丽签过的那唯一一份合同："你自己对照一下吧。"

没错。两个签名是一样的，肯定是一样的。

雯静的手指细长白皙，指间的烟是同样细长的女士香烟，显露着一种优雅。她这会儿真正地平静下来了，因为她感到自己已经稳操胜券。她轻轻地吐出一口口烟雾，让烟雾不急不躁地从她脸前飘起，静静地升腾。她半低着头，仿佛在观察呆滞的那两个人脚下的那两摊泥水。而雯丽和陈小东就好像在她面前融化着，迅速地委顿下去。

陈小东突然像是从睡梦中醒了过来，一把抢过雯丽手中的那张纸。雯丽一惊，但等她反应过来已经晚了，陈小东已经把那上面的文字读完了。

"小东，求你不要相信……"雯丽喃喃地说，声音弱到几乎没有，自己也知道没有用了。

陈小东抬起迷茫的眼睛，举着那张纸："这……是什么意思？这……是你……写的吗？"

雯丽的头摇得像拨浪鼓："不是！不是！这是有人陷害……小东你千万不要相信！"

陈小东笑了一下。他的笑容有点麻木，有点勉强。他把目光投向窗外，窗外的冻雨还在下着，玻璃上也是一层肮脏的冰。"我不相信……可你怎么让我不相信……"

雯静把烟头按灭在烟缸里："是啊，你怎么让你的丈夫不相信呢？我也想不相信，不相信我的妹妹是这种人，不相信我妈在她生命的最后干了件引狼入室的蠢事！"

"姐啊！"

雯丽声嘶力竭地喊了出来，她实在听不了那刻薄的语言。

陈小东缓缓地坐下了。这个一向天真无邪的家伙表现出了一种从没有过的失魂落魄。他呆呆地看着妻子，他的腰弯了，像个老人似的弯了下去，他整个人就仿佛成了一堆稀泥，迅速而不可抗拒地瘫软着。雯丽看着他心如刀绞，想伸手扶他，却被他推开了。陈小东的动作并没有凶狠，却是一如既往的温柔，甚至，有一点的怯懦。

"小东，小东，求你不要相信……"

绝望到了极点的雯丽全身都已僵硬。所有的神经，所有的意识，所有的力量，仿佛都只够凝聚在这一句话上，其他的，已经全是虚空。她反反复复地说着，慢慢就变成了疯狂的呓语。她的目光散乱，她的精神崩溃，她整个人仿佛已经失去控制，所有的一切都在她的眼前天旋地转似的摇晃着。姐姐的嘴好像还在动，但她已听不到声音。她看到陈小东站起来了，转身向外面走，她想抬手拉住丈夫，手却已经完全没有了知觉，棍子似的垂挂着，不听自己的指挥了。

雯静看着她，眼睛里没有一丝怜悯，却在眸子的深处，透出一种逼人的寒光。

雯丽缓缓地抬头，她在竭力控制自己，让脑力和体力都振作起来。她看着姐姐，慢慢地问道："姐……你能相信这是真的吗？我回到这里也有一段时间了，我是什么人，难道……你看不出……姐呀，姐呀，你是我的亲姐……"

雯静把眼睛挪开，不说话。她的手在茶几上摸索，几次碰到了烟盒，却又移开，仿佛不知道自己在找什么。她的心仿佛在一瞬间碰碎在妹妹的哭泣中，片片也都是痛了。

雯丽的眼睛下意识地随着姐姐的手移动。等到她想到帮姐姐挪一下烟盒时，姐姐却突然暴怒地将烟盒抓起来扔到地上了。雯丽一下子僵住，一颗心重新跌落回谷底，刚刚积攒起的片刻镇静再次崩溃，讨好姐姐的努力如地震时的房瓦纷纷坠落，分崩离析。她突然意识到，即使没有这封信，她也不可能融入这个家的。

姐姐不看她，也不说话，眼睛逃避着移向窗外。

她深深地吸了一口气。这口不太清新的混杂着姐姐的烟味的空气，让她重新镇静了下来。雯丽自己都为自己的镇静惊奇了，她来不及想这种镇静从何而来，就转身向外走去。外边的冻雨还在下，但外边的温度显然此刻更适合雯丽的心情。她几乎是迫不及待地要走出去了，因为，她那不成熟的丈夫还在外边痛苦徘徊。

即使要失去，却也不能平白让丈夫蒙受委屈。

雯丽慌张地跑出写字楼大门的时候，险些在冰面上滑了一个跟头。有人伸手扶住了她。她抬头，看见是脸色阴沉的丈夫陈小东。

陈小东艰难地张了张嘴，半天才说出话来："我们……要不然……离婚吧。"

雯丽的脚下又一滑。这回的罪魁祸首不是冰了，而是破碎的心。她那颗已经被冻雨凝结成冰坨坨的心，就在这一刹那碎成尘埃了。

十一

马福成推开了棚子的门，似笑非笑地看着雯丽。厌恶从心底泛起，雯丽转过身去。

"妹子看上去老实，其实也骚嘛。"马福成嬉皮笑脸地进来，还是照例坐到了桌子上，歪着头看雯丽，像看一只动物，眼神里有着淫荡。

"我没干任何事。"雯丽说。

"可你说不清楚。"马福成说，语气里充满了得意。

雯丽心里动了一下，莫非这事是马福成做的？这几天，痛苦的思索让雯丽慢慢变得聪明起来，思维的锋刃被残酷的现实磨砺着，终于有了一点犀利。她想得到憎恨的根本原因是什么，而她在这场博弈中是纯粹的弱者和牺牲品。胡斌的失踪仍然是谜，但那份本应该在胡斌手里的合同怎么这么快就到了雯静手里？她看着马福成，目光变得冷峻。马福成被她的逼视搞得心虚了起来，收敛了笑容，说道："也许我相信你，可你姐姐不会。我想，你那个丈夫也不会。

他们都有太多理由怀疑你了。"

这一点，马福成说对了。雯丽的心紧了，没说话。

"听说你要走？"

"……"雯丽的目光随着马福成的话落到已经收拾好的行李上。

是的，要回去了。不然还能怎么样呢？那天晚上，雯丽就从工厂宿舍搬了出来，又搬回到最早住过的这间小棚子里。隔壁的外地小两口还在，用惊异的目光迎接了她。雯丽想得到，姐姐肯定是知道她搬回来的消息的，但没有吭声，算是对她最后的宽容吧。她在扫去小棚子的尘土时落了泪，是为自己的处境，更是为自己的心情。

从那时起，她就决定返回大山了。

现在，一切都收拾好了，除了糟糕的心绪。就连无辜的玉玲珑，都摘下来放到了箱子里。它已经不是她的慰藉了，而是一段痛苦的见证，它在她的胸前，已经留不下快乐的印记，而只会烙上耻辱。雯丽在摘下它的时候也有不舍，但，想到这一段天翻地覆般的经历，玉玲珑上的血痕就更加刺目。盖上箱子盖的时候，仿佛遮住的是一只带血丝的眼睛，还有眼睛里的邪恶。

丈夫陈小东先回去了。他走的时候并没有通知雯丽，他是在一个漆黑的清晨，悄悄地乘上火车，离开这个伤心之地的。他也没有给妻子留下任何的信息或者言语。他很决绝。这种决绝似乎标志着他长大了。男人有时就是这样，成熟的过程必须有痛苦，有撕心裂肺的伤害。

"其实，你也不一定非要走。"

马福成的话让雯丽哆嗦了一下，因为她听出了一丝弦外之音。她对这个姐夫一直是有警惕的，事情发生之后她自然更是隐约地把怀疑凝聚在这个人身上。但是，用得着采取这种极端手段驱逐自己吗？雯丽始终想不清楚。她知道，姐姐雯静是不欢迎自己的，不欢迎的最根本缘由，应该就是她的财产了，姐姐当然不允许突然多了一个瓜分她的人。而在这一点上，马福成和她绝对是一致的，尽管这对夫妻在其他所有问题上都是貌合神离。那么，马福成只需在雯静面前说她雯丽一句坏话就可以达到目的，何必如此大费周折呢？难道他还有什么别的目的吗？

雯丽真的想不明白。越不明白，心情就越紧张。当她感觉到马福成一只热乎乎的手放到了她的肩上时，她已经紧张成了一团，四肢已经僵直了，一动也不会动，心脏和大脑一起空了，血液已经在血管中凝固。

"你这么年轻漂亮，在这里，哪能找不到饭碗？要不然，你就跟我干吧。我从不和你姐姐掺和的，她做她的，我做我的。今后，就更是这样了，因为我要和她离婚了。而我那个汽修厂，还真缺你这么个漂亮人撑门面啊……"

那只手用力了，仿佛要捏透雯丽的棉衣，仿佛要吸吮她的骨肉。那指尖好像流出了淫荡和贪婪，正注射般地往雯丽身体里渗透。马福成是很会勾引人的，他并不急于动粗，而是温柔地移动着他的手指，让他的意思一点一点地明朗，像石头底下的草芽，慢慢地抬起头来，轻佻地眨着眼睛。

马福成的人也凑上来了。大概是看到雯丽没有反抗，他的胆子就壮起来，他的另一只手就搭上了雯丽的另一个肩头。两只手一齐用力，他就把女人的身体整个地扭转了过来。两个人的脸相对了，恶心的臭口气喷到了雯丽鼻孔里，让雯丽一下子清醒。

"你干什么！"

雯丽突然爆发，一下子甩开了马福成。

马福成愣了一下，随即索性撕开脸皮："干吗？我是在帮你，你怎么不识抬举？"

雯丽愤怒了。她从来没有这样地怒火中烧。她曾经是一只快乐的没心没肺的小鸡，而这只小鸡终于在肮脏的城市里蜕尽稚嫩的羽毛，生出了一片片鳞甲。是有伤害的，鳞甲下面现在就是一丝丝的血，而她却终于敢愤怒了，敢瞪起血红的眼睛，向着旁人呐喊了。她已经什么都没有了，但她却有了一颗勇敢的心。

"你给我滚！滚！"

马福成没有说话，他看着她，看着这个愤怒而强硬的小女人。他没有再动手，他眼睛里的欲望渐渐熄灭了，他抱在胸前的双手慢慢放了下来，揣在了裤兜里。

"你和你姐不一样。"他说，"当年我救了她，她当天晚上就上了我的床。她还怀着孩子。我都不理解，她到底爱不爱她那个男人。"

"你不要说，我不听！"雯丽大叫。

马福成不说话了。他只是直直地看着雯丽。许久，他竟然叹了一口气，转身走了出去。

"你还是回去吧，这里不适合你。你想挣钱，没用。你已经注定是那山沟里的人了，这就是你的命。"

马福成从门外扔进来的这句话，石头似的，沉重地砸在雯丽心上。血液却轰的一声，在血管里重新奔腾起来。刚才空荡荡的心脏，被突如其来的洪水鼓荡，眩晕就涌上头了，把顿时感到筋疲力尽的雯丽打倒了。

回去，回去……越来越强烈的声音在她耳边轰响。

十二

屈指算来，雯丽在这座城市生活了一个冬季。当初她踏着飘满落叶的街道，走进了这个新的家，如今在离去的出租车上，她突然看到街道旁的树枝上，有了嫩绿的新芽。

眼泪就又流下来了。这一个冬季，她像是打了一场莫名其妙的败仗，并且失败得这样惨，惨到根本不知道败在谁的手里。

走之前，她在母亲的墓地坐了许久。她没有哭，因为她还没有来得及和亲生母亲建立感情，老人就走了，她哭不出来。她坐在那儿，只是她想坐一会儿，她太累了。她又想到把玉玲珑留给母亲了，仿佛那小东西是这个家给她的唯一纪念，留下来，就标志了她和这个家的永别。但想了想，那小东西放在托运行李里，已经在回家的路上了。

难道，它比她还要急迫吗？

然后，进城，她让出租车司机在母亲家的楼下转了一圈，在姐姐的公司楼下也转了一圈。司机用奇怪的眼神瞟瞟她，却也没说话。出租司机什么人没见过呢，一个憔悴的女人他不感兴趣，尽管这个女人在抹眼泪。

再然后，就到了火车站。

在站台上，沉默的表哥竟然在等她。

"你终于来了，我还怕见不到你。"

这好像只是雯丽第二次听到表哥，不，是亲哥哥的声音。有点怪怪的沙哑，有点冷漠，和他的人很般配。雯丽不回答，也不看他，她的心已经死了，或者说，已经离开这个城市了。

"你来这一段，也没好好照顾你。"哥哥好像有点慌乱，眼睛看着别处。

雯丽禁不住冷笑了一声："不必了，你们已经很照顾我了。"

隔膜，永远地在那里了。隔开了亲情，但似乎又联系了亲情。不管怎么样，对面的这个人就是哥哥，就是有着一样血缘的亲人。雯丽恍然想起，小的时候是见过这位哥哥的，那时他是个一说话就脸红的小男孩儿。他来山里住过几天，后来，就悄悄地离开了。像一颗流星，在她的生活里划过。

"我工作太忙……"哥哥说，"因为我是个……警察。"

雯丽忍不住看了他一眼。她觉得他不像警察。这么想着，就这么说了出来。哥哥笑笑，说："我是看守所的，整天就在号里看人犯，不怎么出门的……话也不常说，就越来越……"

魁梧的哥哥仍然像座山似的站在那里，有点手足无措。雯丽看着他，想说什么，却又好像没什么可说。站台上的相送例来如此的，要说的已经说完，寒暄也没了力气，尴尬就生成了，彼此都讪笑着，希望开车的铃声早点响起。现在就更是如此了，他们本来就没有多少可说的，似乎已经冷却的亲情封闭着他们的喉咙，连笑容都冻死了。他们只好那么愣愣地站着，不时地偷看一下站台天棚下的挂钟。

"回去，问我舅和舅妈好。"

"嗯。"

"你还……有个弟弟，听说，是我的同行？"

雯丽抬起头，挑衅似的看看哥哥："不是亲的，我不知道他从哪儿抱来。"

哥哥听出她话里的怨气，没说话，只点点头，把眼睛挪开了。

列车员终于开始吆喝着催大家上车了。雯丽如释重负，低头去提地上的提包，就在她的手抓住提包带子的一瞬，哥哥的手突然抓住了她的手腕。雯丽抖了一下，忽然觉得应该有什么事情要发生了。她不敢抬头，低声说："我该走了。"然而哥哥并没放手，雯丽就知道他有必须要说的话现在不能不说了。若再不说，于他或她，都没机会了。

"别怨你姐姐，她也蒙在鼓里，都是马福成……""别说了，"雯丽打断哥哥，"我猜得到。""不！"哥哥的声音突然高了，"你猜不到的！马福成只是帮凶，真正的策划人是那个胡斌！"

雯丽愕然，她抬起眼睛，看见哥哥的眼里满是愤怒。

"那姓胡的早烦了和雯静的关系，他和马福成勾结，假装被马福成绑架，关在谁也不知道的地方，然后让马福成出面，向雯静要了两百万赎金，并让雯静答应再不和胡斌来往，否则马福成就要胡斌的命……其实，胡斌和马福成分了那两百万……"

雯丽愣愣的，好像根本没听明白哥哥说的是什么。

哥哥看着她，久久地，叹一口气："我知道你不信，甚至，你都没听明白是怎么回事。也好，不必非要明白，我知道你是个单纯的人，你不明白更好……"

"可是，"雯丽喃喃地说，"这里边为什么牵扯上我？"

问过了，也立刻就想明白了，雯丽不再需要回答。哥哥也知道她不需要了，就不吭声。抓着她提包的手松了，把一种无奈留在他们之间的空气里。铃声又响了。雯丽从茫然中醒来，不看哥哥，提起提包就走，她一分钟也不想再停留在这座城市了。

抓住车门的把手，她回头，问道："胡斌在哪儿？"

哥哥摇摇头。

"你怎么知道这一切？"

"我毕竟是警察……"哥哥苦笑了一下，"我有我的渠道。"

"那你为什么，不制止他们？"

那座山沉默。

雯丽也沉默了。是的，现在说这些还有什么用。她马上想到的是，蒙在鼓里的姐姐也苦，她就这样失去了她的爱情。姐姐爱胡斌吗？不知道了，也许只有那个死于非命的前男友，才是她的真爱，但是，却也是只能永远沉没在她的心湖里了。

绿皮火车的启动笨重而且缓慢，喷发的蒸汽很快淹没了哥哥的身影，像是把雯丽和这座城市的关系彻底切断。雯丽疲惫地跌坐在座位上，像是浑身的气力都已用尽，只剩下一点思想的火苗，暗淡地燃烧着。工厂大院里的高音喇叭从遥远的地方穿越了时空，渐渐地在她耳边响起了，车间顶上的月亮也慢慢显出了它的轮廓。大叶杨树哗哗地响着，欢乐的小女孩儿在院子里奔跑……雯丽认出那是自己了，但她看着自己时却没有了以往的无拘无束。她看着，像看一张年代久远的老照片，一切都疏离着，冷冰冰的没有情感。

十三

日子一天天地过去了。

命运捉弄人的速度缓慢而沉着。像捉住老鼠的猫，沉着而残酷地蹂躏着弱小的生命，甚至唯恐对手过早死亡。已经当上了交警中队长的二头愤愤地站在交通堵塞着的十字街头，回想着当年唏嘘不已。旅游开发让小城现在繁荣得像个暴发的三等妓女，从头至脚满是令人眼花缭乱的劣质装饰。而山沟里的工厂已经奇迹般复活，它生产的某种电器正行销全世界。二头自己刚刚离婚，他老婆嫌他总不回家还挣不到钱。

二头跨在他的摩托车上远远望着街对面的旅游商品市场。他的姐姐雯丽今天上午去民政局和丈夫陈小东复婚，二头以为姐姐应该在家里休息半天的，可他现在看见姐姐仍然在小摊上忙碌。二头的心就酸酸的，他知道姐姐不是亲姐姐，但他仍和姐姐有着一种说不出的亲情。

昨天晚上，他把姐夫陈小东堵在一间棋牌室的门口，直截了当地说："你要是还对我姐不好，就小心着，我宁可脱了警服，也要揍你个满地找牙。"

陈小东慢条斯理地数好钱，然后收起，吐一口唾沫，笑着说："我等你姐等了十年，你说我能对她不好吗？"

陈小东的笑容依然很灿烂。他现在仍在厂里的服务公司工作，在小卖部里给大爷大妈们称白菜萝卜，有时算错了账，就会被从小看着他长大的大爷大妈骂得狗血喷头，他也不着急，仍嘻嘻地笑。

二头常常想，也许陈小东是和姐姐最般配的家伙。

其实雯丽也是这么想的，可是，她很久很久都不肯承认。这个想法像条冬眠的蛇，天暖了，就醒来，缓缓地蠕动。天冷了，就睡了，仿佛消失在心底。站在摊位上，她没有看见街对面的弟弟，复婚带给她的不是快乐，而是一种慌乱，不知道要干什么的那种慌乱，那种心绪不宁。这些年里的每一天，她都能从小卖部的窗户里看到陈小东在卖菜，和他当年弹玻璃球、开电瓶车一样认真地笨拙地在卖菜。她看着他，酸甜苦辣就会一起涌上心头，把一颗心腌浸着。而陈小东，忙碌着，就会抬头看过来，仿佛知道雯丽就在玻璃后面。每逢此时，雯丽就迅速地避开，惧怕着和前夫的眼神碰撞。复活了的工厂骄傲而冷酷，她想回厂上班的请求被冷冰冰地拒绝了："想走就走想回就回，那工厂还有规矩吗?"父亲一怒之下犯了脑出血，去世了。儿子跟着陈小东，现在已经上了小学二年级。雯丽的心在岁月的摧残下伤痕累累，她觉得自己是走投无路了，只好替做小生意的老同学在市场上看摊。复婚，于她来说，不是希望，也不是绝望。不是饮鸩止渴，也不是如沐春风。人生跌跌撞撞地到了一个坎上，一切就都是绝望般地自然。

这就是生活。

街对面的二头摇了摇他那硕大的脑袋，把仍然嫌小的特大号警帽都摇掉了。他弯腰拾起帽子，发动了摩托车。他得去巡逻了。这就是生活。他在心里也这样对自己说，好像是对姐姐的复婚加以总结，又像是对自己的生活给予评价。他加速，拐进了另一条小街，因此，他并没有看到，就在这个时候，有两个衣着时髦的游客站到了雯丽的摊位前。

而雯丽却一下子认出来人是谁了。真的是一下子认出来，好像这十年就没有过过，好像断了的电影又重新接了起来，好像记忆只是睡了一觉，这就醒了。

女的，是姐姐雯静。男的，是……胡斌。

雯丽的第一反应是把脖子上的围巾迅速拉起来，遮住了整个脸庞，只露着两只眼睛。她相信姐姐不会认出她已经被皱纹围绕的眼睛，而她需要好好看看姐姐。

很奇怪地，她没有慌乱。生活的磨砺好像已经让她不会慌乱了。她大胆地看着姐姐，她知道自己的眼神里只有平静，她和姐姐，其实已经完全是陌生人了。

雯静其实也老了。衰老对于女人来说是平等的，不论贫富，不论美丑。她当然还很时尚，但那些红红绿绿的衣服在她身上已经变得刺眼，好像成为一种嘲笑。她没有看雯丽，专注地翻看着货摊上的小玩意儿。胡斌则在一旁赞不绝口地说这就是艺术。这个男人倒不显老，仍然油头粉面，也仍然做作而矫情。

"那些艺术家算个屁，来自民间的才是最真实的。"他说，脸上是一种不知道冲谁发泄的不屑。

"是，亲爱的，你说得对。"雯静应着，看向男人的眼神仍然充满爱意。

雯丽的心突然剧烈地跳起来，仿佛一只受惊的小鹿在胸膛里冲撞。她愣住了。直到这一刻，她好像才突然揭开了故事里的一层雾气，她好像突然看到了一个更加残酷的事实。十年了，她不知道当年沉默的哥哥是不情愿地隐瞒，还是也蒙在鼓里。此时此刻，隐瞒也好，蒙蔽也好，所有的事情都在西北的灿烂阳光下显出了丑陋的真实。十年的光阴也许让人心冷静，却没有让情感凋零。

阴谋分明是姐姐雯静和胡斌的设计了，马福成也不过是一支枪，一支没有准星的，最后瞄准了自己的枪。胡斌按照雯静的安排说服马福成，表演了所谓的绑架。事后，两百万当然全部回到雯静的账上，胡斌也悄然回到她的身边。而马福成，现在当然蹲在监狱里。

马福成当然会喊冤，也当然会揭发胡斌，甚至也会咒天咒地说这肯定是雯静的阴谋，可是，一切都没有证据，或者说，一切证据都淹没在雯静和胡斌的心里。

本就劣迹斑斑的马福成，不可能获得任何人的同情。他平日里的吃喝嫖赌都积累成了他的铁证。

马福成完蛋了。雯静顺便也除掉了自己的妹妹雯丽。

也许，关于我的这一部分故事，姐姐是真的不知道？也许就是胡斌，为了利益，伪造了那封信而蒙骗了姐姐？不是不可能的，因为签那份合同是他的唆使，也只有他姓胡的知道。

雯丽为自己的分析而激动了，她甚至想拉下围巾，大声地叫出来："姐呀，你看看我是谁？"

可就在这时，雯静已经拉着胡斌走了。他们依偎着，手牵着手，就那么走开了。雯丽一下子冷静了。有什么可说的？就算是那样，又能怎么样？十年都过去了，十年啊。

雯静突然又转了回来，一边走一边笑着说："我还是给你挑一个吧，不然，你回去就会后悔，埋怨我舍不得给你买东西。"胡斌在她身后满足地笑，他的笑容在雯丽看来十分地恶心，仿佛一只野狗，嘴里咬着腐肉时的狰狞。

雯静在货摊前俯下身，随便拿了只粗糙的泥塑，掏出钱塞到雯丽手里。突然，就在她转身的一瞬，那个小东西从她的衣领处滑了出来，在雯丽的眼前晃悠了一下。不知为什么，雯丽一眼就认出，那才是她从小戴着的玉玲珑。那斑驳的纹理，那一线血红的走向，肯定的，就是它。当年，在姐姐的办公室，她们还是彼此拿错了。

雯丽奇怪地想，为什么十年了，竟没有认出来呢？

她抓住了自己的前胸，那一只小东西在她的胸前仍然沉睡。两只出自一块玉石的玲珑，却是分分合合地演出了一幕幕的悲喜。所有的故事，都会消磨在时间的过程里，留给人心的，却只是苦涩了。

玉猪龙，当年在火车上，那个男人告诉她的名字，就在这一刻突然从记忆深处跳出来了，真实，冷酷，仿佛血淋淋的，就那样嵌在她的痛感里了。而且，就在这一刻，她突然觉出手里的那沓钱不对，打开，原来钱里夹了一张卡片。

是银行卡。崭新的，在西北的阳光下闪着光。

（原载《中国作家》）

紫砂壶

一

　　在活过了五十岁的时候，在吹灭蛋糕上的五根蜡烛之后，醉眼惺忪的林小毛突然对自己的人生做了一番总结。他对他的儿女们说："这人啊，怎么可能记住这一辈子的所有事儿呢？但凡记得住的，也就是个片段，细节。"说到这儿，在电影学院教写作的儿子林峰撇了一下嘴，意思好像是说老爷子您还懂细节哪？是一种很看不起老爸的样子。林小毛装没看见，继续说："好比我上小学的那一天，没记住别的，就记住老师手里那张表了，民族那一栏儿，从上到下一拉溜的汉，中间就嵌了一个满字。我横着一瞅，敢情就是我。"

　　林小毛说，是从那天起，他才知道了自己是满族。

　　人生啊，其实想想最重要的，也就是这些细节了。能让人记忆犹新的，肯定是人生中不能忘却的那些节点。送走了儿子女儿，林小毛给自己沏了一壶金骏眉，站在西阳台上看了会儿西山。当初买这套房子时，他相中的就是能看见西边那远近浓淡的山景。他又想起儿子的撇嘴了，心说那小子懂得什么。细节，什么都是细节，要是没有了能看山景的这个细节，这房子还是这房子吗？

　　就又开始想当年的故事了。那天，那张表在张老师还是李老师手里攥着。六岁半的林小毛已经认识不少中国字了，他站在队列里，歪着头，斜着眼睛，辨认出了好几个人名儿。金淼，是那个瘦高挑的小丫头吧？一脸的不安分，准比男孩儿还淘。那会儿他当然还想不到，就是这个确实淘气的丫头，后来竟成了他的初恋……马耕，这名儿挺洋气的，是那个小白脸儿吗？钱海洋，这名字挺逗的，可钱和海洋，有什么关系？不如叫钱串子。

林小毛从小跟着奶奶长大，奶奶平常骂人最厉害的一句话，就是说人是钱串子。好像她老人家最看不起的就是一毛不拔的吝啬鬼。奶奶确实是个仗义疏财的人，她住的那条胡同里不知道有多少人家欠她老人家的钱，也许十元八元，也许三角五角。林小毛记得，奶奶死后，全家人捧着她老人家的骨灰从火葬场出来，妈妈突然冒出一句："哼，不知道有多少人偷着乐呢，从此不用还账了。"

你看，还是细节。

手里的紫砂壶温润适手，天际处的西山浓淡相宜，林小毛看着想着，便陶醉了。回顾五十年的人生，坎坎坷坷，倒也有惊无险。跟着奶奶长大的林小毛在六岁半时知道了自己是满族，在十八岁时考上一所普通大学，然后毕业在社会上厮混。厮混这个词儿他觉得挺准确。人混着混着就老了，现在，琴棋书画都玩得的他，在一家很红火的文化公司当高级顾问，同时还是个很知名的自由撰稿人，报刊电视上常常露脸，畅销书排行榜上也有名字。林小毛觉得，人生如此，夫复何求。

从今天开始，也许，以后就该是玩了，放松心情的那种玩，旁若无人的那种玩。深陷世俗的林小毛其实很渴望那种无拘无束。西藏的山，南海的水，其实常常在他梦里出现的。

这么想着，就回头往屋子里望了一望。望见的，当然是那客厅博古架上的紫砂壶们了。林小毛收藏紫砂，酷爱小壶，他架子上的壶个个小巧玲珑，盈盈可握，在金色的夕阳中像一群卖萌的小南瓜。他禁不住微微笑了，这样的生活，这样的乐趣，还有什么可追求的呢？

只是在心底，好像总有个声音在微弱而顽强地回响着，特别是在今天这个值得纪念的日子，那声音像个桀骜不驯的孩子，在拼命地喊出来：

我是满族，满族。

二

这其实也不过是个细节，极其微小的细节。林小毛的生活和其他人有什么不同吗？没有。也去过教堂，也拜佛，但没有真正的宗教信仰。也喝酒，吃各种可以吃的肉类。涉足酒吧KTV等各种娱乐场所。读书，写作，参加各种无聊的会议和文化活动，接受记者采访。说到唯一的爱好，也许就是紫砂壶了。

可紫砂壶也与满族无关。紫砂是江南文人骚客把玩之物，和林小毛今天的身份倒也相符，而在林小毛印象中，满族当年应该是一个金戈铁马牵狗擎鹰的民族。在满族的历史中没有紫砂壶的地位，满族的标志性容器应该是那口煮白肉的大铁锅。林小毛，不认识一个满族文字，不会说一句满语，甚至连自己的家族属于八旗中的哪一旗也搞不清楚。在他的生活里，仅有的民族标记就是户口簿上的那一个"满"字。

但是，满族，少数民族，自从林小毛在六岁半时知道了自己身份血统上这个与众不同的细节之后，一种奇怪的感觉就在心里挥之不去了。像是皮肤上的一颗痣，想与不想，看与不看，它都在那里了。

金骏眉喝得没了滋味。林小毛洗了澡，然后上床睡觉。照例在床头灯下读了一会儿书，是一个当红作家新出版的散文集，请他写评论的，不得不看。但看了一阵觉得味同嚼蜡，作家的造作和虚伪让他的困意一阵阵袭来，索性就扔了书把灯关掉。偌大的屋子一黑下来就仿佛空旷了，屋顶四壁都似乎退却而去，只把他一个人丢在席卷而来的墨色里。寂寞顿时打退了困倦，思维重新活跃起来，林小毛懊恼地责怪自己不该在生日宴上喝那么多的酒，然后又喝了那么多的茶。

儿子林峰为什么就那么不在意自己的民族身份呢？甚至，他对林小毛坚持给他在户口簿上填写了满族很不满意。也许，是因为前妻的挑拨吧？生儿子那会儿他们夫妻确实有过争执的，前妻也是个倔女人，她强烈要求给儿子报户口时填写为她的汉族，而林小毛当然也坚持让儿子继承满族的身份。其实他们都知道，林峰身上的满族血统即使有，也早就所剩无几了，林小毛的坚持显得十分矫情。前妻在他们离婚后一定反复给林峰讲过这段故事，也一定轻蔑地批评过林小毛的满族情结是自作多情。因此，林峰对满族的无所谓也没什么奇怪。林小毛对儿子早就没什么要求了，儿子大了，有自己的事业，虽然明摆着是继承了他这个父亲的基因，在工作中也多少蒙受了他的恩泽，但始终坚称是自己的努力，所以林小毛明智地和儿子保持了距离。

拱在温暖的被窝里，杂七杂八地想着这些事，一个大胆的念头在林小毛的脑海中突然蹦了出来：既然今后就是玩了，为什么不现在就给自己一个假期，去找寻一下自己的满族之根，去圆一下自己的某种小梦想呢？五十岁，人过半百，也正该是一个总结半生的时候了。而我的这半生，根系在满族这块沃土里，却根本不知道自己是谁。

激动了，就翻身坐起，倚着床头开始给自己设计安排。手头没什么要紧的活儿，公司承接的春节晚会开过一次策划会了，那帮小写手正按照他的意见在修改方案，得忙上一阵。作家请求写的评论，就不算个活儿，有两个小时空闲就写出来了，不就是说点好话吗？倒是电视台有个专访节目，谈什么文艺创新……算了，文艺创新和我有什么关系，让他们换嘉宾吧，反正现在夸夸其谈的专家有的是。

林小毛此刻心潮澎湃，觉得自己就应该立刻背上背包，像个年轻人似的走出去。用句时髦的话说，来一场说走就走的旅行。外面的阳光是多么灿烂，外面的山河是多么壮丽，而他那两条五十岁的腿却依然健步如飞。不再有世俗的羁绊，也不再有钩心斗角和尔虞我诈，有的只是一个人对自己的探寻和追逐。啊，这该是多么美好的事呀！

林小毛简直躺不住了。

他索性翻身起床，倒掉壶里的剩茶叶，然后烧水，为自己重新沏了一壶茶。他不想睡了，就想这样坐到天明。正是初夏，后半夜的空气凉爽宜人。他披件厚衣服，回到西阳台上，远处的西山此刻只隐隐看得出一线轮廓。近处的楼群里也只有点点的灯火，大概也是失眠的人在苦熬。

但是，我要到哪里去呢？

冲动开始在脑海里往实际操作层面上转移，心也渐渐冷静下来。去东北？满族是从白山黑水崛起的民族，去那里当然是最合适不过。林小毛平日当然没少因工作去过东北三省，但来去匆匆的，还真没有深入探寻过那块黑土地。

那么，就去东北吧。天亮之后查查地图，安排个行程……刚想到这儿，突然有电话铃声响起，在安静的夜里猛然扎疼了他的耳朵，差点儿就把手里的紫砂壶扔了。

谁啊？这么讨厌。

不想接。就听着铃声响。可那铃声很是不屈不挠，就那么不紧不慢，一声声地响着，仿佛是告诉林小毛，你不接不行。

林小毛叹口气，只得起身去接电话。

一走进客厅，他却突然地想到应该是谁来的电话了。没错，肯定是她。说起来，这个电话还是要接的。

拿起话筒，果然，是那个他熟悉的略带沙哑的声音："生日快乐。"

"我的生日是昨天。"林小毛没好气地说，同时瞟了一眼墙壁上的挂钟。

电话里的人笑起来："别生气，我忙，刚收工。"

"你当然忙，当红大导演嘛。我不敢生气。"

丁莹算是林小毛的什么人？林小毛自己也说不清楚。情人？恋人？还是萍水相逢的一夜情？不过，她的问候林小毛还是很受用。丁莹正在片场紧张拍摄她的第二部电影《天上的月亮》，能想到给他来个电话，也算是有情有意了。

于是就多聊了几句。丁莹其实不一定想听，但出于礼貌，也没有拒绝。但是，听到林小毛的想法后，她提出了不同看法："去东北干什么？我建议你回三线。"

林小毛一下子哑了。仿佛丁莹无意中戳到了他的什么痛处，或揭开了什么伤疤，他突然不知道应该说什么了。

"你傻呀？要了解你的历史，也要先从你的家族开始嘛。连你自己是什么旗的都不知道，你去东北干什么？"

"你……不是想让我去为你的电影搜集资料吧？"

曾经有一天在床上，林小毛向丁莹粗略讲起他的家史。林莹就很兴奋，说王小帅拍了《青红》，贾樟柯拍了《二十四城记》，都是写三线工厂的，都火了，为什么咱俩不能合作也搞一部这样题材的作品呢？你家的故事，准比他们火，因为你们家多一个满族身份。少数民族加三线工厂，现在艺术就讲究的是混搭。

当时林小毛什么也没说。

现在，他也还是不想说，他听着丁莹的唠叨，眼睛却看向了窗外。天已经蒙蒙亮了，西山的轮廓在慢慢清晰。不知为什么，在林小毛眼里，那山和他记忆深处的那座山，竟慢慢地重叠了……

三

当那座山真实地出现在林小毛眼前时，已经是一个月之后的事情了。

当他终于鼓起勇气面对这座毫不起眼的土山时，他的心底仍然泛着一种说不清的滋味。出租车穿过一片别墅群，把他扔在了工厂门口，那座山就在眼前了，近得好像山上的每棵草都看得清清楚楚。山也老了，仿佛比当年矮了许多，被山洪冲刷出的沟壑，也更加狼藉。工厂的大门也旧了，门柱上当年锃亮的瓷砖，现在已经脱落不少，门柱就成了两条掉毛的狗，灰头土脸地杵在那儿。传达室的老头也仍然悠闲自得地在门外晒太阳，细看，却不是当年的老白头儿了，只是和老白大爷长得很像。

林小毛回头，用挑剔的眼光眺望道路两旁的那片别墅。在他的记忆里，这条进厂唯一的道路两旁曾经全是菜地，有许多粉蛾在那里不停飞舞。在菜地的后边，是一个叫唐庄的小村。他听说过，现在唐庄已经没有地了，唐庄原来的位置现在是工厂的新厂房，而原来的菜地现在由财大气粗的工厂出资给唐庄的农民们盖了别墅。这片别墅有个时尚的名字叫农民新舍，但骨子里仍然是过去破烂的小村庄，建筑形式的变化改变不了时代的某种顽固，在出租车前窜来窜去的脏孩子和鸡猫狗呈现着一种土豪式的欢腾。一切都和林小毛的感觉疏离着。林小毛倒也不在意，因为他始终没有觉得这片土地和这家工厂与自己有什么关系。

可他确实又和这里有关系，很密切的关系。

他的父母当年和工厂一起搬迁到这里，他就在这家工厂的医务室里出生。三岁的时候，他回到北京和奶奶生活，工厂的一切就成了他生活中断断续续的细节，也成了他的一种困惑。每次填写履历表，他的笔都在出生地一栏上犹豫半晌，应该是填写这个遥远的西北省份的，却又总是有些不甘心，因为感觉厂医务室那间简陋的手术室，实在不配标志他人生的全部。

临上火车之前，丁莹又给他打了电话，笑着说："真回去给咱们的电影搜集资料了？"

林小毛是个敏感的人，他注意到，她没有说"我"的电影，而说的是"咱们的"电影，心里就有些温暖，回答说："就算回去看看老父亲吧，也好多年没回去了。"

他的母亲去世后，退休的父亲顽固地留守在厂里。他们也好几年没见面了。现在，走进工厂的大门，林小毛在猜测，父亲这个聪明然而虚荣浮躁的老家伙，此刻在做什么呢？他看见自己突然归来，会有什么样的表现呢？

在林小毛的记忆中，父亲也不过是些细节而已。

五十岁了的文化名人林小毛当然明白，聪明和虚荣、浮躁常常是相伴相随的东西，就像藤和树，就像水和鱼。一个聪明人如果不虚荣不浮躁，那他势必能成大器，可惜就是这样的人太少。父亲确实聪明，奶奶当年向邻居们炫耀儿子，常说的是工厂进口了一台日本机器，鬼子们犯坏，连日文的说明书都没给。身为技术员的父亲守着这台机器熬了七个通宵，拆了装，装了拆，终于把它鼓捣转了，当年顺利投产。这事当时轰动了整个西北三线各个工厂，林技术员成了远近闻名的技术标兵。林小毛也记得，父亲每次回北京探亲都要用一台老照相机给他拍照，回去之后就会很快寄来自己冲洗的许多照片。父亲会在暗房里玩很多花样，会把一张底片重复地印在一张相纸上，制作出双胞胎的视觉效果。也会在他的头像边上弄出好看的虚光或是一片树叶的轮廓。林小毛十岁那年，父亲得了肝炎，在北京养了一阵病，他居然自己买零件攒了一辆摩托车骑着到处跑。

在林小毛的印象里，父亲总有用不完的精力。但细想想，好像这精力他大多是用在了玩上。很有可能的是，他在研究那台机器时也是抱着一种玩耍态度的，说他虚荣浮躁也还真的不为过。有个父亲打扫卫生的细节他记忆犹新，老爷子每逢扫地总是不用簸箕的，尘土垃圾扫成一堆后就往墙角一堆了事，甚至有一回为了来客人好看，他竟然把垃圾就堆在床底下了。

这细节发生在什么时候？是父亲在北京养病时他亲眼所见，还是他听母亲埋怨过的？林小毛记不清了，但是他记住了床底下的垃圾。他后来成名之后还写过一篇小说，就叫《床和床底下的垃坂》，好像是象征了什么，又好像自己也不明白，只是故弄玄虚。

当林小毛越来越对自己的家族感兴趣之后，他读了不少关于满族历史的书籍，自然地把父亲的好玩虚荣浮躁和八旗子弟联系到了一起。这也许给他留下了关于满族的唯一一点不良印象，这印象竟来自他的父亲，就像儿子林峰对满族的不满也来自对他这个父亲的不满一样。父一辈子一辈，就这么无奈地轮回。

林小毛想着，信步往厂里走。围墙里面的变化倒是不大，只不过远远地，多了一栋新的高层宿舍楼，把原来那些六层红砖楼房映衬得更加丑陋了。还是那条路，还是那座礼堂。拐过礼堂的墙角，就是生活区的中心，大杨树围绕的那片小广场了。当小广场在他眼前铺开的时候，他看到有几个老年男女正在一台旧录音机的伴奏下笨手笨脚地跳交际舞。

这可是林小毛的记忆里没有过的场景。

他三岁离开这里之前的记忆已经基本失去。如同被塞进粉碎机的公文，再想拼凑已是痴心妄想。他后来少有的几次探亲也是来去匆忙，而且心情黑暗的时候居多。所以，他从不记得这个广场上还会有这样的舞蹈。这个广场给他留下印象最深的是那个安装在电线杆上的高音喇叭，因为它总是准时准点地轮流高唱《东方红》和《我们走在大路上》。那是他这辈子名副其实地能唱完整的两首歌。

林小毛看着那群苍老的舞者。他站住了，因为他一眼就从中认出了父亲，瘦而且高的父亲是老人们之中跳得最好的一个。他就像一只悠然自得的老仙鹤，伸胳膊伸腿地搂着舞伴踢腾，瘦脸上满是汗水。

林小毛卸下了肩上的背包。他的背包里有一只紫砂壶，是个走红的绍兴工艺美术大师的手工作品。他为大师成功策划了宣传方案，大师亲手为他做了这只壶。临出门时他想了又想，才决定把这只还值几个钱的壶送给父亲做礼品。而他的手在伸进包里时突然停住了，他醒悟似的想：干什么，你想没进家门就把礼物塞给他？难道你是不想进那个家吗？下意识的动作往往反映思维的真实，林小毛就在自己的真实面前愣住了。他好像突然意识到，这么多年了，自己和父亲竟有那么深的隔阂。

他抬头看向舞蹈着的父亲。和父亲共舞的老女人染了一头黄发，干枯而稀疏的头发乱草似的蓬松着，让她看上去有些怪异，像只移动的鸟窝。鸟窝下面的笑容却很真挚轻松，仿佛是沉醉在他们的舞蹈里了。林小毛突然发现自己是认识这个女人的，这个发现让他慢慢攥紧了背包里的紫砂壶，他很想把这只壶砸到父亲的头上。

四

这个女人当年在林小毛母亲的嘴里有一个恶狠狠的称呼：婊子。

说林小毛认识这女人其实并不确切，林小毛并没有见过她，他只是看到过她的照片。母亲曾经有一次回北京，掏出一沓照片给林小毛的奶奶哭诉，说是林小毛的父亲带着这个婊子游山玩水，照片就是证据。父亲辩解说那是出公差，是厂里派他们去学习，而且不是仅有他们两个人。母亲质问，既然还有别人，为什么照片上只有你和婊子？父亲不语。

照片上的女人给林小毛留下了深刻印象。她那时候就是黄头发，只不过比后来要浓密而且顺滑，还精心地做了发型。女人不算好看，但眉眼很精致，像是南方人。林小毛知道，工厂虽然是从北京整体搬迁过去的，但后来从浙江、江苏也招了一些工人。在这家工厂里，当地人倒始终是少数，他们在自己家乡的土地上陷入了一个奇怪的陌生的群落。

照片当然也是细节了。这个细节是父母常年龃龉的导火索，更是一枚深埋的随时都会爆炸的地雷。在林小毛的印象中，父母的每一次回北京探亲，或者是他的每一次随奶奶去工厂探亲，都是一次目睹惨烈争斗的悲剧过程。

这个漫长的悲剧成了压在林小毛心头的一块巨大的石头。

直到母亲去世，她因抑郁而自杀，在工厂后面的山坡上喝了从唐庄要来的农药。

　　悲剧在那一刻谢幕了，空间和时间却在那一刻拉长了，他和父亲从此冷漠得像是陌生人。关于林小毛对自己家族的不甚了了，其实也源于此，在他的记忆中，他和父亲就从来没有交流过什么。

　　如果不是丁莹的鼓动，林小毛这次也许仍然不会回到这家工厂来。他对自己满族血统的好奇，其实冷静想想也不过就是好奇，仅此而已。也许儿子林峰说得对："您要是没现在的功成名就，不过就是一个碌碌无为的小职员，您还会在意什么满族汉族吗？"人的心理是复杂的，林小毛虽然不接儿子的话，但明白儿子的蔑视是一针见血的。可是丁莹这个野心勃勃的女人一旦动了心思，就是一往无前的战士了，她认定她要拍的片子一定会比贾樟柯们轰动，她甚至好像已经看见了奥斯卡评委们的笑脸。林小毛以各种借口拖了一个月，最后终于在丁莹的软硬兼施下溃败，踏上了这段不太情愿的归途。

　　当然，年过五十，他也似乎有了和父亲和好的一丝意愿。也许丁莹就是巧妙利用了他的这一丝意愿吧。

　　现在，发现那个已经年华不再的女人仍然在父亲身边，林小毛明白了父亲为什么坚持要留守在这个破败了的工厂，留守在这片依然算不得富裕的土地上。林小毛怒火中烧了，他甚至想扭头就走，想永远地离开这里。让丁莹的电影见鬼去吧。

　　可是，父亲却偏偏在这一刻看见他了。

　　"小……毛？"

　　所有跳舞的老人都停下来了，一双双浑浊而茫然的眼睛转向了客人。录音机里的磁带仍然在旋转着，嘶嘶啦啦的噪音在寂静下来的广场上像是谁病痛的呻吟。

　　林小毛看到，当父亲惊愕地停下脚步时，那个女人顺手为他梳理了一下散乱的头发。父亲的头发也没有几根了，跳起舞来的时候那几根头发就会胡乱地飞舞。显然那女人是做惯了这件事的，动作自然而亲昵。这动作当然让林小毛非常刺眼而且愤怒，他的手再一次抓紧了紫砂壶，他也再一次有了向父亲头上砸去的冲动，他甚至仿佛看到了鲜血是怎样把父亲那几根头发给粘在脸上的。

他记得奶奶曾经有一只紫砂壶，那是当年他家的一个亲戚去绍兴出差带回来的，送给了奶奶做礼物。凭后来成了紫砂收藏家的林小毛回忆，那不过是一只最普通的半机制壶，是商店柜台里摆成一片的那种壶，但是，那却是林小毛此生见到的第一只紫砂壶。他记得奶奶很喜欢那玩意儿。那壶在一次父亲和母亲的激烈争吵中被父亲摔碎了，那次父亲在照例的理屈词穷之后恼羞成怒，顺手抄起那壶就狠狠摔在了地上。壶成了碎片。父亲和母亲怒气冲冲地提前结束了探亲，说是回厂里办离婚手续。奶奶一声不响地把碎片捡起，看着战战兢兢的林小毛，叹息道："那么好的东西，说碎就碎了。"

那天，奶奶一直没再说话。直到晚上，哄林小毛睡觉时，她才又没头没脑地说了一句："好东西，就容易碎。"

现在，这个细节浮现在林小毛的眼前，清晰得就像是昨天的故事。

父亲的脸上有了尴尬。他大概是意识到了儿子的沉默是为了什么。他慌乱地瞥了一眼女人。女人是聪明的，马上若无其事地走开了。其他的老人当然也不傻，他们活络起来，围拢到林小毛身边，把热情最大限度地摆到了脸上，不露痕迹地掩护着那对男女，"原来是小毛啊，不敢认了呢！""听说是大名人了？""今年也有五十了吧？""可不！我记得可清楚，比我们家英子大一岁！"

英子的妈当年号称厂花，似真似假的风流韵事传遍全厂，现在她老人家的脸却干瘪得像一只核桃。林小毛听得出老太太的话里还有一股酸味，她当年几次三番地想让林小毛和她们家英子成为夫妻，但已经彻头彻尾是北京人的林小毛觉得娶一个西北姑娘简直是天方夜谭，尽管英子家其实也是北京土著，如果工厂没迁到三线，漂亮的英子原就应该是个北京胡同大妞儿。

林小毛敷衍着笑，心里很厌烦。他当然看得出老人们的意图，又没办法发火，这群老头儿老太太当年都抱过他的，现在他们最年轻的恐怕也要有七八十岁了。他只好装出乖孩子的样子，只安静地笑，却不多说。他想父亲一定是会从他的笑容里看出阴险的，所以父亲一定正在极度地忐忑不安，他的后背上应该已经是冷汗淋淋的了。

磁带转到头了，吧嗒一声切断了音乐。英子妈惊醒似的叫道："哎呀，咱们别聊了，让人家老林和儿子回家团聚吧！"

老人们立即响应："对对，回家吧回家吧，小毛啊，回头有空我再看你去……"

林小毛把背包扔到肩上，紫砂壶硬硬地砸了他的肩膀，再次提醒了他的仇恨。他向老人们点头，然后往父亲家的方向走。他很奇怪自己为什么没忘记那个家的位置，他觉得自己应该是已经彻底把与父亲有关的一切都屏蔽掉了。

他感觉到了父亲跟在他的身后。而且，父亲并没有忘记提上那台旧录音机。这仿佛是火上浇油了。转过墙角，见周围没有人了，林小毛回头，义正词严地说："我回来就想弄清一件事，我们家这个满族到底是什么来历。你说清楚了，我马上就走！"

父亲看看他，什么也没问，尽管他的话实在没头没脑。

五

父亲的家居然收拾得很干净。林小毛想这一定有那婊子的功劳。

他在墙上的镜框里看到了自己小时候的照片。都是父亲自己冲洗的，今天看上去粗糙而且技法拙劣，有的曝光不足，有的则曝光过度。照片一张一张地排列着。林小毛想起，父亲是坚持每年给他拍一张照片的，即使他不能在他生日时赶回北京，也要写信让奶奶带小毛去一趟照相馆。镜框里的照片就是按年份排列的，一张张照片中的林小毛呈现出一年年长大的状态，像一棵树。

他突然感到父亲的眼睛一直盯在自己的后背上，回头，老爷子立即把目光挪开了，掩饰着往厨房走。

林小毛跟到厨房，倚着门框把刚才路上说过的话又重复了一遍。

父亲关上水龙头，回头看他一眼："你……不去看看你妈妈了？"

林小毛想发作，想质问说你还能想着我妈？但话堵在喉咙口，就是说不出来。林小毛这些年生活在一个养尊处优的环境里，到处都是尊敬和奉承，温文尔雅先是刻意，后来就成了生活常态，尖锐粗鲁的话倒仿佛说不出口了。他瞪着父亲后背突起的肩胛骨，怒火在嗓子眼里翻涌。

"你不是想了解咱们家的民族来源吗？你更应该去看看你妈妈。你忘记了？你妈才是满族的，我是汉族。"

是吗？林小毛眨眼，拼命地回想，却捕捉不到回忆中的任何细节。父亲好像看出他的心思，又补充道："过去和你说过的，你大概忘了……你妈妈家是老北京，而我，是南方人。"

"胡说。"林小毛又火了，"奶奶分明也是北京人，你怎么会是南方人！"他想说，你不会是因为那婊子是南方人，就往人家身上靠拢吧？你也未免太下贱了吧。

父亲果然有些心虚，有些羞涩，他说："你奶奶……她确实是北京人，可你爷爷是从浙江来北京读书的，所以……"

"所以什么？你生在北京，你就是北京人！"

父亲叹了口气："话是这么说，可你不知道，你爷爷在我小的时候给我讲了多少家乡的故事，竹林，小河，稻田……中国人啊，永远是热土难离的，你爷爷活着的时候，总想回家，可惜没办到。"

林小毛忽然想起一个细节。父亲偶尔做饭，菜里却总是放糖的，母亲为此埋怨过许多次。有一次奶奶对母亲叹息说："没办法，是我生的孩儿，却是不随我。"

现在想想，奶奶倒是和母亲更亲一些，也许，就是因为她们都在北京土生土长吧。

想到这儿，林小毛冷冷地说："那你现在为什么不去南方？上海，苏州，杭州，哪里不比这儿好？何况，你还可以跟她一起去嘛。"他很想用自己的残酷刺痛父亲。

父亲的回答却很自然，丝毫没有回避什么，却是流露着一种凄凉："这么大的年纪了，这里已经待惯了，待懒了，不是家也是家了，能去哪儿？再说，她家在那边已经没有人了，回去投奔谁？"

老爷子的坦然反而气得林小毛无话可说。

父子俩就沉默了。老的沉默着在厨房忙碌，小的回到客厅，沉默着回想过去。过去是酸甜苦辣五味杂陈的，像是打翻了的一堆调料瓶，所有的味道掺在一起，既个性分明又难解难分。窗外的阳光在慢慢暗淡，广场上的高音喇叭突然地就开始高唱了，还是那曲《我们走在大路上》，听得林小毛哭笑不得，觉得时光真的在倒流，唱着歌的一群人在倒退着走路。

晚饭味同嚼蜡。父亲仍然在炒芹菜里放了许多糖，让林小毛觉得不可思议。吃着饭，丁莹发来了短信：到家了？寻根之旅顺利吗？

林小毛回信：什么寻根之旅，纯粹是烦恼之旅。

丁莹发来一个笑脸。

"其实，你妈家也不是纯正的满族。"父亲突然说话了，却是头也不抬，瘦脸埋在饭碗里，"她们家是个大家族，过去还有堂号的，叫三苏堂，他们自称是苏轼的后代，往上数多少辈，也算是南方人。你想想，苏轼是满族吗？"

林小毛问："那，这个满族的说法从何而来？"他还想说，难道我这个满族的身份竟然只是一个虚空的肥皂泡？

"你的姥姥应该是满族吧？后来嫁给了你姥爷。据说她的爷爷是当年皇宫里的带刀侍卫呢，当时就在神武门值更的，还是三品。你知道，俗话说宰相家人七品官，皇帝的门卫，当然就得是三品。"

父亲说到这儿停顿了半晌，又补充道："你妈并不爱说她们家的事儿。"

这么算起来，林小毛的身上还是有四分之一的满族血统。在他的记忆里，姥姥和姥爷都已经没有什么印象了，这两位老人家去世很早。母亲不爱说家里的陈年往事，也许就是因为家道中落，小时候受过苦的。在林小毛的印象里，母亲一向是个沉默寡言的女人。倒是有一位姥姥的弟弟，他称呼为舅姥爷的，对于林小毛来说却是印象深刻。

这位老人是个典型的北京老人，规矩多，礼数多，既和蔼可亲又让人觉得不好接触。林小毛记得父亲最怕过年的时候去给这位老爷子拜年，因为老人恪守着所有老北京的过年规矩：不倒垃圾和脏水，墙角起码会放着三个垃圾箱和三个泔水桶，臭味就在屋子里自由飘散。不动火，初五之前吃的一切东西都是冷的，包括炖肉和炖鱼，这让肠胃一向不适的父亲叫苦不迭。他还有许多忌讳，敲筷子，站门槛，跷二郎腿，都在禁止之列。现在回想起来，林小毛仍有哭笑不得之感，暗想这老爷子果然不愧是满族子弟。

想着，就微微笑了出来。

父亲看到他的笑了，神情也有所放松，浑身绷着的劲松弛下来，坐着的身形也似乎矮了。他看着儿子，突然说："那天，我在电视上看见你了。"

林小毛愣了一下，思绪从往事里收回，抬眼看父亲。父亲也正在看他，两双眼睛碰撞了，又马上分开。父亲放下饭碗，看表，又向窗外瞥一眼，然后飞快地看一眼林小毛。林小毛立刻醒悟，没好气地说："不就是想跳舞去吗，你去你的，别让人家等着急了。"

话是讽刺，但老爷子好像听不出来，或者是根本不在意。他起身收拾了碗筷，还洗了把脸，然后提上那台旧录音机就往外走。林小毛真的气坏了，他认为父亲这就是不要脸。他转身拿起背包，也往外走。

"你去跳你的，我去市里的宾馆住。"

那只紫砂壶还在背包里，没有来得及拿出来给父亲。林小毛不想往外拿了，他甚至想到了宾馆就订车票，争取明天一早就离开这个城市。

背包带被老人抓住了，林小毛挣了一下没挣动。他回头，看见父亲的眼睛里已经是一种可怜兮兮的乞求。

老人也许都是这样的，像小孩子，快乐和沮丧，膨胀与泄气，喜怒哀乐，转换都在一瞬间。这会儿，就连老人手里那台旧录音机，似乎都随着主人暗淡了。

六

僵持中有人敲门，敲得犹犹豫豫的。这好像缓和了僵局，父亲松口气，急忙去开了门，于是林小毛看见一个老女人站在门口。他愣了半天，才认出那就是英子，当年高傲得不得了的美女英子。

还不满五十岁的英子，现在如果和她母亲站在一起，绝对会被人认为是姐妹，只是一胖一瘦。

父亲趁机溜走了，提着他的录音机。林小毛把英子让到沙发上坐下，自己到厨房为她倒水。说是倒水，其实也是平复一下突然复杂了的心情。就在英子进门的那一瞬间，他突然想起自己和这个女人是有过肌肤之亲的。这段往事埋葬在他的心底，就是一座无主的荒坟，从来没有过祭奠的。而这电光石火般的一闪念，过去的细节就又嘲讽般地出现了。冷汗唰地满了全身，连脚后跟都似乎湿了。倒水的手颤抖着，洒在杯子外面的水似乎比杯子里面的还要多。

"你……别忙了，我不渴……"英子在他背后小声说。

林小毛终于还是把一杯水端到女人面前了。英子立刻欠身起来，很有些诚惶诚恐。林小毛忙说："你坐，坐。"眼睛却不敢看英子。英子当然有感觉，苦笑着说："老了，不敢见人了都。"

"挺好，挺好……"林小毛坐在沙发对面的椅子上，"你，找我有事吗？"

话一出口就后悔了。在北京那个纷杂的世界里，利益永远是第一位的，人的交往就是利益的交换。林小毛早就习惯了，"找我有事吗"是他标准的问候语言。可是在这个地方，在英子面前，这句话真的太残酷。

可他没想到的是，英子极其平静地回答道："有事。"

林小毛抬头，此刻他在女人脸上看不出任何怯懦了。她仿佛已经迅速镇静下来。她当然依旧有些拘谨，但一种渴望已经让她鼓足了勇气。林小毛突然想到自己是熟悉她这种勇气的。当年，英子跑到北京，在她住的小旅馆里，她告诉他她要嫁给老陈家的二小子陈东明了。然后，她解开衣扣，把丰满的胸敞开在林小毛面前："咱俩好不成了，可是，我想给你一次。"林小毛在那诱惑与勇气面前溃不成军。今天，他只记得一个让他永远羞愧的细节：在完事之后，他说了一句"原来你不是处女"。当时的英子极其冷静，从容地穿戴完毕后给了他一记耳光。

林小毛当年觉得自己很猥琐，觉得自己永远在这个女人面前抬不起头。现在，他想，别管她要求我办什么事，我都答应了吧，我确实欠她的。

英子告诉他，她的生活就是一团乱麻。她和陈东明结婚之后没有孩子，陈家始终不承认是陈东明的原因，她一提到这个话题就会挨打，甚至是陈家老少全体一起动手打，往死里打。她的右手臂骨折过，她的头发被扯下过一大把。她后来千辛万苦终于和陈东明离了婚，还离开工厂，去北京打过工。

"你什么时候来北京的？为什么没找我？"

英子沉默。她的沉默给了林小毛一种悲哀的尊严感。林小毛不敢再问，他明白自己的问话是愚蠢的，从小旅馆离开的时候英子就已经告诉他，她不会再来找他。

可是今天，她又来找他了。林小毛明白，在这样的情况下，他就更不应该再问什么。一个人已经放下尊严了，她心里的凄凉悲愤就是不能触碰的伤口。

"我有了一个孩子，在北京生的。"英子淡淡地说。

作为一个知名文化人，林小毛早听多了这种老俗套的故事。毕恭毕敬拿到他面前请他过目的影视剧本，十个里有八个会讲到私生子和单亲母亲，讲到离奇古怪的悲欢离合。但这种事发生在英子身上，仍然让他的心震动了一下。他本能地意识到，英子要找他的事，肯定是与这个孩子有关了。他回手从桌子上摸到自己日常用的紫砂壶，那壶是热的，刚沏好的冻顶乌龙热情地从壶嘴喷出香气，给了他一种自信。顶多是让我照顾这孩子嘛，把他或她带到北京去，安排个活儿做，大不了到哪个剧组去跑腿。优越感又开始从心的角落里探头探脑了，林小毛换了个姿势，让自己的屁股在椅子上更舒服一点。

英子告诉林小毛，陈东明虽然没什么出息，连个工人都做不好，现在只能在厂服务中心负责家属院的环境卫生，但他到底还是个好人。当年她带着孩子回厂，他什么也没说就接受了这个孩子，也许是愧疚自己的蛮不讲理，他还主动和英子复了婚。这在这个闭塞的工厂可不是件小事，陈东明顶住了人们的闲言碎语，即使老母亲为此气得吐血也没动摇。现在，孩子已经十八岁了，在山下的小城读高中，成绩平平，考大学没有优势，而让她离开这个山沟却已经成为全家唯一的梦想。

果然是这件事。林小毛问："男孩女孩？"

"女孩儿，可漂亮了。"英子脸上终于浮现出幸福的微笑。脸上所有的皱纹都舒展了，依稀就有了当年的几分风韵。林小毛从她脸上挪开目光，想了想，问道："女孩儿……她喜欢做什么？"

"我不懂……孩子说她喜欢拍电影，不知道……"

林小毛吓一跳："这我可不敢答应了。拍电影起码要受过正规训练，还要有先天的条件，不是谁都能做的。"

英子的笑容收敛了，认真地说："所以，要靠你了。"

外面传来音乐声了，老人们又开始了他们的舞蹈。那音乐声断断续续的，仿佛是暮色里不肯逝去的一缕幽魂，在广场上徘徊。林小毛看着渐渐淹没在黑暗中的英子，心里是一种莫名其妙的滋味。是苦，是涩，都融化了的，搅扰，腌渍，在他的那颗心里翻腾。把紫砂壶举到嘴边，咬着壶嘴喝水，却是一股茶苦直冲到五脏六腑，一时烫疼了所有的思绪。

"你答应了吧，我和陈东明，这辈子就这样了。没文化，也没能耐，这山沟也就是我们最后的归宿了。愿意不愿意，也没用了……可孩子，还得让她有前途吧……"

英子的声音仿佛在很远的地方呢喃着。像是催眠曲，让林小毛昏昏沉沉的睁不开眼睛。他好像看到英子站起来了，在向他走过来。他也想起身，但腿却软着，思想也停顿了。他闻到了英子身上的气味，似乎熟悉，又似乎陌生。他抬头，于是他看到英子两只硕大的乳房就垂在他的眼前了。那乳房当然和当年的乳房不可同日而语了，他记得当年英子袒露出的是一双活泼的兔子，而今天在他眼前晃荡的，却是一对臃肿的小猪。

"你要不嫌弃，就再睡我一回吧。为了孩子，我啥都……"

林小毛激灵灵打个冷战。他在从椅子上跳起来的同时变得清醒无比。他推开英子，急促地说："孩子的事我一定会尽力办的，你放心，放心！"

英子在黑暗中仿佛愣了一下，然后就哭了。她站在那里，隐约的身影就是一块抽泣的顽石。

七

市里唯一的这家宾馆号称是四星级。但在林小毛看来，也就勉强是北京快捷酒店的水平。昏黄的前厅灯光下，前台小姐的面容麻木而暧昧，在把房卡扔给林小毛时哈欠连天。

在忽冷忽热的淋浴下边冲了个澡，林小毛一边用毛巾擦着头发一边拉开窗帘，从八楼肮脏的窗户俯瞰熟悉而又陌生的城市。刚刚十点多，在北京是夜生活才开始的时间，年轻人正蜂拥着拥进酒吧或KTV，而这里的街道已经空无一人。路灯在街面上留下一片一片的光影，寂寞，而且有着一种神秘感。仿佛随时会有事情发生，所有人都在躲避中紧张地等待。林小毛愣了半天，突然意识到这只是自己的感觉而已，这就像当年北京闹"非典"的时候，站在突然空旷起来的四环路上，心里的那种怪异和恐慌。而在这座小城市，人们早习惯了这样的夜晚，弥漫在街道上的应该只是陈旧的安逸。

当然，也会有一种被抛弃的失落吧。

林小毛坚持住到宾馆来的借口，是父亲家里只有一张双人床。他告诉父亲他不习惯和别人同睡，即使这个人是他父亲。他没有说出口的话是他想到那张床应该是父亲和那女人平时睡过的，让他躺在那个女人的余温里简直就是耻辱。父亲反复地挽留，直到确定儿子不是生气才作罢。林小毛告诉父亲他明天一早就回到家里来，他会在这儿陪父亲几天，也会去给母亲上坟。

老头子送他出门的时候，叹息着问了一句："你单身多长时间了？也应该找个伴了。"

他忍不住地冷笑了一声。

父亲好像没听见，继续说："没有伴，就没有家，也就没有安定。人啊，活到最后也就是个安定了。南方北方，满族汉族，没用的。"

现在，站在窗前，想着老头子的话，想着英子的哭诉，也想着前妻和儿子的冷面孔，林小毛也觉得活着没意思。

勉强打起精神，回到电脑前开始处理公务。看了看公司传来的春节晚会新方案，不客气地骂了一顿。刚要把信件发回去，想想有些太苛刻，就又改了几句话，把口气和缓了。然后继续写给散文家的评论，无非是捧臭脚的话，说得自己都索然无味。厌倦更加地强烈了，刚沏的茶也变得寡淡，干脆关了电脑，穿好衣服下楼，打算去街上走走。

电梯停在前厅，他发现这里已经没有人了。径直走到门口，却又听到身后有窸窣的声音，回头看，蓬着头发的前台小姐站在柜台里，正茫然地在看他。原来小姐是在柜台里支着简易床睡觉的。这也是小城市的特色。林小毛想笑，忍住了，出了门，才笑出声来。

街道上清冷的空气一下子扑面而来，把他的笑给憋在喉咙口。

　　大山在城市的背景上此刻只是一片剪影。但是这剪影近在咫尺，就隐隐有了一种压迫感，仿佛扑面而来，空气里都闻得到山的气息。不像林小毛北京居所窗外的西山，温顺，妩媚，好像玻璃窗上的窗花，是生活的点缀而已。林小毛望着那沉睡的山，突然想起有一次在欧洲的因斯布鲁克小城，也是这样站在山脚下，抬头仰望，只见点点的灯火，远远地在盖满积雪的山坡树丛中闪烁，那山便被点缀成了巨大的圣诞树，威风凛凛而又温情脉脉地压在人们的头顶。现在，这山是彻底的黑，只显出阴郁的沉默。林小毛看着，就想：现在的世界，也许只有山，会永远地站在一个地方了。

　　这里是他的出生地，可他和这里是那么隔膜。至今十几次的匆匆到访，他仍只是过客。而英子的女儿出生在北京，北京却是这个孩子最向往也最陌生的地方。在襁褓中离开，而今要在幻梦中归去，可北京会接纳她吗？

　　送英子出门的时候，他对英子说："你一定要告诉孩子，到北京可是要吃苦的。家里再闷，有爸爸妈妈疼。北京，没有。"英子点了点头，什么也没说。林小毛看着她下楼的背影，心里明白她没有听懂。她也没办法听懂的，北京对于她来说，只是当年的缱绻，没有今天的生存。

　　生存是中国人永远的课题。当年清兵入关，大明，大顺，吴三桂，全为了生存而殊死拼杀。最后胜利的虽是清兵，但今天的满族却早融化在芸芸众生之中，成为身份模糊的普通公民。也许父亲说得对，满族汉族，有什么意义呢？林小毛的寻根之旅，最后只能是这样一个结果，当年写在小学生登记表上的那一个满字，如今早已经暗淡无光。满族在今天的痕迹，也许只剩下舅姥爷那些陈腐的规矩，而那老爷子也已经在医院的病床上等待着死亡，他的那所小四合院早被卖掉换了他的治疗费。

　　真的是没意思。

　　林小毛在心里重复了他的沮丧，然后沿着街道漫无目的地走。

电话铃就在这个时候响起，不用接他也知道是丁莹。

女导演的电影今天杀青，她喝多了酒，说出的话颠三倒四，还掺杂着莫名其妙的一阵阵大笑。林小毛听了半天才听明白她的意思，她主要是告诉他她的这部《天上的月亮》一定会大火，会到国外去拿奖。

也是没意思。林小毛敷衍了几句就把电话挂断了。他回想起他和丁莹的第一次。那是在海南，他们在酒店的海滩上相遇。当时丁莹还穿着比基尼，已经不太苗条的身体吸引了他的目光。他们的眼神碰撞了，然后他们的酒杯也碰到了一起，再然后，他们开始说一些装模作样的斯文话。再后来，就发生了顺理成章的事情。

没有和英子在小旅馆里的悲切，也没有和前妻之间的钩心斗角，更没有和初恋金森的慌乱甜蜜。他和丁莹之间是现代成年人的那种默契和自然。像是吃饭，像是……上厕所。海南也许就是易于发生些什么的地方，炽热，而且袒露，还有远离熟悉的一种放纵。

他记得后来有一次，他们躺在床上，丁莹说："我们就是两块云彩，飘啊飘的，就撞在一起了。"

他送给丁莹一把紫砂壶。丁莹笑道："我在片场用它喝水？用不了十分钟，哪位愣头青就会把它打破。"

他觉得这是借口。丁莹没有说出口的话应该是："真是老古董，我会用这种东西？"

紫砂壶易碎，但碎了的紫砂仍然是紫砂。经过了火，它已经不会变成别的什么。林小毛把这个意思告诉丁莹，女人看着他，沉思，然后拍拍他的脸说："你不愧是文化人。但是，你有点矫情，因为碎了的紫砂壶是紫砂，但肯定不是壶了。"

林小毛觉得他和丁莹永远不会真正走到一起。他们不是两块云彩，云彩撞到一起就融合了，再分不出你我。他们是两棵树，站得很近，枝叶相连，却始终是两棵树。

他不知道丁莹的过去。她结过婚吗？有孩子吗？她是哪里人？她的父母是否还健在？她在哪儿学的导演？甚至，他拿不准丁莹这个名字是真是假，也许，这就是个艺名。

站在渐渐深起来的夜色里，文化名人林小毛抱紧了自己的肩膀，觉得在清冷之中的自己像只蚂蚁般地渺小。

八

第二天清晨林小毛推开家门的时候，迎面有个黑胖子从沙发上站起来向他绽开了笑脸。父亲忙向他介绍说这是厂里党委的刘书记，听说林小毛回来了，代表厂里来看望，并准备中午请他吃饭。

黑胖子热情地抓住林小毛的手，用浓重的四川口音说："哎呀，刚听说你回来，来晚了！你是咱们厂的名人啊，厂里人都拿你的事迹教育孩子呢！"

林小毛扑哧一声笑出来："我算什么名人，要把孩子都教育成我这样，我想你们工厂也就别生产电器了，改疯人院算了。"

刘书记显然不适应他这种北京式的幽默，愣了。父亲忙解围说刘书记可是个好人，厂子这几年扭亏为盈，多亏了市里调来了刘书记。大伙儿都感谢着呢。

林小毛想不到父亲语气里的谄媚是这么强烈，忍不住看父亲。老头子却是一脸真诚，看向黑胖子的眼神完全是崇敬。而且，老头子此刻手里捧着的，是林小毛昨天晚上送给他的紫砂壶。

"刘书记，这是小毛特意从北京给你捎来的，说是什么大师的作品，值钱呢……我也不太懂。是他一份心吧。"

黑胖子笑了，笑得声若洪钟。他抓着林小毛的手使劲摇，摇得小毛胳膊隐隐作痛："好，好，中午一起吃饭！林老师你别推辞，你要推辞就是看不起我们小地方人。咱们就食堂，不出去，你尝尝咱们大师傅的手艺。这家伙是我从省上挖来的，做菜的质量不比市里饭店的差……厂里班子全参加。你还想见哪个老熟人？说，我都给你叫来。老林啊，你们老两口子也去，啊？"

林小毛看父亲，看出父亲的脸有点红。等刘书记哈哈笑着走了，他冷笑道："看来，官方很认可啊。"

父亲嗫嚅地说："他调来时间不长，他不知道……"

林小毛在桌前坐下，抓起根油条咬着。油条显然是父亲一早去买的，现在已经有点凉，有点皮了，咬起来很费劲，像他的心情。他感觉出父亲是很欢迎刘书记对他和那女人的称呼的，这可能也正是他煞费苦心追求的效果。老爷子一定是有意无意地想把事情弄个既成事实，既是一种遮掩，也是给自己的一点安慰。他和那婊子就在这样的遮掩和安慰里悠然自得地生活，林小毛的归来对他们无疑是尴尬的搅扰。

林小毛感觉很无奈也很愤恨。

父亲眼巴巴地看着儿子吃早饭，仿佛在等儿子的什么话。林小毛当然有感觉，赌气地就是不说话。父子之间的僵持像溽热天气的雾，令人难受，却是摸不到手的腻歪。终于，老头子先败下阵来，低声说："那，中午我们就不去了，你和刘书记解释……"

林小毛的火更大了，他跳起来叫道："我还得去给你们解释？你这不还是逼我——"

"我没逼你！"父亲突然抬起头来，脸上虽然还是惶恐，声音却有点大了，"我们没什么不光明正大的！你要想想，为什么所有人都能宽容只有你这么狭隘？"

"因为我是你儿子，而他们不是！"

"你是我儿子你就更应该体谅我，而不是刁难。"

林小毛突然发现父亲竟然是个伶牙俐齿的家伙，他的反诘句句戳在他的软肋上，冠冕堂皇得让他无从反驳。显然，这些话他酝酿已久，这个老头子大概年复一年日复一日地在这山沟里就是反复练习着这些话，今天他终于有机会把这些话在儿子面前说出来了。

"你也五十岁了，我想你也该慢慢明白人老了是怎么回事。就算我过去有错，就让我用一辈子去责备自己吗？就让我到了这把年纪还要痛苦着折磨自己吗？"

老头子说完这句话仿佛浑身的力气都用完了。他几乎是瘫软着坐到了小板凳上，慢慢地把他花白的头低垂到了瘦骨嶙峋的双腿之间。林小毛看着他，突然想问你和我母亲之间到底是怎么回事，话到嘴边又哽住了。他好像不敢问，好像怕知道些什么。林小毛是在北京长大的孩子，他知道自己至今仍然是个拉不下脸皮的人，让他探寻父母间的隐秘他实在张不开嘴。他起身到厨房去，灌满一壶凉水放到煤气灶上。吃下去的冷油条在胃里像块石头般地坠着，有种隐痛在扩张。他双手撑着灶台，扭脸向窗外看去，阳光正从大杨树的枝叶间泻进来，斑斑驳驳地洒满窗台。一个微小的细节突然在他脑海里浮现了。那次回到这里，父母刚刚搬进这栋楼房，粉刷过的清凉味道还很浓。母亲把他抱到窗台上坐着，窗外的杨树是刚栽种的，还只是细细的树苗。母亲说："杨树长得快，几年就成大树了。你要是能长那么快，就好了。"

母亲身上有一股淡淡的香气。这种香气和湿白灰的清凉混合起来，怪异，但是温馨。

林小毛觉得自己的眼睛潮了。他恨自己不争气，这么大年纪了还如此脆弱。水开了，咕嘟咕嘟地响。他提起壶出来，为自己沏了一壶茶。想了想，看一眼还呆坐在小板凳上的父亲，抄起桌子上刘书记没有拿走的紫砂壶，回厨房烧一盆热水，把那壶煮了起来。这是最简易的开壶方法了，玩紫砂的人都会。父亲大概感觉到了什么，跟着进来，惊异地问："这是？"林小毛没好气地说："给那个胖子干什么？你留着自己用。"父亲呆一呆，软弱地说："答应人家了呀……"

"答应了又怎么样？我不想给他！"

父亲愣愣地看着他，什么也没说。

紫砂壶在热水的翻涌中微微颤动着，像是有了生命。林小毛喜欢紫砂，他始终喜欢经过烈火洗礼的工艺品，如紫砂和陶瓷，但陶瓷又不如紫砂内敛。他陶醉于抚摸紫砂那温润而微微粗糙的感觉。而且，更重要的，他始终觉得紫砂是有生命的。它会呼吸，它能保持茶叶的新鲜，它能提升茶的香气。它不张扬，不显得骄傲。它像一只忠诚的狗，永远跟随着主人徒涉。一旦破碎，它也坚持着紫砂的特性，却是永远不会变成别的什么。林小毛的手腕上有一串别致的手串，是大师灵机一动，用烧坏的紫砂壶敲碎磨成不规则的小珠，然后穿起来的。林小毛很喜欢它，也喜欢别人在看到这串珠子时称赞他的雅致。紫砂做了珠子，也还是紫砂。

心情就渐渐平静了。林小毛听得见父亲在外边磨磨蹭蹭地收拾屋子。他又想起床底下的垃圾了，不禁想笑，甚至想出去看一下父亲是不是还把垃圾堆在床底下。他走出去，父亲见他出来有点慌乱，有点不知所措，愣愣地看他。他于是有点可怜这老家伙了，叹口气说："中午你愿意叫上她就叫吧。"

父亲转过身去。他听见老人好像哽咽了一下。

"那壶……也给那胖子吧。你就告诉他，怕他用不好，我替他把壶开好了……算了，说了他也不见得懂，就告诉他我替他洗干净了。"

还较什么真儿啊，真的，我已经五十岁了。

九

工厂食堂的小包间竟然装修得也算富丽堂皇，虽然处处显出土气，但一看就是下了功夫的，竟也有了一种咄咄逼人的气势。中午的饭局很热闹，刘书记果然叫上了厂党委一班人，齐刷刷的几条西北汉子。刘书记一边起着白酒瓶子盖一边豪迈地说："林老师回来了，我们今天一醉方休！"

林小毛吓一跳，忙推托说自己喝不了酒，血压高，心脏也不太好。刘书记说："没事儿，喝死算烈士！"说完自己先哈哈大笑起来。旁边的副书记告诉林小毛，刘书记是一瓶起步，三瓶正好，七八瓶，他才能醉。不过，他这人有个优点，不会强灌别人，他的特点是自己灌自己。

　　林小毛看父亲。这个老家伙和他的女人规规矩矩地坐着，脸上是一种很受宠若惊的微笑。他们甚至为这顿饭还换了衣服。林小毛心里便泛起一股说苦不苦说涩不涩的滋味，急忙把目光挪开了。突然地，就在这一瞬间，他也想喝酒了，心里的防线突然坍塌，他甚至也想和黑胖子一样，自己把自己灌醉。

　　文化人林小毛年轻时其实是常常醉酒的。甚至，还曾因醉酒昏迷被前妻送去医院急诊室抢救过。做文化的人，大都是性情中人，来了情绪多喝几杯是常有的事。于林小毛来说，还有个自己知道的原因，自从他知道自己的满族身份之后，他就隐隐约约地崇敬起大碗喝酒大块吃肉的感觉了。他每年盛夏都会到内蒙古草原去住一段时间的蒙古包，追求的就是那种浸泡在烈酒中的豪爽和放纵。

　　刘书记为他倒酒，用的是玻璃茶杯，一杯酒最少也是三两上下。他一边倒一边对林小毛说："他们说得不错，我是能喝酒。没办法，谁让咱是少数民族呢。少数民族加转业军人，你说我的酒量能不大？"

　　林小毛感兴趣地问："您是什么族？"

　　刘书记很自豪地说："彝族。老家在四川凉山。"

　　"难怪。"林小毛点头，"那么您是转业来了这儿？"

　　旁边的副书记又介绍说，刘书记在部队看上了他们营长的小姨子，转业就跟着老婆来西北了。

　　"我连襟，我们营长，海南岛人，不也来了？现在他是我们市的政法委书记。中国男人，最大的优点就是怕老婆！不，爱老婆，为了老婆什么都可以答应！"

　　豪迈的黑胖男人端起酒杯一饮而尽："来，喝！喝美了我给你唱歌，唱我们彝族的歌！"

　　酒就这样喝起来了。刘书记果然在一瓶酒下肚后开始歌唱。他的歌声很洪亮，震得人耳朵嗡嗡响。而且他是那种不管不顾的人，唱起来就没完没了，全不顾别人，很快就陶醉在自己那谁也听不懂的歌声中。旁边的人看来却早已习惯，谁也不理他，就在他的歌声中各自碰杯，聊天，说笑。林小毛喝下一杯酒，咳嗽着问副书记："你说，他这么个彝族人，会不会想家？想凉山？"

副书记是个知识分子出身的干部，他推推眼镜说："会吧？不然他干吗总唱他家乡的歌？喝醉就唱。"

林小毛的眼睛开始蒙眬，胃里有一团火在燃烧起来。他看向对面和酒桌上的气氛格格不入的两位老人。他发现他们的格格不入是因为他们沉浸在他们自己的世界中，周围的一切对他们来说置若罔闻。如果说他们刚刚落座的时候还有些拘谨，但现在他们已经在人们的欢腾中自如了起来。他们两个居然在碰杯！尽管他们的杯子里只是矿泉水。女人在为男人夹一只虾了，左手还在颤巍巍的筷子下边接着，唯恐那虾在半路上掉在桌面上。男人满足地笑着，探头用嘴把虾接了，然后幸福地咀嚼。酒已半酣的刘书记冲到他们身后，一左一右地搂着他们的肩膀，直着脖子继续高歌。他们也毫不理会，只顾着照顾对方，全不顾刘书记杯中的酒已经泼洒在男人的后背上。

父亲和母亲的生活里有过这样的场景吗？林小毛只能承认，他搜遍了记忆的角落，没有找到这样的细节。在他的回忆中，母亲是个大家闺秀式的人物，暴烈的性格永远隐藏在文静的举止背后。林小毛记得的，是母亲和父亲的争吵爆发前，母亲永远不会忘记把门窗关好，唯恐吵闹让邻居们看笑话。母亲和父亲上街，永远没有手拉手的情景，母亲总是走在父亲的侧后约三十厘米的位置，像是今天官场上的二把手，始终铭记着和上司的距离。

不，想起来了，还是有细节的。可是那细节不来自父母，而是发生在母亲和奶奶之间。八月十五，月亮很大，他已经躺下了，模模糊糊地听见奶奶和母亲的对话。她们坐在窗外，银色的月光洒满她们的全身。林小毛在成年之后回想那天，真切地认为那是一种圣洁感。他听见奶奶说："南方人，和咱们不一样。"母亲说："那您怎么嫁给我公公了？"奶奶好像笑了一声："鬼迷心窍呗……唉，就是没想到，我的儿子，生在北京的儿子，一点不像我。"

林小毛为自己倒上一杯酒。他想为母亲喝，为母亲的痛苦，为母亲的隐忍，为母亲的早逝。他真想不明白，是什么造就了父母间的隔阂，是地域，是民族，还是……他模糊不清的醉眼里是黑胖的刘书记在用谁也听不懂的语言放声高歌，这个豪爽的彝族汉子让林小毛羡慕不已。

他摇摇晃晃地站起来，举着酒杯来到父亲面前。他在一片云雾中隐约地看见父亲也站起来了，脸上的表情好像是惊喜，又好像是惊恐。那个女人也站起来，她倒显得比父亲要平静。林小毛张了张嘴，一股恶心从心底泛起，冲撞着他的喉咙。他听见自己的声音仿佛在很遥远的地方说："来，我敬你们……一杯酒……"

父亲的嘴一张一合，好像是说你喝多了。林小毛不理他，把杯中酒一饮而尽。

"你对不起我妈……"

父亲的脸白了。那个女人拉住父亲的手，紧紧攥着，好像是在支撑着他要倒下去的身体。林小毛笑了，傻呵呵地笑了，然后，就什么也不知道了。很奇怪地，在意识消失的最后一瞬间，他听到的是手腕上那串紫砂珠子磕在地面上的清脆声音。

他好像嚷了一句什么，又好像努力想抬起手腕，看看那串珠子。但意识就在这一刻远去了，林小毛好像在飞翔，有许多人在和他一起飞，母亲，父亲，奶奶，丁莹，英子，儿子林峰……人们都笑着，都大声地说着什么。心麻木了，感情就活泼起来，像松开皮带的狗，乱跳着，消失了。

十

林小毛是半夜被叫醒的。努力睁开沉重的眼皮，他看到的是父亲因焦急而变形的脸和那脸上豆大的汗珠。他因酒醉而迟钝的思想被那急切给瞬间击碎，他意识到，出事了。

是女人突发心脏病。

听清父亲语无伦次的哭诉，他吼了一声："哭有什么用？叫救护车啊！"

急匆匆穿好衣服，林小毛的神志渐渐清醒。他掏出手机拨打电话，同时看着父亲像没头苍蝇似的在屋子里乱转。这老家伙完全乱了分寸，站起来又坐下，眼泪和汗水混合在一起在脸上流淌。林小毛厌恶地从他身上移开目光，转身出门往医务室跑。在他的印象里，厂医务室夜里是有人值班的。

果然如此，但值班医生已经是比儿子林峰还要年轻的家伙了。他被林小毛从床上揪起来，茫然地看着林小毛，问："你是谁啊？"

林小毛没好气地说："我是谁不重要，救人重要！"

低头系鞋带的医生抬头："那，你也得告诉我要救谁啊？"

林小毛语塞，他突然想起，这个搅扰了林家半生的女人，他竟不知道她叫什么。灵机一动，他说："林树生知道吧？老技术员，和他相好那老娘儿们，这你总也知道吧？"

医生看看他，竟扑哧一声乐了。林小毛火顶脑门，瞪眼要嚷，医生忙说："好了好了，我知道了，咱们赶紧走，你说得对，救人要紧。"

工厂大院沉浸在黑暗里。西北天冷，虽是夏天了，仍然凉气袭人。冲出大门，一股冷气钻进鼻孔，心里的醉意彻底消失，林小毛突然想起这里是自己的出生地了。

五十年过去，工厂的大部分建筑都已经翻修过，不知道为什么医务室却还是老房子。里边当然粉刷过，外墙却仍然是老样子，夜幕下也看得出斑驳的沧桑。他忍不住回头看了一眼，又一眼，却没有什么感觉。也许感觉都已经被岁月磨没了。或者，是从来就没有感觉。

赶到女人家楼下的时候救护车也到了。城市小，工厂就是这个城市最著名的企业了，没有人不熟悉。匆匆忙忙把人抬上车，林小毛和父亲挤在躺着的女人脚旁。女人一动不动，由着医生在她身上忙碌，像是已经失去生命。林小毛想她是因为我的归来才犯病的吗？如果我不回来他们是不是会永远相亲相爱平平稳稳地生活下去呢？

寂寞的街景从车窗外闪过。林小毛突然想到一个刚才目睹的细节。因为酒醉，他这晚是睡在父亲家里，大概是人们七手八脚地把他抬回去的。而父亲睡在哪儿呢？他当然是睡在那女人的家里，林小毛刚才在女人床上是看到两套凌乱的被褥的。老家伙离不开她。林小毛侧脸看父亲，老人在哀哀地抽泣。是那样地悲痛，那样地无助。林小毛不忍再看，转过脸去，心里却只是空落落的。

衣兜里的手机在振动。掏出来看，是丁莹发来的笑脸。没有语言，没有动作，只是最简单的图形。似乎是敷衍，又似乎有点歉意。当然，也许什么也不是，只是林小毛的心情此刻低沉。

到了医院又是一阵忙乱。等到病人在抢救室里安稳下来，林小毛的父亲已经瘫软在候诊的长椅上。林小毛叹口气，让厂医务室的小医生叫辆出租车，然后陪老人一起回去，自己准备在医院盯着。老人挣扎着说："不，还是我……"林小毛就不客气地命令道："你别捣乱了，回头你再进了抢救室。回去吧，有什么事我通知你。"

小医生终于把老人拉走了。父亲显然也没有力气再坚持，他走出去的脚步都是软弱无力的，拖拉在地面上。走廊里安静下来，偶然会有从抢救室里传出来的声音，或是医生们的低语，或是器械的磕碰。林小毛竖起耳朵听着，捕捉着生命的微弱信息。此刻他仿佛第一次真切地感觉到，垂危的不只里边的老人，自己的父亲也在生命线上挣扎着。如果这一个去了，那一个肯定不能再活，也不想活。林小毛读过一些关于动物的书籍，他知道很多动物其实都是忠贞一生的，如天鹅，如仙鹤。他从来没有把父亲和这些动物联想起来，他甚至觉得这老家伙不配。可是今天，他突然觉得他和她就像是这些动物，他们的生命密码，已经是密不可分的了。

医生从屋里出来了，告诉他病人已经平稳，没有什么大问题了。林小毛松了一口气，给父亲打了电话。老头子在电话那端哭出声来，林小毛说："好了好了，别那么脆弱，你好好休息吧。"

天这时已经蒙蒙亮了。窗外的山正在一点点地由黑变绿，由深绿再变出不同的层次来。林小毛觉得肚子有点饿了，就踱出医院想找点吃的。正好，医院对面就有家卖凉皮的小摊子，他便走过去要了一碗。这是西北最著名的小吃了，林小毛却记得，母亲在西北那么多年，竟是从来不吃的。看着卖凉皮的汉子用黑乎乎的脏手抓起凉皮，他明白了母亲当年的厌恶。可凉皮端到眼前，却是一股浓香扑鼻而来，再尝一口，酸和辣立即刺激了他的味蕾，他不禁一震，惊讶这东西怎么这么好吃呢？旁边有个壮汉也端着大碗在稀里哗啦地吃，见林小毛脸上的愕然，就笑道："外地的吧？没吃过吧？"

林小毛自嘲地笑笑，默认了。壮汉就来了兴致，滔滔不绝地说："我们这儿，早晨起来不吃不行哩，不吃一天没精神，没力气，开车老是走神呢。"看来，这是个出租车司机。

林小毛想起母亲曾经说过的话，就问："这么香，放罂粟壳了吧？"

壮汉急忙低声制止："小声着！别让人听见哩！有没有的，大家心里明白就是了呢，吃着香，就是了呢。"

说着，嘿嘿地笑了一阵，又说："人活着，不就是个高兴？"

十一

公司来电话，说春节晚会的方案小青年们又改了一稿，发到他的邮箱里，让他再看看。那个散文作家来公司找过他了，听说他出差了，有点不高兴，说评论的事既然早答应了，就不该拖着。林小毛没好气地说："他要不高兴让他找别人，我还不伺候了呢。"公司那边干笑了几声，没敢说什么。

林小毛感觉有点累。五十岁了，除了当年儿子林峰出生的时候，他从来没在医院熬过夜的。回想起来，林峰和他妹妹林婉，都是难产，都是前妻在医院经历九死一生才生下来的。也许，最早和前妻产生矛盾，也就是女儿林婉出生那回了，因为是第二胎，林小毛没太当回事，那晚他开会开到半夜，然后又和朋友喝了回夜酒，来到前妻床前时已经是天亮。披头散发的前妻看见他就是一声怒吼："滚！"他扭头出来，心里觉得愤怒无比，恨自己，也恨前妻。

现在回想这些有什么用呢？也曾经幻想，和丁莹结婚，再生个他俩的孩子，可丁莹听了大笑："你没有病吧？"那一刻，他突然意识到，现在他们都是浪子了，生孩子已经是太奢侈的事情。

林小毛站在医院门前发愣。不知为什么，竟突然想起了初恋金淼。金淼才是正经的满族人，满姓爱新觉罗。他们在上高中的时候第一次接了吻，可林小毛清楚地记得，当时，他已经知道自己是不可能和这个高傲的丫头好下去了，他在她面前总是有一种自惭形秽的感觉。现在，听说金淼在美国，搞的还是满族历史研究。那个始终瘦而且高的女人，也许也是林小毛满族情结的诱因吧。

现在想这些有什么用呢。林小毛摇了摇头，决定在回家之前还是看一眼那女人，不然，父亲会不高兴，会担心。而且，他觉得自己好像已经没那么讨厌这个曾经被母亲称为婊子的女人了。和金淼不一样，这个女人真实，而且通俗。如果说金淼是读不懂的博尔赫斯，这个女人就是张爱玲，不，甚至是《金瓶梅》。但不管怎么说，这些年是她在替他照顾父亲，这也许应该感谢她的。再说了，在医院走廊里半躺在长椅上时，万千思绪在静夜里翻涌，他突然有了个新的想法，要说婊子，那丁莹和英子，不比这女人更疯狂吧。那一刻，他想到了英子曾经丰硕的乳房，也想到了丁莹那已经不年轻的身体。他再一次地觉得自己很猥琐。

他这样想着，就走回病房去。那女人竟然已经坐起来了，精神也挺好。她看见林小毛进来，脸上泛起羞涩，绽开的笑容里有着一丝慌乱。她向林小毛抬起手，手指间是一团乱发，她说："老了，头发都快掉光了……"

林小毛自己拉过凳子坐下，一时也找不到话说，看一眼那一团枯黄色的头发，就冒出一句："这么大岁数，还染头发。"话出口，自己也觉得很尴尬。

"不是染的，早不染了……现在，就是这个色了，想染黑都染不了。"

林小毛回避她的目光，四下看看："你没事了吧？没事，我就回去了。"

"这就走？"林小毛竟从女人的语气里听出一种留恋。他支吾着，嘴上说走，屁股却没动地方。窗帘在微风里飘动，阳光像他的心情一样摇摆。

"我看见你送你父亲的紫砂壶，特别高兴。你不知道，我就是绍兴人的，我父亲是挑夫，当年给做壶的人家送泥料。"

女人轻轻地说，语调里还有着一丝软软的南方口音。这口音和她的相貌已经不相配了，她的衰老已经像空气一样无处不在，包括病房里弥漫的老年体味。林小毛突然警醒，知道她是活不了多久的了。

"我丈夫曾经是我的姐夫。"她转过脸来，认真地看着林小毛说，"我家有六姐妹……二姐嫁给他，跟着他来了这里，可没半年就死了。说是拉肚子，没治好。可怜的二姐，从小身体就不好……"

女人喟叹着，两只手在被子上无力地摸索。那手背上的青筋和老人斑，让林小毛触目惊心，只好把眼睛挪开。

"家里穷，就动了心思，让我们姐妹出一个，跟姐夫。想想，这里再苦，也是吃公家饭啊。怕爹妈操心，我就说，我来吧……姐夫是个笨人，我们说不上好，我总忘不了他曾经是姐夫……过不好，其实怨我。"

林小毛早有耳闻，这女人的丈夫智力好像有点问题，当仓库保管员连库存都搞不清楚。他曾经听母亲骂父亲："你缺不缺德啊，搞一个傻子的老婆！"

他记得父亲当时满脸涨得通红，怒吼："我没搞！你别说得那么难听好不好!"

这女人和丈夫生了个男孩,是个残疾,腿有毛病。丈夫和前妻生的女孩儿则远走他乡,断了和家里的一切联系。傻丈夫是车祸死的,死的时候带走了他们的儿子。从车祸现场看,他是想保护孩子的,把他死搂在胸前,结果,那孩子反而失去了逃生机会,那辆大货车把他们父子一同轧死。

这些细节,突然浮现在林小毛眼前了。像林小毛印象深刻的电影《大白鲨》里的镜头,凶恶的鲨鱼突然蹿出了水面,让人惊心动魄毛骨悚然。

他们都沉默了,不知道应该说什么。

许久,林小毛低声说:"你……好好养病吧,多住几天,别着急出院。我……会晚走几天,照顾我父亲。"

"对不起……"

女人突然冒出这样一句话,声音颤抖着。她的头无力地垂了下来,蓬乱的头发像风中的枯草,纷纷地倒伏,盖住了她哭泣的眼睛。她的可怜彻底击垮了林小毛,他无法说什么,只好起身往外走。在转身的时候,眼睛里也有了一点潮湿。

"你妈妈活着的时候,天地良心,我真的没有和你爸爸……想过的,出差,他到我房间里,坐着。坐了一晚。我知道,他……可是我们都没有,真没有。我们这代人,自己过不了自己的关啊。"

林小毛往病房外走,他的脚步踩着女人的话语,像踩着凄凉的曲子。一步步的,都是孤独的笛箫,吹奏不出欢乐的。只有说不尽的苦,浸透了乐谱,把多少年的诉说都淹没了。那一代人漂泊的历史,就这样写成了,却在林小毛这一代和林峰那一代,不知道是否读得懂了。

像一把经年使用的紫砂壶,冲进了白水,倒出来也仿佛是茶,却淡而无味了。林小毛走出医院的时候,借着阳光晃眼,才让眼泪流了下来。为谁哭,却是不知道的。

十二

经过一夜折腾的老父亲果然撑不住了，听到女人已经没事的消息，他就像一摊泥似的趴在了桌子上。林小毛把他架到床上，他竟立刻沉沉睡去，推都推不醒了。林小毛百无聊赖地在屋子里坐了一会儿，一种莫名的情绪就悄悄袭来，说不清的一阵阵迷茫。他想挣扎，想摆脱这种情绪，就决定自己动手做顿午饭。

单身生活很久了，他做饭已经很熟练，甚至，他曾经很热衷烹调。有一段时间他的家竟成了朋友们聚会的场所，流水席，每天都会有好几拨客人在此大吃大喝。常常醉了，就留宿在他家，横躺竖卧地乱睡。他沉湎其中，自得其乐。直到有了丁莹的存在，这样的放纵才少了。女导演自有一种震慑力，不动声色地就把狐朋狗友们拒之门外了。即使她为了标榜自立，并不在林家长住，她放在门口的拖鞋，她留在梳妆台上的香水，甚至她掉落在浴缸里的几根长发，却都让人望而却步。林小毛就此沦落成了她的御用厨师，为她精心烹制过牛肉烩饭加西式番茄汤和奶油冰淇淋，这让女导演赞叹不已，说要推荐他去莫斯科餐厅掌勺。

林小毛一边回想着这些细节，一边下楼去厂服务社买菜。

大概因为林技术员和他的老情人不在，广场上的老人交际舞散伙了，广场显得空空荡荡，只有几只鸡在沉默地散步，当林小毛走过时一纵一纵地跑开。杨树叶哗哗地响，加重了空旷的感觉。

在服务社门口，有个男人抱着扫帚蹲在墙脚下，林小毛本能地意识到那是英子的丈夫陈东明了。他显然是刚刚扫完院子，正在这儿歇息。他是个很苍老的男人了，蹲在那儿的姿势和当地农村汉子没有区别，就差嘴里的一根烟袋。他的眼神是麻木的，仿佛什么也没看，而只是在做看这个动作。他眼睛里映出了空旷的大院，也有他空旷的心。

林小毛站下看了他一眼。他没想和这个人打招呼，他和他并不熟悉，而且，因为英子的关系，他对这个男人隐约地有一点愧疚。他战胜不了这种愧疚，所以他只能回避这个男人。他走进服务社，随便挑了几样蔬菜，卖菜的女人他也感到眼熟，显然是过去见过的，但丝毫想不起姓名，和这个工厂给他的印象相符，熟悉纠结在陌生感之中，像奶奶在他小时候做的两样面馒头，白面的细滑被玉米面的粗糙打败得七零八落。

付了钱，出了门，男人还蹲在那里，连姿势都没有变化。林小毛绕过他的脚，继续走，却不想听到了那男人低沉而小心翼翼的招呼："林……"

林小毛一下子就知道那是在叫自己了，也意识到那男人是在这儿等他。他不能不停下脚步。回头，男人的目光却立刻挪开。

"你是……陈东明吧？"林小毛让自己镇静下来。

"你是林小毛。"陈东明咧开嘴巴，露出焦黄的牙齿，"我认识你。"

"我也知道你，你是英子的丈夫。"

"嘿……英子说，你要带丫头去北京……"

"不是我要带，"林小毛急忙纠正，"是你们家英子托我，让我在北京给孩子找个工作。"

陈东明不说话了，好像在想什么，眼神凝固在地上。"孩子其实不想工作，还想读书。"许久，他才开口。

"那，你们两口子得商量好。"

"商量啥，孩子……是她的，得听她……"

林小毛惊奇地感觉到，这个面容苍老的男人是真心喜爱那个和他本没有血缘关系的女孩儿的。他脸上的那种无可奈何，那种沉痛，竟不是虚假，而是刻骨铭心。

愣了半天，他委婉地说："好好商量，英子不是不讲理的人。孩子要读书，还是让她读吧。"

陈东明抬起了头，这是他第一次有了肢体动作，像只久睡的乌龟终于醒来，"你带她去北京读吧，在这儿，读不出什么的，早晚像我，在这儿扫地。顶好，当个车间工人。"

林小毛觉得自己实在担不起这样的责任，他说："老陈，去北京读书不是那么简单的事，你们……"

"让孩子到北京，先读书，再找工作。不然，在这儿她能干啥。英子疼她，你得帮英子。你从这儿出去的，你知道……"

林小毛想说我从来也没有在这里待过，谈不到什么出去，可他知道说也没用。他们就像是两个星球的人，在他们之间，没有可以沟通的渠道，或者说所有的渠道都已无奈地关闭。也许，他会理解一点对方的感受，可对方却无从了解他的苦衷。然而，自己的苦衷就真的是苦衷吗？在这座小城市的破旧火车站下车之前，他知道自己有许多的不如意：儿子的疏远，女儿在闹腾离婚，工作上的不顺心，对手的暗中陷害，丁莹的若即若离。可面对这个男人，林小毛觉得自己的不如意都像飘在空中的羽毛了，轻，而且不确定。陈东明对女儿的痛惜，陈东明给女儿设计的前景，都让他动容。

他蹲下身，诚恳地说："老陈，你说的，我不一定都能办到，孩子将来怎么样，得靠她自己。但我答应英子了，一定把孩子带到北京去。现在，我再答应你一回，行不？"

陈东明直直地看着他，眼睛一眨不眨。他的直视让林小毛心痛。林小毛站起身，在陈东明肩上拍了一拍，转身走了。他的背后，响起男人沉重的声音："英子这辈子，从来没爱过我，她爱谁，我知道……你得对得起她。"

他觉得自己真的应该离开这里了。

就在这一刻，林小毛真切地感受到了压抑，感受到了沉闷，感受到了自己和这个工厂的永远不能弥合的裂痕。他真的不是这里的人，尽管他真的出生在这里，尽管他在这里有还不了的债。医务室的房子在阳光下更加丑陋了，远远望去，它的颓废和它的破败一目了然。当年工厂自己烧制的红砖质量低劣，有不少已经风化，风化的砖碎后留下了一个一个的方洞，像老人昏花的眼睛，茫然地看着世界，看着人生。

林小毛走到大院的中央了，他站住，四顾，感到忐忑不安。他觉得每一扇窗子后面都有一双眼睛在看他，在冷冷地窥视他的动作和他的表情。还有人在窃窃私语，在议论他的一举一动。他感到自己像一只猴子，不属于这里的猴子，在偶然的到访中被人们羞辱和耍笑着。他听到一个强大的声音在告诉他：

你不是这里的人，离开吧！

十三

像是在料理后事，林小毛加快了自己所有的行动步伐，急火火地处理着桩桩件件的事情。仿佛主意一定，便觉得四下危机四伏。

去回访了刘书记，特意带上了那只紫砂壶。原有些犹豫的，还是想不给他，有点觉得冤，觉得这把壶是明珠暗投的意思了。转念一想，算了，土皇帝得罪不得的。黑胖的刘书记倒是豪爽得很，推辞着说什么也不要，理由是："我是个粗人，出不了十分钟，弄不好我就得摔碎了它。我还用我的罐头瓶子吧。"

这话倒像是丁莹说过的。

陪父亲去医院接回了女人。两位老人在病房门口见面的时候，竟都流下泪来，好像年龄的增长不代表心理的坚强，而是相反。两双布满老人斑的手，抓紧了，就再也不想放开。回到家，看着老头儿小心翼翼地把女人扶到床上，然后依在女人的床边卿卿我我，嘘寒问暖，林小毛转身出去订了回程的火车票。

最后去给母亲扫墓。这本应该是此行最重要的内容，但在林小毛最初的安排里，却曾经是可有可无的事情。那时的林小毛，亲情似乎是久埋在心底的草籽，死虽未死，却也沉寂了，连自己都仿佛忘却。一颗干枯的心，就是墓地般的荒芜。母亲的墓地就在厂旁的那座山上。工厂搬迁来这里，陆陆续续离世的人们也无可奈何地埋葬在了这里。不知道第一个埋在这儿的是哪一个了，他的坟也许已经消失，或是重叠在别人的新坟之下了。等到市政府想起要把这里开发成风景区的时候，这里已经是工厂这个强大机体上的一个重要组成部分了，像是肿瘤，割去也是死。它象征了什么，它寄托了什么，市政府没想明白，他们只知道，这半面山的座座墓碑，既成事实，动不得了。有人也曾想和工厂谈判，但被断然拒绝。

林小毛在母亲的坟前坐了半晌。他俯视着山脚下的工厂。篮球场上，有几个半大孩子正在打球，隐约能听见他们的笑声和尖叫。大院里有个人在扫地，尽管看不清眉眼，林小毛也知道那是木讷的陈东明。一座座车间的屋顶都是平坦而宽阔的，林小毛记得过去那里是情窦初开的女孩儿们的最爱，她们喜欢爬上去，躺在被太阳晒热的水泥板上，悄悄地私语。小时候的林小毛总好奇她们在说什么，问过母亲，母亲不语。现在他明白，那是她们的梦了。那梦里有爱情，也有逃出山沟的强烈渴望。

他用牙齿咬开酒瓶子，把白酒缓缓倒在母亲的坟前，母亲生前不喝酒，但林小毛以为扫墓不用白酒就少了些仪式感。白酒迅速地渗透进土壤，留下酒香在空气中弥漫。出门前，在他准备这些东西的时候，父亲曾说："你要有时间的话，把你母亲迁回北京吧。"林小毛惊异他为什么突然说这个，想了想问："那以后你呢？"父亲淡淡地笑，说："我，就在这儿吧。"

好像有愤怒。也好像能理解。林小毛一时无语。父亲看着他，低声说："你妈妈是北京人，她总是念叨，要回北京。可惜生前没有……有机会，你帮她满足了这心愿吧。"

林小毛沉默着把东西一样一样地放到背包里，然后说："等你百年之后，我一起办吧。你要和我妈在一起。"

"我对不起你妈。"父亲说，"就不必再让她生气了。"

现在，坐在母亲的坟前，林小毛把这些话都说给母亲了。

母亲当然没有回答。但是，好像都回答了。

林小毛给丁莹打电话，丁莹接了，好像很匆忙的样子，问道："有事吗？"

"没事，问个好。"林小毛说，"你忙你的。"

聪明的女人感觉到了什么，解释似的告诉他："我在剪片子，到结尾了，现在看，效果真不错。看了的人都很兴奋。"

林小毛做出高兴的样子，提高声音说："那好啊，祝贺你啊。我回去给你写评论，好好吹一吹。"

丁莹笑了，一如既往笑得很爽朗，然后说："快点回来哟，我想你。"

"我也想你。"

林小毛在挂断电话的时候，远远看见有两个小女孩爬上了车间的屋顶。恍然之间，林小毛好像回到了小时候，一切都是复制，一切都是翻版，一切都是昨天的故事内涵，今天又在重演。林小毛看着女孩儿们躺下，看着她们头挨头地聊天，禁不住笑了出来。生活，就是这样延续的，没什么道理，也没什么奥秘。林小毛回头，有意无意地寻找着另一座坟茔。那是他从那个女人那里得知的，她说她的姐姐，那个因为拉肚子就丧了命的可怜女人，就葬在林小毛母亲的旁边。

果然，不费力地，他找到了那座坟，那座比母亲的坟要苍老要衰败的坟。他看着那座坟，想象着父辈间的恩恩怨怨，突然想到，难怪母亲生前不吃这里的凉皮，她一定是看着这可怜的女人按着肚子痛苦地死去的。母亲生前的细节一个一个地在他脑海里呈现了，她有洁癖，总是在不停地洗各种衣物。她不吃生菜，连所有人都喜欢的生西红柿也不碰一下。她在骨子里是藐视这个工厂和这个工厂里的人的，她昂着头在厂院里走的样子，至今历历在目。

作为医学院毕业的高才生，母亲要是在大城市工作，早该是医院的权威了吧？可惜，她随父亲来了这里。林小毛想，也许母亲的悲剧就是始于工厂的搬迁，适于安逸生活的她，就这样葬送了。

葬送她的还有这个拉肚子而死的女人。真的很奇怪，一个来自北京，毕业于医学院的女人，和一个从绍兴农村走出来的穷困女子，竟这样地纠缠了，竟这样地改变了彼此的命运。可怜的绍兴女人，用自己短暂的生命，给自己的妹妹铺了一条路，也把她作为一辈子的烦恼，送给了来自北京的女医生，让这个高贵的京城女人一生噩梦连连。现在，她们比邻而居了，她们是彼此原谅了，还是在泥土中仍然怒目相向？

也许，是应该把母亲迁回北京。那样，她会安宁吧。

有一半满族血统的母亲，是适合那座辉煌的都市的。那里有她祖上的腰刀，有她钟爱的糖葫芦和酸梅汤，也有她的童年，她的玩伴，她的初恋。林小毛记得的，北京中日友好医院的一位肛肠科权威，在为林小毛做痔疮手术时没完没了地和他聊他的母亲。林小毛是托朋友找到他的，竟在闲聊中得知老家伙是母亲的大学同学。林小毛撅着屁股趴在那里，忍着疼痛，听他赞美母亲，感到一种亵渎感，但从他的语气里，听到的分明是由衷的纯洁的爱慕。

林小毛把那只紫砂壶放到了母亲墓碑前。他说："妈，也许只有您才配用这把壶的，您留着吧。"

十四

小城市还没有通行高铁或动车，更没有机场。已经提速的特快列车也仍然要十几个小时才能到北京。

英子夫妻送林小毛到车站，也是送他们的女儿。林小毛惊奇那女孩儿竟然和北京女孩儿没什么区别的，半露着肚脐的短衫，胸前印的是一只咧着大嘴的猴子，好像是什么名牌。勉强盖着屁股的牛仔短裤，两条白晃晃的大腿，让林小毛不敢正视。染成鲜红色的头发，甩一甩就亮出了耳朵上的三个耳钉。嘴里的口香糖一直咀嚼着，进了车站，呸的一声吐到墙角里。

英子夫妻还是很少说话的。英子一直眼泪汪汪地盯着女儿看，很不放心的样子。陈东明也看女儿，满脸是蠢笨的欣赏，女孩儿吐口香糖的时候，他还笑了出来。

林小毛暗想，这样的娃娃，到北京能做什么？读书？她会有那心思吗？他和英子夫妻有一句没一句地应酬着，心里盼望着开车时间快点到来。和英子一家真的没什么可聊。除了女孩儿一直在三心二意地东张西望，两口子对他则持一种敬仰的态度，有点战战兢兢的感觉，让他不舒服。他和他们讲的，却也明知道他们听不大懂，但只见他们唯唯诺诺，心里就冷淡了。

就在这样的苦挨中，终于响起了预备开车的铃声。林小毛舒一口气，说："你们回去吧，孩子，你们放心。"

英子开始哭泣。女孩儿不耐烦地叫一声："妈！"然后转身上车了。陈东明歉意地向林小毛笑："孩子不懂事，你多教育吧。"林小毛也笑笑，不说什么，和陈东明握手。陈东明的手厚重，而且粗糙，竟然好像感觉不出什么温度，像铁板。看一眼英子，那女人已经好像完全沉浸在自己一生的不如意中了，泪眼婆娑，整个人都似乎软了下来。陈东明喝道："你干吗，这傻娘儿们！"林小毛忙说："你让她哭吧，孩子离娘，肯定是心疼的。"

他深深地看了一眼英子，然后登上了列车。他没有想到的是，英子突然扑了上来，抓住了他背上的背包。林小毛吓了一跳，回头，就听见英子低声的话语和着一股热腾腾的气息扑到了他的脸上："我这一辈子，只爱过你……"

心往下一沉，林小毛知道，自己确实已经欠下一笔永远还不了的债了。车开动的时候，他努力了半天，也没敢抬头看窗外的人。随着一声悠长的汽笛，他的眼泪终于落了下来。

女孩儿古怪地看着他，问道："你不会是我亲爸爸吧？"

林小毛不理她，转身打开笔记本电脑。那女孩儿又说："到了北京，你先帮我把我的民族改成满族吧。"

林小毛惊异，抬头看她。女孩儿说："我妈家本来就是满族，后来改了。听说考大学少数民族可以加分的。"

　　林小毛苦笑："我没那本事。"

　　女孩儿看向他的眼神更怪了，像在看一头恐龙："你那么有名，这点事办不了？"

　　就在这时候，火车猛然钻进隧道了，车厢顿时一片漆黑。林小毛暗暗盼望，这黑暗就不要过去了，就让那双古怪的漂亮眼睛，淹没了吧。

（原载《小说月报》）

图书在版编目（CIP）数据

青花瓷 / 张策著. -- 北京：作家出版社，2020. 6
ISBN 978-7-5212-0970-9

Ⅰ. ①青… Ⅱ. ①张… Ⅲ. ①中篇小说 - 小说集 -
中国 - 当代 Ⅳ. ①I247.5

中国版本图书馆CIP数据核字（2020）第075462号

青花瓷

作　　者：张　策
责任编辑：宋辰辰
装帧设计：老　左
出版发行：作家出版社有限公司
社　　址：北京农展馆南里10号　　邮　　编：100125
电话传真：86-10-65067186（发行中心及邮购部）
　　　　　　86-10-65004079（总编室）
E-mail:zuojia@zuojia.net.cn
http://www.zuojiachubanshe.com
印　　刷：天津中印联印务有限公司
成品尺寸：152×230
字　　数：336千
印　　张：25
版　　次：2020年6月第1版
印　　次：2020年6月第1次印刷
ISBN　978-7-5212-0970-9
定　　价：49.00元